Andrea Isari
Letzter Tanz am Tiber

SERIE PIPER

Zu diesem Buch

Zwei Dinge gab es, die er wirklich gern in der Hand hielt: seinen mechanischen Rasierer und seine Neun-Millimeter-Beretta. Sauber arbeiten, lautet seine Devise – ob beim Rasieren oder bei seinen lukrativen Aufträgen ... Als Kommissarin Leda Giallo wie jeden Morgen ihren Cappuccino in Marios Bar trinkt, klingelt ihr Telefonino: ein Toter in der Via Volterra, erschossen mit tödlicher Präzision, aller Wahrscheinlichkeit nach von einem Auftragskiller. Das Opfer, Roberto Denaro, arbeitete in einer erfolgreichen Wirtschaftsprüfungsgesellschaft und untersuchte die Bilanzen eines großen römischen Unternehmensimperiums, wo nicht alles mit rechten Dingen zuzugehen schien. Oder ist das Tatmotiv in Denaros undurchschaubarem Privatleben zu suchen? Vor dem Hintergrund der italienischen Hauptstadt muß die couragierte Kriminalkommissarin einen rätselhaften Fall lösen und ganz nebenbei Berufs- und Familienleben unter einen Hut bekommen, wo es noch turbulenter zugeht, seit ihre halbwüchsigen Kinder zu ihr nach Rom gezogen sind ...

Andrea Isari, geboren 1954 in Koblenz am Rhein, ist Volljuristin und war jahrelang als politische Journalistin in Rio de Janeiro, Bonn und Rom tätig. Nach »Römische Affären« und »Eine Arie für die Diva« ist »Letzter Tanz am Tiber« der dritte Fall der außergewöhnlichen Kommissarin Leda Giallo.

Andrea Isari

Letzter Tanz am Tiber

Leda Giallos dritter Fall

Piper München Zürich

Sämtliche Personen und Ereignisse sind frei erfunden. Sollten sich Parallelen zur Wirklichkeit auftun, handelt es sich um bloßen Zufall.

Von Andrea Isari liegen in der Serie Piper vor:
Römische Affären (3651)
Eine Arie für die Diva (4038)
Letzter Tanz am Tiber (4640)

Für C. C.

FSC

Dieses Taschenbuch wurde auf FSC-zertifiziertem Papier gedruckt. FSC (Forest Stewardship Council) ist eine nichtstaatliche, gemeinnützige Organisation, die sich für eine ökologische und sozialverantwortliche Nutzung der Wälder unserer Erde einsetzt (vgl. Logo auf der Umschlagrückseite).

Originalausgabe
März 2006

Umschlag/Bildredaktion: Büro Hamburg
Heike Dehning, Charlotte Wippermann,
Alke Bücking, Daniel Barthmann
Foto Umschlagvorderseite: Hans Meleman/Getty Images
Foto Umschlagrückseite: Ulrike Hölzinger-Deuscher
Papier: Munken Print von Arctic Paper Munkedals AB, Schweden
Gesamtherstellung: Clausen & Bosse, Leck
Printed in Germany
ISBN-13: 978-3-492-24640-8
ISBN-10: 3-492-24640-0

www.piper.de

I

Enno Crudele rasierte sich immer naß. Mit einem surrenden Apparat durchs Gesicht zu fahren, hielt er für unmännlich. Als er sechzehn Jahre alt war, hatte sein Vater ihn in die Zeremonie des Rasierens eingeweiht und ihm erklärt, daß richtige Männer sich nur naß rasieren. Und sein Vater war ein richtiger Mann. Großer Stolz hatte ihn damals erfüllt, als er zum Geburtstag einen schwarzen, hölzernen Pinsel mit weichen Haaren bekam, der in einen metallenen Ständer vor dem Badezimmerspiegel gehängt wurde. Dazu ein weißes Porzellanschälchen, in dem er den Schaum anrühren konnte. Und schließlich diesen chromblitzenden Rasierer mit scharfen Klingen und dem schmalen, eleganten Griff. Damit war er in den Kreis der Männer aufgenommen worden.

Bis heute gab es zwei Dinge, die er wirklich gern in der Hand hielt: seinen mechanischen Rasierer und seine Pistole. Den Rasierer der Marke Wilkinson Quattro täglich. Seine Beretta 93 R mit dem Neun-Millimeter-Kaliber oft.

Vorsichtig zog er den Klingenkopf von der Nase bis zur Oberlippe. Wenn er sich überhaupt einmal schnitt, dann an dieser Stelle. Alles ging gut, was ihn überraschte, weil er nervös war. Der Auftrag, den er heute erledigen sollte, war für seine Begriffe sehr spät gekommen, und er war nicht sicher, daß er ihn gut genug vorbereitet hatte. Allein die Tatsache, daß sein Auftraggeber ein guter und zuverlässiger Kunde war, hatte ihn bewegt, ihn anzunehmen. Die unfallfreie Rasur nahm er als gutes Omen. Beruhigt griff er zum Handtuch und wischte die letzten Schaumreste ab. Er fühlte sich frisch und gepflegt. Ein Blick in den bis zum Boden reichenden Spiegel zeigte ihm, daß er ein schöner Mann war, er konnte mit sich zufrieden sein.

Während er mit beiden Händen sorgfältig ein Aftershave in die glatte Gesichtshaut klopfte, hörte er die Nachrichten im Radio. Es ging um die Verurteilung zweier Studenten der Universität La Sapienza, die eine Kommilitonin durch das Fenster eines Seminarraums erschossen hatten. Zwei hoffnungsvolle, fleißige Jungakademiker, von denen der eine seine Ausbildung an der juristischen Fakultät fast beendet hatte. Sie hatten die junge Frau kaum gekannt. Getrieben wurden sie lediglich von der Frage, wie es wohl ist, einen Menschen umzulegen, und von der Spannung, ob man sie erwischen würde.

Es gab Dinge im Leben, die er nicht verstand, wie beispielsweise das grundlose Töten von Lebewesen – egal, ob es sich um Menschen oder Tiere handelte. Wenn er zu Hause auf die Jagd ging, schoß er Vögel oder Wild, weil seine Mutter die Beute für das sonntägliche Familienessen nutzte. Wenn er Menschen tötete, geschah das im Auftrag, und viel Geld stand im Raum.

Er überlegte kurz, ob er in seinem Leben mehr Menschen oder mehr Tiere erschossen hatte. Es waren wohl mehr Tiere, einfach weil er mit den Menschen erst viel später angefangen hatte. In beiden Fällen stand das Ziel, das Opfer möglichst mit einem einzigen Schuß zu erledigen, an oberster Stelle. Sauber arbeiten, lautete seine Devise. Die galt im Innenstadtdschungel genauso wie in einsamen Wiesen, Wäldern oder im Unterholz. Nach einem mißlungenen Schuß machte er sich tagelang Vorwürfe, stieg vor sich selbst von der ersten in die zweite Liga ab, unsicher, ob er es wieder in die erste schaffen würde. Es war ihm bisher immer gelungen. Er wollte der Beste sein. Er war Perfektionist. Seine doppelte Identität kannte niemand außer seinem Bruder. Die Aufträge erhielt er per Telefon. Er kannte seine Auftraggeber normalerweise genau, sie ihn nicht. Niemals würde er einen Auftrag annehmen, dessen Absender ihm auch nur annähernd unsicher erschien. Jemand ohne Referenz hatte bei ihm keine Chance.

Im Lauf seines nunmehr zwanzigjährigen Berufslebens war für ihn die Vorbereitung eines Auftrags immer bedeutender geworden. Von der sorgfältigen Auswahl des Tatortes, der Erlangung präziser Kenntnisse des Umfeldes, der Umstände und der Lebensgewohnheiten der Zielpersonen hing es ab, ob der Auftrag risikofrei durchgeführt werden konnte. Warum eine Person zur Zielperson wurde, interessierte ihn nicht. Der Auftraggeber hatte seine Gründe.

In diesem Fall war vieles anders. Vom Auftraggeber kannte er nicht mehr als die Telefonnummer. Aber der Vermittler war eine Person seines vollen Vertrauens. Deshalb hatte Enno sich darauf eingelassen. Anders war auch, daß in diesem Fall drei Tage Vorbereitung reichen mußten. Der Auftraggeber hätte es lieber gesehen, wenn er noch früher tätig geworden wäre. Doch das konnte er nicht verantworten. Er brauchte seine Zeit.

Während der letzten drei Tage hatte er die Zielperson beobachtet und sich ein Bild von ihr gemacht. Sie wohnte in einer stillen Straße, in der es nur einen kleinen Gemüseladen gab. Weiter wußte er, wann und in welche Richtung sie morgens ihr Wohnhaus verließ, um zur Arbeit zu gehen, welche Wege und Verkehrsmittel sie dorthin benutzte, wie schnell sie sich bewegte. Ein ruhiger Mensch, gepflegt und äußerlich geordnet. Seine nächtlichen Aktivitäten hatten ihn jedoch erstaunt.

Heute morgen war der für den Auftraggeber letztmögliche Zeitpunkt der Durchführung. Sonst habe die Sache keinen Sinn, hatte er ihm mitteilen lassen. Danach hätte er die Zahlung verweigert. Um Punkt sieben Uhr würde sich die Zielperson auf den Weg ins Büro begeben. Jetzt war es halb sechs und Eile geboten. In einer halben Stunde würde sein Bruder mit dem Motorrad im Transporter auf dem verlassenen

Fabrikgelände am Raccordo Anulare, dem großen Straßenring um Rom, auf ihn warten. Er war gespannt, welche Farbe die Maschine diesmal hatte. Sein Bruder würde fahren, er vom Rücksitz aus agieren. Das hatten sie schon oft so gemacht. Sie waren ein eingespieltes Team.

II

Entsetzt starrte Leda auf das Zifferblatt des altmodischen Weckers, der so ruhig vor sich hintickte, als wäre nichts geschehen. Halb acht, Marco würde die erste Stunde verpassen. Mit einem Satz sprang sie aus dem Bett und lief auf nackten Füßen zum Zimmer ihres Sohnes.

»Marco, wir haben verschlafen. Raus aus den Federn!«

Außer einem unwirschen Knurren keinerlei Reaktion.

»Mein Schatz, wenn du dich beeilst, schaffst du es vielleicht noch.«

Leda eilte in die Küche, füllte Wasser und Kaffee in die Espressokanne, schraubte sie fest zu und stellte sie auf die blau züngelnde Gasflamme. In einen hohen Topf goß sie Milch und setzte ihn ebenfalls auf den Herd.

Aus Marcos Zimmer war noch immer nichts zu hören. Jeden Morgen diese Qual, ihn aus dem Bett zu bekommen, dachte Leda. Warum mußten die Schulen auch so früh mit dem Unterricht beginnen?

Gut erinnerte sie sich an die eigene Schulzeit, als ihre Mutter morgens die gleiche Mühe mit ihren Töchtern gehabt hatte. Leda und ihre Schwester Francesca waren so passionierte Langschläferinnen gewesen, daß Mamma Giallo die beiden zum Arzt gezerrt hatte, weil die halbwüchsigen Mädchen behaupteten, morgens unter einer Art Morgenkoma zu leiden. Dottore Bellini diagnostizierte zu ihrer anfänglich großen Freude tatsächlich einen Biorhythmus, der mit dem Schulbeginn nicht harmonierte. Als Therapie schlug er aber bedauerlicherweise vor, einfach eine Stunde früher als gewöhnlich die Schlafstätte zu verlassen, um den Kreislauf rechtzeitig in Gang zu bringen, damit er zur gewünschten Zeit leistungsfähig sei. Leda hatte sich damals von dem Dottore nicht ernstgenommen gefühlt und weiter jahrelang unter Morgenmüdigkeit gelitten. Das Aufstehen schob sie – bis auf beruflich bedingte Ausnahmefälle, wenn beispielsweise morgens um vier Uhr eine Leiche entdeckt wurde und sie sofort zum Tatort eilen mußte – so weit wie irgend möglich nach hinten. Als die Kinder klein waren und noch bei Leda und ihrem Mann lebten, hatte Thomas sie morgens versorgt und sie anschließend in den Kindergarten respektive in die Schule gebracht. Ihm war klar, daß jede frühe Aktivität Leda den Tag und sie dem Rest der Familie die Laune verdarb. Als sie sich noch liebten, war Thomas der komatöse Zustand seiner Frau am Morgen egal gewesen, er hatte ihn hingenommen. Erst später sollten sich deshalb eheliche Krisen einschleichen.

Nach der Scheidung und Thomas' Umzug mit den Kindern nach München hatte das niederschmetternde Gefühl völliger Verlassenheit anfänglich das zeitige Aufstehen verhindert, obwohl es sich um einen Programmpunkt handelte, den sich Leda für die Neuordnung ihres damals noch ungewohnten Junggesellinnenlebens vorgenommen hatte. Sie scheiterte daran zunächst in dem Maß, wie sie bis auf die Knochen abmagerte. Beide Faktoren hatten Leda häufig so lang im Bett gehalten, daß sie zu spät ins Büro kam. Ihre Kollegen und insbesondere ihr ehemaliger Chef, Erman Alesi, hatten sich in großer Geduld geübt, weil sie die inneren Qualen der an sich hochmotivierten Frau erkannten. Nach etwa sechs Monaten war Alesi dann der Kragen geplatzt, und er hatte sie – Leid hin oder her – ultimativ aufgefordert, bis spätestens halb neun zu erscheinen.

Von da an ging es ihr insgesamt besser. Zögerlich nahm sie wieder soziale Kontakte auf und um einiges zu. Anderthalb Jahre nach der Trennung wog sie fast dreißig Kilo mehr als zuvor und von den Liebhabern, die sie in dieser Zeit verschlissen hatte, war nur Paolo Sinibaldi ihr Charakter wichtiger gewesen als ihr Körperumfang. Paolo war geblieben, bis heute, und ihre Morgenmüdigkeit wich mit zunehmendem Alter spürbar. Ihr Biorhythmus glich sich offensichtlich langsam dem anderer Menschen an.

Dennoch: Der Wiedereinzug von Flavia und Marco in die mütterliche Wohnung vor sechs Monaten hatte neben vielen anderen ungewohnten Effekten den, daß Leda früher aufstehen mußte, als es ihr angenehm war. Sonst würde es Marco wohl nie zum Abitur bringen. Um Flavia brauchte sie sich nicht zu kümmern. Die Studentin hatte ihr Leben, soweit Leda es überschaute, gut im Griff und blieb häufig nachts bei ihrem Freund Alessandro.

Leda setzte sich auf Marcos Bettrand und strich über den blonden Lockenkopf ihres Sohnes.

»Es ist schwer, ich weiß es ja, aber du mußt jetzt wirklich aufstehen. Der Kaffee steht auch schon auf dem Herd.«

In Zeitlupe drehte er sich um und murmelte mit geschlossenen Augen: »Mamma, calma, ganz ruhig. Wir haben heute die erste Stunde frei wegen gestern abend. Das hat der Lampe doch extra gesagt.«

Leda stöhnte auf. Natürlich, Direktor Lampe hatte nach seiner Begrüßungsrede laut und deutlich auf dieses Geschenk an die Schüler- und Lehrerschaft hingewiesen, das mit großem Applaus angenommen worden war.

»Entschuldigung, das habe ich ganz vergessen. Trotzdem wäre es besser, wenn du dich langsam erhebst. Dann hast du genügend Zeit zum Duschen und für den Kaffee.«

In der Küche zischte es, und Leda rannte hin, um die überkochende Milch und den Kaffee von den Gasflammen zu reißen. Jetzt erst merkte sie, daß sie eiskalte Füße hatte, und beschloß, schnell unter die heiße Dusche zu springen.

Sie genoß das heiße Wasser auf ihrer Haut. Langsam lokkerten sich ihre vom Schlaf lahmen Muskeln, und Leda ließ den gestrigen Abend Revue passieren.

Seit Marcos Wechsel vom Münchner Gymnasium in die

vorletzte Klasse der Deutschen Schule in Rom war es das erste Stufentreffen mit Eltern gewesen. Sie hatte sich viele Namen merken müssen und festgestellt, daß Marco mit der neuen Umgebung offensichtlich bestens zurechtkam. Seine Leistungen wurden gelobt. Darüber hinaus engagierte er sich für seine Mitschüler und hatte es zum Stufensprecher gebracht.

Leda staunte nicht schlecht. Mit einigem Herzklopfen war sie in die Schule gegangen, bar jeglicher Ahnung, was sie dort erwartete. Die einzige Aussage zum Thema neue Schule, die Leda von ihrem Sprößling erhalten hatte, war ein »Läuft, Mamma, läuft« gewesen, und sie wollte trotz ihrer Neugier nicht die Rolle der Übermutter mit Leistungszwang spielen. Weil sie unsicher war, wo für ihn die Grenze zur Einmischung lag, beschloß sie, ihn so lange ohne Nachfragen gewähren zu lassen, bis er von selbst mit positiven oder negativen Nachrichten zu ihr kam. Das Ergebnis gab ihr offensichtlich recht.

Bis Marco dann tatsächlich in die Gänge kam und seinen Milchkaffee wegen Zeitmangels wie üblich im Stehen runterkippte, war Leda bereits angezogen und fertig zum Gehen. Gemeinsam verließen sie das Haus, und Leda fuhr zu Mario. Diese letzte Bastion des früheren Jungesellinnenlebens hatte sie trotz der Kinderinvasion bisher erfolgreich verteidigt: das Frühstück in Marios Bar.

»Ciao Commissaria. Sie sind spät dran.«

»Ciao Mario. Marco hat erst zur zweiten Stunde Schule. Deshalb.«

Lachend machte sich Mario an die Zubereitung von Ledas Cappuccino. Beinahe täglich bestaunte sie seine routinierten Handgriffe, während derer er problemlos die morgendliche Konversation vorantreiben konnte. Ihm zu sagen, was sie wollte, brauchte Leda nicht, da er ihre Wünsche aus jahrelanger Erfahrung kannte.

»Wobei spät ja relativ ist«, fuhr er fort, während er mit

der rechten Hand den gefüllten Metallfilter klickend in das Gewinde der chromblitzenden Espressomaschine einrasten ließ, mit der linken gleichzeitig eine große Tasse unter den Auslaufhahn stellte und auf einen Knopf drückte. Etwa fünf Sekunden später lief duftender Kaffee in die Tasse.

»Früher wäre das jedenfalls zu früh für Sie gewesen. So früh, daß ich mir Sorgen um Ihren Gesundheitszustand gemacht hätte.«

»Brauchst du nicht. Denn wahrscheinlich beginnt bei mir die Phase der senilen Bettflucht«, gab Leda zurück.

Mario ließ die Milch im Metalltöpfchen aufschäumen und wandte sich mit einem breiten Lächeln an Leda.

»Nun machen Sie aber mal halblang. So alt sind Sie nun auch wieder nicht. Das geht, glaube ich, erst mit siebzig Jahren los. Mein Vater kommt bis heute morgens nicht aus den Federn.«

»Er hat auch bis in die späte Nacht Gäste im Restaurant.«

»Bei meiner Mutter und meiner Schwester klappt's, ohne daß sie früher ins Bett gehen würden.«

Vorsichtig goß Mario die heiße Milch in den Kaffee. Mit einem Löffel hob er den Schaum darüber und zauberte zum guten Schluß ein Herz aus Kakaopulver oben drauf. Aus der Glasvitrine fischte er ein Cornetto mit Cremefüllung, legte es auf einem Teller und servierte Leda alles auf der Theke.

»Apropos Bett. Haben Sie heute morgen schon Nachrichten gehört? Der Heilige Vater ist krank. Eine schwere Grippe, sagen die vom Vatikan. Für diese Woche wurden alle seine Termine abgesagt, weil er Fieber hat. Bis Ostern soll er wieder fit sein. Aber wer weiß, vielleicht ist es viel schlimmer, als wir denken.«

»Mal nicht gleich den Teufel an die Wand. Ich glaube, der Papst schont sich nur für die Osterfeierlichkeiten. Der Mann weiß ganz genau, wann er sich der Welt präsentieren muß, und das ist nun mal zu den hohen christlichen Feiertagen.

Logischerweise macht er deshalb kurz vor Ostern angesichts einer Grippe etwas langsamer.«

»Sie meinen, alles sei Taktik?«

»So würde ich es sehen. Jeder Mensch wird mal krank. Wichtige Leute wissen aber genau, wann sie unbedingt gesund sein müssen, um den Menschen ihren Führungsanspruch zu demonstrieren. Die Päpste der modernen Zeit haben für meine Begriffe das Funktionieren der Medienwelt gut verstanden. Wenn es ihm zwischendurch mal schlechter geht, interessiert das uns Römer. Wir leiden mit ihm, weil wir mit ihm leben. Aber in der restlichen Welt sieht es anders aus. Dort wartet man auf starke Botschaften vom Chef, die er persönlich über die Kameras vermitteln muß. Genau das wird er Ostern tun.«

»Aber er regiert doch gar nicht wirklich.«

»Das sehe ich anders.«

Wie sie es sah, sollte Mario ein anderes Mal erfahren, denn in diesem Moment dudelte das Telefonino in Ledas Handtasche den Türkischen Marsch von Mozart. Nach einigem Wühlen zwischen Notwendigem und Vergessenem förderte die Kommissarin ihr Handy ans Tageslicht.

»Buon giorno, Signora. Hier ist Ugo. In der Via Volterra wurde vor einer Viertelstunde ein Mann auf offener Straße erschossen. Ich bin im Präsidium und fahre jetzt los.«

»Wo ist die Via Volterra?«

»Sie verbindet die Via Taranto und die Via Terni. Kennen Sie die beiden?«

»Nein. Ich schalte das Navigationssystem ein. Wozu habe ich es?«

»Beherrschen Sie denn die Technik?«

»Flavia hat sich letztes Wochenende damit auseinandergesetzt und es mir erklärt. Mal schauen, ob ich alles behalten habe.«

»Also, bis gleich.«

Leda schaute Mario achselzuckend an: »Nicht sehr appetitlich: ein Toter zum Frühstück. Ich muß los.«

Sie trank eilig ihren Kaffee und wickelte das Cornetto in eine Serviette, während Mario zur Kasse ging. Sie fand in ihrem Portemonnaie nur einen Zwanzig-Euro-Schein.

»Der Rest ist die Anzahlung für die nächsten Tage«, sagte sie und lief kauend zu ihrem Auto.

Mit dem Bordnavigator kam sie bestens zurecht. In Sekundenschnelle zeigte er ihr, wohin sie lenken mußte. Doch das, was sich auf dem Bildschirm als ein übersichtliches und vor allem störungsfreies Straßennetz darstellte, in dem man sich als grüner Pfeil schnell voranbewegen konnte, entpuppte sich in der Realität als ein einziger Hindernislauf. Alle Fahrer Roms schienen sich an diesem Morgen gegen das Fahren und für das Stehen entschieden zu haben. Genau wie alle anderen drückte Leda fleißig auf ihre Hupe, eher einem gruppendynamischen Reflex folgend, als sich eine realistische Verbesserung der Situation versprechend. Ihre eigene Dummheit, die zu nichts weiter als ohrenbetäubendem Lärm führte, wurde ihr erst klar, als der Fahrer eines Nachbarwagens sie mit einem breiten Grinsen und eindeutigen Handbewegungen für verrückt erklärte. Sie ärgerte sich eine Sekunde lang über sich selbst und ihn, grinste dann zurück, faßte hinter den Fahrersitz, kurbelte ihre Fensterscheibe runter, setzte mit einem Griff das Blaulicht aufs Dach und ließ die Sirene aufheulen. Der Nachbar lachte und signalisierte Leda, daß er ihr selbstverständlich gern die Vorfahrt lasse und ihr im übrigen frohes und schnelles Durchkommen wünsche.

»Der Mann hat Humor«, dachte Leda. Die Sirene beeindruckte in der Tat kaum. Nur mühsam kam die Kommissarin voran und brauchte eine gute Dreiviertelstunde, bis sie den Tatort erreichte.

Die kurze Via Volterra war inzwischen von querstehenden weißen Einsatzfahrzeugen vollständig gesperrt. Polizisten in

Uniform hielten mit ernsten Gesichtern Neugierige hinter den Absperrungsbändern aus Plastik vom Ort des Geschehens fern, der Leichenwagen wartete mit offenen Türen auf seine traurige Fracht.

Etwa hundert Meter entfernt sah sie Ugo Libotti, ihren Mitarbeiter, stehen. Er war in ein intensives Gespräch mit einer älteren, stark gestikulierenden Dame vertieft und notierte mit gerunzelter Stirn ihre Angaben auf einem kleinen Notizblock. Auf der anderen Straßenseite inspizierte Piero Bassani, der Leiter der Spurensicherung, die Wand eines Gebäudes so intensiv, als wäre dort ein Zeitungsartikel abgedruckt. Nicht weit von ihm entfernt lehnte ein Mann in dunklem Anzug mit dem Rücken an der Hauswand. Seine Beine waren auf dem Boden ausgestreckt, sein Kopf war seitlich nach vorn gekippt.

Die zwischen den Häusern durchscheinende Sonne trennte die Szenerie in einen hellen und einen dunklen Bereich, gerade so, als wäre Scheinwerferlicht zur Steigerung des dramatischen Effekts gezielt eingesetzt worden. Von den Bäumen auf den Gehsteigen rechts und links der Straße wehte der Wind zarte, rosa Blütenblätter, die sich sacht auf die Umgebung und den Mann legten. Wie ein Leichentuch, dachte Leda und war irgendwie dankbar, daß die Natur diese Aufgabe leise und selbstverständlich für die in Arbeit verstrickten Menschen übernommen hatte. Jedesmal, wenn sie ein Mordopfer sah, packte sie eine allgemeine Abscheu vor einer Welt, die solche Barbarei zuließ, und die Verzweiflung, daß man dagegen offensichtlich nichts tun konnte.

»Ciao Leda. Da bist du ja endlich. Ich habe auch ewig gebraucht, bis ich hier war. Die sollten für den Stadtbereich Roms eine drastische Maut erheben, so wie in London. Dort hat die Maßnahme den Verkehr angeblich mächtig reduziert.« Leo Amato, der Gerichtsmediziner, kam lächelnd auf sie zu. Seit vielen Jahren arbeiteten sie zusammen und verstanden sich prächtig.

»Aber da klappt auch der öffentliche Personennahverkehr hervorragend und wird nicht regelmäßig von Streiks lahmgelegt wie hier. Wer ist der Tote? Wie starb er und warum? Habt ihr den Täter schon, damit ich wieder gehen und einen Frühjahrsspaziergang im Park machen kann?«

»Sicher. Die Gemüsefrau, mit der Ugo gerade spricht, hat ihn gesehen, sich das Kennzeichen seines Motorrades gemerkt und weiß, wo er hingefahren ist. Du brauchst nur noch hinterherzulaufen und ihn einzufangen. Wahrscheinlich wartet er an der nächsten Ecke schon mit einem Kaffee auf dich.«

»Dio, wäre das schön. Aber nun im Ernst, was wißt ihr?«

»Deinem Wunsch entsprechend, den Tatort unverändert in Augenschein nehmen zu können, habe ich den Toten bisher nicht angerührt. Der Rettungsarzt sagt, daß bei seinem Eintreffen der Mann schon ohne Puls war. Drei Einschußlöcher, zwei davon in der Herz- und eines in der Bauchgegend, zerstörten den edlen Stoff seines Anzugs, den inzwischen zusätzlich noch mindestens zwei Liter ausgelaufenes Blut verschmutzen. Da ich ihn noch nicht umgedreht habe, ist offen, ob die Kugeln in ihm stecken. Piero und seine Leute haben jedenfalls keine gefunden, was unter diesem Blütenteppich auch ziemlich schwer werden dürfte. Er dürfte Ende Dreißig sein, sieht sehr gepflegt aus und wohnte in dem Haus, vor dessen Tür er das Zeitliche segnete. Wenn ich dich nun zur Leiche bitten dürfte, könnten wir sie uns genauer ansehen.«

Mit einer galanten Verbeugung hielt er Leda lächelnd den rechten Arm hin, als wollte er mit ihr die Straße in der Frühjahrssonne auf und ab flanieren.

»Du bist und bleibst ein Zyniker«, sagte Leda, lehnte mit einem Handstreich die Einladung ab und ging zum Toten.

»Ciao Leda. Unglaublich! Jetzt werden die Leute schon

am hellichten Tag auf offener Straße abgeknallt, als wären wir im Süden«, begrüßte Piero Bassani sie.

»Ciao Piero. Was suchst du an der Wand? Ein Autogramm des Mörders?«

»Genau. Ein ballistisches Autogramm in Form einer Kugel.«

Irgendwer hatte die Augen des Toten bereits geschlossen. Die Rettungsärzte machten das üblicherweise, da sich kaum jemand traute, Schwerverletzte, Sterbende oder Tote anzufassen. Leda hatte sich inzwischen die Gummihandschuhe übergestreift. Sie ging in die Hocke und betrachtete das Gesicht des Mannes. Es hatte eine besonders blasse, glatte Haut und fast jungenhafte Züge. Unter seinen Augen lagen tiefe, dunkle Schatten, und seine schwarzen Haare waren an den Schläfen bereits ergraut. Ein bißchen kam er Leda wie ein frühzeitig gealterter Fünfundzwanzigjähriger vor. Vorsichtig öffnete sie die beiden Jackettknöpfe.

»Der Rettungsarzt hat die Brieftasche schon rausgeholt«, hörte Leda Ugos Stimme. »Sie ist von den Kugeln ziemlich zerfetzt worden, aber einiges ist doch noch brauchbar. Er heißt Roberto Denaro, vierundvierzig Jahre alt, geboren in Rom, seit zwölf Jahren wohnhaft im zweiten Stockwerk diese Hauses. Dort lebte er zusammen mit Gianna Morricone. Sie befindet sich momentan auf Geschäftsreise in Asien. Ihr Arbeitgeber, das Reiseunternehmen Pastour, versucht sie zu erreichen. Ich habe bereits mit denen telefoniert. Weitere Familienmitglieder und sein Arbeitgeber sind noch unbekannt. Die Putzfrau wird vermutlich innerhalb der nächsten Minuten eintreffen. Sie kommt immer dienstags und freitags. Die Kollegen der Straßensperre sind informiert und lassen sie durch, falls sie sich meldet. Falls nicht, hat der Portiere einen Schlüssel, damit wir reinkönnen. Nach Aussage einer Zeugin verließ Denaro gemeinsam mit einem jungen, unbekannten Mann das Haus. In diesem Moment kam ein schwarzes, mit zwei Personen besetztes Motorrad von der Via Taranto her vorbeigefahren und setzte seine Fahrt anschließend beschleunigt in Richtung Via Terni fort. Der junge Mann, der in Begleitung des Opfers war, schrie, beugte sich kurz über Denaro und lief dann in offensichtlicher Panik die Via Volterra in Richtung Via Taranto davon. Die beiden Motorradfahrer trugen Jeans und Lederjakken sowie einen dunkelblauen und einen schwarzen Helm. Ihre Gesichter waren nicht erkennbar. Der junge, flüchtige Mann wird auf Ende Zwanzig geschätzt, groß mit blonden, kurzen Haaren. Kleidung: helle Hose, helle Turnschuhe und ein graues Sweatshirt mit Kapuze. Die Zeugin: Signora Daniela Volpini, die zum Tatzeitpunkt gerade einen Kasten Salat vor ihrem Geschäft aufstellte. Das ist es im wesentlichen.«

»Eccellente, Ugo. Danke, das ist ja schon eine ganze Menge!«

»Ach, noch etwas. Der Tote trug eine Aktentasche bei sich. Darin fanden wir einen Laptop, ein Telefonino und einen kleinen elektronischen Organizer. Die Spurensicherung hat alles mitgenommen.«

Leda lächelte ihrem Mitarbeiter, der sie um einen ganzen Kopf überragte, zu. Mit ihm zu arbeiten machte Spaß, weil sie sich auf seine Genauigkeit verlassen konnte.

»Diese Signora Volpini möchte ich gern sprechen. Gibt es außer ihr noch weitere Zeugen?«

»Nein, bisher nicht.«

Gemeinsam überquerten sie die Straße und betraten das Geschäft von Signora Volpini, wo sie vom hellen Klang einer Glocke begrüßt wurden. Der Duft frischen Obstes und Gemüses, das appetitlich in Holzkisten auf dem Boden und den breiten Regalbrettern an den getünchten Wänden zum Verkauf bereitstand, erinnerte an einen Garten auf dem Land kurz nach einem Regenschauer. Eine altertümliche

Kasse mit einer Kurbel an der Seite wartete auf Einnahmen, die es wohl in den nächsten Stunden, bis Piero Bassani alle Spuren gesichert hatte, nicht geben würde. Dahinter zeigten tausend kleine und große Packungen, was in einem Haushalt fehlen könnte: vom Brühwürfel über Kaffeepulver bis zu Zahnpasta und Toilettenpapier. Von der Höhe der gegenüberliegenden Wand blickte der Papst mit einem gnädigen Lächeln auf den Geschäftsbetrieb hinab.

»Ich komme sofort«, rief die Signora aus einem hinteren Raum, der durch einen bunten Plastikvorhang abgetrennt war. Sie telefonierte. »Sì, meine Liebe, furchtbar. Und jetzt liegt er seit Stunden tot an der Hauswand. Ich kann den Anblick nicht mehr ertragen. Nein, die lassen mich nicht fort, weil sie mich befragen müssen. Ich habe es doch als einzige gesehen. Ja, ja, komm her, das wäre nett. Aber jetzt noch nicht. Die Polizei läßt dich nicht durch. Ich gehe nicht mehr raus. Keine Sorge. Aber wer putzt das ganze Blut auf der Straße weg? Das kann doch da nicht bleiben. Lulu muß das machen. Er ist schließlich der Portiere. Ich muß Schluß machen. Da ist jemand gekommen. Ja, ciao, bis später.«

Leda sofort den Eindruck, daß Signora Volpini eine vernünftige, mit beiden Beinen auf dem Boden der Realität stehende Frau war. Noch kleiner als sie selbst, mit barocken Formen, etwa Ende Fünfzig, graue, kurze Haare, kräftige Hände und ein wacher Blick aus tiefbraunen Augen. Eine grüne Schürze, die beinahe bis zum Boden reichte, schützte ihre Kleidung vor berufsbedingtem Schmutz.

»Ah, Signor Libotti. Da sind Sie ja wieder und haben jetzt ihre Chefin mitgebracht.«

»Buon giorno, Signora. Ich bin Leda Giallo. Signor Libotti hat mir das Wichtigste bereits berichtet. Mich interessiert noch besonders der junge Mann, der das Opfer begleitet hat. Kannten Sie ihn? Haben Sie ihn schon öfter mit Signor Denaro gesehen?«

»Ja. Drei oder vier Mal habe ich ihn morgens das Haus mit dem armen Signor Denaro verlassen sehen. Sie haben immer miteinander gescherzt. Ein netter junger Mann. Ich verstehe nur nicht, warum er fortgelaufen ist. Meinen Sie, er hat etwas mit dem Mord zu tun?«

»Genau das müssen wir rausfinden. Würden Sie ihn wiedererkennen? Könnten Sie ihn genau beschreiben?«

»Ich denke, ja. Er war bestimmt nicht von hier, sondern sah eher wie einer aus dem Norden aus.«

»Haben Sie den Rettungsdienst gerufen?«

»Ich habe die Eins-eins-drei gewählt. Und dann sind sie sofort gekommen.«

»Und der junge Mann blieb unverletzt? Haben sie das genau gesehen? Ich frage mich, wie das sein kann, wenn die beiden direkt nebeneinander gingen.«

»So war es auch nicht. Der arme Signor Denaro und der junge Mann sind gemeinsam aus dem Haus gekommen. Signor Denaro machte ein paar Schritte nach links und wartete dann kurz, während der junge Mann erst noch zum Müllcontainer dort hinten ging, um eine Tüte reinzuwerfen.«

Signora Volpini zeigte auf einen Container, der etwa fünfzig Meter entfernt von der Haustür am gegenüberliegenden Straßenrand stand.

»Und wo befand sich das Motorrad in dem Moment, als die beiden aus der Haustür traten?« fragte Leda weiter.

»Etwa auf der Höhe des Müllcontainers auf dieser Straßenseite.«

»Hat es dort gewartet?«

Die Frau zögerte mit der Antwort. Sie schloß die Augen und ließ offensichtlich die Bilder des Geschehenen noch einmal an sich vorbeiziehen.

»Das war wohl so. Denn als ich aus dem Laden kam, um die Apfelkiste vor dem Schaufenster aufzustellen, habe ich aus dem Augenwinkel etwas Schwarzes gesehen und ein gleichmäßiges Motorengeräusch gehört. Ich kenne die Geräusche in dieser Straße so gut wie meinen Herzschlag. Wenn ein Motorrad aus der Via Taranto in die Via Volterra einbiegt und bis hierher fährt, muß geschaltet werden. Da klingt der Motor anders. In diesem Fall hörte ich jedoch, wie die Maschine losfuhr, ohne zu schalten oder zu starten. Sie muß also tatsächlich dort mit laufendem Motor gestanden haben.«

»Kam Ihnen das seltsam vor?«

»Nein. Es steht doch häufig jemand mit laufender Maschine vor einem Haus und wartet auf einen anderen.«

»Und dann fuhr sie langsam oder schnell los?«

»Normal, würde ich sagen. Sonst hätten sie ja auch nicht nach wenigen Metern wieder bremsen, schießen und treffen können.«

»Ist das Motorrad direkt an Ihnen vorbeigefahren?«

»Ja, aber ich habe nicht weiter darauf geachtet, sondern meine Kiste auf den Ständer gehoben und mich dabei von der Straße weggedreht. Dann beschleunigte das Motorrad plötzlich. Ich habe aufgeschaut und gesehen, wie es nach links in die Via Terni einbog.«

»Haben sie die Motorradmarke erkannt? War es ein großes Motorrad, ein schweres mit viel Karosserie oder ein leichtes?« unterbrach Leda sie.

»Eine schwere Maschine, glaube ich, aber ich kenne mich da nicht aus!«

»Und dann?«

»Dann hörte ich den Schrei, diesen furchtbaren Schrei des jungen Mannes, der jetzt weg ist. Er hockte vor Signor Denaro und beugte sich über ihn. Ich lief so schnell ich konnte rüber, doch als mich der junge Mann kommen sah, schaute er mich entsetzt an und rannte davon. Erst jetzt merkte ich, daß Signor Denaro voller Blut war. Er bewegte sich nicht mehr. Da war mir klar, daß ihm nicht mehr zu helfen war. Ich bin zurück ins Geschäft gelaufen und habe den Rettungsdienst gerufen Was hätte ich sonst tun sollen?!«

»Das war sehr richtig, Signora. Aber haben sie denn keine Schüsse gehört?«

Nun hob Signora Volpini die Arme in einer Geste der Verzweiflung zum Himmel, wobei sie heftig den Kopf schüttelte.

»Nein, das ist ja das Verrückte. Nichts habe ich gehört. Dabei zeigen die in den Filmen doch immer, wie laut es knallt, wenn geschossen wird.«

»Sie haben auch nicht gesehen, wie vom Motorrad aus geschossen wurde?«

»Nein, weil ich von der Straße abgewandt stand.«

»Noch mal zu dem jungen Mann: Hatten Sie den Eindruck, daß er sich anders verhielt als sonst, wenn er mit Denaro aus dem Haus kam, daß er vielleicht etwas geahnt haben könnte? Schaute er sich beispielweise um?«

»Nein, gar nicht. Er benahm sich völlig normal und schlenderte geruhsam zum Container.«

»Wie gut kannten Sie Signor Denaro?«

»Ich kannte ihn, wie man eben seine Kunden kennt. Wir haben nie so viel miteinander gesprochen, weil er nicht sonderlich gesprächig war. Ein eher ruhiger Mann, sehr höflich. Seit zwölf Jahren wohnt er hier mit seiner Frau Gianna. Sie ist aber sehr oft weg, weil sie bei Pastour in der Reisebranche arbeitet. Sie ist viel offener und bringt mir oft eine Kleinigkeit aus fremden Ländern mit. Weiß sie schon Bescheid, die Arme? Dio, wie schrecklich das alles ist! Wieso hat man ihn denn nur erschossen? Wieso?«

Mit der Schürze wischte die Gemüsefrau sich einige Tränen ab, aber es rollten neue nach. Leda fand in ihrer Handtasche ein Papiertaschentuch und gab es ihr.

»Warum nur, warum?« jammerte die Signora.

Die Kommissarin merkte, daß es im Moment keinen Sinn hatte, sie weiter zu befragen. Sie brauchte Zeit, um ihren Schock zu verarbeiten. Leda bat sie deshalb, mit einem Kollegen ins Präsidium zu fahren, um dort eine Phantomzeichnung des flüchtigen jungen Mannes zu erstellen. Sie war einverstanden, und Ugo verließ das Geschäft, um einen Kollegen zu holen, der sie ins Präsidium bringen sollte.

»Noch eine Frage, Signora. Warum sind Sie so sicher, daß vom Motorrad aus geschossen wurde?«

»Sonst war doch niemand da.«

Leda ging zurück zu Leo, der sich gerade die blutigen Gummihandschuhe von den Händen zog.

»Drei Schüsse, sauber plaziert. Einer direkt ins Herz, einer etwas unterhalb, und der dritte hat die Bauchaorta zerrissen. Schußentfernung etwa dreißig Meter, muß ein brillanter Schütze gewesen sein.«

»Aus welcher Richtung wurde geschossen?«

Leo zeigte auf die gegenüberliegende Straßenseite:

»Von direkt gegenüber. Fast gerade Einschußkanäle, soweit ich es jetzt beurteilen kann. Später bekommst du es genauer. Meinetwegen kann der Signore jetzt in meine blaue Tiefkühltruhe gebracht werden. Dir wird er mit Sicherheit nichts erzählen, soviel du ihn auch fragen magst. Zwei Kugeln habe ich Piero schon gegeben, die waren hinten rausgekommen und lagen unter dem Toten. Sind wohl Neun-Millimeter-Geschosse. Eine steckt noch im Körper. Die gibt's später im Büro zum Kaffee.«

»Die Schüsse wurden also aus der Höhe abgefeuert, in der sie auf den Körper trafen?«

»Ja, in etwa. Genau kann ich dir das aber später sagen. Ich muß die Kanäle erst vermessen, um den Winkel feststellen zu können. Warum?«

»Aus den Hochparterrefenstern da drüben kann es also nicht gewesen sein?«

»Glaube ich nicht, zu hoch!«

»Und das Gittertor da drüben?«

»Zu schräg.«

»Vom Soziussitz eines Motorrades direkt gegenüber?«

»Paßt genau, wenn jemand in Bewegung schießen kann, das ist schon eine hohe Kunst. Er oder sie sollte sich beim Zirkus bewerben.«

»Als Killer verdient man mehr, wenn man wirklich gut ist.«

»Dann wissen wir ja, wer es war. Der Motorradkiller.«

Leda ging auf Leos Scherze nicht ein. Ihr Gehirn lief auf Hochtouren. Sie durfte nichts übersehen. Denn die meisten Spuren, die sie jetzt zu untersuchen vergaß, würden schon bald verschwunden sein. Sie mußte ihre Sinne ganz auf den Tatort beziehen, weil sie die genaue Erinnerung an ihn vielleicht noch brauchen würde.

»Die haben wie Terroristen gearbeitet«, sagte sie zu Leo.

»Genau so sehe ich das auch«, erwiderte er nickend.

»Gut, du kannst Signor Denaro jetzt mitnehmen. Danke, Leo. Ach und noch etwas: Schaut mal bitte nach, ob ihr Richtung Via Taranto noch irgendwelche Blutspuren findet. Falls ja, nehmt Proben mit und vergleicht sie mit dem Blut des Toten. Ich möchte wissen, ob der junge Begleiter Denaros auch etwas abbekommen hat.«

»Sì, Signora, subito.«

Piero Bassani dirigierte auf der Straße einen Fotografen und ließ ihn mit einem Teleobjektiv Zentimeter um Zentimeter auf dem Kopfsteinpflaster fotografieren.

»Was habt ihr denn gefunden?« erkundigte sich Leda.

»Wir versuchen auf den plattgefahrenen Blütenblättern das Muster von Reifenprofilen zu entdecken. Der Fotograf meint, daß es klappen könnte, weil die Stellen, auf die Druck ausgeübt wurde, dunkler sind und am Pflaster festkleben. Es fallen laufend neue Blätter drauf, die wir wegpusten müssen.

Inzwischen scheint sich eine schmale Spur, die zu Motorradreifen passen könnten, herauszubilden, und die fotografieren wir gerade. Nur kann man das Profil noch nicht erkennen. Vielleicht macht es die Technik später möglich.«

»Sonst noch etwas?«

»Nichts, rein gar nichts.«

Ugo hatte Signora Volpini inzwischen zum Kollegen ins Streifenfahrzeug gesetzt und kam jetzt auf Leda zu. In diesem Moment trat ein Mann aus einer Haustür neben dem Gemüseladen und hielt ihn am Ärmel fest. Leda sah, wie er auf Ugo einredete, woraufhin dieser sich zu ihr umdrehte und sie zu sich winkte.

»Commissaria, das ist Walter Manzoni. Er hat eine Schwester mit einem besonderen Hobby: Sie notiert sich alle Kennzeichen der Fahrzeuge, die auf der Straße vorbeikommen. Das hat sie auch heute gemacht.«

Zwei Minuten später standen sie im Hochparterre des Gebäudes neben Signora Volpinis Gemüseladen. Signor Manzoni bat sie, am Eßtisch im Wohnzimmer Platz zu nehmen. Die Sonnenstrahlen brachen sich im geschliffenen Bleiglas einer Etagere, auf der täuschend echt aussehende Keramikfrüchte drapiert waren. Leda schätzte Signor Manzoni auf Mitte Sechzig. Seine hellgrauen Augen wurden von dikken Brillengläsern auf die Größe kleiner Bälle gebracht, so daß sein Blick den Eindruck unglaublicher Intensität vermittelte. Es muß für ihn sehr anstrengend sein, überhaupt etwas zu sehen, dachte Leda.

Signor Manzoni blieb stehen. Er wollte etwas sagen und war offensichtlich unschlüssig, wie.

»Meine Schwester Adriana hat seit ihrer Geburt ein paar Probleme. Unter anderem spricht sie kaum und wenn, dann sagt sie Dinge, die in keinerlei Zusammenhang mit der Situation zu stehen scheinen. Deshalb versteht sie niemand, und deshalb spricht sie auch meistens nicht. Sie weiß, daß die verkehrten Worte aus ihrem Mund kommen. Hätte Mamma sie nicht so sehr geliebt und gefördert, hätte niemand je entdeckt, daß Adriana gar nicht dumm ist. Sie kann sich in unglaublicher Geschwindigkeit Zahlen- und Buchstabenkombinationen merken und schneller als jeder Computer rechnen. Den ganzen Tag tut sie nichts anderes, als am Fenster ihres Zimmers zu sitzen und die Kennzeichen vorbeifahrender Fahrzeuge zu notieren. Wenn Sie sie gleich treffen werden, wird sie also nicht mit Ihnen sprechen. Sie versteht aber alles, da können Sie sicher sein. Ich sage ihr jetzt, daß Sie kommen.«

Damit verschwand Signor Manzoni. Ugo schaute Leda fragend an. Sie zuckte ratlos mit den Schultern. Woher sollte sie wissen, ob und wie sie mit einer solchen Frau kommunizieren könnten?

Als sie das Zimmer betraten, saß Adriana auf einer kleinen Holzempore vor dem Fenster. Vor ihr lag auf einem Tischchen ein Notizblock, daneben stand ein Digitalwecker, in der Hand hielt sie einen Kugelschreiber. Ihr schwarzes Haar hing lockig auf den Rücken hinab und ließ ihre Hautfarbe wie weißen Carrara-Marmor erscheinen. Dazu trug sie ein bodenlanges weißes Kleid. Ihre Erscheinung entsprach aus einiger Entfernung der einer jungen Frau. Bei genauerem Hinsehen entpuppte sie sich zwar als sehr schön, aber dennoch viel älter. Mit ernstem Gesicht schaute sie die Eintretenden kurz an, um aber dann den Blick sofort wieder aus dem Fenster zu lenken. Leda hörte ein Auto vorbeifahren und sah Adriana etwas notieren.

»Adriana, das sind Commissaria Giallo und Commissario Libotti. Du hattest mir versprochen, daß sie sich deine Liste von heute anschauen dürfen.«

Nach einer Weile guten Zuredens zeigte ihnen Adriana das heutige Blatt. Ordentlich waren etwa fünfundzwanzig Buchstaben- und Zahlenkombinationen untereinander aufgeschrieben. Die meisten bestanden aus Dreierpaketen:

zwei Buchstaben, dann vier oder fünf Ziffern und wieder zwei Buchstaben. Das waren die Autokennzeichen. In fünf Fällen waren es Zweierkombinationen: zwei Buchstaben und mehrere Ziffern, die Motorradkennzeichen. Die letzten waren Kennzeichen von Institutionen wie Polizei oder Rettungsdienst. In der Spalte daneben hatte Adriana jeweils die Uhrzeit notiert, zu der das Fahrzeug vorbeigekommen war.

Leda bat Ugo, alles zu notieren, und fragte Signor Manzoni nach Adrianas Aufzeichnungen des vergangenen Monats. Sogleich zog er einen Aktenordner aus einem der Regale, die zwei Wände des Zimmers vom Boden bis zur Decke bedeckten. Hunderte von Aktenordnern, alle auf den Rücken säuberlich mit Daten versehen. Adrianas Lebenswerk! Als sie bemerkte, daß Leda einen Ordner mitnehmen wollte, stand sie auf, um ihn ihr wieder wegzunehmen. Sie stampfte mit den Füßen auf den Boden und stieß wütende Laute aus. Der Engel hatte sich in eine Furie verwandelt, und Leda und Ugo atmeten tief durch, als sie endlich mit dem Ordner bepackt im Freien standen.

»Was es nicht alles gibt«, kommentierte Ugo knapp.

»Schwere Form von Autismus, würde ich sagen«, meinte Leda. »Arme Leute, die tun mir leid.«

Gemeinsam brachten sie den Ordner zu Ledas Auto, verstauten ihn dort und kehrten zum Tatort zurück. Die Leiche war inzwischen abtransportiert, und langsam löste sich der Trubel auf. Bald würde nur noch das Blut an der Hauswand und auf der Straße vom Verbrechen zeugen.

Sie betraten das Haus, in dem Roberto Denaro gewohnt hatte. Aus der offenen Tür einer Wohnung erklangen laute Musik und Stimmen. Eine Frau schluchzte und wiederholte ununterbrochen: »Dio, was soll aus dieser Welt nur werden?«

Und ein Mann antwortete: »Basta, Cecilia, jetzt reicht's.

Irgend etwas muß Denaro auf dem Kerbholz haben. Sonst wäre er nicht erschossen worden.«

Leda klopfte an die Tür und rief laut: »Hallo, ist da jemand?«

Auf der Stelle verstummten die Stimmen, und ein Mann in Arbeitskleidung und ausgetretenen, schmutzigen Schuhen erschien.

Es war der Portiere, Gaspare Agnoli, der sie, versehen mit einem dicken Schlüsselbund, in den zweiten Stock begleitete, wo Denaros Wohnung lag. Die Putzfrau war, wie er berichtete, nicht gekommen. Agnoli erkundigte sich, ob man schon etwas wisse, und hätte sie liebend gern auch in die Wohnung begleitet, was Ugo freundlich, aber entschieden zu verhindern wußte.

Die Wohnung nahm mit sechs Zimmern, einer Küche, zwei Bädern plus einer Gästetoilette das gesamte Stockwerk ein. Direkt gegenüber dem Eingang standen die Flügeltüren zu einem komfortablen Wohn- und Eßzimmer offen. Geschmackvoll ergänzten sich wenige moderne und antike Möbel, vor den Mauern zwischen den hohen Fenstern erhoben sich übermannsgroße Zimmerpflanzen. Cremefarbene Voilevorhänge ließen die Sonne sanft durchschimmern. Drei breite Sessel in der gleichen Farbe, ergänzt durch ein weinrotes Sofa, luden zum Aufenthalt ein. Rund um einen rechteckigen Glastisch gruppierten sich in der Farbe des Sofas bezogene Stühle. Leda fand, daß sich der Raum ein bißchen wie aus einem Einrichtungsmagazin entlehnt ausnahm.

Hinter dem Eßplatz rechts war eine große Schiebetür aus Glas. Ugo schob sie zur Seite, und sie gelangten in ein Arbeitszimmer. Dies mußte Denaros bevorzugter Aufenthaltsraum gewesen sein. Zwischen Bücherregalen, einem schwarzen Ledersofa, schwarzen Ledersesseln, einer Hifi-Anlage, CD-Ständern, einem Fernseher und einem Schreibtisch stapelten sich auf dem Boden Illustrierte, Tageszeitungen und Akten. Es war nicht wirklich unordentlich, nur ausgesprochen voll.

Dann betraten sie ein Schlafzimmer, in dessen Zentrum ein riesiges, rundes Bett, umgeben von einem schwarzweiß gestreiften Zelt, stand.

»Wie im Zirkus. Was hier wohl nachts aufgeführt wird?« rutschte es Ugo heraus und Leda mußte lachen.

»Zweifelsohne ungewöhnlich, aber doch sehr gemütlich. Ich würde mich in dem Bett jedenfalls wohl fühlen, irgendwie behütet«, meinte sie.

Das ebenfalls schwarzweiß gestreifte Bettzeug mit zwei Kopfkissen und zwei Decken lag durchwühlt da. Auf einen Stuhl hatte jemand frische, diesmal rot-weiß gestreifte Bettwäsche gelegt. Sie wartete vergeblich auf die Putzfrau, die offensichtlich das Neu-Beziehen übernehmen sollte. Eine schwarzgelackte Schrankwand, mehrere Sportgeräte sowie ein etwa ein mal zwei Meter großer Spiegel ohne Rahmen ergänzten die sparsame Möblierung. Vom Schlafzimmer aus gab es einen Zugang zu einem ganz in Weiß gehaltenen Badezimmer, das angesichts der darin befindlichen Utensilien nur von einem Mann benutzt wurde.

In der Küche standen gebrauchte Kaffeetassen, Gläser, eine offene Tüte Milch, eine weitere mit Orangensaft auf dem dunklen Holztisch, eine leere Flasche Prosecco und zwei Sektkelche, von Essensresten verklebte Teller, Töpfe, Besteck und Kochutensilien auf der Ablage neben der Spüle.

Leda wühlte in der Tiefe ihrer Handtasche, die beinahe das Volumen eines Seesackes hatte. Paolo hatte sie ihr vor Jahren einmal geschenkt, und sie trug seitdem selten eine andere. Dementsprechend war sie voll wie eine Schatzkiste. Nach einigem Suchen fand Leda ihr Telefonino und bat Piero Bassani, in die Wohnung zu kommen, um auf Spurensuche zu gehen. Die Möglichkeit, irgendwelche Hinweise auf den flüchtigen Begleiter Denaros zu finden, schien ihr plötzlich sehr groß.

Neben dem Wohnzimmer befand sich eine Art Jugendzimmer mit einem Etagenbett, zwei Schreibtischen, einem Computer, zwei Kleiderschränken und vielen Plakaten von internationalen Musikgruppen an den Wänden. Eine Tür führte in ein schmales Duschbad, in dem Märchenfiguren als Handtuchhaken dienten.

Der Einrichtungsstil der beiden Zimmer im hinteren Teil der Wohnung unterschied sich völlig von den bereits bekannten: asiatisches Mobiliar und bunte Farben, Seidenkissen, Kerzen und der Geruch abgebrannter Räucherstäbchen. Die Bücher in den Regalen zeugten von Interesse am Reisen, Bildbände aus aller Herren Länder, eine Asienkarte an der Wand. Auf dem Kleiderschrank im Schlafzimmer wartete ein Sammelsurium von Koffern und Taschen auf den Einsatz. Auf einem Kleiderbügel hing ein sehr teurer Herrenanzug. Auf vielen Fotos an einer Pinnwand sah man eine blonde, sportliche Frau in verschiedenen Umgebungen, oft mit einem Mann in inniger Umarmung. Leda hatte den Eindruck, den Mann irgendwoher zu kennen. Es war aber nicht Denaro. Das angrenzende, ebenfalls schneeweiße Bad schien von Erwachsenen beiderlei Geschlechts benutzt zu werden.

»In dieser Wohnung leben sehr unterschiedliche Menschen«, stellte Ugo fest.

»Ja, wie in zwei Welten, die nichts miteinander zu tun haben. Das habe ich noch nie in der Wohnung eines Ehepaares gesehen«, meinte Leda. »Wie in einer Wohngemeinschaft, aber nicht wie in einem gemeinsamen Heim.«

Dann begannen sie mit dem, wovon Leda hoffte, daß es nie jemand in ihrer Wohnung tun würde, weil es gnadenlos die Intimsphäre fremden Blicken öffnete: Sie suchten in jeder Schublade, jeder Ablage, in den Papierstapeln auf und in Denaros Schreibtisch, in Ordnern auf den Regalen und im

Kleiderschrank nach Hinweisen, wer er war, mit wem er warum und wie in Verbindung stand, in welcher finanziellen Situation er sich befand und ob jemand, wer auch immer, einen Grund gehabt hatte, ihn zu hassen.

Es stellte sich heraus, daß Denaro aus Rom stammte, seine Eltern in einem Vorort namens Labaro wohnten und er sie wie auch seine Schwester Carmela finanziell großzügig unterstützte. Er arbeitete als Wirtschaftsprüfer und Steuerberater bei der angesehenen, international tätigen Prüfungsgesellschaft LaBoule & Partner und verdiente dort eine Menge Geld. Seine Kontoauszüge wiesen beträchtliche Guthaben auf. Zu Gianna Morricone fand sich keinerlei dokumentierte Beziehung, nicht einmal ein gemeinsam unterschriebener Mietvertrag. Verheiratet waren sie mit Sicherheit nicht. In Giannas Unterlagen existierte ebenfalls keinerlei Hinweis auf eine Ehe oder sonstige Verbindung mit Denaro. Selbst die Telefonnummern waren durch eine Anlage voneinander getrennt.

»Das ist ja ein Ding. Da leben eine erwachsene, gutaussehende Frau und ein ebenso erwachsener, gutaussehender Mann zwölf Jahre lang angeblich als Ehepaar zusammen, lassen sich dabei aber offensichtlich auf keine dokumentierte Gemeinsamkeit ein. Welch merkwürdige Verbindung. Hat das denn Vorteile?« fragte Ugo Leda erstaunt.

»Vielleicht wegen der Steuern, vielleicht fühlen sie sich so besser, vielleicht haben sie gar keine Beziehung«, erwiderte Leda.

»Vielleicht wissen die nicht einmal die Namen voneinander und siezen sich bis heute«, lästerte Ugo.

»Kann alles sein. Es gibt ja die komischsten Sachen. Daran haben wir uns doch eigentlich schon gewöhnt. Trotzdem hast du recht. Für Paolos Existenz findet man bei mir viel Beweismaterial, und das, obwohl wir nicht zusammenleben.«

»Hier eine vergessene Unterhose, dort ein paar Socken. Ich finde bei Elena auch immer wieder etwas von mir.«

»Und umgekehrt?«

»Sie hat noch nie bei mir übernachtet, wegen Mamma, Sie wissen schon. Elena lebt immerhin allein.«

Leda lachte lauthals.

»Bei uns ist es genauso. Ich habe auch wegen Paolos Mutter nie bei ihm geschlafen und fände es sehr befremdlich, ihr morgens im Nachthemd auf dem Gang ins Bad zu begegnen.«

»Im Gegensatz zu Ihnen wird das bei uns aber bald ein Ende haben und die gesamte Unterwäsche an einem Ort untergebracht sein.«

»Und falls sie irgendwann woanders auftauchen sollte, gibt's Krach, stimmt's?«

»Darauf können Sie sich verlassen. Elena würde mich wahrscheinlich vierteilen. Sie ist ziemlich eifersüchtig.«

»Und du?«

»Ich würde sie sofort umbringen. Wozu habe ich eine Dienstwaffe?«

»Die mußt du am Tag deiner Hochzeit abgeben, befürchte ich. Apropos, ist die Wohnung denn inzwischen fertig?«

»Ja, Dank sei Gott und allen seinen Engeln. Am Wochenende ziehen wir um.«

»Und deine Mutter, kommt sie allein zurecht?«

»Sie zieht doch in die Wohnung neben uns. So können wir immer für sie da sein.«

Ob das wohl gutgeht mit der Schwiegermutter so nah dabei, fragte sich Leda. Sie kannte zu viele Fälle, in denen sich die Mutter auch nach der Hochzeit des Sohnes nicht daran gewöhnen wollte, daß nun die Ehefrau die wichtigste Rolle in seinem Leben spielte.

Nachdem Piero Bassani und seine Truppe Gläser mit prachtvollen Fingerabdrücken und Haarbürsten mitgenommen, ja sogar Spermareste von Bettlaken entfernt, Leda und Ugo jedes Papier umgedreht und Denaros Telefon- und Adreßbuch eingepackt hatten, zeigten die Uhr und Ledas Magen an, daß es Mittagszeit geworden war.

Auf dem Weg ins Präsidium hielt Leda auf der Busspur der Via Nazionale an, setzte das Blaulicht aufs Dach ohne die Sirene einzuschalten und betrat eilig eine Pizzeria, wo es die beliebteste Teigspezialität Italiens a taglio, also zum Mitnehmen gab. Von lautem Hupen der Busse und Taxis, die die Fahrspur wechseln mußten, unbeeindruckt, wählte sie ein Stück mit Zucchiniblüten und Anchovis, eines mit Zucchini, eines mit Schinken und Champignons und eines mit Tomaten und Mozzarella und kehrte zum Wagen zurück.

»Das nächste Mal suchen wir aber einen andern Parkplatz. Ich dachte schon, ich bekäme von jemandem Prügel«, meinte Ugo.

»Keiner wagt, einen Mann wie dich und noch dazu mit Polizeiausweis ausgestattet zu verprügeln. Ugo, lern doch endlich die Tatsache, daß du die Staatsmacht vertrittst, großzügiger zu nutzen. Du betrügst niemanden, du erpreßt niemanden, du bedrohst niemanden. Ich auch nicht. Dann können wir ja wenigstens mal falsch parken.«

»Aber wir müssen Vorbild sein«, beharrte Ugo grinsend.

»Ach, und für wen? Für die Touristen? Hier glaubt doch sowieso kein Mensch an das Gute im Staat oder seinen Vertretern. Nicht einmal den Moralaposteln vom Vatikan nehmen sie die Rolle ab.«

»Da gibt's ja auch keine Verkehrsunfälle.«

»Nicht durch Falschparker auf der Busspur. Da dürftest du recht haben«, meinte Leda lachend und fuhr los.

Kaum waren sie im Büro angekommen und kauten an ihren Pizzastücken, klingelte Ugos Telefon. Luigi Furla teilte mit, daß das Phantombild des flüchtigen Mannes fertig sei.

Ugo bat ihn, es schnell vorbeizubringen. Kurz darauf betraten Furla und Signora Volpini den Raum.

»War es schwierig?« fragte Leda die beiden.

Sie schüttelten die Köpfe.

»Nein«, entgegnete Signora Volpini. »Er sieht genau so aus. Impressionante, was man mit dem Computer machen kann. Ein Foto aus dem Nichts!«

»Furla ist auf dem Gebiet ein Meister, wenn er eine gute Beschreibung bekommt und die Zeugen wirklich mithelfen. Das haben Sie offenbar getan, Signora. Wir danken Ihnen«, sagte Ugo und setzte mit ihr gemeinsam die Personenbeschreibung für eine Suchmeldung auf.

Leda wollte ihren Chef, den stellvertretenden Polizeipräsidenten, Vice-Questore Fernando Raimondi, über den Mord informieren und rief bei ihm an. Von seiner Sekretärin Silvia erfuhr sie, daß er in einem Gespräch mit dem neuen Polizeipräsidenten saß und unter keinen Umständen (»außer die Questura oder der Vatikan brennen«) gestört werden durfte. Dann telefonierte sie mit Pastour und erfuhr, daß sie Gianna Morricone noch immer nicht erreichen konnten. Die Zulassungsstelle bat sie, für sämtliche von Adriana notierten Kennzeichen die Halter ausfindig zu machen.

Schließlich machten sie sich auf, um zu Denaros Eltern zu fahren.

III

Als Leda aus der Tür zum Parkplatz der Questura trat, stach ihr die Sonne in die Augen und machte ihr klar, daß sie ihre Wintersachen endgültig in den Flurschrank zum Übersommern hängen konnte. Jedes Jahr war sie von der wärmenden Kraft der Frühjahrssonne überrascht, die sie ihr nach der Winterschwäche nicht mehr zutraute. Ich wollte während der Wintermonate doch so viel abnehmen, dachte Leda und mußte sich nun mit der Realität konfrontiert sehen, daß sie die gewünschten zwanzig Pfund bis zum Beginn der Strandsaison in zwei Monaten nicht loswerden würde. Immerhin hatte sie es geschafft, die elendige Raucherei aufzugeben, ohne weiter zuzunehmen. Das war ihr Sieg, und der reichte fürs erste. Sie schüttelte ihren wilden, roten Lockenschopf und marschierte zum Auto.

Ugo schrie kurz auf, als Leda mit Schwung durch das Portal auf die Straße und beinahe in ein anderes Auto hineinfuhr. Sie trat so stark auf die Bremse, daß Ugo sich nur mit Mühe am Armaturenbrett abstützen konnte.

»Leda, eines Tages knallt es. Ich sehe es seit Jahren kommen. Warum fahren Sie nicht ein einziges Mal langsam hier raus? Warum muß ich das erleben?«

»Siamo nati per morire, Ugo, wir wurden geboren, um zu sterben. Dieses römische Sprichwort braucht laufend seine Bestätigung. Erst wenn wir uns täglich klarmachen, daß wir nur zufälligerweise noch leben, können wir doch dafür dankbar sein und wissen es zu schätzen«, konterte Leda lachend.

»Ich schwöre Ihnen, daß ich diese Art der Bestätigung nicht brauche.«

»Tatsächlich kann doch nicht viel passieren, wenn es denn

mal zum Äußersten käme. Ich habe den merkwürdigen Eindruck, daß du bei Schießereien gelassener bleibst als bei der schlichten Ausfahrt aus der Questura.«

Ugo schwieg, weil er genau wußte, daß dieses Thema mit seiner Chefin nicht verhandelbar war. Sie würde sich in diesem Punkt sowieso nicht ändern und solange sie ihren Wagen in der Questura parkte, diese auf ihre Weise verlassen. Ansonsten war sie eine gute Autofahrerin. Geschickt lenkte sie auch jetzt den Wagen durch das römische Verkehrschaos.

Denaros Eltern lebten in Labaro, einem Vorort im Nordwesten jenseits des Autobahnrings. Sie wohnten in einem dieser zweistöckigen, klinkerverblendeten Flachdachhäuser, die so typisch für die Vororte italienischer Großstädte sind. Im Vorgarten blühten Rosensträucher, und die Front war von Bougainvillea berankt. Das Haus mußte etwa zwanzig Jahre alt sein, so wie die anderen in dieser und den angrenzenden Straßen, nur sah es gepflegter aus. Als Ugo klingelte, begann im Inneren des Hauses ein Hund zu bellen. Sie mußten eine Weile warten, bis ein älterer Herr mit schlohweißen Haaren die Haustür öffnete und rief:

»Buona sera, was gibt's?«

»Wir sind von der Kriminalpolizei Rom und möchten Sie sprechen.«

Nachdem Signor Denaro seinen Schäferhund weggesperrt hatte, kam er ans Tor, ließ sich ihre Ausweise zeigen und führte die beiden schweigend hinein. Im Inneren des Hauses kennzeichnete die Bescheidenheit einfacher Leute die Einrichtung. Allerdings wiesen einzelne Möbelstücke wie beispielsweise eine neue zartgelbe Couchgarnitur, vor der ein riesiger Flachbildfernseher stand, oder der edle Eßtisch aus hellem Pinienholz mit passenden Stühlen auf gewisse Finanzreserven hin. Irgendwie hatte Leda aber den Eindruck, daß das teure Neue nicht mit dem schlichten Alten harmonierte und letztlich nicht hier hingehörte. Die Ausstellungshalle eines Möbelgeschäfts hat mehr Charme, dachte sie.

Ugo bat Signor Denaro, seine Frau zu holen, falls sie da sei. Dieser verließ wortlos das Wohnzimmer. Man hörte ihn, wie er nach draußen rief: »Maria. Wir haben Besuch. Komm!«

Kurz darauf betrat eine hagere, ältere Frau mit einer Kittelschürze das Wohnzimmer. Ihre Hände waren schwarz von Erde. Offenbar hatte sie im Garten gearbeitet. Sie grüßte kurz, schaute die beiden wortlos an und wartete, was sie zu sagen hätten.

Ugo übernahm ohne Umschweife die Gesprächsführung, da er wußte, wie schwer es Leda fiel, Angehörigen Todesnachrichten zu überbringen. Die beiden Alten hörten Ugo schweigend zu.

Dann herrschte totale Stille im Raum. Eine erdrückende Stille, die eine erdrückende Leere beschrieb. Den Mienen der beiden waren weder Erschütterung noch Trauer oder irgendeine andere Empfindung anzusehen. Sie saßen einfach da und schauten ins Nichts, jeder am anderen vorbei. Leda war über diese Reaktion schockiert. Ugo blickte sie verunsichert an. Dann wendete sich Leda an Signora Denaro und sagte: »Signora, es tut mir sehr leid, was Ihnen widerfahren ist. Könnten Sie uns trotzdem einige Fragen beantworten?«

Die Frau rührte sich nicht. Plötzlich verkrampfte sich ihr gesamter Körper, sie hob den Kopf und die Arme zur Decke, öffnete den Mund und stieß einen nimmer enden wollenden Schrei aus. Leda und Ugo fuhren von ihren Stühlen auf und liefen zu ihr, versuchten sie zu beruhigen. Tatsächlich verstummte sie, ließ Kopf und Arme sinken, aber nur, um tief Luft zu holen und erneut ihren Schmerz herauszuschleudern, markerschütternd, wortlos, mit geschlossenen Augen und erhobenen Armen, wie ein wildes, einsames Tier in der Wüste.

Signor Denaro betrachtete seine Frau, machte aber keine Anstalten, zu ihr zu gehen. Leda holte aus der benachbarten Küche zwei Gläser Wasser. Als sie zurückkam, hockte Ugo vor der inzwischen nach Luft schnappenden Frau, hielt ihre Hände und murmelte beruhigend auf sie ein, geradeso, als wäre sie ein Kind. In einem Zug leerte sie das Glas.

»Sollen wir vielleicht einen Arzt holen?« fragte Ugo.

Signora Denaro schüttelte den Kopf, stand auf, ging auf ein Marienbildnis zu, das an der Wand hing, riß es herunter, trampelte darauf herum, bis es völlig zerstört war, setzte sich anschließend wieder hin und schaute Leda an: »Haben Sie noch Fragen?«

»Ja. Hatte ihr Sohn Feinde? Wer könnte das getan haben und warum?«

»Feinde? Außer meinem Mann niemanden.«

»Er ist nicht mein Sohn, und er hat mich gehaßt. Genauso wie du mich haßt und Carmela auch.«

»Wer ist Carmela?«

»Seine Tochter aus erster Ehe, die sich niemals hier blikken läßt«, antwortete Signora Denaro. »Hat Geld wie Heu, und wer zahlt für uns beide? Roberto! Und wer kommt einmal in der Woche, um zu schauen, ob es uns gutgeht? Roberto! Und das nennst du hassen? Carmela kümmert sich nur um sich selbst und sonst um gar nichts! Sie ist egoistisch und war es immer. Eine verwöhnte, egoistische Göre, die Männer ausnimmt und ihren Vater vergessen hat«, entfuhr es dem maskenhaften Gesicht der Frau.

»Sie traut sich nur nicht hierher, weil du so gemein zu ihr bist und Roberto immer vorgezogen hast. Nun ist er tot. Nun hast du niemanden mehr, den du lieben kannst. Sie wolltest du ja nie als Kind akzeptieren.«

»Sie wollte mich nie als Mutter oder wenigstens Freundin haben, das ist die Wahrheit. Für sie war ich nie etwas anderes als eine Haushaltshilfe. Genau wie für dich. Du hast mich geheiratet, weil du jemanden brauchtest, der euch nach dem Tod deiner Frau versorgte.«

»Ein Geschäft auf Gegenseitigkeit, du wolltest jemanden, der dir und deinem Sohn ein Dach über dem Kopf gab.«

Leda und Ugo trauten ihren Ohren nicht. Hier herrschte Krieg, und das wahrscheinlich seit Jahren.

»Signor Denaro, haben Sie Ihren Stiefsohn umgebracht?« fragte Leda so direkt, daß es den Streitenden die Sprache verschlug.

»Nein, ich dachte nur, daß er mich eines Tages umbringt.«

»Wenn du nicht endlich schweigst, bringe ich dich um«, fuhr Signora Denaro dazwischen, ging auf ihren Mann los und packte ihn an den Schultern.

»Wann haben Sie Roberto zum letzten Mal gesehen?« unterbrach Ugo.

»Vor drei Tagen.«

»Vor drei Jahren.«

»Ist Ihnen Sonntag etwas Besonderes an ihm aufgefallen? Hat er sich irgendwie ungewöhnlich benommen, wirkte er bedrückt oder ängstlich?«

»Er war sehr bedrückt. Ich weiß nicht, warum, aber wahrscheinlich hat diese Hure ihn wieder fertiggemacht«, antwortete Signora Denaro.

»Welche Hure?«

»Sie meint Gianna. Alle Frauen um Roberto sind ihrer Meinung nach Huren. Aber Gianna ist es nicht, genausowenig wie Carmela.«

»Ist Gianna seine Frau?«

»Gott bewahre. Er hat sie nie geheiratet. Sie ist keine anständige Frau! Immer nur weg, läßt ihn allein, den guten Jungen. Sie hat nie begriffen, wie gut er ist.«

»Nur du weißt das, nur du.«

»Ja, ich weiß es, und du lebst gut von seinem Geld. Also schweig still.«

»Er hat Sie demnach finanziell unterstützt? Verdiente er denn so viel Geld?«

»Er ist ein kluger Junge und hat deshalb viel verdient. Kluge Menschen verdienen viel, mein Mann hat immer wenig verdient. Wir waren arm. Roberto mußte sich sein Studium selbst verdienen.«

»Er hat es so gewollt.«

»Was ist mit Gianna?«

»Was soll mit ihr sein? Sie ist weg und hat ihn allein sterben lassen.«

»Kennen Sie sie gut?«

»Nein, ich kenne sie so gut wie gar nicht. Sie mochte mich nicht.«

»Liebte Roberto sie?«

»Das ist nicht wichtig.«

»Doch, es kann wichtig sein«, beharrte Leda.

»Ich glaube nicht, daß er sie liebt. Er sagt es jedenfalls nie.«

»Haben Sie Ihren Sohn denn öfter in der Stadt besucht? Kennen Sie seine Wohnung, in der er mit Gianna zusammenlebte?«

»Nein, ich besuche ihn nie.«

Signora Denaro sprach von ihrem Sohn noch immer in der Gegenwart. Leda kannte dieses Phänomen, daß Angehörige eine ganze Zeit lang brauchten, um die Toten in der Vergangenheit anzusiedeln.

»Roberto trug Ihren Namen und war dennoch nicht Ihr Sohn. Wieso?« wandte sich Leda nun dem Mann zu.

»Ich habe ihn auf Wunsch meiner Frau adoptiert, als wir heirateten.«

»Wie alt war Roberto damals?«

»Sechs Jahre. Er sollte endlich einen Vater haben, meinte sie, und ich habe das akzeptiert.«

»Wer ist der leibliche Vater?«

Er zuckte mit den Schultern.

»In der Geburtsurkunde stand ›Vater unbekannt‹.«

»Und Ihre Tochter Carmela, mochte sie Roberto?«

Wieder Achselzucken.

»Kannten Sie Freunde oder Bekannte von Roberto? Wen können wir fragen, wer kann etwas sagen?«

»Nein. Er spricht nicht über andere. Es geht uns auch nichts an, was er tut und wen er kennt«, meinte seine Mutter.

»Worüber haben Sie denn gesprochen, wenn Sie zusammen waren?«

»Über meinen Garten. Er liebt meinen Garten und nimmt sich auch immer etwas mit in die Stadt: Gemüse, Salat, Früchte, Blumen. Und wir sprechen viel über die Heiligen, die über uns wachen. Manchmal gucken wir uns Fotos von früher an, als er noch klein war.« Signora Denaro lächelte, stand auf und verließ das Zimmer.

»Sie wissen also so gut wie nichts über Roberto, habe ich das richtig begriffen?« erkundigte Leda sich bei Signor Denaro.

»Ja. Fragen Sie Carmela, sie weiß mehr.«

»Die Adresse?«

»Fünf Minuten zu Fuß von hier. Via Porlozza. Die Nummer weiß ich nicht. Carmela hat als einzige in der Straße ein weinrotes Tor, leicht zu finden.«

In diesem Moment betrat Signora Denaro wieder das Zimmer. Sie trug einen Stapel Fotoalben und lächelte verklärt.

»Hier ist Roberto als kleiner Junge. Ich zeige Ihnen die Fotos.«

Leda und Ugo flüchteten aus dem Haus Denaro so schnell sie konnten.

»Die Alte ist total verrückt«, entfuhr es Ugo, als sie im Auto saßen.

»Das kann der Schock über Robertos Tod sein.«

»Das glaube ich nicht.«

Das Haus von Carmela Denaro war aufgrund des Tores leicht zu erkennen. Um das Grundstück zog sich eine dichte Jasminhecke, die im Sommer wundervoll duften würde und keinerlei Einblick gewährte. Als sie klingelten, meldete sich durch die Gegensprechanlage die tiefe Stimme eines Mannes, und schon summte der Öffner.

Leda und Ugo traten ein und standen im gepflegten Vorgarten eines hübschen Einfamilienhauses. Erstaunt betrachtete sie ein junger Mann von etwa achtzehn Jahren, der in der Haustür stehend offensichtlich anderen Besuch erwartet hatte.

»Wer sind Sie?«

Leda beantwortete seine Frage und bat darum, mit Carmela Denaro sprechen zu können.

»Mamma, die Polizei«, rief er daraufhin ins Innere des Hauses, machte aber keinerlei Anstalten, Leda und Ugo hineinzubitten.

»Worum geht es denn?« fragte er neugierig.

»Das würden wir gern mit Ihrer Mutter besprechen«, sagte Ugo.

»Sind Sie bewaffnet?«

»Ja«, antwortete Ugo, und dem Gesicht des Jungen war anzusehen, welchen Respekt er dieser Tatsache zollte.

Carmela Denaro war eine schöne Frau mit glatten, dunklen Haaren, die sie zu einem Pferdeschwanz gebunden trug. Ihr zierlicher Körper steckte in Jeans und einer hellblauen Hemdbluse. An den Füßen trug sie blaue Mokassins. Sie sah sehr jung aus dafür, daß sie einen Sohn in diesem Alter hatte.

»Wir möchten Sie gern allein sprechen«, sagte Leda.

Carmela schickte ihren Sohn fort und bat die beiden ins Wohnzimmer, das durch eine große Fensterfront den Ausblick in den hübsch angelegten Garten bot. Sie schloß die Tür hinter sich und bat Leda und Ugo, auf der rehbraunen Ledergarnitur Platz zu nehmen. Ihr Gesicht verriet Beunruhigung.

»Was ist passiert?« fragte sie nun ohne Umschweife.

Wieder war es Ugo, der ihr die Todesnachricht überbrachte. Carmela sah entsetzt von einem zum anderen, öffnete den Mund, um etwas zu sagen oder zu fragen, brachte aber zunächst keinen Ton heraus.

»Erschossen, sagen Sie? Warum?«

»Wir hoffen, daß Sie uns bei dieser Frage weiterhelfen können. Wer könnte einen Grund gehabt haben, ihn zu töten? Hatte er Feinde?«

In diesem Moment öffnete sich die Tür, und ein etwa fünfzehnjähriges Mädchen in Reiterkleidung, das Carmela sehr ähnelte, kam herein.

»Mamma, ich gehe jetzt.«

Als sie das Gesicht ihrer Mutter sah, begriff sie, daß etwas Schreckliches passiert sein mußte.

»Dio mio, Mamma, was ist los?«

»Papo ist tot«, antwortete Carmela mit erstickter Stimme. Ihre Tochter ließ den Reithelm fallen und stürzte in die Arme der Mutter.

»Mamma, nein, das kann nicht sein.«

Nun verstand Leda gar nichts mehr. Roberto war Carmelas Mann, der Vater ihrer Kinder? Sie schaute zum ebenso verblüfften Ugo.

Die nächsten Minuten gestalteten sich dramatisch. Als Carmela ihrem Sohn Simone eröffnete, daß sein Vater erschossen worden sei, sackte er im Türrahmen zusammen. Luisa, die Tochter, lag schluchzend auf dem Sofa, während Leda ihr über den Kopf strich. Dann kam auch noch eine etwa Zehnjährige, Giulia, hinzu, die anfing laut zu schreien, als sie begriff, was geschehen war.

Leda bewunderte Carmela, wie sie sich um ihre Kinder kümmerte, eines nach dem anderen in den Arm nahm, bis sie schließlich alle vier sich umarmend auf dem Boden hockten. Plötzlich stand die Jüngste, Giulia, auf und ging in den Flur, griff zum Telefon und wählte eine eingespeicherte Nummer.

»Papà, ich bin's, Giulia. Komm sofort. Papo ist tot.«

Leda versuchte in ihrem Kopf die Familienverhältnisse zu sortieren. Sie waren ohne Zweifel komplizierter als im Normalfall.

Nachdem sich die Kinder etwas beruhigt hatten, nahm Carmela plötzlich Ledas Frage wieder auf:

»Ich kann mir nicht vorstellen, daß Roberto Feinde hat. Er ist ein sehr verantwortungsbewußter Mensch, korrekt und sehr liebevoll mit den Kindern. Seit unserer Trennung vor zwölf Jahren haben wir über sein Privatleben außerhalb unserer Familie selten gesprochen. Er lebte sein Leben, ich meines.«

»Ihre Eltern haben mit keinem Wort erwähnt, daß Sie mit Roberto zusammen waren.«

An dieser Stelle lachte sie bitter.

»Natürlich nicht. Darüber darf im Haus von Robertos Mutter nicht gesprochen werden. Sie lehnt mich völlig ab, bezeichnet mich als Hure und meint, daß ich ihr nur den Sohn nehmen wollte. Sie ist verrückt, und zwar, seit ich denken kann. Noch nie hat sie eines ihrer Enkelkinder gesehen.«

»Und Ihr Vater?«

»Der Arme. Er liebt die Kinder und mich. Er haßt Roberto, weil er ihm vorwirft, Schande über mich gebracht, seine geliebte und geheiligte Tochter bereits als Teenager verführt zu haben. Er hat nie begriffen, daß Roberto und ich uns schon früh und für sehr lange Zeit wirklich geliebt haben. Wir klammerten uns als Kinder aneinander, bildeten eine Art Trutzburg im Chaos der Ehe unserer Eltern. Wir wußten immer, daß wir nicht miteinander verwandt waren.

Wir schliefen das erste Mal miteinander, als ich gerade fünfzehn Jahre alt war und er neunzehn. Jahrelang erfuhren die Eltern nichts von unserer Beziehung. Mit neunzehn, kurz nach dem Abitur, wurde ich mit Simone schwanger. Roberto studierte damals noch und verdiente nebenher Geld. Es war für die Eltern eine Katastrophe, aber wir freuten uns auf das Baby.

Zu Hause konnten wir nicht bleiben und zogen deshalb zu meiner Tante Elisabeta, der verwitweten Schwester meines Vaters. Bei ihr blieben wir vier Jahre lang, auch noch, als Luisa geboren wurde. Dank ihrer Hilfe war es möglich, daß auch ich studieren konnte, weil sie sich um die Kinder kümmerte, während ich zur Uni ging und Roberto arbeitete. Später zogen wir in eine eigene Wohnung um, bei ihr um die Ecke. Sie kümmerte sich weiter um die Kinder, die sie auch ›Nonna‹, Großmutter, nennen. Wir trennten uns, als Simone sechs und Luisa drei Jahre alt waren. Ich kehrte mit den Kindern wieder zu zia Elisabeta zurück, und Roberto nahm sich eine eigene Wohnung. Das alles ging sehr in Frieden vonstatten. Roberto kümmerte sich auch weiterhin rührend um seine Kinder. Er liebt sie wirklich.«

»Warum haben Sie sich getrennt?«

»Wir hatten uns einfach unterschiedlich entwickelt und konnten das wechselseitig akzeptieren. Außerdem hatte ich meinen heutigen Mann, Giulio, kennengelernt. Er ist Giulias Vater. Die Kinder nennen ihn Papà und Roberto Papo. Beide Männer verstehen sich sehr gut. Besser gesagt, verstanden sich sehr gut.«

»Welche Rolle spielt Gianna Morricone?«

»Sie lebten zusammen und ich glaube, das lief gut. Sie ist sehr nett zu den Kindern, wenn sie dort sind und hat nie versucht, eine Art zweite Mutter zu sein, was uns allen den Umgang sehr erleichtert.«

»Gab es Verstimmungen zwischen Gianna und Roberto?«

»Wenn ja, weiß ich nichts davon.«

»Vielleicht einen Eklat zwischen Ihrem Vater und ihm?«

»Das kann ich mir nicht vorstellen. Ich glaube, daß sie sich seit Jahren nicht gesehen haben. Roberto fuhr nur dann zu seiner Mutter, wenn er wußte, daß mein Vater nicht da war. Er kommt sehr viel zu uns. Er spricht nie von sich aus über Roberto, hat aber längst akzeptiert, daß er der Vater von Simone und Luisa ist und sich um seine Kinder kümmert. Da gab es seit vielen Jahren keinerlei Probleme mehr.«

In diesem Moment flog die Tür auf. Ein stattlicher Mann von etwa sechzig Jahren stürmte mit einem Motorradhelm unter dem Arm ins Wohnzimmer auf Carmela zu und schloß sie in die Arme:

»Liebes, was ist geschehen?«

Carmela erklärte es mit knappen Worten. Jetzt rannen ihr zum ersten Mal Tränen über das Gesicht. Er zog ein schneeweißes Taschentuch aus der Hose seines hellen Anzugs und wischte ihr zärtlich über die Wangen.

»Das ist mein Mann, Salvatore Meneguzzi.«

»Sie waren schnell hier«, bemerkte Leda.

»Ich arbeite gleich um die Ecke als Chemiker bei dem amerikanischen Pharmakonzern in der Via Valbiondo«, lautete seine Erklärung. »Wo sind die Kinder, wie geht es ihnen?«

»Oben, bitte schau doch nach ihnen.«

Meneguzzi verschwand wieder, und Leda wandte sich erneut an Carmela: »Hatte sich Roberto in der letzten Zeit irgendwie verändert?«

»Er war sehr angespannt, was aber mit seiner großen beruflichen Belastung zu tun hatte. Er mußte sehr viel arbeiten. Ich hatte in den vergangenen Jahren oft den Eindruck, daß er nur mit den Kindern wirkliche Freude am Leben hatte. Er tat mir oft leid.«

»Hat er mit Ihnen über seinen Beruf gesprochen?«

»Nein, nur daß es ihm oft zuviel war. Roberto war kein Mensch, der viel redete, am wenigsten über sich selbst und seine Probleme.«

»Mit wem hatte er Umgang? Hat er Namen erwähnt, von Urlauben erzählt, was er in seiner Freizeit trieb?«

»Seine Urlaube hat er, glaube ich, ausschließlich mit den Kindern verbracht. Im Winter waren sie in Brasilien. Dort hatte er wohl auch geschäftlich einiges zu erledigen, haben mir die Kinder erzählt. Nächste Woche wollten sie nach Südafrika. Über seine Freunde oder Bekannten kann ich nichts sagen. Nach unserer Trennung hat er sich aus gemeinsamen Kreisen ganz zurückgezogen.«

Inzwischen flossen die Tränen in Strömen aus Carmelas Augen. Sie konnte nur noch mit Mühe sprechen. Langsam wurde sie vom gesamten Ausmaß dieser familiären Katastrophe ergriffen und konnte sich der Trauer nicht mehr erwehren. Bei aller Offenheit hatte Leda dennoch das Gefühl, daß diese Frau ihr nur einen Teil dessen sagte, was sie über Roberto Denaro wußte. Da war etwas, und sie würde es herausfinden.

»Falls Ihnen noch etwas einfällt, was Sie mir sagen möchten, rufen Sie entweder meinen Kollegen oder mich an. Jederzeit.«

Sie übergaben ihre Visitenkarten und ließen die trauernde Familie allein.

Auf dem Rückweg ertönte plötzlich der Türkische Marsch. Leda hatte wieder einmal vergessen, ihr Telefonino in die Freisprechanlage einzuklicken.

»Laß es klingeln. Wenn es dringend ist, wird sich der Anrufer entweder bei dir oder später bei mir melden«, meinte Leda.

Kaum hatte sie ihren Satz beendet, läutete Ugos Telefonino. Marco wollte dringend seine Mutter sprechen, und

Leda nahm entgegen dem Telefonierverbot beim Fahren das Gerät in Empfang.

»Was gibt's?«

»Ich wollte dir nur sagen, daß ich heute abend nach dem Hockeytraining mit Donato ins Kino gehe. Vor elf Uhr bin ich bestimmt nicht zu Hause. Du mußt allein essen. Ist doch okay?«

»Und was ißt du?«

»Ach, irgendwas. Ich werde schon nicht verhungern, mach dir keine Sorgen.«

»Dann viel Spaß und komm nicht so spät nach Hause. Denk dran, du hast morgen Schule.«

»Yes, Ma'am. Ciao.«

In der Questura herrschte ein unbeschreiblicher Tumult. Die Kollegen von der Wirtschaftskriminalität hatten bei stadtweiten Razzien auf Baustellen Dutzende von Nicht-EU-Bürgern ohne Aufenthaltsgenehmigung aufgegriffen, die in den Gängen standen, saßen oder hockten. Einigen war die Angst vor der Abschiebung anzusehen, andere unterhielten sich laut, lachten und schienen die Situation gelassen hinzunehmen. Das sind die Profis. Heute werden sie zurückgeschickt und morgen kommen sie wieder, dachte Leda und überlegte, ob sie sie für Kriminelle halten sollte, die dem italienischen Arbeitsmarkt Schaden zufügten, oder für eine Normalität im Rahmen der Globalisierung.

Ugo hatte sich bereits auf dem Parkplatz in den Feierabend verabschiedet, weil die Umzugsvorbereitungen seine Anwesenheit zu Hause erforderten. Auf ihrem Schreibtisch fand Leda eine Nachricht von Leo Amato, sie möge ihn anrufen.

»Ciao Leo. Wie viele Kugeln hast du nun gefunden?«

»Drei insgesamt. Zwei haben ihn glatt durchschossen. Die dritte hatte wegen der Brieftasche, die in der Innentasche des Jacketts steckte und durchlöchert wurde, nicht genügend

Wucht, um wieder nach draußen an die frische Luft zu gelangen und ist unterhalb des Herzens steckengeblieben. Die Schüsse wurden aus einer Höhe von etwa einem Meter und sechzig abgegeben. Die Motorradthese könnte stimmen, jede andere aber auch. Mehr habe ich noch nicht geschafft, aber ich denke, das war auch das Wichtigste für dich. Ich verlasse jetzt meine Leichenfreunde hier unten und gehe ins Theater, um mir eine antike Tragödie anzuschauen. Da geht's wenigstens um echtes Drama.«

»Was heißt denn echtes Drama? Reichen dir unsere täglichen Dramen nicht aus?«

»Wir fangen doch immer mit dem Ergebnis, sprich den Toten an. Im Theater kriegt man es chronologisch serviert – vom unbedeutenden Anfang bis zum dramatischen Ende, also andersherum. Das finde ich ergreifender, weil so vieles möglich ist.«

»Bei uns doch auch. Überleg mal, wie vielen Spuren wir nachgehen müssen, um die Fäden zusammenbinden zu können. Aber du hast natürlich recht, wir drehen die Handlung eher rückwärtsgerichtet auf. Dann also bis morgen und viel Spaß.«

Angesichts der Tatsache, daß Leda sich nicht um Marco kümmern mußte, rief sie Paolo an und verabredete sich mit ihm zum Essen. Bis acht Uhr hatte sie noch Zeit, für ihren Chef, Fernando Raimondi, einen Bericht über die bisherigen Erkenntnisse im Mordfall Denaro zu verfassen.

Leda haßte es, Berichte zu schreiben, sah aber zum einen die Notwendigkeit durchaus ein. Zum anderen war ihr daran gelegen, die Zusammenarbeit mit Raimondi möglichst transparent und reibungslos zu gestalten, weil er nach dem Ausscheiden des Polizeipräsidenten Erman Alesi, Ledas altem Freund und Mentor, nicht die gewünschte Nachfolge hatte antreten dürfen und sich als Vice-Questore nun Respekt durch besondere Strenge und Sturköpfigkeit verschaffen wollte. Dieses Verhalten betraf Leda, die bürokratische Vorgaben nur bedingt für richtig und wichtig hielt, in besonderem Maße, da sie die rechtzeitige Erledigung häufig vergaß, was wiederum zu Konflikten mit Raimondi führte. Erst vergangene Woche hatte er ihr einen langen Vortrag darüber gehalten, daß das Einreichen von Reisekostenabrechnungen innerhalb einer Woche zu erfolgen hätte. Sie hatte zwei Monate dafür gebraucht.

Es war bereits kurz nach acht, als sie das Büro verließ. Zufrieden schlenderte sie nach getaner Arbeit die Via Nazionale hinunter, betrachtete in den Schaufenstern die neuesten Trends der Sommermode, dachte, daß vieles davon ihrer Tochter Flavia gefallen würde, und beschloß, ihr nach Ostern einen Shopping-Samstag vorzuschlagen. Dabei schoß ihr durch den Kopf, daß für die Reise der Kinder nach Spanien noch Wäsche gewaschen werden mußte, und sie rief schnell zu Hause an.

»Das habe ich längst gemacht«, meinte Flavia, die überraschenderweise einmal zu Hause war.

»Ich habe dich seit Tagen nicht gesehen. Geht's dir gut?«

»Danke der Nachfrage, sehr gut sogar. Dir hoffentlich auch. Wann kommst du?«

»Ich treffe mich jetzt mit Paolo zum Essen. Wir sind so gegen halb elf zu Hause. Gehst du zu Alessandro?«

»Nein. Er muß lernen, weil er morgen eine Prüfung hat. Ich bleibe hier und koche mir Pasta. Wo steckt denn Marco?«

»Er ist mit Donato ins Kino gegangen. Auf ihn brauchst du nicht zu warten. Möchtest du herkommen und mit uns essen?«

»Nein danke, ich bleibe lieber hier. Wir sehen uns dann später. Ciao Mamma.«

Als Leda die Crostaceria Ipanema, die in einer der kleinen Seitenstraßen der Via Nazionale lag, betrat, saß Paolo bereits vor einem Glas Wein und studierte die Speisekarte. Das rustikal eingerichtete Spezialitätenrestaurant für Krustentiere und allem, was das Meer sonst noch hergab, war bis auf den letzten Platz gefüllt. Über dem Gemurmel der Gäste schwebte eine instrumentale Version des berühmten brasilianischen Liedes »Garota de Ipanema«.

»Ciao bello, du bist ja heute so pünktlich«, begrüßte Leda Paolo freudig überrascht.

Oft kam er wesentlich später als sie zu Verabredungen. Bei seiner Arbeit als Polizeireporter platzte häufig gerade dann, wenn er gehen wollte, eine Neuigkeit in Form von Leichen, Schießereien, spektakulären Einbrüchen, Überfällen, Entführungen und allem, was kriminelle Energien anzurichten imstande sind, auf den Schreibtisch. Seit Jahrzehnten schon machte er den Job und genoß inzwischen den Ruf, einer der Besten seines Fachs im Land zu sein. Von der Polizei selbst wurde seine Berichterstattung gleichermaßen geschätzt wie gefürchtet, denn sie zeichnete sich durch Kenntnisreichtum und Objektivität aus, kritisierte aber auch erbarmungslos Fehler in der Ermittlungsarbeit, wenn welche vorkamen. Noch nie hatte Paolo nur das geringste Detail von Ledas Ermittlungen veröffentlicht, obwohl sie gegen alle Vorschriften oft darüber redeten. Er half ihr auch gern mit seinen glänzenden Beziehungen zu Gott, der Welt und der Unterwelt, wenn sie Informationen jedweder Art brauchte.

»Ciao meine Liebe. Wie schön, daß du mal wieder Zeit für mich hast.«

Leda hörte den Unterton sehr genau, entschied aber, nicht darauf zu reagieren.

Ihr lieber Paolo beschwerte sich, seitdem die Kinder wieder nach Rom gezogen waren, häufig darüber, daß er nicht mehr allein die erste Geige in ihrem privaten Leben spielte und daß ihnen zu wenige Stunden reiner Zweisamkeit blieben. Tatsächlich hatten die abendlichen Restaurantbesuche dramatisch abgenommen, denn Leda fand, daß das gemeinsame Abendessen mit Flavia und Marco zum Familienritual gehörte, und sie wußte, daß es den Kindern gefiel. Sie waren diese Form der Gemeinsamkeit vom Zusammenleben mit ihrem Vater gewöhnt, und Leda hatte sie nur zu gern übernommen.

Da Leda als Köchin nicht taugte, bereitete Emilia, das Hausmädchen, dreimal in der Woche Essen für sie vor, das mit dem eines guten Restaurants durchaus mithalten konnte. Die übrigen Tage versorgten sie sich selbst, was aber angesichts der Kochkünste von Flavia und Marco kein Problem darstellte. Häufig kamen noch Freunde dazu, und so konnte aus einem schlichten Abendessen ein vergnügter, verplauderter Abend werden. Paolo, der Flavia und Marco zunächst als enger Freund der Familie und später als Ledas Lebensgefährte seit ihrer frühesten Kindheit kannte und liebte, kam zwar oft dazu und genoß das Zusammensein. Dennoch vermißte er das frühere Leben sehr.

Er liebte Restaurants, kannte jeden Wirt in Rom, wählte, wonach ihm gerade zumute war, trank die Weinkarten hoch und runter und erfuhr von den Kellnern den neuesten Stadtklatsch. Vor allem aber hatte er mit Leda allein reden können. Ging es früher um Politik, Verbrechen oder die Kirche, deren Handeln ihn zur Weißglut treiben konnte, so wurde am heimischen Tisch über die Universität, die Schule, über Liebesprobleme oder die Organisation des Lebens gesprochen, wie bei anderen Familien auch. Paolo war das nicht gewöhnt und hatte wesentlich größere Schwierigkeiten, sich darauf einzustellen, als Leda. Erschwerend kam für ihn hinzu, daß er aufgrund seiner Leidenschaft für Restaurants, die er über mehr als ein Jahrzehnt mit Leda geteilt hatte, neben seiner Arbeit als Polizeireporter eine regelmäßige Feinschmeckerkolumne in der Zeitung ins Leben gerufen hatte, die beim Publikum glänzend ankam. Es passierte also oft, daß Leda zu Hause mit den Kindern aß und Paolo im Restaurant. Glücklicherweise gelang es ihm zunehmend, Flavia und Marco für dieses Hobby zu interessieren. Beide hatten es innerhalb eines halben Jahres zu einem ihren jeweiligen Altersgenossen weit überlegenen Kenntnisstand hinsichtlich kulinarischer Örtlichkeiten in der Ewigen Stadt gebracht. Vor allem Flavia, die mit ihren Kommilitonen gern abends ausging, entdeckte manchmal Lokale, die sogar Paolo noch unbekannt waren, und freute sich, wenn dort ein Probeessen zu seiner Zufriedenheit ausfiel. Dank Flavias Recherchen wurde die Kolumne um die Sparte »gut und preisgünstig« erweitert.

»Treibt dich der Hunger so früh hierher?« fragte Leda ihn mit verschmitztem Lächeln.

»Es ist vor allem die Neugierde, wie du wohl aussiehst.«

»Paolo, ich bitte dich, wir haben uns nur fünf Tage nicht gesehen. Das ist nach über einem Jahrzehnt Beziehung wohl drin!«

»Wir Männer fühlen uns so leicht einsam. Dir fehlt möglicherweise das Einfühlungsvermögen für meine Seelenqualen.«

»Allein deshalb bin ich bereit, dich öfter als einmal im Monat zu ertragen. Spaß beiseite, bekomme ich auch einen Schluck Wein? Was trinkst du Gutes?«

»Einen Verdicchio dei Castelli Jesi Classico. Ich hatte Lust auf etwas Perlendes vorneweg. Der stammt aus den Marken, eben aus Jesi. Er hat etwas Frühlingshaftes, finde ich. Ist eigentlich ein Begleitwein zu Fischgerichten oder Meeresgetier. Aber eiskalt bietet er sich auch als Aperitif an. Hier, probier ihn mal.«

Leda schnupperte am Glas. Es duftete herrlich fruchtig. Sie trank einen Schluck und war mit Paolos Wahl zufrieden.

»Als Auftakt nach einem stressigen Arbeitstag genau richtig«, kommentierte sie.

Bevor sie die Bedienung heranrufen konnten, stand bereits ein baumlanger, dünner Mann mit strengem Gesicht vor ihnen. Seine Hautfarbe lag irgendwo zwischen leichenblaß und gelblich, was durch die streng zurückgekämmten lackschwarzen Haare noch unterstrichen wurde. Leda hätte es sie nicht gewundert, wenn sie in seinem Gebiß übergroße Eckzähne entdeckt hätte, die auf eine Abstammung aus der transsilvanischen Familie der Draculas hinwiesen. Während er gelangweilt in eine andere Ecke des Restaurants schaute, fragte er: »Signora?«

Leda war so sehr in die Betrachtung des Mannes und seiner vampirischen Anteile vertieft, daß sie seiner Aufforderung, eine Bestellung zu äußern, nicht gleich nachkommen konnte.

»Verdicchio«, antwortete sie schließlich so kurz angebunden, wie er sie gefragt hatte.

»Welchen? Jesi oder Matelica? Kalt als Aperitif oder als Begleitwein? Wasser?«

»Jesi, kalt. Und eine Flasche Wasser mit Kohlensäure.«

»Gern, Signora. Ich bringe Ihnen sofort eine zweite Speisekarte. Als Tagesspezialitäten kann ich Ihnen einen gedämpften Loup de mer mit einer delikaten Hummersoße oder einen Peterfisch mit einer ganz leichten Weinsoße empfehlen«, sagte der Vampir mit einem so aufgesetzten Lächeln, daß Leda das Gefühl beschlich, er wollte sie auf den Arm nehmen.

»Trügt mich mein Eindruck oder kannst du ihn tatsächlich nicht leiden?« fragte Paolo sie amüsiert, als der Ober sich getrollt hatte.

»Der Typ ist doch die personifizierte Arroganz. Außerdem sieht er aus wie ein Vampir mit einem Leberschaden.«

»Nimm ihn einfach nicht ernst. Dafür ist das Essen wirklich gut. Ich war schon ein paarmal hier. Was hältst du von einem katalanischen Salat mit Hummer- und Krebsfleisch vorneweg? Anschließend die Fischplatte Royal mit verschiedenen gegrillten Fischsorten und dicken Scampi? Darauf hätte ich großen Appetit«, schlug Paolo vor.

Das Essen entpuppte sich tatsächlich als hervorragend und Paolo als glänzend gelaunt. Er erzählte von der Umstellung des Schreibprogramms in der Zeitung, das mit Spracherkennung arbeiten konnte.

»Jedoch nur sehr theoretisch. Denn das System versteht nur Hochitalienisch. Die meisten Kollegen sprechen aber mit römischem Dialekt. Du kannst dir nicht vorstellen, was da auf dem Bildschirm plötzlich erscheint!«

»Dann müßt ihr eben einen Sprechkurs machen, wie Schauspieler«, meinte Leda.

»Genau! Wir müssen Sprechlehrer engagieren. Sprechen für Schreiber, das ist doch wunderbar verrückt!«

»Die Großkonzerne diversifizieren doch auch. Das wäre eure Chance für einen neuen Geschäftszweig: Schauspiel in der Zeitung! Dann seid ihr nicht mehr so sehr vom Anzeigenaufkommen abhängig für die Finanzierung eures Blattes. Ich schlage die Komödien von Dario Fo vor.«

»Die brauchen wir gar nicht. Es reicht völlig aus, wenn wir abends eine aktuelle Zusammenfassung der Tagesereignisse auf die Bühne bringen. Darüber können die Leute genug lachen. Beispielsweise, wie der Ministerpräsident unseres Landes vor der Wahl beim Schönheitschirurgen erscheint, um sich sein Gesicht telegen liften zu lassen. Das Vorbereitungsgespräch zwischen Arzt und Politiker stelle ich mir wahnsinnig komisch vor.«

Während Leda und Paolo aßen und lachend ein Gesprächsszenario entwickelten, bestellte Paolo einen weiteren Verdicchio. Diesmal aus dem kleinen Anbaugebiet Matelica, der den aus Jesi qualitativ bei weitem übertraf. Anschließend bummelten sie zum Polizeipräsidium, um Ledas Auto zu holen und fuhren nach Hause.

In Ledas Wohnung angekommen, schauten sie sich noch die Fernsehnachrichten an. Der Sprecher teilte mit, daß sich der Gesundheitszustand des Papstes stabilisiert habe. Im Vatikan gehe man von seiner Genesung bis zum Osterfest aus. Dann wurde der Heilige Vater auf dem Krankenlager gezeigt, wie er Worte des Dankes an alle Gläubigen sprach.

Nachdem der Sprecher dem Papst mit bewegter Stimme gute Besserung gewünscht hatte, erschienen auf dem Bildschirm Szenen aus der Via Volterra während der polizeilichen Ermittlungen. Leda sah sich plötzlich selbst auf dem Bildschirm von der einen auf die andere Straßenseite laufen, und im Bericht wurde sogar ihr Name als leitende Ermittlerin genannt. Leider, so die Journalistin, habe Leda sich zum Stand der Ermittlungen nicht äußern wollen.

»Was soll das heißen? Mich hat kein Mensch danach gefragt!« entfuhr es Leda.

»Brauchte die Kollegin Cardinale auch nicht. Sie weiß doch genau, daß du am Anfang nie was sagst. Das kommt aufs gleiche raus«, meinte Paolo lachend und hatte damit völlig recht.

»Nun bitten wir Sie um Ihre Mithilfe«, fuhr der Sprecher fort. »Im Zusammenhang mit diesem gräßlichen Mord auf offener Straße wird ein junger Mann gesucht …«

Es folgten die Personenbeschreibung und das Phantombild des Flüchtigen sowie die Telefonnummer der Questura für sachdienliche Hinweise. Wahrscheinlich klingelte das Telefon im Büro jetzt schon auf Hochtouren, und die armen Kollegen von der Nachtschicht notierten fleißig die Angaben von Wichtigtuern, vielleicht aber auch ein paar hilfreiche Zeugenaussagen. Morgen früh würden sie alles sortieren, dachte Leda und nickte ein. Den Rest der Nachrichten verschlief sie.

IV Am nächsten Morgen wachte Leda vom lauten Schlagen einer Tür in der Wohnung auf. Sie schaute auf den Wecker: Viertel vor sieben. Vorsichtig schlüpfte sie aus dem Bett, um nachzusehen, was zu so früher Stunde vor sich ging. Zu ihrem Erstaunen stand Marco bereits pfeifend unter der Dusche. Ohne ins Badezimmer gucken zu müssen, wußte sie, daß er es war und nicht Flavia, denn Marco war der Duschenpfeifer der Familie. Nur Paolo pfiff auch manchmal, da er sich jedoch gerade eben noch grunzend neben ihr im Bett von der einen auf die andere Seite gedreht hatte, konnte er es nicht sein. Sogar Kaffee hatte Marco schon aufgesetzt.

Leda steckte sie den Kopf durch die Badezimmertür.

»Was ist denn mit dir los?« erkundigte sie sich durch den Duschvorhang.

»Morgen, Mamma. Wir fahren mit unserem Geschichtskurs heute nach Tivoli in die Villa Adriana. Ich muß deshalb schon um halb acht in der Schule sein. Kannst du bitte mal nach dem Kaffee schauen?!« antwortete er und prustete vergnügt das Wasser aus dem Mund.

Leda mußte lächeln. Welcher römische Gymnasiast machte keinen Ausflug zum Landsitz des Kaisers Hadrian? Sie hatte es getan, Marco fuhr heute, und in zwanzig Jahren würden es möglicherweise ihre Enkelkinder tun, falls ihr welche beschert würden und diese hier aufwachsen sollten.

Mit der etwa dreißig Kilometer östlich von Rom gelegenen Anlage wollte der vielgereiste und kultivierte römische Herrscher aus dem zweiten nachchristlichen Jahrhundert architektonisch an die berühmtesten Orte seines Reichs erinnern. Zur wahrscheinlich nicht unerheblichen Freude seiner Gäste hatte der Kaiser auf dem großen Gelände neben seinem eigenen prunkvollen Palast großzügige Häuser und Hallen, Thermen und Theater, ein Stadion, eine römische und eine griechische Bibliothek, Tempel und Wandelhallen anlegen lassen. Dank der Fleißarbeit von Archäologen seit dem sechzehnten Jahrhundert war soviel wieder aufgebaut und nachgebildet worden, daß der Besucher eine ziemlich genaue Vorstellung von der Großartigkeit des Komplexes bekam. Leda liebte die Villa Adriana. Sie fuhr mindestens einmal im Jahr mit Paolo hin, um dort spazierenzugehen.

Jetzt trat sie auf den Balkon, um für Marco und seine Schulkameraden die Wetterlage in Augenschein zu nehmen. Der Himmel war blankgeputzt blau. Sie würden einen wunderbaren Tag in Tivoli verbringen, und am liebsten wäre Leda mitgefahren.

»Guten Morgen, Mamma«, erklang es hinter ihr, und schon schlangen sich die langen Arme ihrer Tochter um ihren Hals. »Tolles Wetter, nur noch ein bißchen kühl«, meinte Flavia. Ihre roten Locken, die sie von der Mutter geerbt hatte, hingen ihr wild ins Gesicht, und auch sonst sah sie noch sehr verschlafen aus.

»Guten Morgen, meine Große. Was seid ihr nur heute morgen früh dran? So viel Betrieb um diese Uhrzeit kenne ich ja sonst gar nicht! Möchtest du schon mal einen Kaffee?«

Flavia nickte und zog ihren Morgenmantel fröstelnd enger um sich.

»Marco hat so laut gepfiffen, daß ich davon wach geworden bin. Außerdem hat irgendwo eine Tür geknallt. Wieviel Uhr ist es denn?«

»Kurz vor sieben.«

»Um halb acht muß ich Alessandro anrufen, damit er aufsteht. Sonst verpaßt er noch seine Prüfung! Und um halb neun habe ich ein Seminar in der Uni.«

Eine Stunde später waren beide Kinder weg, und Leda

machte sich geruhsam fertig. Zum ersten Mal in diesem Jahr wählte sie ein helles Leinenkostüm mit Bluse statt der winterlichen Kleidung. Sie versuchte Paolo zu wecken, was allerdings gründlich fehlschlug. Er mußte erst gegen zehn Uhr in der Redaktion sein und sah keine Veranlassung, aus reiner Solidarität mit ihr vor der Zeit aus dem Bett zu kriechen. Also machte sich Leda allein auf den Weg.

Mario begrüßte sie mit ausladenden Gesten. Das Goldkreuz an der ebenso goldenen Kette wippte inmitten seiner buschigen, schwarzen Brustbehaarung vor Aufregung auf und ab.

»Commissaria, haben Sie den Mann gefunden?«

»Welchen Mann? Ich habe doch einen, und der liegt noch im Bett. Nach einem anderen habe ich nicht gesucht«, lautete ihre Antwort.

Mario schlug sich mit der flachen Hand an die Stirn und zog ein Gesicht, das irgend etwas zwischen Verzweiflung und Erheiterung ausdrückte.

»Ich meine doch nicht Paolo, ich meine den jungen Mann, der abgehauen ist, den Sie übers Fernsehen suchen lassen«, erklärte er ihr. »Der hat den Mann in der Via Volterra erschossen, nicht wahr?«

Leda zuckte mit den Achseln.

»Keine Ahnung. Das versuchen wir herauszufinden.«

»Und wer ist der Tote?«

»Ein völlig unbescholtener Bürger unserer schönen Stadt. Bekomme ich meinen Cappuccino?«

Mario begann sofort mit der Kaffeezubereitung, ließ sich aber keineswegs vom Thema ablenken.

»So unbescholten kann er ja wohl nicht gewesen sein. Sonst wäre er jetzt nicht tot. Also muß er schon irgendwem kräftig auf die Nerven gegangen sein. Oder es handelt sich um eine Verwechselung, und der Falsche wurde abgeknallt.«

»Durchaus möglich«, antwortete Leda kurz angebunden.

Sie kannte Marios Vorliebe, morgens mit ihr die aktuellen medienträchtigen Fälle zu debattieren, um anschließend seiner Kundschaft mit stolzgeschwellter Brust – natürlich unter dem Siegel der absoluten Verschwiegenheit – zu verkünden, daß er quasi als Vertrauter der Commissaria Leda Giallo fungiere und zur Lösung des Mordes, über den am Vorabend in den Fernsehnachrichten so ausführlich berichtet wurde, einen wesentlichen Teil beitrage. Da Leda diese Diskussionen mit ihm mochte und keinesfalls auf sie verzichten wollte – zumal Mario hin und wieder tatsächlich eine gute Idee hatte –, mußte sie höllisch aufpassen mit dem, was sie ihm sagte, um nichts zu verraten, was nicht der Presse schon bekannt war.

Dem gestrigen Bericht hatte sie entnommen, daß die Journalisten offensichtlich über keinerlei Information verfügten. Ein Blick in die heutige Zeitung, die Mario ihr reichte, bestätigte, daß ihre Ermittlungstruppe geschwiegen hatte wie ein Grab. Sie war stolz auf ihre Leute. Sie hielten sich an die Regel, daß nur sie selbst oder die anderen leitenden Kommissare, Vice-Questore Raimondi oder der Polizeipräsident sich gegenüber der Presse äußern durften. In früheren Zeiten hatte das frühzeitige Herausgeben von Informationen so manche Ermittlung gestört, weil die Täter gewarnt wurden. So freute sich Leda jetzt über die wilden Spekulationen der Presse: Vom klassischen Mord aus Eifersucht bis hin zum terroristischen Anschlag wurde alles für möglich erklärt, und Leda mußte lachen. Der Kommentator machte gar die Globalisierung verantwortlich für den Toten. Warum, verstand Leda nicht wirklich.

»Was ist an dem Artikel so komisch?« fragte Mario etwas gereizt.

»Der Schreiber hat keine Ahnung, warum der Mann ermordet wurde, stellt aber die These auf, daß letztlich die Globalisierung der Grund gewesen sein dürfte. Weil es weltweite Verbindungen terroristischer und krimineller Elemente gibt, kann man doch nicht zwangsläufig bei jedem italienischen Verbrechen gleich die Globalisierung verdammen. Natürlich gibt es internationale Verbrechen, aber unsere Täter haben doch noch ihren eigenen nationalen Stolz und begehen durchaus rein italienisch geprägte Morde!«

»Sie haben also einen Italiener in Verdacht?« kam prompt Marios Nachfrage.

»Wir haben bisher absolut niemanden in Verdacht, weder einen Italiener noch eine Italienerin oder irgendeinen anderen Weltenbürger.«

»Aber das sieht doch wirklich nach einem terroristischen Anschlag aus, wenn jemand auf offener Straße erschossen wird. Und die Terroristen von heute sind meistens radikale Islamisten«, ließ Mario nicht locker.

Leda merkte, wie sich Ungeduld in ihr breit machte, die leicht in Verärgerung umschlagen konnte. Um sich abzulenken, biß sie in das Cornetto mit Vanillecreme, das Mario ihr inzwischen auf die Theke gestellt hatte. Mit halbvollem Mund und Puderzucker an den Lippen fuhr sie fort:

»Soweit ich mich erinnere, haben die Roten Brigaden und andere italienische Terroristen schon mehr als einen Menschen in unserem Land auf diese Art und Weise umgebracht. Und die Mafia? Ihretwegen hat unser Land traurige Weltberühmtheit erlangt. In Palermo, Enna oder Corleone konnte man zeitweilig kaum auf der Straße spazierengehen, weil Mafiakiller unterwegs waren. Alles Verbrechen Made in Italy.«

»Und der Papstattentäter?«

Jetzt reichte es Leda.

»Basta, Mario. Ali Agca ist Türke und, soweit ich weiß, nie Islamist gewesen. Er hat selbst ausgesagt, vom bulgarischen Geheimdienst angeheuert worden zu sein, der wiederum auf Weisung des sowjetischen KGB tätig geworden sein soll. Die wollten wohl einen anti-kommunistischen

Papst loswerden. Das hat mit islamistischem Terrorismus wirklich nichts zu tun«, sagte Leda in einem Tonfall, der Mario signalisierte, daß er dieses heikle Thema besser fallen ließ.

»O ja, Päpste müssen in ihrem Leben viel leiden«, lenkte er ab.

Zu diesen Worten bekreuzigte er sich mit winzigen, kaum sichtbaren Gesten, ergriff kurz sein auf der Brust baumelndes Goldkreuz und führte es an die Lippen, um es zu küssen. Und Leda war wieder einmal erstaunt, wie sehr ein Mensch am Schicksal der Kirchenfürsten teilhaben konnte.

Auf dem Flur im Polizeipräsidium begegnete Leda ihrem Mitarbeiter Ugo Libotti, der ihr mit einen Stapel Papier aus der Entfernung zuwinkte.

»Die rufen hier an wie die Irren wegen des Phantombildes. Lidia und Luigi aus der Telefonzentrale stehen kurz vor einem Nervenzusammenbruch«, teilte er ihr gutgelaunt mit.

»Wie viele Hinweise gibt es denn?«

»Über vierzig. Aber da werden sich in den nächsten Stunden noch mehr melden, wenn erst mal alle ihre Zeitung gelesen haben.«

»Ist schon ein örtlicher Schwerpunkt erkennbar?«

»Ich habe die Listen noch nicht durchgeschaut.«

Zwei Minuten später saßen sie im Büro und durchforsteten die Anruferlisten zunächst einmal auf die üblichen Verdächtigen. Das waren etwa zwei Dutzend Männer und Frauen, die immer anriefen, wenn die Medien einen Bericht über eine Straftat oder gar eine Suchmeldung der Polizei veröffentlichten. Gegenüber der Telefonzentrale behaupteten sie, sie hätten etwas Wichtiges zu berichten oder gar den Gesuchten gesehen. Im Gespräch stellte sich dann regelmäßig heraus, daß der Ärger über Nachbarn, Einsamkeit, Wahnvorstellungen oder paranoide Verschwörungstheorien der wirkliche

Grund für den Anruf bei der Polizei waren. Und tatsächlich hatten viele von ihnen auch diesmal zum Hörer gegriffen. Leda und Ugo plazierten sie auf der Überprüfungsliste ganz hinten, wo sie auf ihren Einsatz so lange warteten, bis jeder andere Tip sich als unbrauchbar erwiesen hatte.

Von allen Hinweisen schienen nur zwei interessant zu sein. Beide waren anonyme Anrufe, von Männern, die sich von öffentlichen Telefonsäulen aus gemeldet hatten. Sie behaupteten, den Gesuchten in einer Bar in der Via Libetta im Stadtteil Ostiense südlich des alten Schlachthofs, des Mattatoio, gesehen und ihn als nordeuropäischen Ausländer identifiziert zu haben. Die Bar hieß Milonga del Angel. Leda rief sofort dort an, jedoch meldete sich um kurz vor neun Uhr morgens wahrscheinlich kein Nachtbarbesitzer der Welt am Telefon seines Arbeitsplatzes.

Dafür waren Wirtschaftsprüfer und Steuerberater nach Ledas Einschätzung eher fleißige Tagesarbeiter, die jetzt bereits in ihren Büros oder bei Mandanten den zweiten Kaffee tranken. Zur Via Barberini, wo sich das Büro von LaBoule & Partner, dem Arbeitgeber des ermordeten Denaro, befand, ging es vom Präsidium aus zunächst zwischen Palastbauten und Auspuffgasen bergauf und anschließend eine schmale, schattige Gasse bergab. Sie brauchte zu Fuß etwa zehn Minuten, bis sie vor dem dunkelgrünen Eingangstor mit blankgeputzten Löwenköpfen aus Messing stand.

Im Inneren des Palazzo wies eine große Tafel auf die hier ansässigen Firmen hin. Das Büro von LaBoule & Partner lag im dritten Stock. Ein Aufzug, den man vor langer Zeit in den Innenraum des imposanten Treppenhauses eingebaut hatte, trug sie nach oben. Ein paarmal zuckte sie zusammen, weil das altertümliche Gefährt ruckelte und drohte, irgendwo zwischen den lichthohen Stockwerken seine Arbeit einzustellen.

Im Empfangsraum herrschte die unaufdringliche Eleganz, die Leda von anderen wichtigen Unternehmen der Dienstleistungsbranche kannte. Poliertes Parkett, Designermöbel aus Chrom und hellem Leder, Blumenarrangements und moderne Malerei an den Wänden, das Übliche. Leda griff nach einem Prospekt, der die aufgehängten Bilder erklärte. Es handelte sich um eine kleine Ausstellung von Mario Pinti, einem Absolventen der Kunstakademie, die das kulturelle Engagement und die Verbundenheit der Prüfungs- und Beratungsgesellschaft französischen Ursprungs mit Italien demonstrierte.

Leda legte den Prospekt zurück und wandte sich an eine der lächelnden, eleganten Damen, die sie erwartungsvoll von ihrem Schreibtisch aus anschaute.

»Buon giorno, kann ich Ihnen weiterhelfen?«

Leda, die, leicht verschwitzt vom Gehen, in ihrem eher weit geschnittenen Leinenkostüm den Anforderungen an dezent-elegante Bürokleidung nicht gut standhielt, kam sich einen Moment lang fehl am Platz vor.

»Buon giorno. Ich hätte gern mit Ihrem Chef gesprochen.«

»Mit welchem der Herren?« erkundigte sich die Dame.

»Es geht um Signor Denaro«, antwortete Leda ebenfalls lächelnd.

Die Dame zuckte zusammen, hatte sich aber sofort wieder im Griff.

»Signor Denaro ist … nicht im Haus. Aber bitte warten Sie einen kleinen Moment, ich werde mich erkundigen.«

»Er ist nicht im Haus, das kann ich Ihnen versichern, und Sie wissen das genau. Deshalb hätte ich gern seinen Chef gesprochen.«

»Worum geht es denn bitte?« insistierte Ledas Gegenüber.

Leda wußte, daß sie jetzt mit dem Maß an staatlicher Autorität arbeiten mußte, das ihr den Weg direkt zum Boß eröffnen würde, zückte deshalb ihren Ausweis und hielt ihn der Lächelnden lächelnd vor die Nase.

»Polizia, Dio«, entfuhr es ihr, und das Lächeln war ihr wie von Götterhand aus dem Gesicht gewischt.

Zwei Minuten später stand Leda einem Mann ihres eigenen Alters gegenüber, dunkler Anzug, grau-weiß gemusterte Seidenkrawatte, alles vom Feinsten. Er hatte ein fast feminines Gesicht und begrüßte sie mit ernstem Gesichtsausdruck und festem Händedruck.

»Mein Name ist Marcello Fuccaro. Ich bin einer der Partner unserer Gesellschaft. Wir sind insgesamt vierzehn Partner. Renato Denaro ist Leiter eines mir unterstellten Teams. Bitte nehmen Sie Platz.«

Fuccaro ging zu einem Besprechungstisch und bot ihr einen Stuhl an. Leda setzte sich und zog ihren Block sowie einen Kuli aus der Tasche.

»Wann haben Sie ihn zum letzten Mal gesehen?« begann sie das Gespräch.

»Gestern abend hatten wir von fünf bis sieben Uhr in diesem Raum eine Besprechung mit dem gesamten Team. Warum fragen Sie?«

»Weil, wie Sie inzwischen wissen dürften, Signor Denaro gestern morgen vor seiner Haustür erschossen wurde und ich seinen Mörder suche. Dazu gehört, daß ich die Stunden und Tage vor seinem Tod genau durchgehe, um eventuelle Anhaltspunkte zu finden.«

Fuccaro schwieg zunächst. Dann erhob er sich langsam und ging ziellos durch den Raum. Leichenblaß setzte er sich wieder zu Leda und schluckte ein paarmal, bevor er fragte:.

»Wer hat das getan? Weshalb?«

»Das versuchen wir gerade herauszufinden, und ich hoffe, Sie können uns dabei helfen.«

»Dazu kann ich wirklich nichts sagen. Roberto ist uns allen ein guter Kollege, ein brillanter Fachmann, der unsere

Mandanten hervorragend berät. Keiner kann ein Interesse daran haben, ihn zu töten. O Gott, mußte er leiden?«

»Nein, er war auf der Stelle tot. Signor Fuccaro, es tut mir leid, daß Sie einen Kollegen verloren haben. Können Sie mir trotzdem einige Fragen beantworten?«

Er hob seinen Kopf und nickte. Tränen standen ihm in den Augen.

»Hatte Signor Denaro einen besonders schwierigen Mandanten, oder gab es irgendwelche Unstimmigkeiten zwischen LaBoule & Partner und ihm?«

»Er und seine Leute haben seit Jahren nur einen einzigen, sehr beratungsintensiven und nicht immer einfachen Mandanten. Es ist das Firmenkonsortium von Romapa, dem Pastahersteller. Sie dürften das Unternehmen kennen. Jeder kennt es. Für Denaro galt: Je schwieriger eine Aufgabe war, desto mehr interessierte sie ihn.«

»Wie groß ist sein Team?«

»Fünf Leute, die sich ausschließlich mit Romapa beschäftigen, nach Bedarf werden weitere Spezialisten aus anderen Gruppen hinzugezogen. Dazu kommen zwei Sekretärinnen.«

»Sind alle im Haus?«

Statt einer Antwort zuckte er nur mit den Schultern und schüttelte leicht den Kopf. Sein Blick ging ins Leere, und er schien Leda gar nicht mehr wahrzunehmen.

»Kannten Sie Denaro gut?«

Es dauerte eine Weile, bis er nickte und dann antwortete.

»Wir kannten uns schon von der Uni. Er besuchte damals Kurse, die ich als wissenschaftlicher Mitarbeiter des Fachbereichs Ökonomie betreute. Dann bekam ich ein gutes Angebot von einer Wirtschaftsprüfungsgesellschaft, machte eine Zusatzausbildung als Steuerberater und sammelte erste Berufserfahrungen. Denaro studierte in dieser Zeit noch. Als LaBoule seine Niederlassung in Rom gründete, wechselte ich hierher und holte ein Jahr später Denaro. Er entpuppte sich als Glücksgriff und entwickelte sich großartig. Wir arbeiteten fünfzehn Jahre sehr gut zusammen.«

»Hatten Sie privaten Kontakt?«

»Sehr selten. Wir aßen manchmal abends zusammen, aber auch dann drehte es sich um geschäftliche Angelegenheiten. Über sein Privatleben weiß ich so gut wie gar nichts, außer daß er mit einer Frau zusammenlebte und sich wohl intensiv um seine Eltern und seine Kinder kümmerte.«

»Kennen Sie den Namen seiner Frau? Waren Sie jemals bei ihm zu Hause?«

»Weder, noch, leider.«

»Noch mal zurück zum Romapa-Auftrag: Gab es da wirklich keine Probleme?«

»Nicht, daß ich wüßte. Aber da fragen Sie am besten die Leute aus seiner Gruppe. Kommen Sie, wir gehen hin.«

Fuccaro führte Leda durch ein Labyrinth von Fluren, Sälen und Zimmern, bis sie plötzlich in einem runden Raum mit einer Lichtkuppel standen, von dem acht Büros abzweigten, die hinter großen Glaswänden lagen.

In der Mitte unter der Kuppel stand ein gläserner Besprechungstisch. Im Innenraum verstreut befanden sich Flipcharts und ein Beamer auf einem Rollentisch, eben moderne Präsentationstechnik.

Drei Damen und zwei Herren saßen am Tisch. Sie hatten allesamt Tränen in den Augen. Es herrschte Schweigen, als Leda und Fuccaro den Saal betraten. Leda wurde den Anwesenden vorgestellt. Dann erklärte er kurz, warum sie da war. Leda beobachtete die Reaktionen der einzelnen Teammitglieder genau.

Nach den ersten Sekunden der Erstarrung begannen bei zwei der Damen die Tränen zu laufen. Die dritte preßte mit weit aufgerissenen Augen eine Hand vor dem Mund, so als müsse sie verhindern, daß ihre lauten Schreie den Kuppelraum durchschnitten. Der eine Mann senkte wortlos den Kopf. Der andere wurde erst kalkweiß im Gesicht, dann traten ihm Schweißperlen auf die Stirn, und er begann nach Luft zu hecheln. Bewegungslos vor Schreck schauten die anderen zu, wie Federico Malerba ohnmächtig in seinem Stuhl zusammensank, um dann in wilder Panik seine Wangen zu tätscheln und nach einem Glas Wasser zu laufen. Die geisterhafte Stille schlug um in Hysterie. Eingesperrte Ängste fanden ihren Weg nach außen. Malerba konnten sie noch helfen, Denaro nicht mehr.

Nach einigen Minuten war der Ohnmächtige wieder bei Bewußtsein, atmete ein paarmal schweigend durch und entschuldigte sich für sein Verhalten. Leda fragte sich, warum Malerba so heftig reagierte, anders als die anderen, die zwar ehrliche Trauer zeigten, jedoch emotional nicht so aus der Fassung gerieten.

Alle Anwesenden lobten die hohe berufliche Qualifikation Denaros, seine strenge, aber effiziente Teamleitung und den damit verbundenen Erfolg in der Ausübung der verschiedenen Mandate von Romapa, wußten aber nichts über den Privatmenschen Denaro oder wollten nichts sagen. Der Tote mußte wie ein Besessener gearbeitet haben, was ein Kunde wie diese weltweit agierende Firma, die er und seine Leute in allen Finanz- und Steuerfragen berieten, wohl auch erforderte. Seinem unermüdlichen Einsatz und seiner Fähigkeit, das Team immer wieder zu Höchstleistungen anzuspornen, sei es zu verdanken gewesen, daß LaBoule & Partner diesen von Prüfungsgesellschaften begehrten Auftrag über viele Jahre hatte halten und sogar ausbauen können. Ein Punkt, der dem Renommee der römischen Niederlassung international nutzte und ihr zu weiteren Großkundenaufträgen verholfen hatte.

»Wir haben deshalb vor drei Wochen beschlossen, Denaro als Partner aufzunehmen«, berichtete Fuccaro.

»Wußte er das?« fragte Leda.

»Ja, natürlich. Er hat sich sehr darüber gefreut.«

»Er verdiente wohl sehr viel Geld bei Ihnen?«

»Ja. Ein gutes Einkommen für viel und gute Leistung. So funktioniert der Kapitalismus, und er funktioniert gut, wenn man seine Regeln beachtet«, erklärte Fuccaro.

Leda hätte mit ihm gern diskutiert, wo und wie weniger leistungsfähige Menschen im Kapitalismus ihren Platz finden konnten. Doch sie hatte dringend einen Mordfall zu untersuchen, für dessen Aufklärung eine Diskussion über wirtschaftspolitische Fragen wohl kaum die entscheidenden Hinweise liefern würde.

Keiner aus der Runde wußte etwas von beruflichen Problemen Denaros, von Unregelmäßigkeiten oder hatte bei ihm in der letzten Zeit eine Veränderung bemerkt. Distanziert freundlich zu jedem und zur vollsten Zufriedenheit von Arbeitgeber und Kunden tätig, war er morgens aus der Haustür getreten und in drei tödliche Kugeln hineingelaufen.

Leda ließ sich das Büro Denaros zeigen. Der Schreibtisch war im Unterschied zu ihrem eigenen ganz und gar frei von Papier. Außer einem Telefon, einer Chromschale mit Stiften, einem Foto der Kinder und zwei verwaisten Steckern, die auf den Laptop warteten, lag oder stand nichts darauf. Was für ein Unterschied zu seinem vollgestopften Arbeitszimmer zu Hause, dachte Leda. Sie gab allen ihre Visitenkarte mit der Bitte, gegebenenfalls anzurufen, und marschierte zurück zur Questura.

Gerade als sie durchs Portal ging, klingelte ihr Telefonino. Sie fand es überraschend schnell in ihrer Tasche.

»Wir wissen, wer er ist«, meldete sich Ugo aufgeregt. »Ein gewisser Johannes Horstmann, Österreicher. Er wohnt offensichtlich in der Via Goito, zwischen dem Finanzministerium und der Piazza dell Indipendenza. Die Bedienung eines CD-Ladens behauptet, ihn dort fast täglich ein- und ausgehen zu sehen. Da sollten wir schleunigst hin. Wo sind Sie überhaupt?«

»Am Eingang. Ich besorge uns einen Wagen mit Fahrer.«

»Das sind doch nur ein paar Minuten zu Fuß.«

»Ich bin schon genug gelaufen für heute, und es ist ziemlich heiß. Komm runter zum Parkplatz!«

Dort fand sie Pietro, einen der Fahrer, der bei offener Tür in einem der Zivilfahrzeuge hockte, Musik hörte und Zeitung las. Da er im Moment nichts zu tun und ihn auch niemand für die nächsten Stunden bestellt hatte, war er gern bereit, Ledas Wunsch nachzukommen.

Während der Fahrt berichtete Ugo ihr, daß Carmela zur Identifizierung ihres Stiefbruders und Ex-Mannes erschienen war und sich außerdem der Inhaber der Milonga-Bar, Lucio Caprile, gemeldet hatte. Der Flüchtige sei ihm seit Monaten bekannt. Er selbst wüßte nichts über Gianni, aber vielleicht der eine oder andere seiner Gäste. Sie sollten abends einfach vorbeikommen. Außerdem hatte der Ober eines Restaurants namens Goa berichtet, daß Horstmann in Begleitung eines anderen Mannes am vergangenen Freitag von ihm bedient worden sei. Der Gesuchte habe ein Steak und Salat und zum Nachtisch eine Crème brûlée, der andere erst einen Teller Pasta mit Sugo, anschließend eine Wachtel mit Zucchinigemüse und zum Dessert Albicocche con crema di ricotta, mit Ricottacreme gefüllte Aprikosenhälften, gespeist. Letzterer wäre Italiener gewesen.

»Es gibt doch jetzt noch gar keine frischen Aprikosen«, zweifelte Leda die exzellente Qualität der Küche im Goa an.

»Aber dafür sehr gute Dosenaprikosen«, meinte Ugo lachend.

Die Bedienung im CD-Laden hieß Cristina Onofrio, war zweiundzwanzig Jahre alt, baumlang und gertenschlank, hatte eine buntgefärbte Punkfrisur und lauter kleine Ringe im linken Nasenflügel. Sie arbeitete seit fünf Jahren im Geschäft und war Spezialistin für Rap-, Hiphop- und Heavy-Metal-Musik. Aber im modernen Rock kenne sie sich auch gut aus, beteuerte sie. Ugo betrachtete sie voller Bewunderung. Diese galt allerdings weniger ihrem Wissen über Musik, mutmaßte Leda. Ihn interessierte vielmehr ihr schöner, flacher Bauch, den sie zwischen der erst kurz oberhalb der Schambehaarung beginnenden Jeans und dem kurzen Pulli zur Schau stellte. Leda glaubte, bei ihr einen leicht spöttischen Zug im Gesicht zu entdecken, als sie Ugos Blicke bemerkte. Wahrscheinlich verschlangen regelmäßig die begierigen Augen älterer Herren wie Ugo, sprich solcher ab vierzig, die freigelegten Körperteile.

»Ich denke, der Mann, den Sie suchen, ist Gianni. Er wohnt seit ein paar Monaten da drüben in der Nummer siebenundsiebzig bei seinem Onkel im ersten Stock. Er kauft oft CDs bei mir. Ein guter Typ, kann nur ziemlich schlecht Italienisch, dafür aber richtig geil Englisch. Wir quatschen oft über neue CDs, er kennt sich ziemlich gut aus. Wirklich nett und ganz bestimmt kein Mörder. Das paßt nicht zu ihm.«

Damit wußten sie alles, was sie im Moment wissen wollten, bedankten sich bei Cristina für ihre Hilfe und machten sich auf zur Nummer siebenundsiebzig, schräg gegenüber. Am Klingelschild entdeckten sie zwei deutsche Namen: Wolfrum und Förster, aber keinen Horstmann. Bei Förster meldete sich niemand. Bei Wolfrum hatten sie Erfolg.

»Pronto, wer ist da?« dröhnte eine männliche Stimme durch die Gegensprechanlage.

»Buon giorno, Signor Wolfrum. Sind Sie der Onkel von Gianni?«

»Ja, warum? Er ist nicht hier.«

Es dauerte eine Weile, bis sie ihn davon überzeugt hatten, die Tür zu öffnen und sie hereinzulassen.

Oben erwartete sie ein korpulenter Endsechziger mit grauen, schulterlangen Haaren im seidenen Morgenmantel. Wolfgang Amadeo Wolfrum, Sohn einer römischen Mutter und eines Wiener Vaters, lebte seit der Trennung seiner Eltern vor fünfundfünfzig Jahren in dieser Wohnung, davon mehr als dreißig Jahre lang mit seiner Frau Anna, die vergangenes Jahr verstorben war. Seine Mutter Albertina hatte, bei eigentlich bester Gesundheit und im Vollbesitz ihrer geistigen Kräfte, im zarten Alter von fünfundneunzig vor drei Jahren das Zeitliche gesegnet. Zunächst hatte er selbst sich über dreißig Jahre lang in harmonischer Symbiose nur mit der Mutter, später dann in Fortführung eben dieser Harmonie zu dritt mit Anna zu einem Universitätsprofessor und weltweit gefragten Experten für italienische Renaissancemalerei entwickelt. Seine Vornamen verdankte er der Liebe seiner Eltern für die Musik Mozarts, die sich nahtlos auf ihn übertragen hatte.

Der Professore brauchte etwa zweieinhalb Minuten, um ihnen in geschliffenstem Hochitalienisch die gesamte Lebens- und Familiengeschichte zu erklären. Gerade als Leda ihn unterbrechen wollte, da sie die Ausführungen zwar hochinteressant fand, jedoch für das Auffinden von Gianni unerheblich, kam Wolfrum selbst auf seinen Neffen zu sprechen.

»Johannes Horstmann ist der Sohn meiner wesentlich jüngeren Stiefschwester Alice, der Tochter meines Vaters aus zweiter Ehe. Sie lebt mit ihrem Mann und zwei weiteren Kindern in Wien. Ich besuche sie einmal im Jahr. Johannes, der hier Gianni genannt wird, hat in seiner Heimatstadt Kunstgeschichte studiert und eine Ausbildung zum Gemälde- und Freskenrestaurator absolviert. Vor vier Monaten kam er nach Rom, in der Hoffnung, bei einem der italienischen Museen eine Anstellung zu finden, was bisher mißlang. In diesem Land gibt es zwar Unmengen von Bildern, die dringend restauriert werden müßten, allein es fehlt das Geld. So schlummern in besseren oder schlechteren Archiven Tausende Kunstwerke ihrem sicheren Untergang entgegen. Es ist ein Skandal, wie die Politiker aller Couleur mit diesem Nachlaß der Geschichte umgehen. Was soll's! Immerhin konnte ich Gianni zu einer sehr guten, frei arbeitenden Restauratorin vermitteln, Artemis Celeste. Sie hat ihr Atelier in der Via della Frezza und brauchte dringend Hilfe. Dort kann er viel lernen und etwas verdienen. Er wohnt bei mir. Hier ist nach dem Tod meiner Mutter und meiner Frau genügend Platz.«

»Wo ist Gianni jetzt?« fragte Leda.

»Das kann ich Ihnen leider nicht sagen. Ich habe ihn seit ein paar Tagen nicht mehr gesehen. Er ist erwachsen und kann tun, was er möchte. Warum suchen Sie ihn eigentlich?«

»Weil wir ihn als Zeugen in einem Mordfall brauchen.«

»Gianni soll gesehen haben, wie jemand umgebracht wurde? Wer behauptet das?« fragte Wolfrum ungläubig.

»Eine Zeugin konnte ihn sehr gut beschreiben, da sie ihn vor der Tat schon öfter mit dem Toten zusammen gesehen hatte.«

»Und wie sind Sie darauf gekommen, daß es sich um meinen Neffen handelt?«

»Ein Phantombild von ihm mit der Bitte um Hinweise auf seine Person wurde gestern und heute in den Medien veröffentlicht. Darauf haben sich eine Menge Leute gemeldet. Eine Person kannte seinen vollständigen Namen, eine andere seine Adresse. So sind wir bei Ihnen gelandet.«

»Sein Bild wurde unter Hinweis auf den Mord veröffentlicht? O Gott, das darf doch nicht wahr sein. Der arme ...«

Wolfrum wollte noch etwas über Gianni sagen, doch da klingelte das Telefon bereits zum dritten Mal, und er ging ins Nachbarzimmer.

»Junge, wo bist du? Die Polizei ist hier und sucht dich als Zeugen. Was ist denn passiert?«

Wolfrum sprach ziemlich leise – und deutsch. Es war offensichtlich Gianni. Leda stellte sich an die Tür neben ein Bücherregal, um besser lauschen zu können, und gab Ugo mit einer Geste zu verstehen, daß er schweigen sollte. Was Wolfrum nicht ahnen konnte: Die kleine, runde Kommissarin, die ihm keinen allzu gebildeten Eindruck machte, verstand blendend Deutsch, ja, sogar den Dialekt des Bruderlandes. Da er solche Sprachkenntnisse – nicht völlig zu Unrecht – bei keinem römischen Polizisten vermutete, glaubte er sich geschützt und redete offen mit seinem Neffen.

»Wo bist du denn?«

Es folgte ein längeres Schweigen.

»Aber wenn du mit der Sache nichts zu tun hast, rede mit denen. Das ist besser.«

Wieder Schweigen.

»Nein, du brauchst keine Angst zu haben. Ich bin doch bei dir, und wir können im übrigen jederzeit meinen Anwalt dazuziehen. Ich komme und hole dich ab. In spätestens einer Stunde bin ich da. In Ordnung? Bleib, wo du bist!«

Noch bevor Wolfrum eingehängt hatte und in die Bibliothek zurückkehrte, saß Leda schon wieder bei Ugo am Tisch und tat so, als hätten sie sich die ganze Zeit leise unterhalten.

»Das war Giannis Mutter. Ich habe ihr gesagt, daß er von der Polizei als Zeuge gesucht wird. Sie hat auch nichts von ihm gehört. Wir sind, wie Sie sicher verstehen, in Sorge. Wenn Sie erlauben, würde ich jetzt gern auf meine Weise versuchen, Gianni zu finden. Ich glaube, es ist am besten, wenn ich es allein tue, da er sehr sensibel und ängstlich ist. Sobald er erfährt, daß Sie hinter ihm her sind, wird er sich verstekken. Ich werde Sie selbstverständlich informieren, sobald ich ihn gefunden habe. Sind Sie einverstanden?«

Zu Ugos Erstaunen willigte Leda sofort ein. Keine einzige weitere Frage ihrerseits, statt dessen beschwörende Worte Wolfrums, sein Neffe habe mit dem Mord garantiert nichts zu tun und schließlich der höfliche Austausch von Visitenkarten für den Fall, daß man etwas Neues in Erfahrung bringe. Wolfrum hatte es sehr eilig, die beiden loszuwerden.

Während die beiden die Treppe hinuntergingen, berichtete Leda Ugo flüsternd vom Telefonat.

»Er hat gelogen! Das war Gianni selbst, nicht seine Mutter. Er will jetzt sofort zu ihm fahren. Wir hängen uns dran. Wahrscheinlich hat er irgendwo in der Nähe sein Auto geparkt. Gibt's hier einen Innenhof?«

Tatsächlich führte vom Hausflur eine Tür auf den Hof, der als Parkplatz genutzt wurde. Etwa zehn Autos standen dort, möglicherweise gehörte eines davon Wolfrum. Ugo versteckte sich unter der Treppe, von wo aus er den gesamten Eingangsflur im Auge hatte und beobachten konnte, ob Wolfrum das Haus durch die hintere Tür zum Parkplatz oder durch die vordere zur Straße verließ. Leda stieg zu Pietro in den Wagen, der in einer Einfahrt gegenüber vom CD-Laden wartete.

Wolfrum verließ sein Haus durch den Vordereingang und lief eiligen Schrittes die Via Goito Richtung Piazza dell' Indipendenza. Daß Ugo ihm zu Fuß und Leda ihm mit dem Auto folgten, merkte er nicht. Pietro fuhr bis zu Ugo vor und ließ ihn einsteigen, während Wolfrum einen am Straßenrand abgestellten weißen Fiat aufschloß und startete. Mit einem Affenzahn jagte er durch die engen, kleinen Straßen rund um den Bahnhof Termini, als wäre der Teufel persönlich hinter ihm her, Richtung Südosten. Pietro, ein überaus erfahrener und geschickter Fahrer, der schon manche Verfolgungsjagd bravourös gemeistert hatte, fluchte das reichhaltige Repertoire römischer Schimpfwörter rauf und runter, überfuhr um ein Haar eine Mutter mit Kinderwagen und blieb schließlich in einer Gruppe Asiatinnen stecken, die lachend und schwatzend in aller Seelenruhe die Straße überquerten.

»Wie im Film, wenn sich die Polizei auf der Landstraße

mitten in einer Schafherde wiederfindet«, kommentierte Ugo fatalistisch. »Sind das nun Chinesen oder Japaner?« wollte er dann wissen.

»Keine Ahnung. Die Frauen sind auf jeden Fall sehr hübsch«, meinte Pietro und betrachtete höchst interessiert die Damen, von denen jede mindestens zwei Einkaufstüten nobler italienischer Modemarken in den Händen und eine Digitalkamera am Band um den Hals trug.

»Ich glaube, Japanerinnen. Die sind doch angeblich so verrückt nach Markenmode. Sie scheinen gerade halb Rom leergekauft zu haben«, sinnierte Leda vor sich hin und überlegte gleichzeitig, was sie jetzt tun sollten.

Wolfrum war über alle Berge. Aber er würde zurückkommen, das war sicher, und sogar höchstwahrscheinlich mit Gianni. Nur wann?

V

Letztlich brauchten sie nur auf Professor Wolfrum zu warten. Von einem der Tische am Fenster der Bistro-Bar direkt gegenüber des Eingangs zu Wolfrums Haus hatten sie einen guten Überblick über das Straßengeschehen, und außerdem konnte die Kommissarin ihrem knurrenden Magen etwas Gutes tun, der sich seit einiger Zeit darüber beschwerte, daß sie ihm seit dem Cornetto bei Mario am Morgen keinerlei Nahrung hatte zukommen lassen.

Die gläserne Vitrine bot eine annehmbare Auswahl an kalten Kleinigkeiten. Ugo wählte ein Panino mit Thunfisch und Tomaten, Leda einen Teller mit verschiedenen eingelegten Gemüsen, einer Reiskrokette mit Mozzarella- und einer zweiten mit Hühnerfleischfüllung sowie ein paar Pastetchen, die sie sich in der Mikrowelle heißmachen ließ. Dazu bestellten sie eine Karaffe Weißwein und eine große Flasche Mineralwasser. Ein junger Mann brachte ihnen nach und nach das Gewünschte und setzte sich anschließend selbst an einen der Tische, um bei einem Kaffee die Zeitung zu lesen, denn Leda und Ugo waren die einzigen Gäste.

»Bis Wolfrum wiederkommt, kann es aber ewig dauern. Wir haben keine Ahnung, wo er hingefahren ist«, meinte Ugo.

»Er sagte am Telefon, er sei in spätestens einer Stunde bei Gianni. Dann sind das hin und zurück zwei Stunden und maximal eine halbe Stunde zusätzlich, die er brauchen wird, um den Neffen von der Rückkehr zu überzeugen. Wolfrum sieht mir nicht so aus, als wollte er Ärger mit der Polizei haben.«

Genüßlich machten sie sich über das Essen her, als Ugos Telefonino sich meldete.

»Pronto!« rief er in den Apparat. »Ich verstehe Sie nicht! Moment, ich gehe raus.«

Damit sprang er auf, brachte den Tisch ins Wanken und stürzte auf die Straße, während Leda mit einer Serviette das Wasser, das sich aus einem umgekippten Glas in den metallenen Brotkorb ergoß, zu entfernen versuchte. Aber es war zu spät, das Brot hatte sich bereits in einen Weizenbrei mit weicher Rinde verwandelt. Der lesende Ober kam lachend an und schnappte den Brotkorb, um trockenen Nachschub zu holen.

»Die haben Gianna Morricone endlich gefunden. Sie kann erst Samstag früh hier sein, weil sämtliche Flieger wegen des angekündigten großen Seebebens in Asien völlig überlastet sind. Alle wollen aus der Region weg, so schnell wie möglich. Dort bricht wohl schon jetzt alles in Panik zusammen.«

»Kann man denn mit ihr telefonieren?«

»Anscheinend auch nur sehr schwierig. Ihre Kollegen von Pastour haben zwar die Nummer vom Hotel, kommen aber nie durch.«

»Dann müssen wir warten, bis sie da ist«, meinte Leda resignierend.

Dieser Fall zeichnete sich offensichtlich durch besondere Anforderungen an ihre Geduld aus, eine Eigenschaft, die nicht eben zu ihren Stärken zählte. Außerdem saß ihr Vice-Questore Raimondi im Nacken, weil er für eine Pressekonferenz am Nachmittag über die Ermittlungsfortschritte Bescheid wissen wollte. Schon zweimal hatte er sie angerufen, und schon zweimal hatte sie ihm empfohlen, die Pressekonferenz mangels Neuigkeiten abzublasen.

Leda aß auf und machte sich auf den Weg ins Präsidium, während Ugo im Restaurant sitzenblieb, um auf den Professor zu warten.

Sie grübelte darüber nach, ob Gianni womöglich geschossen hatte. Denn wenn er die Tat nur als Zeuge gesehen hatte, brauchte er doch nicht in Panik zu flüchten? Hatte er etwas zu verbergen? Warum diese Angst?

Sie stieg die Stufen zu den gekachelten Gewölberäumen der Gerichtsmedizin hinab. Leo Amato stand gerade über den leichenblassen mit Hämatomen übersäten Körper eines Mädchens gebeugt.

»Höchstens siebzehn! Sie ist angeblich beim Fensterputzen von der Leiter gefallen und dabei so unglücklich gestürzt, daß sie starb. Der tief unglückliche Ehemann, ein Albaner, hat sofort den Notarzt geholt. Der konnte sie aber auch nicht mehr retten. Von der Leiter gefallen! Von wegen! Die Blutergüsse stammen von brutalsten Schlägen aus den letzten Wochen und Monaten. Außerdem wäre sie dann eher am Kopf verletzt, und da hat sie wundersamerweise gar nichts. Dafür aber schwere Verletzungen im Vaginal- und Analbereich. Das heißt, sie ist x-mal grausam vergewaltigt worden. Diesen Leuten solltet ihr endlich mal das Handwerk legen.«

»Gewaltsamen Ehemännern! Wie denn?«

»Das hier sieht mir nicht wie ein alltäglicher Fall von Gewalt in der Ehe aus. Solche Brutalität kenne ich aus dem Bereich der erzwungenen Prostitution, wo die jungen Mädchen als ›Ehefrauen‹ eingeschleust und zu Tode gequält werden.«

Leda wurde schlecht. Das Mädchen war jünger als Flavia, hätte eine Klassenkameradin von Marco sein können, mit dem ganzen Leben noch vor sich.

»Wo wurde sie abgeholt?«

»Hinten in Centocelle, in einem der verkommenen Silos. Die Kollegen dort sind schon hinter dem Typen her.«

»Der ist bestimmt abgetaucht«, meinte Leda.

»Vermutlich. Aber deshalb bist du wohl nicht gekommen.«

»Nein. Mir geht es noch mal um Denaro. Kann er ganz aus der Nähe erschossen worden sein?«

»Ja, das kann er! Du hast unheimliches Glück. In meinem Schatzkästlein liegen gerade zwei wunderbare Vergleichsexemplare. Die Nummer sieben wurde vorgestern ganz aus der Nähe erschossen. Wenn du die Wunden mit denen deines Denaro, meiner Nummer neun, vergleichst, erkennst du sofort, wie ähnlich die Verletzungen sind.«

Entschlossenen Schrittes ging Leo auf die Kühlkammer zu.

»Nein, Leo, bloß nicht. Laß deine Schubladen zu. Ich glaube dir jedes Wort«, wehrte Leda ab. Sie hatte nicht die geringste Lust, sich einer gerichtsmedizinischen Fortbildung zu unterziehen. Für sie waren Leichen lediglich der Ausgangspunkt für weitere Untersuchungen. Die Welt der Lebenden mit ihren komplizierten Beziehungen, Absichten oder Begierden war ihr Terrain, es ging ihr nicht um die Leiche an sich. Die Untersuchung der Toten war oft genug von entscheidender Bedeutung, um einen Mörder oder Selbstmörder zu überführen. In ganz seltenen Fällen ließen sich allein darüber Rückschlüsse auf die Tat ziehen. Doch dann reichte die Beweislage meist nicht aus, um einen Täter vor Gericht zu bringen, weil ein nachvollziehbares Motiv fehlte.

Umgekehrt wies Leo Amato manchmal nach, daß jemand, der ganz wunderbar als Täter ins Bild paßte, nicht in Betracht kam, weil die Leiche selbst Merkmale aufzeigte, die den Verdächtigen als Täter ausschlossen. Solange Leda keinen Anhaltspunkt für eine Täterschaft hatte, war der saubere Beweis einer Nicht-Täterschaft von Beteiligten oder Zeugen auch ein kleiner Erfolg, weil er vor der Verfolgung falscher Spuren schützte. Doch genau diese Antwort konnte ihr Leo bezüglich Horstmann im Moment offensichtlich nicht liefern. Sie mußte ihn als möglichen Täter einkalkulieren.

»Gibt es denn keine Möglichkeit, die Schußentfernung anhand der Leiche zu bestimmen?«

»Doch, mit relativ komplizierten technischen Verfahren geht das. Aber ich denke, der Aufwand lohnt sich erst, wenn die Frage entscheidend für die Lösung des Falles wird. Ist sie das?«

»Ich weiß es noch nicht. Vielleicht!« antwortete Leda unsicher.

»Denaro liegt hier schön kühl und unberührt. Sag Bescheid, wenn es richtig wichtig wird. Er läuft uns nicht davon, und bisher hat niemand auf eine rasche Bestattung gedrängt. Oder?«

»Nein. Hast du sonst noch etwas Besonderes bei Denaro gefunden?« erkundigte sich Leda.

»Noch nicht, aber ich habe auch noch nicht mit ihm weitergemacht, weil das Mädchen dazwischenkam. Die Kollegen in Centocelle brauchen den Bericht sofort. Denaro werde ich mir nachher wieder vorknöpfen. Ich melde mich, wenn ich was habe.«

Leda fröstelte in der gekachelten Unterwelt Leos und war heilfroh, wieder ins warme Treiben der Lebenden zurückzukehren. Auf ihrem Schreibtisch im Büro stapelten sich weitere Hinweise von Anrufern. Sie schaute sie kurz durch, konnte aber nichts von weitergehendem Interesse finden. Leicht genervt begann sie den aktuellen Bericht für Raimondi zu schreiben. Plötzlich stand Lena, Raimondis Sekretärin, in ihrer Tür.

»Ciao Commissaria. Da sind Sie ja. Der Chef sucht Sie schon die ganze Zeit. Er will um achtzehn Uhr eine Pressekonferenz zum Mord in der Via Volterra einberufen. Sie sollen sofort zu ihm kommen. Er ist ziemlich nervös«, setzte sie hinzu.

»Danke, Lena, ich komme gleich«, antwortete Leda und wandte sich wieder ihrem Computer zu, um Raimondi noch schnell alles das aufzuschreiben, was sie wußten. Und das war weit weniger, als er gebraucht hätte, um vor den Pressevertretern zu brillieren. Die Wahrheit war, daß sie gar nichts hatten, was auf einen Täter oder ein Tatmotiv hindeutete, und daß der einzige, der etwas wissen könnte, nämlich Horstmann, verschwunden war.

»Wie konnte es nur passieren, daß Sie den Professor verloren haben? Frauen am Steuer!« tobte er, und Leda ließ ihn gewähren, denn sie zog es vor, selbst als die Dumme dazustehen und Pietro zu schützen, als sich dessen wunderbare Fahrdienste zu verscherzen. Zu oft hatte er ihr aus der Patsche geholfen!

»Und diese merkwürdigen Familienverhältnisse, mit der Stiefschwester als Ehefrau. Da ist garantiert nichts?«

»Garantieren kann ich das nicht, weil ich zur Zeit gar nichts garantieren kann. Aber es sieht uns nicht so aus«, antwortete Leda so ruhig sie konnte.

»Und in seinem Büro ...«

»... waren alle tief betroffen und mehr als zufrieden mit seiner Arbeit. Keinerlei Anhaltspunkte.«

»Was in aller Welt, Commissaria, soll ich der Presse sagen? Wie stehen wir da, wenn wir nach zwei Tagen Ermittlungsarbeit nichts, aber auch gar nichts vorzuweisen haben? Die müssen ja davon ausgehen, daß in Rom die Menschen wie Kaninchen abgeknallt werden können, ohne daß die Polizei etwas tut. Daß wir totale Versager sind, daß man uns eigentlich gar nicht braucht.«

Fernando Raimondis Arme ruderten wie aus der Verankerung gesprungene Windmühlenflügel um seinen fülligen Körper herum, während er Leda mit hochrotem Kopf anschrie. Mit Wehmut erinnerte sie sich an ihren Ex-Chef Erman Alesi, mit dem sie so manch eine Pressekonferenz vorbereitet hatte. Er hatte ihr gezeigt, wie man die gierigen Pressevertreter mit Charme und Würde ohne wirkliche

Informationen und dennoch zufrieden in ihre Redaktionen zurückschickte.

»Ich schlage vor, Sie danken den Bürgern Roms für ihre Mitarbeit. Wir haben immerhin über siebzig Anrufe zu der Veröffentlichung des Phantombildes bekommen. Sagen Sie, daß darunter einige erfolgversprechende Hinweise waren, die derzeit geprüft werden. Jede Nennung von Namen, Umständen oder Motiven wäre den Ermittlungen hinderlich, was die Reporter verstehen werden«, führte Leda aus, gerade so, als säße sie vor den Mikrofonen im Presseraum des Präsidiums.

»Das klingt ja großartig«, schleuderte Raimondi ihr mit einem sarkastischen Unterton in der Stimme entgegen, wobei er seine ohnehin kleinen Augen im runden Gesicht noch weiter zusammenpreßte. »Und was, wenn sie die wohl naheliegendste Frage stellen, nämlich die nach einem politischen Attentat? Eine Frage, die Ihnen wohl noch nicht gekommen sein dürfte.«

Leda merkte, wie langsam die Wut in ihr zu kochen begann. Dieser Mann saß auf seinem Stuhl, ungehobelt, ignorant, machtgeil, eitel und nur über gute Beziehungen auf den Posten gehievt. Da gehörte er nicht hin! Sie atmete tief durch, um die Worte, die sie dachte, nicht mit denen zu verwechseln, die sie sagen sollte.

»Bisher folgten politischen Taten immer Bekennerschreiben von einer terroristischen Gruppe. Soweit mir bekannt ist, liegt zumindest bisher keines vor. Oder haben Sie Erkenntnisse, von denen ich nichts weiß? Dann wäre es sinnvoll, wenn ich davon erführe. Im übrigen kann ich nur wiederholen: Wir haben noch keine pressetauglichen Anhaltspunkte und sollten deshalb auch nichts sagen außer ein paar unverbindlichen Allgemeinplätzen.« Leda holte tief Luft.

»Ich habe recherchiert, daß diese Art von Mord in den

vergangenen fünfundzwanzig Jahren nur zwölfmal begangen wurde, davon sechsmal mit politischem Hintergrund. Bei den anderen sechs Malen handelte es sich um Fehden oder Racheakte von Kriminellen unter sich. Die römische Bevölkerung steht also keiner neuen Gewaltwelle gegenüber, vor der sie sich in besonderem Maße zu fürchten hätte.

Ich habe Ihnen alles aufgeschrieben. Bitte, hier sind die Unterlagen. Sie können sie als Materialsammlung für die Presse nehmen. Falls Sie eine Empfehlung wünschen: Treten Sie persönlich nicht vor die Presse und lassen Sie Bruno Lerner diesen Job erledigen. Er kann sich jederzeit darauf zurückziehen, daß er keine weiteren Informationen habe und die Ermittler keine Zeit hätten, selbst Rede und Antwort zu stehen.«

Bruno Lerner war der Pressesprecher der römischen Polizei. Ein früherer Kommissar, ein gewiefter Hund, der genau wußte, wie er mit Journalisten umzugehen hatte. Sie haßten und sie liebten ihn, weil er ihnen nur manchmal die erhoffte Aufklärung lieferte, dies aber so humorvoll und interessant, daß sie ihm einfach zuhören mußten. Eine Pressekonferenz mit Lerner galt in Journalistenkreisen als Ereignis. Irgend etwas lernte man immer dazu. Es mußte mit dem angekündigten Thema nicht unbedingt etwas zu tun haben. Als durchaus eitler Mann sprach er gern selbst vor der Meute und übernahm ebenso begeistert wie erfolgreich die Rolle des Ablenkers. Raimondi brauchte ihm nur die Wahrheit zu sagen, nämlich, daß es nichts zu berichten gab und Lerner würde sich auf der Stelle ein Thema einfallen lassen, das die Gesellschaft, die Kriminalstatistik oder die neuesten wissenschaftlichen Erkenntnisse in der Kriminologie ganz allgemein betraf, und darüber mindestens eine halbe Stunde lang referieren. Wäre Raimondi klug, würde er ihn jetzt einspannen.

Kaum hatte Leda ihre Argumentation beendet, ertönte aus ihrer Tasche der Türkische Marsch.

»Wolfrum ist allein zurückgekommen«, meinte Ugo. »Ich bin gerade bei ihm. Gianni wollte angeblich bei Wolfrums Schwiegermutter in Frascati bleiben. Der Professor glaubt, er hätte nichts mit dem Mord zu tun und stünde noch unter Schock.«

»Ich komme sofort«, sagte Leda, dankbar für die Gelegenheit, Raimondi auf der Stelle sich selbst zu überlassen.

Mit einem »Ich werde Sie auf dem laufenden halten. Jetzt muß ich los« drückte Leda ihrem sprachlosen Chef die Unterlagen in die Hand und entschwand.

Sie hatte das Gefühl, an diesem Nachmittag auf einer Welle des Glücks zu reiten. Denn nicht nur das Telefonino hatte sie just im richtigen Augenblick aus Raimondis Fängen befreit, nein, sie fand auch vor Wolfrums Haus sofort einen völlig legalen Parkplatz.

Der Professor öffnete die Tür. Vor ihr stand nicht mehr der über allem schwebende Intellektuelle, sondern vielmehr ein älterer Herr, dem tiefe Sorgenfalten ins Gesicht gemeißelt waren.

»Es tut mir leid, daß ich Sie vorhin angelogen habe. Am Telefon war Gianni, nicht seine Mutter. Er ist bei meiner Schwiegermutter in Frascati. Ich wollte erst mal mit ihm allein sprechen, um zu begreifen, was eigentlich passiert ist. Er hat es mir erklärt, und ich glaube ihm alles. Er hat nur Angst vor Ihnen, furchtbare Angst, weil er es noch nie mit der Polizei zu tun hatte und außerdem glaubt, zuwenig Italienisch zu können, um Ihnen seine Position klarzumachen. Deshalb ist er verschwunden. Er ist aber bereit, mit Ihnen zu sprechen, wenn ich dabei bin.«

Ugo hatte offensichtlich kein Wort darüber verloren, daß Leda sein Telefonat Wort für Wort verstanden hatte. Gut so, dachte Leda und warf ihrem Mitarbeiter einen anerkennenden Blick zu. Denn wer wußte schon, wozu sie ihr Geheimnis noch brauchen würde.

»Ohne Giannis Hilfe finden wir Denaros Mörder vielleicht nie. Außerdem macht er sich wegen der Behinderung polizeilicher Ermittlungsarbeit strafbar, wenn er grundlos schweigt«, erklärte Leda ihm, teils, um ihn zu beruhigen, teils um ihm mehr Druck zu machen. Ihre Taktik wirkte.

»Wir können gern sofort hinfahren«, bot Wolfrum an.

Die Straße in die Albaner Berge war proppenvoll, wie jeden Tag um diese Uhrzeit. Pendler, die sich aus ihren Büros in der stickigen Stadt am späten Nachmittag aufmachten, um sich zu Hause in der guten Luft am Rand der Berge von der Arbeit zu erholen oder die Weinhänge der Familie zu kultivieren. Eine knappe Stunde später wurden sie von Signora Emilia empfangen. Die alte Dame war erstaunt, Wolfrum schon wieder zu sehen, weil er doch vorhin erst fortgefahren war.

»Gianni? Er ist gegangen«, teilte sie den Ankömmlingen mit. Vor einer Stunde, ganz eilig habe er es plötzlich gehabt, den Bus in die Stadt zu bekommen. Seine Jacke, die Germana, wer auch immer das war, gestern gewaschen habe, weil soviel Blut daran gewesen sei, habe er ungebügelt angezogen, einfach so von der Leine runter. Der arme Junge. Nervös sei er, das Leben in der Stadt bekomme ihm nicht. Er sei blaß, und man wüßte nicht, in welche Kreise er da geraten sei. Und sein Italienisch sei auch noch nicht viel besser geworden seit seiner Ankunft. Sie verstünde ihn kaum, und er sie auch nicht.

Leda hatte inzwischen die Vermutung, daß das Verständnisproblem zumindest auf seiten der Signora an ihrer ausgeprägten Schwerhörigkeit lag und mangelnde Sprachkenntnisse Giannis dabei eine untergeordnete Rolle spielten.

»Santa Maria, würde Elisabeta noch leben! Dann hätte der Junge es gut!« seufzte sie.

Leda sah in die betretenen Gesichter Wolfrums und Ugos. Der Professor schüttelte den Kopf und flüsterte:

»Er hatte mir versprochen, hier zu bleiben. Ganz fest versprochen. Und ich habe ihm vertraut.«

»Signora, hat Gianni gesagt, zu wem er fahren wollte?« versuchte Leda es in ihrer Verzweiflung.

»Nichts hat er gesagt. Er lief nur wie ein Gejagter davon. So als wäre die Polizei hinter ihm her.«

»Sind Sie denn sicher, daß er in die Stadt wollte?«

»Nein, aber der Bus fährt doch um diese Zeit. Immer um halb, jede Stunde.«

»Mamma, woher willst du das wissen? Du bist doch seit Jahren nicht mehr mit dem Bus gefahren. Früher ging er um halb.«

»Dann hat sich der Fahrplan eben geändert. Gianni hätte den Bus um halb auf jeden Fall bekommen«, insistierte die Alte und hatte damit wahrscheinlich Recht.

Das half ihnen aber nicht weiter. Gianni war weg, und Leda beschlich das Gefühl, daß Wolfrum vielleicht vor ihnen den suchenden Onkel mimte, in Wahrheit jedoch mit dem Neffen die Flucht vereinbart hatte. Wenn ja, warum? Was wußte er? Für wie blöd hielt er sie?

»Dürfen wir kurz mal durchs Haus gehen?« fragte sie in einem Ton, der keinen Widerspruch zuließ.

»Amadeo, wer sind diese Leute, was wollen sie in meinem Haus?«

»Mamma, sie sind von der Polizei und suchen Gianni, weil er ein wichtiger Zeuge in einem Mordfall ist«, erklärte Wolfrum ihr ruhig. »Sie tun ihren Job, und wir sollten ihnen helfen.«

»Die Polizei in meinem Haus?« Die Signora schnappte nach Luft. »Was hat der Junge getan? Drogen?«

»Nein Mamma. Er hat gar nichts getan. Er hat nur etwas Wichtiges gesehen und soll der Polizei das sagen. Wenn du weißt, wo er hingefahren ist, sag es uns bitte.«

»Er hat nichts gesagt, er ist nur plötzlich weggelaufen«,

beharrte sie. »Meinen Sie, er ist nicht wirklich weg und versteckt sich noch im Haus?«

»Das könnte sein. Haben Sie denn gesehen, wie er das Grundstück verließ?«

»Nein, er hat nur ›Ciao Nonna‹ gerufen und war dann weg.«

Wolfrum führte sie in jeden Winkel des Hauses, des Gartens, des Hofs und der Garage. Kein Gianni weit und breit, aber dafür eine Menge Gerümpel und noch mehr Katzen, die einen gotterbärmlichen Gestank auf dem gesamten Grundstück verbreiteten.

»Meine Schwiegermutter ist seit dem Tod meiner Frau sehr merkwürdig geworden. Sie weigert sich, Sachen fortzuwerfen. Selbst kaputte Möbel und alte Zeitungen hebt sie auf. Den Tick mit den Katzen hatte sie schon immer. Aber früher hat Elisabeta immer darauf geachtet, daß die Katzen sterilisiert und die Kater kastriert wurden. Mich läßt sie da nicht ran. Jetzt gibt es Nachwuchs ohne Ende. Es ist zum Verzweifeln«, entschuldigte sich Wolfrum.

Während der Rückfahrt, die nur eine knappe halbe Stunde dauerte, machte Leda Wolfrum eindringlich klar, daß auch er sich wegen Behinderung ihrer Arbeit strafbar mache, falls er wisse, wo sein Neffe steckte und dieses Wissen der Polizei vorenthielte. Er beteuerte, daß er sich dessen durchaus bewußt und zur Zusammenarbeit bereit sei. Mit dem Versprechen, sich zu melden, sobald Gianni ein Lebenszeichen von sich gebe, setzte Leda ihn der Via Goito und Ugo an der U-Bahn-Station ab. Er hatte es eilig, nach Hause zu kommen.

Für die nächsten Tage hatte er Urlaub genommen (die anschließenden Osterfeiertage waren ohnehin frei), um über fünfzig Jahre Leben in Kisten zu packen beziehungsweise auf den Müll zu werfen. Vor einem halben Jahrhundert hatten Ugos Eltern die Wohnung mit zwei Schlafräumen und einem Wohnzimmer gekauft. Zehn Jahre lang hatten sie auf Nachwuchs gewartet, das Zimmer bereitgehalten, die Wände hin und wieder frisch strichen und es als Gästezimmer für Familienmitglieder genutzt, die zu Besuch aus der Provinz nach Rom kamen. Dann endlich hatte Ugo sich angemeldet, der ersehnte Sohn. Seit seiner Geburt – eine einfache Geburt, wie Ugos Mutter zu betonen pflegte, um damit den freundlichen und ruhigen Charakter ihres Sohnes zu erklären – wohnte er nun im Kinderzimmer, das groß war, weil eigentlich noch ein Geschwisterchen geplant gewesen war. Doch das stellte sich zum Bedauern der Eltern nicht ein. Ugo hatte es nie bedauert, weil er schon als kleiner Junge begriff, was ihm an Prügeleien, Streit und Zank erspart blieb.

Nach dem Tod des Vaters vor zwölf Jahren waren Mutter und Sohn allein in der Wohnung geblieben. Gern hätte Ugo es gesehen, wenn seine große Liebe Elena einfach zu ihnen gezogen wäre. Doch sie weigerte sich stur, meinte, daß sie als Paar und demnächst als Ehepaar ihr eigenes Leben ohne Reminiszenzen an die Vergangenheit aufbauen sollten und war bereit, dafür ihre eigene Wohnung zu verkaufen. Sie fanden eine schöne, bezahlbare Immobilie mit zwei Schlafzimmern, einem Wohn- und einem Eßraum, die vor allem den Vorteil hatte, daß gleich nebenan eine Zweizimmerwohnung zum Verkauf stand. Ugo wollte nämlich seine betagte Mutter nicht gänzlich allein lassen. Sollte sie einmal sterben, was der Himmel zwar langfristig vorsah, aber vorläufig verhüten mochte, konnte man die beiden Wohnungen zusammenlegen und darin mindestens zwei bis drei heranwachsenden Kindern Platz bieten. Ugos Mutter war von der Idee angetan, denn eine ihrer besten Freundinnen lebte ganz in der Nähe der neuen Wohnung.

Leda wünschte Ugo alles Gute für sein Vorhaben, bat ihn aber, sein Telefonino eingeschaltet zu lassen, falls sie ihn für den Fall Denaro dringend brauchen sollte.

»Wirklich nur für den Notfall!« betonte sie mehrfach.

Ugo versprach es und verschwand eilig im U-Bahn-Eingang an der Piazza della Republica.

Die Kommissarin fühlte sich ausgelaugt, das kurzzeitige Glücksgefühl vom Nachmittag war dahin. Sie mußte diesen verfluchten Gianni kriegen. Da sie auf Wolfrums Kooperationsversprechen keinen Cent verwettet hätte, beschloß sie noch kurz ins Präsidium zu fahren, um bei den beiden Flughäfen Alarm zu schlagen und die Überwachung der Wohnungen von Wolfrum und seiner Schwiegermutter in Frascati in die Wege zu leiten. Vielleicht tauchte er ja auf. Glücklicherweise lief sie Raimondi nicht in die Arme. Eine Stunde später hatte sie alles erledigt.

Zu Hause war Marco bei brüllend lauter Musik damit beschäftigt, sein Zimmer aufzuräumen. Vor seiner Tür im Flur lag ein riesiger Haufen Kleidung.

»Was ist denn in dich gefahren?« erkundigte sich Leda überrascht.

»Ich wollte meine Klamotten für Spanien schon mal sortieren. Dabei ist mir aufgefallen, das ganz vieles schmutzig ist. Wir müssen sofort mit Waschen anfangen, sonst wird der Kram nicht mehr trocken«, verkündete er gutgelaunt und gab seiner Mutter einen Kuß auf die Wange.

Leda stöhnte. Auch das noch! Sie war müde und hungrig. Doch Marco hatte recht. Sie konnte die Kinder nicht mit schmutziger Wäsche nach Madrid zu ihrem Vater schicken. Sie rief Flavia an, die auch noch ein paar Kleinigkeiten zu waschen hatte. Mit dem Abendessen sollten sie auf sie warten. Leda ärgerte sich kurz darüber, daß sie alle drei vergessen hatten, die Wäsche bereits gestern abend rauszulegen, damit Emilia sie in Ordnung bringen konnte. Nun mußten sie sie auf den letzten Drücker selbst erledigen. Dann schaute Leda in den Kühlschrank, wo sie eine von Emilia zubereitete Lasagne fand, die sie nur noch in den Backofen schieben mußte. Sie schmeckte köstlich.

Anschließend setzte sich Leda ins Auto und fuhr zur Milonga-Bar in der Via Libetta, um dort das Umfeld Denaros und Giannis in Augenschein zu nehmen und hoffentlich Menschen zu treffen, die etwas über die beiden wußten. Sie suchte eine ganze Weile, bis sie die Adresse fand. Nichts wies auf eine Nachtbar hin. Erst als Leda direkt davor stand, erkannte sie im Dunkeln über einem verschlossenen Eisentor einen Schriftzug aus ausgeschalteten Neonröhren: Milonga-Bar. Merkwürdig, dachte sie. Der Inhaber hatte Ugo doch morgens erst gesagt, sie sollten abends vorbeikommen. Vielleicht war sie zu früh dran. Sie stieg aus, um nach einem Hinweis auf die Öffnungszeiten zu suchen, und fand hinter der Scheibe des Aushangs mit der Getränkekarte einen handgeschriebenen Zettel: »Liebe Freunde. Meine Mutter ist plötzlich gestorben. Deshalb bleibt die Milonga-Bar heute am Mittwoch und morgen am Donnerstag geschlossen. Bis Freitag, Euer trauriger Lucio.«

Auch gut, ich habe getan, was ich tun konnte, dachte Leda und begab sich auf den Heimweg. Eigentlich war sie froh, daß ihr ein paar Bar-Stunden erspart blieben.

Es war Mitternacht, als die Maschine zweimal durchgelaufen war und die Wäsche auf Ständern auf dem Balkon hing. Leda schaltete den Fernseher ein, um zu sehen, ob über den Fall Denaro berichtet wurde. Tatsächlich erschien Bruno Lerner auf dem Bildschirm und dankte den Römern mit wohlfeilen Worten für ihre Mithilfe. Man wisse jetzt, wer der junge Mann sei, und hoffe, daß er zur Aufklärung des furchtbaren Mordes auf offener Straße wichtige neue Erkenntnisse liefere. Kein Wort darüber, daß sie Gianni noch gar nicht gefunden hatten, kein Wort darüber, daß sie nicht wußten, ob er überhaupt etwas sagen konnte. Lerner hatte mal wieder einen brillanten Job gemacht. Zufrieden ging Leda schlafen, nachdem sie die Waschmaschine ein letztes Mal geladen hatte.

VI

Als Leda am nächsten Morgen um sechs Uhr früh die Waschmaschine öffnete, die nachts ihre Runden gedreht hatte, fühlte sie sich ziemlich erschlagen. Ein bis zwei Stündchen mehr im Bett hätten ihr gutgetan, aber dann würden die Klamotten von Flavia und Marco nicht mehr trocknen. Sie räumte die Trommel mit der nassen Wäsche leer und ging auf den Balkon.

Die abends aufgehängten Sachen fühlten sich noch etwas klamm an, doch schon bald würden die ersten Sonnenstrahlen um die Ecke kommen und das Ihre zum Trocknen beitragen, denn der Himmel war wolkenlos blau. Bis dahin ließ Leda die nassen Stücke im Wäschekorb. Sie fröstelte, zog ihren Morgenmantel fester um sich und ging in die Küche. Dort schaltete sie das Radio ein, setzte Kaffee auf und räumte herumstehendes Geschirr in die Spülmaschine. Dann rief sie die Überwachungsteams in der Via Goito und in Frascati an. Nein, erfuhr sie von den übermüdeten Kollegen, Gianni war nicht aufgetaucht.

»Sollen wir den ganzen Tag lang weiter überwachen?«

»Ja, ich schicke euch Ablösung. Wir brauchen den Menschen auf jeden Fall«, lautete ihre Anweisung, und die Kollegen versprachen, die Überwachung sicherzustellen.

Nachdem Leda geduscht hatte und Marco mit Frühstück versorgt in die Schule abgezogen war, rief Leda bei Emilia an und bat sie, heute statt morgen erst zu kommen, um die ganze Wäsche zu bügeln. Dann verließ auch sie das Haus. Sie brauchte dringend ein Cornetto mit Cremefüllung und einen Cappuccino von Mario.

In der Bar ging es hoch her, weil gerade Getränke angeliefert wurden. Mario dirigierte verärgert zwei Männer in blauen Overalls, die leere Flaschen heraustrugen und die vollen Kisten in einem schmalen Flur hinter der Bar stapelten.

»Subito, Commissaria, ich komme sofort«, rief Mario ihr entgegen und erschien mit gerunzelter Stirn hinter der Theke.

»Seit Jahren bringen die beiden die Kisten und haben immer noch nicht gelernt, sie richtig aufzustapeln. So schwierig ist das doch nicht zu kapieren«, schimpfte er, während er Ledas Cappuccino fertigmachte. Zu ihrem Erstaunen fischte er ihr heute kein Cornetto aus der Glasvitrine. Die war gänzlich leer. Statt dessen holte er ihr eines aus dem Regal für die Gläser, wo es mit einer Serviette abgedeckt auf einem Teller lag.

»Das habe ich Ihnen gerettet. Vorhin war eine ganze Touristengruppe hier, die alles Eßbare verschlungen hat. Beinahe wäre ihr Cornetto auch weggewesen«, sagte er strahlend und offensichtlich stolz auf seine Umsicht. Leda war ihm tatsächlich dankbar.

»Seit ich heute morgen um sechs aufgestanden bin, habe ich davon geträumt, ehrlich«, bekannte sie.

Mario lachte schallend: »Sie! Um sechs Uhr aufgestanden! Ich glaube es nicht. Doch senile Bettflucht?«

»Nein, Wäsche!«

»Wie bitte, Wäsche? Ist Emilia denn weg?«

Emilia war seine Cousine dritten oder vierten Grades, Leda hatte das Verwandtschaftsverhältnis nie richtig verstanden. Auf jeden Fall hatte Mario im vergangenen Jahr, als Flavia und Marco plötzlich ihren Haushalt gestürmt hatten, Emilia zu ihr geschickt, um zu helfen. Sie hatte sich als wahre Perle in allen häuslichen Angelegenheiten entpuppt.

»Nein, sie ist da. Wir haben nur vergessen, ihr die schmutzige Wäsche rechtzeitig hinzulegen.«

Es folgte ein kurzes Gespräch über die Organisation eines

Haushalts, doch Mario war nicht recht bei der Sache. Immer wieder verschwand er hinter dem Barraum und gab präzise Stapelanweisungen. Leda war froh darüber, denn sonst hätte er sie vermutlich über den verschwundenen Gianni ausgequetscht.

So warf sie einen Blick in die Zeitung, entnahm ihr, daß bereits eine halbe Million Touristen in Rom waren und über die Osterfeiertage noch mehr erwartet würden, und daß im Parlament gestern ein neues Gesetz zur verschärften Kontrolle der Medien verabschiedet worden war. Dann legte sie Geld auf den Tresen, verabschiedete sich und fuhr ins Präsidium.

Dort rief sie als erstes die E-Mails ab. Eine davon interessierte sie besonders: die der Zulassungsstelle. Bis auf drei hatten sie alle von Adriana in der Via Volterra notierten Fahrzeugkennzeichen zuordnen können. Zwei waren ausländische Nummern, bei denen die Ermittlung der Halter schwieriger würde, und das dritte, ein Motorrad-Kennzeichen, das gefälscht war: Die angegebene Buchstaben- und Zahlenkombination war gar nicht zur Anmeldung freigegeben. Dieses Kennzeichen tauchte genau zum Zeitpunkt des Mordes auf. Die übrigen Listen von Adriana wurden noch bearbeitet, was angesichts der Menge noch einige Zeit beanspruchen würde.

Leda versuchte den Tathergang in der Via Volterra zu rekonstruieren: Wenn die Motorradfahrer die Mörder waren, mußte es sich um Profis handeln. Dann fiel Gianni als Täter flach. Er konnte allerdings die Mörder aus der Wohnung heraus darüber informiert haben, daß er und Denaro jetzt aus dem Haus kommen würden. Das könnte der Grund sein, daß er sich von Denaro entfernt und den Müll weggebracht hatte, um die Schußlinie freizuhalten. Dann kannte er die Mörder, hatte Beihilfe zur Tat geleistet und war deswegen geflohen. Alles paßte.

Doch bei intensiverem Nachdenken befiel Leda wieder Unsicherheit. Genausogut konnte Gianni nur unbeteiligter Dritter sein, vom Tod Denaros ebenso überrascht wie dieser selbst.

Oder Gianni hatte geschossen, während das Motorrad rein zufällig am Tatort vorbeifuhr. Daß das Motorrad gestohlen und mit falschem Kennzeichen versehen war, mußte noch lange nicht bedeuten, daß die Fahrer Mörder waren. Verdammt, sie mußten Gianni finden!

Sie rief bei Wolfrum an. Nein, sein Neffe hatte sich weder bei ihm noch bei seinen Eltern gemeldet. Die ganze Nacht hatte er sich den Kopf zerbrochen, wo Gianni noch sein könnte. Doch er kannte niemanden aus seinen Kreisen, wußte nicht, was er trieb, wenn er nicht zu Hause, mit seinem Onkel unterwegs oder im Atelier der Restauratorin Artemis Celeste war.

»Die jungen Leute sind doch heute so. Jeden Abend in Bars oder Kneipen, dort lernen sie andere kennen, die genauso ihre Zeit totschlagen, und wir Alten haben keine Ahnung, um wen es sich handelt. Darüber haben wir auch nie geredet, weil Gianni weiß, daß ich diese Art von Leben für Zeitvergeudung halte.«

Dann gab er ihr die Telefonnummer von Signora Celeste. Es dauerte eine Weile, bis Leda am anderen Ende der Leitung die verschlafene Stimme einer Frau vernahm.

Eine halbe Stunde später öffnete sie der Kommissarin die Tür zu ihrem Atelier in der Via della Frezza, einer kleinen Straße, die von der Via Ripetta abging. Ein kleines graues Häuschen klebte hier am nächsten. Leda vermutete, daß sie noch aus dem Mittelalter stammten und seitdem nur selten renoviert worden waren. Künstler hatten sie von der Stadt preisgünstig gepachtet. Celeste war es gelungen, nach dem Tod ihres malenden Vaters Adriano Celeste, von dem Leda einige Ausstellungen gesehen hatte, das Atelier auf sich selbst zu übertragen, wie sie Leda erzählte. Das konnte nicht schwer gewesen sein, dachte die Kommissarin, denn ihr war bekannt, daß Celestes Bruder, und damit Artemis' Onkel, das städtische Amt für kulturelle Angelegenheiten leitete. Wahrscheinlich wurde die Vergabe dieser heißbegehrten Künstlerimmobilien im Zentrum Roms von ihm vorgenommen. Aber das sollte nicht Ledas Angelegenheit sein. Sie brauchte Informationen über Johannes, genannt Gianni.

»Johannes Horstmann, o je. Ein schwieriger Fall!« seufzte Artemis. »Gianni arbeitet seit drei Monaten bei mir. Er ist fachlich hochqualifiziert, hat bei den besten Lehrern und Restauratoren unseres Fachs in ganz Europa gelernt und außerdem Kunstgeschichte studiert. Aber Gianni arbeitet erstens sehr langsam, und zweitens ist er ziemlich unzuverlässig. Er kommt morgens oft sehr spät. In den letzten zwei Tagen ist er überhaupt nicht erschienen. Warum suchen Sie ihn denn?«

»Sehen Sie nicht fern? Lesen Sie keine Zeitungen?« fragte Leda erstaunt.

Artemis schüttelte den Kopf.

Sie geriet geradezu in Panik, als Leda sie aufklärte.

»Wenn er mit kriminellen Kreisen zu tun hat, dann ist das schrecklich. Schauen Sie sich um. Hier stehen und liegen einige der wertvollsten Bilder Italiens herum, vielleicht der ganzen Welt. Stellen Sie sich vor, er sagt das diesen Leuten, dann brechen sie ein und klauen die Kunstwerke. Diese Vorstellung ist furchtbar für mich.«

Solche Schätze hatte die Kommissarin hier nicht vermutet.

»Was haben Sie denn so Wertvolles?«

Artemis stand auf, ging durchs Atelier und zog vorsichtig das Tuch von einem großen Bild, vor dem ein Ständer mit einer riesigen Lupe und Schweinwerfer aufgebaut war. Artemis knipste sie an. Nun blickte Leda einer Frau ins Gesicht, die Artemis sehr ähnlich sah.

»Das ist Giannis Lieblingsbild. Wahrscheinlich ein Caravaggio. Salome mit dem abgeschlagenen Haupt des Johannes. Das Thema hat er immer wieder gemalt. Irgendwie faszinierte Caravaggio die Gewalt. Er soll selbst jemanden umgebracht haben. Womöglich lag es daran, daß er schwul war und seine Gefühle nicht in den Griff bekam. Er muß sich durch alle Tavernen Roms geprügelt haben. Seine Malerei stellt Menschen fast immer sehr physisch und oft gewalttätig dar.«

»Die Salome sieht Ihnen sehr ähnlich.«

»Ich weiß. Gianni war geradezu geschockt, als er das Bild zum erstenmal hier sah.«

»Wann wurde es gemalt?«

»Wahrscheinlich zwischen den Jahren 1608 und 1610. Wenn es denn ein echter Caravaggio ist, wofür vieles spricht, stammt es auf jeden Fall aus dieser Spätphase. Wolfrum und ich versuchen das gerade herauszufinden. Wolfrum mit Hilfe der Maltechnik, der Thematik und ihrer Einordnung in den kunsthistorischen Zusammenhang sowie durch den Vergleich mit anderen Werken Caravaggios, ich vor allem durch die chemische Analyse der verwendeten Farben und des Firnis. Jeder Maler hat da seine eigenen Mischungen.«

»Wem gehört es?«

»Einem Privatmann. Wem, darf ich nicht sagen, außer natürlich, es wäre relevant für die Ermittlungen.«

»Nein, im Moment nicht, reine Neugierde meinerseits«, antwortete Leda. »Und was ist es wert?«

»Wenn es echt ist, Unsummen.«

»Haben Sie noch mehr solcher Preziosen?«

»Ja«, lautete die schlichte Antwort.

»Und Gianni weiß das?«

»Von einem weiteren Bild weiß er. Ein sehr hübsches Frauenporträt von Andrea Solario. Das bearbeitet er zur Zeit.«

Leda hatte diesen Namen noch nie gehört, im Moment

aber auch keine Zeit, sich mit Kunstgeschichte zu beschäftigen. Sie schaute sich im Atelier um und bemerkte, daß an der Rückwand schwere Metallschränke mit großen, einzeln abschließbaren Schubladen standen.

»Befinden sich weitere Bilder darin?«

Artemis nickte. Leda entdeckte, daß es sich bei der Eingangstür um eine eiserne Sicherheitstür handelte, die zusätzlich von einer Alarmanlage gesichert wurde. Das einzige Fenster war mit dicken Eisenstangen versehen, durch die mit Sicherheit niemand eindringen konnte. Sie saßen in einer Festung.

»Hat Gianni denn Schlüssel zum Atelier?«

Artemis starrte sie an, als sei sie verrückt geworden.

»Natürlich nicht. Er kommt nur her, wenn ich da bin.«

»Dann besteht doch keinerlei Gefahr«, meinte Leda. »Sie sind doch bestens abgesichert.«

»Ach, finden Sie? Und wenn er mit den Typen hier reinmarschiert, mich fesselt und sie zusammen mit den Bildern abhauen? Dann kriege ich nie wieder einen Auftrag, von keinem Museum der Welt, von keiner Privatsammlung und von keinem Einzelauftraggeber.«

»Versichern Sie die Bilder denn nicht, solange Sie hier daran arbeiten?«

»Schon. Trotzdem gilt man dann als unzuverlässig, vor allem wenn herauskommt, daß es ein eigener Mitarbeiter war.«

»Haben Sie denn von Gianni den Eindruck, daß er sich mit solch kriminellen Elementen eingelassen haben könnte? Kennen Sie sein Umfeld, die Leute, mit denen er sich in seiner Freizeit trifft?«

Artemis zögerte und dachte nach. Dann schüttelte sie den Kopf.

»Eigentlich nicht. Er ist ruhig und freundlich. Er kommt, arbeitet und geht wieder. Wir unterhalten uns, wenn überhaupt, über die Arbeit. Gianni redet insgesamt sehr wenig. Er hat wohl Hemmungen wegen seines schlechten Italienisch. Obwohl es in der letzten Zeit schon viel besser geworden ist. Ich kann mir aber offen gesagt nicht vorstellen, daß er viele Freunde oder Bekannte in Rom hat. Wahrscheinlich verbringt er seine Abende bei seinem Onkel, dem Professor. Ein phantastischer Mann. Ihn sollten Sie fragen.«

»Hat er denn nie erwähnt, wo er hingeht, welche Hobbys er hat? Haben Sie nie gefragt?« insistierte Leda.

»Doch, schon, aber er zuckt dann nur mit den Achseln. Er hat mir klar und deutlich zu verstehen gegeben, daß er über sein Privatleben nicht sprechen will. Wissen Sie, wenn er nicht der Neffe vom großen Professore Wolfrum wäre, würde ich ihn rauswerfen. Ich mag solche verschlossenen Leute nicht. Aber das ist er nun einmal«, sagte sie, schaute Leda dabei sehr offen ins Gesicht und seufzte wieder.

Artemis machte zwar nicht den Eindruck einer Lügnerin oder Schauspielerin. Dennoch wollte Leda sichergehen, daß Gianni sich nicht im Atelier versteckt hielt. Deshalb warf sie unter den skeptischen Augen der Restauratorin noch einen kurzen Blick in jeden Winkel des Ateliers.

»Sie mißtrauen mir?«

»In meinem Job muß ich erst einmal jedem mißtrauen. Das hat nichts mit Ihnen persönlich zu tun«, erklärte Leda ihr, wie sie es schon so vielen Menschen erklärt hatte. Dann gab sie ihr ihre Telefonnummer, falls Gianni sich melden oder Artemis noch etwas einfallen sollte, und verabschiedete sich.

Der Himmel war blitzblau, die Sonne schien, und die Touristenströme verstopften die Innenstadt. Es war wie immer in der Karwoche, eigentlich schön. Doch Leda fühlte sich unruhig. Ein Gefühl der Leere plagte sie, das sie immer dann überfiel, wenn sie in einem Fall keine Fortschritte machte. Sie fuhr zurück ins Präsidium.

Lustlos hockte sie am Schreibtisch, schaute eine Weile

lang einer Taube zu, die auf ihrem Fenstersims laut gurrend hin und her stakste, und begann dann mit dem obligatorischen Bericht für Raimondi, der glücklicherweise ebenfalls von heute bis Ende kommender Woche Urlaub hatte, wie Leda von Lena erfuhr. Wenigstens das, denn ansonsten wäre es angesichts der mageren Ergebnisse wahrscheinlich zu einer deftigen Auseinandersetzung gekommen. Zwischendurch rief Emilia an, um zu sagen, daß die Wäsche fertig sei. Anschließend besprach sie mit ihrer Schwester Francesca ihr geplantes Treffen über die Ostertage im Strandhaus und telefonierte schließlich mit Paolo, um zu fragen, ob es beim Essen mit den Kindern heute abend bliebe. Zu der einen Taube auf dem Fenstersims gesellte sich eine zweite und sie führten ihr ein kleines Balzballett vor.

Schlechtgelaunt ging Leda in die Kantine, aß ausgesprochen köstliches Hühnchen in Orangensoße mit Rosmarin und plauderte mit ein paar Kollegen über den Sinn des neuen elektronischen Zeiterfassungssystems. Die meisten hielten es für Quatsch, weil es erforderte, daß man seinen Computer bei der Ankunft anschaltete, um den Arbeitsbeginn zu signalisieren. Viele Kollegen, wie auch Leda, begannen ihren Arbeitstag aber häufig nicht im Büro, sondern an einem Tatort oder sonstwo bei Ermittlungen. Sonstwo endete er auch meistens. Wie sollte man also dem Computer die richtige Arbeitszeit mitteilen? Die Folge war ein bürokratischer Wahnsinn an Zeitkorrekturzetteln, die jeweils vom Chef abgezeichnet werden mußten.

Mittlerweile hatten sich die Tauben einen anderen Platz für ihr Liebesspiel gesucht, und Leda tippte fleißig an ihrem Bericht weiter. Irgendwann überfiel sie die Lust auf einen Kaffee. Wie immer verbrannte sie sich die Finger, als sie den kleinen Plastikbecher aus dem Automaten im Flur ziehen wollte.

»Aua. Das tut weh«, ertönte die Stimme von Lorenzo

Civile. Der Leiter der Abteilung Wirtschaftskriminalität lachte und reichte ihr ein Taschentuch.

»Seit wann haben wir diesen Automaten? Seit mindestens fünf Jahren, und ich lerne es einfach nicht, mit diesen blöden Plastikbechern umzugehen«, sagte Leda und gab ihm die Hand.

»Wie kommst du mit deinem ermordeten Wirtschaftsprüfer zurecht?«

»Frag besser nicht. Es ist unbeschreiblich. Wir kommen keinen Millimeter voran. Wie verhext! Und du?«

»Ach, bei uns blüht wie immer die Korruption. Ich lese Bilanzen, überprüfe Konten, das Übliche. Im Moment gibt es nichts Spannendes. Wäre dein Toter lebendig, wäre er vielleicht mein Fall.«

»Wie kommst du denn darauf?« fragte Leda ihn erstaunt.

»Es sind doch oft die Wirtschaftsprüfer und Berater, die den Firmen attestieren, daß sie phantastisch arbeiten, und ihnen eine glänzende Zukunft prophezeien. Nach dem Zusammenbruch kommt dann heraus, wie sehr das Zahlenmaterial mit Hilfe dieser Berufsgruppe frisiert und undurchsichtig gemacht wurde. Dann sind ein paar Leute sehr reich geworden und haben ihr Geld, wiederum unter Mithilfe dieser Leute, ins Ausland geschafft. Und die vielen Arbeiter, Angestellten und Kleinaktionäre gucken in die Röhre. Denk doch nur mal an Fälle wie Cirio, Enron oder Worldcom. Riesenpleiten dank angeblich fähiger Wirtschaftsexperten. Solche Fälle liebe ich, da kann ich mich richtig verwirklichen.«

»Stimmt, du warst doch auch beim Fall Cirio dabei.«

»Ich habe ihn sogar geleitet. Wunderbare Zeit. Anstrengend, aber interessant. Meine Frau wollte sich in der Zeit scheiden lassen. Glücklicherweise wurden wir rechtzeitig fertig! Wir sind jedenfalls noch verheiratet! Bei welcher Firma hat denn dein Mordopfer gearbeitet?«

»LaBoule & Partner. Kennst du sie?«

»Ja, natürlich. Das sind ganz Große in der Branche. Gelten als gut und sauber. Nach den Skandalen der anderen haben sie wahrscheinlich Hochkonjunktur. Und wer war der Mandant?«

»Romapa, die Pastafabrikanten. Das Mandat läuft angeblich prächtig und zu aller Zufriedenheit. Bisher habe ich jedenfalls keinerlei Anhaltspunkte gefunden.«

»Manchmal tauchen Gerüchte über Romapa auf, daß es denen weniger gut geht, als es die Aktienbewertung besagt. Aber bei jedem Global Player gibt es solche Gerüchte. Und solange LaBoule sie unter Kontrolle hat, dürfte nichts dahinterstecken. Immerhin habe ich eine ganze Menge Aktien von denen, weil ich an das Gute bei ihnen glaube. Bis jetzt lief es ja auch gut. Hoffen wir, daß es so bleibt. Falls du Hilfe brauchst ...« Lorenzo nahm Ledas Hand, hauchte einen Kuß darauf und lächelte. »... stets zu Diensten, Madame.« Er verschwand in seinem Büro.

Ledas Kaffee war inzwischen abgekühlt, und sie nahm ihn mit zu ihrer Fronarbeit am Schreibtisch. Sie schrieb ohne Elan weiter. Ugo fehlte ihr. Nicht weil es so viel zu tun gab, sondern weil sie allein war. Als das Telefon klingelte, erschrak sie förmlich. Es war Leo Amato.

»Aus tiefen Kellern rufe ich dich, um Neues zu verkünden«, sang er zur Melodie eines bekannten Kampfliedes in den Hörer.

»Laß mich raten! Auf den Rücken hat Denaro das Kommunistische Manifest tätowiert und auf den Pobacken Hammer und Sichel«, sagte Leda lachend.

»Falsch. Ein Wirtschaftsberater ist naturgemäß Kapitalist. Wobei ich dir nicht sagen kann, ob die Hirnwindungen von Kapitalisten und Kommunisten sich grundsätzlich voneinander unterscheiden.«

»Ist das schon mal untersucht worden? Außerdem wäre das doch ein Thema für die Genforschung. Vielleicht gibt es politisch-ideologische Gene, die die Prädisposition des Individuums für die eine, die andere oder eine dritte Richtung festlegen«, scherzte Leda.

»Die Wissenschaft wird dir für diese Anregung dankbar sein. Was Denaros Gehirn anbelangt, so habe ich es nicht auseinandergenommen, dafür den Rest aber genau angeguckt.«

»Und?«

»Zu den Schußverletzungen gibt es nichts Neues zu sagen. Neu ist aber, daß er offensichtlich regen sexuellen Kontakt mit Männern hatte und das noch ganz kurz vor seinem Tod. In seinem Anus befindet sich Sperma.«

»Er war schwul?«

»Oder zumindest bisexuell. Auf jeden Fall hatte er Kontakt mit Männern.«

»Aber er war verheiratet, hat zwei Kinder und lebte mit einer Frau zusammen.«

»Das bedeutet gar nichts. Er kann seine Neigung zu Männern erst nach der Zeugung der Kinder entdeckt haben oder liebt eben beide Geschlechter. In der Antike war das völlig normal. Es gehörte vor allem für ältere Männer zum guten Ton, einen jungen Geliebten, Schüler und Gespielen zu haben.«

»Was du nicht sagst. Aber heute ist es eindeutig anders.«

»Offiziell mit Sicherheit. Aber weißt du wirklich so genau, wie viele Männer und Frauen hinter der Fassade der Heterosexualität ganz anderen Gelüsten nachgehen oder zumindest davon träumen?«

»Meinetwegen, aber das bringt mir keine neue Erkenntnis für die Aufklärung«, seufzte Leda.

»Vielleicht doch. Vielleicht ist Denaro Opfer eines Eifersuchtsdramas geworden.«

»Du meinst, Gianni war sein aktueller Liebhaber, weil er mit ihm morgens aus dem Haus kam. Der verstoßene und verzweifelte Ex hat sich daraufhin aufs Motorrad gesetzt und ihn abgeknallt?«

»Mag sein«, meinte Leo.

»Gut, ich werde mal darüber nachdenken«, sagte Leda, bedankte sich bei Leo für die Information und legte auf.

Ihr brummte der Schädel. Zu viele Theorien, Möglichkeiten und vage Vermutungen umgaben den Fall Denaro. Leos Argumentation war plausibel. Eifersucht war das häufigste Mordmotiv. Sie mußte der Sache nachgehen. Umgehend griff sie zum Telefon und rief Carmela an.

»Mamma will mit niemandem sprechen. Sie ist so traurig wegen Papos Tod. Wir sind auch so traurig«, verkündete ihr Giulia, die jüngste Tochter aus zweiter Ehe.

Erst als Leda ihr geduldig erklärte, daß es sehr, sehr wichtig sei, brachte die Kleine das Telefon zur Mutter.

»Ja, natürlich weiß ich, daß Roberto homosexuell war. Deshalb haben wir uns getrennt. Er hat seine Neigung zu Männern entdeckt, als Simone etwa drei Jahre alt war, kurz vor Luisas Geburt. Wir dachten zunächst beide, das wäre nur eine Phase, die wieder vorüberginge. Wir haben es immer wieder probiert, aber es klappte nicht mehr. Erst dachte ich, es läge an mir und unseren schwierigen Familienumständen. Das war es aber nicht. Ich bin sicher, daß er außer mir in seinem ganzen Leben keine andere Frau angefaßt hat.«

»Warum haben Sie mir das nicht gleich gesagt?«

»Woher soll ich wissen, daß seine Sexualität für den Mordfall wichtig sein konnte?« konterte Carmela.

»Und welche Rolle spielt Gianna Morricone?«

»Sie ist eine uralte Freundin von der Universität. Als sie nach Rom zurückkam, suchte sie eine Wohnung. Roberto war in der gleichen Situation, und sie beschlossen, zusammenzuziehen. Sie hatten aber, davon bin ich überzeugt, keinerlei intime Beziehung. Es war halt eine Wohngemeinschaft. Nicht mehr. In diesem Rahmen verstanden sie sich sehr gut.«

»Hatte er eine feste Bindung?«

»Ich glaube, es gab über Jahre eine, weiß es aber nicht genau. Wir haben nie darüber gesprochen, und die Kinder haben auch nie von jemanden erzählt.«

»Sie können mir also keine Namen nennen?«

»Nein, ganz sicher nicht. Wieso ist das für Sie wichtig? Was hat das mit seiner Ermordung zu tun?«

»Ich weiß noch nicht, ob es eine Rolle spielt. Es könnte aber sein. Zum Beispiel ein Mord aus Eifersucht.«

»Aus eigener Erfahrung kann ich nur sagen, daß Roberto seine emotionalen Angelegenheiten sehr offen und fair regelt und versucht, dem anderen möglichst keinen Schaden zuzufügen.«

»Haben Sie den Namen Gianni Horstmann schon einmal gehört?«

»Ja, im Fernsehen.«

»Von Roberto nie?«

»Nein, nie.«

Die Kommissarin wunderte sich, daß Carmela nicht einmal fragte, ob es schon einen Hinweis auf den Hintergrund der grausamen Tat gebe oder wenigstens, wann Roberto beerdigt werden könne. Das wollten Angehörige sonst als erstes wissen. Leda bat sie eindringlich darum, anzurufen, falls ihr etwas Wissenswertes einfiele. Carmela versprach es. Doch sie würde es nicht tun, das spürte Leda genau. Sie legte den Hörer auf und war frustriert.

Der Bericht für Raimondi war gegen vier Uhr fertig, und sie brachte ihn zu Lena. Dann rief sie noch einmal bei Wolfrum, den Flughäfen und den Überwachungsteams an. Kein Gianni weit und breit. Sie starrte eine Weile regungslos auf die Listen der Zulassungsstelle. Als auch das keine Wendung im Fall brachte, beschloß sie, den Arbeitstag zu beenden und fuhr nach Hause. Auf dem Weg kaufte sie ein dickes, in knallgelbes Papier eingewickeltes Osterei aus Schokolade, damit Flavia und Marco ihrem Vater ein Geschenk mitbringen konnten. Sie ließ es transportsicher in einen Karton einpacken. Für Paolo erstand sie ein grünes, für Flavia ein lila- und für Marco ein orangefarbenes. Sie sollten nicht leer ausgehen.

Den restlichen Tag verbrachten sie mit Reiseorganisation, Packen und längeren Diskussionen, welche Schuhe Flavia nach Spanien mitnehmen sollte. Als Leda nach einem turbulenten Familienabend in einem Restaurant etwas außerhalb erschöpft im Bett lag, fragte Paolo sie: »Du bist nervös, Leda. Was ist los?«

»Ich weiß es nicht. Vielleicht der Fall Denaro, der sich nicht von der Stelle rührt, vielleicht die Familiensituation, an die ich mich immer noch nicht gewöhnt habe. Vielleicht alles zusammen. Ich glaube, ich bin urlaubsreif.«

Sie brauchte lange, bis sie endlich einschlafen konnte.

VII Das Flugzeug aus Thailand mit Gianna Morricone an Bord landete um sechs Uhr dreißig auf dem Flughafen Fiumicino. Sie kam nun doch einen Tag früher als geplant. Leda wartete an der Paßkontrolle auf sie. Die Beamten an den beiden Einreiseschaltern waren informiert und prüften jeden Ankommenden, insbesondere die Frauen genau. Sie hatten sie schnell herausgefischt, eine trotz der tiefen Ringe unter den Augen und klaren Übermüdungserscheinungen schöne, blonde Frau. Etwa vierzig Jahre alt, mindestens einen Kopf größer als Leda, schlank und sportlich gekleidet. Ein Typ, der italienische Männer begeisterte. Gianna war überrascht, von der Polizei abgeholt zu werden, und reagierte ausgesprochen kühl.

»Es geht um Roberto Denaro, vermute ich. Mein Kollege bei Pastour hat nur kurz gesagt, daß er ermordet wurde. Meine Güte, ermordet! Sie werden mir jetzt sicher erklären, was passiert ist! Zuerst muß ich aber noch mein Gepäck abholen«, erklärte sie ohne eine Spur von Trauer oder wenigstens Betroffenheit.

»Dann erwarte ich Sie am Ausgang und bringe Sie in die Stadt«, meinte Leda. »Im Auto können wir reden.«

Gianna nickte. In diesem Moment klingelte ihr Telefonino.

»Ciao. Ja, ich bin gerade angekommen und in die Fänge der Polizei geraten. Eine Kommissarin will mit mir reden, wegen Roberto ... Wie sie heißt? Ich weiß nicht. Moment, ich frage mal.«

»Mein Name ist Leda Giallo, Polizeihauptkommissarin beim Morddezernat im Polizeipräsidium in Rom«, antwortete Leda, bevor sie gefragt wurde.

»Leda Giallo, Hauptkommissarin, Präsidium ... Ja, genau so ...«

Das Gespräch zog sich hin, und Leda wurde immer nervöser.

»Ich weiß, daß du keine Zeit hast ... Ja, Herrgott, ich kann doch auch nichts dafür ... Ist gut, ich rede mit ihr. Wo stehst du? ... Direkt vor dem Ausgang B! Va bene, ich komme, sobald ich das Gepäck habe.«

Gianna war offensichtlich genervt.

»Hören Sie, Commissaria. Ich habe jetzt keine Zeit. Ich habe gerade erfahren, daß ich abgeholt werde. Ich schlage vor, daß ich später zu Ihnen auf die Wache komme. Dann können wir gern miteinander reden.«

Nun begann Leda, die Geduld zu verlieren. Sie war in aller Herrgottsfrühe aufgestanden und zum Flughafen gefahren, um diese Frau so rasch wie möglich sprechen zu können. Nun sollte sie schon wieder vertröstet werden. Sie hatte den Stillstand in Sachen Denaro gründlich Leid.

»Signora Morricone, selbst wenn der Präsident dieser Republik mit seinem Wagen draußen auf Sie warten sollte, muß ich jetzt mit Ihnen reden. Es geht immerhin um den Mord an Ihrem Mitbewohner.«

»Dazu kann ich sowieso nichts sagen.«

»Ich warte am Ausgang auf Sie«, antwortete Leda in einem Ton, der keine Widerrede duldete.

Dann stellte Leda sicher, daß es nur eine Tür gab, aus der Reisende von der Gepäckausgabe nach draußen gelangten. Dort postierte sie sich. Etwa zwanzig Minuten später betrat Gianna Morricone die Ausgangshalle, einen schwarzen Rollenkoffer im Schlepptau. Leda ging auf sie zu, doch sie schüttelte energisch den Kopf.

»Jetzt nicht. Er wartet draußen. Das müssen Sie verstehen. Er ist extra gekommen.«

»Ich auch! Mein Wagen steht drüben im Parkhaus. Wenn

ich bitten darf«, sagte Leda und heftete sich unerbittlich an ihre Fersen.

Als sie ins Freie traten, wehte ein eiskalter Morgenwind Leda ihre roten Locken ins Gesicht. Sie hielt sie mit der einen Hand zurück und zeigte mit der anderen auf das gegenüberliegende Parkhaus.

»Da müssen wir hin.«

In diesem Moment öffnete sich die Tür einer direkt vor ihnen geparkten schwarzen Limousine, ein grauhaariger Mann stieg aus und kam auf sie zu. Leda glaubte ihren Augen nicht zu trauen. Das war zwar nicht der Staatspräsident Italiens, aber immerhin der Innenminister, Ledas eigener oberster Vorgesetzter, Chef der italienischen Polizei, Giacomo Leoncavallo. Er nahm Gianna kurz in den Arm.

»Ciao Liebes. Ich habe mir solche Sorgen gemacht. Geht es dir gut?«

Leda hatte verloren. Gegen diesen Mann konnte sich auch der stärkste Ermittlungszwang nicht durchsetzen. Sie war umsonst gekommen, hätte noch zwei Stunden länger schlafen können. Nun wandte Leoncavallo sich ihr mit einem freundlichen Lächeln zu.

»Buon giorno, Signora Commissaria. Gianna sagte mir, daß Sie sie sehr dringend wegen Denaro sprechen müssen. Ist es wirklich so wichtig? Gianna hat schwere Tage hinter sich.«

»Ja, Herr Minister. Es ist sehr wichtig.«

»Sie brauchen nichts zu erklären. Das war eine dumme Frage. Wenn Sie sagen, daß es wichtig ist, gibt es keinen Zweifel. In diesem Fall stecke ich gern zurück. Gianna, diese Frau ist eine der besten Kriminalistinnen unserer Stadt. Hilf ihr, so gut du kannst. Wir sprechen uns später. Commissaria, ich soll Ihnen übrigens einen schönen Gruß von Erman Alesi ausrichten. Wir haben eben zufälligerweise miteinander telefoniert«, sagte Leoncavallo mit einem Augenzwinkern, und Leda verstand, woher der freundliche Wind wehte.

Eine kurze Nachfrage des Ministers bei ihrem früheren Chef und Freund ihres Vaters, und schon hatte sie freie Hand. Woher und warum sich der Minister und der ehemalige Polizeipräsident so gut kannten? Leda wußte es nicht. In diesem Land kannten bestimmte Leute sich eben. Ob es Dritten zum Vor- oder Nachteil gereichte, kam auf die jeweilige Interessen- und Sympathielage an. Sie hatte diesmal Glück gehabt und war Alesi wieder einmal dankbar für seine schützende Hand, die er so oft über sie hielt. Oft unbemerkt, immer unaufdringlich.

»Danke, Herr Minister«, sagte Leda und gab ihm lächelnd die Hand.

Er griff in die Innenseite seines Jacketts, zog aus der Tasche ein kleines Lederetui und einen Kugelschreiber, nahm eine Visitenkarte heraus und notierte etwas darauf.

»Hier sind meine Durchwahl und meine mobile Nummer, falls Sie sie mal brauchen. Sie können mich jederzeit anrufen. Für Mitarbeiter, die Erman mir dermaßen ans Herz legt, habe ich immer Zeit. Außerdem würde ich mich freuen, wenn Sie mir irgendwann persönlich berichten, wie der Fall Denaro ausgegangen ist.«

»Gern.«

Die Fahrt in die Stadt zurück gestaltete sich beschwerlich, da inzwischen der Berufsverkehr die Straßen verstopfte. Gianna saß abgekämpft neben Leda.

»Wer ist dieser Alesi?« fragte sie plötzlich.

»Der ehemalige Polizeipräsident Roms, gleichzeitig ein enger Freund meiner Familie. Er hat mich viele Jahre lang gefördert und zu dem gemacht, was ich heute bin: der erste weibliche Hauptkommissar in dieser Stadt. Ich schulde ihm sehr viel.«

»Ohne Beziehungen kommt man in unserem Staatsapparat wohl nicht weit?«

»Das würde ich so nicht sagen. Gute und fleißige Leute,

die clever genug sind, den Apparat zu nutzen, bringen es manchmal auch aus eigener Kraft sehr weit, unter Umständen ganz nach oben. Aber ohne Beziehungen ist es zweifelsohne viel schwieriger. Als Frau hätte ich es jedenfalls ohne Alesi sicher nicht so geschafft. Aber er hätte mich nicht unterstützt, wenn ich nicht auch gut wäre«, antwortete Leda.

»Und welchen Preis haben Sie dafür gezahlt?«

Gianna war erstaunlich direkt.

»Wahnsinnig viel Arbeit, eine kaputte Ehe, jahrelanger Verzicht auf meine Kinder, weil sie beim Vater lebten.«

»Bereuen Sie das?«

»Heute nicht mehr. Es hat sich gelohnt, auch wenn es hart war. Ich habe meine Rolle gefunden, glaube ich. Und Sie? In welchem Verhältnis stehen Sie zum Minister?«

»Er ist seit fünfzehn Jahren mein Geliebter. Erst jetzt läßt er sich scheiden. Wir werden in zwei Monaten zusammenziehen, ganz offiziell.«

In Leda kamen Erinnerungsfetzen hoch. Richtig, vor ein paar Wochen hatte sie beim Friseur in einer Illustrierten einen Bericht über Leoncavallo, seine gescheiterte Ehe und seine Geliebte gelesen.

»Fünfzehn Jahre lang haben Sie sich heimlich getroffen? Das muß doch furchtbar gewesen sein?«

»Ja. Aber was tut man nicht alles für die Liebe. Und er ist nun einmal die große Liebe meines Lebens.«

»Werden Sie das Reisen aufgeben?«

»Bei Pastour werde ich wohl aufhören müssen. Wie wir alle.«

»Wieso?«

»Angeblich soll die Firma total überschuldet sein und kurz vor dem Bankrott stehen. Das heißt, wir werden alle rausfliegen oder von einem neuen Inhaber gekauft, der wenigstens einen Teil der Mitarbeiter übernimmt. Keine

Ahnung. Bis jetzt sind es ja nur Gerüchte. Ich warte ab, bis es Gewißheit gibt. Ein Bekannter hat mir bereits einen Job in seinem Reiseunternehmen angeboten. Das mache ich vielleicht. Ich kann immer noch entscheiden, wie es weitergehen soll. Auf jeden Fall werde ich weiter arbeiten.«

»Wußte Denaro von Ihrer Beziehung zu Leoncavallo?«

»Ja, natürlich. Giacomo ist oft bei uns.«

Ihm gehörte also die Männerkleidung in den hinteren Zimmern der Wohnung.

»Haben die Nachbarn ihn nicht erkannt? Er ist doch schließlich ein berühmter Politiker.«

»Wir haben das Haus niemals gemeinsam betreten oder verlassen. Außerhalb des Hauses kon
zuordnen, wo er hinging, falls er gese
Nachbarn kannten ihn. Da Roberto und
ten, konnten wir Giacomo als meinen C
uns häufig besuchte.«

»Das heißt, diese Wohngemeinschaft
damit jeder von Ihnen ungestört sein Le

»Genau. Jeder von uns hatte sein Ge
dem Deckmantel ehelicher Normalität
war.«

»Und Robertos Geheimnis war seine
»Ja. Er wollte seinen Kindern ein zwa
dennoch ganz normaler Papa sein. Wenn
nahmen wir vieles gemeinsam. Dann gab
noch sonst jemanden. Tatsächlich hab
gern. Sie sind mir im Laufe der Jahre ans

»Hatte Roberto eine Beziehung, so wie Sie zu Leoncavallo?«

»Ja, viele Jahre lang. Sie scheint zerbrochen zu sein. Wir haben aber nicht darüber gesprochen. Wir haben generell nicht viel miteinander geredet, schon gar nicht über unsere Beziehungen.«

»Kennen sie seinen Namen?«

»Er nannte sich Freddy, war aber Italiener. Den Nachnamen kenne ich nicht. Ein sehr charmanter Mann.«

»Wie lang waren sie zusammen?«

Gianna überlegte kurz. »Etwa acht Jahre. Als wir vor zwölf Jahren zusammenzogen, war es ein gewisser Gianfranco. Mit ihm hatte Roberto mindestens drei Jahre lang eine Beziehung. Auch zu ihm kann ich nichts weiter sagen. Roberto ist ...« Sie verbesserte sich, »... war wirklich ein ziemlich zugeknöpfter Typ. Unsere Kontaktpunkte beschränkten sich auf den gemeinsamen Betrieb der Wohnung und auf die Kinder, wenn sie dawaren und ich zufälligerweise auch. Durch meinen Job bin ich von jeher viel unterwegs. Sonst gab es kein freundschaftliches oder vertrautes Miteinander. Das wollten wir auch nicht. Wir sind uns in der Küche begegnet, haben oberflächliches Zeug beredet, und jeder ist wieder in seine Zimmer verschwunden. Das war's im wesentlichen und es war gut so.«

»Wie oft waren denn Robertos Männer, wie Sie sagen, da?«

»Selten. Roberto hielt sich, dann wenn ich da war, meistens in ihren Wohnungen auf, das nehme ich zumindest an. Außerdem hatte ich immer den Eindruck, daß Roberto sie gar nicht so oft sah. Er war immer schon viel allein, ging allein abends weg und kam fast immer allein zurück. Gianfranco und Federico bin ich als einzigen ab und zu in der Küche begegnet.«

»Haben Sie mit den beiden gesprochen?«

»Auch nur sehr selten, und wenn, nur freundliche Floskeln. Man stellte sich vor, sprach über den Inhalt des Kühlschrankes, das schöne oder schlechte Wetter.«

»Das heißt, Sie kennen Robertos Umfeld, seine Arbeit, seine Kollegen so gut wie gar nicht?«

»Nein, damit hatte ich nicht das geringste zu tun. Wenn er

Freunde zu sich einlud, tat er das immer, während ich auf Reisen war. Ich hätte es nicht einmal gemerkt, wenn nicht unsere Putzfrau öfter über die viele Arbeit klagte, die sie während meiner Abwesenheit hatte.«

»Haben sie den Namen Gianni Horstmann schon einmal gehört?«

»Nein, noch nie. Wer ist das?«

Leda erklärte es ihr.

»Möglicherweise Freddys Nachfolger«, stellte Gianna sachlich fest.

Nach etwa einer Stunde hatten sie das Haus in der Via Volterra erreicht, ohne daß Leda etwas Relevantes von Gianna in Erfahrung gebracht hatte. Sie war nur einmal mehr über erstaunliche Lebensverhältnisse hinter dem Vorhang der Normalität in dieser Stadt aufgeklärt worden.

»Eines sollten Sie aber wissen, bevor Sie in ihre Wohnung gehen: Wir waren mit einem ganzen Trupp zwecks Spurensicherung oben. Das heißt, wir haben fast jeden Zettel umgedreht, jeden Schrank aufgemacht, sind in Ihre Intimsphäre eingedrungen, weil wir Hinweise auf den Mörder und das Motiv suchten. Die Wohnung ist noch versiegelt. Ich komme jetzt mit hoch, um das Siegel von der Tür abzunehmen.«

Gianna nickte verständnisvoll.

»Danke, daß Sie mir das sagen.«

Oben zog Leda vorsichtig das Etikett ab, das unbeschädigt im Winkel zwischen Türblatt und Rahmen klebte. Gianna bat die Kommissarin hinein. Es sah alles genauso aus, wie sie es vor drei Tagen verlassen hatten, nur daß die Essensreste an den Tellern in der Küche eingetrocknet waren und die offene Milch in der Tüte einen säuerlichen Geruch verbreitete. Gianna riß das Fenster auf.

»Roberto hatte tatsächlich Besuch, und die Putzfrau war nicht da.«

»Sie konnte wegen der Versiegelung nicht rein.«

»Ja, richtig.«

Gianna brachte zunächst ihren Koffer in ihre eigenen Zimmer. Dann machte sie einen Streifzug durch die übrigen Räume.

»Meine Güte. Jetzt wird mir erst klar, daß ich in diesen Zimmern so gut wie nie gewesen bin. Hin und wieder im Kinderzimmer oder im Eßzimmer, wenn wir mit Simone und Luisa gegessen haben. Aber in Robertos? Nie!«

Zögernd drückte sie die Türklinke zu Robertos Arbeitszimmer runter und steckte den Kopf hinein.

»Wer kümmert sich eigentlich um all seine Sachen? Wer bekommt sie?« erkundigte sie sich.

»Das ist Sache der Familie. Sie sollten es am besten mit seiner früheren Frau Carmela klären. Sie scheint mir die Bodenständigste von allen zu sein«, sagte Leda und verabschiedete sich wenig später. Sie war enttäuscht, denn sie hatte sich von dem Gespräch mehr erhofft.

Es war immer noch früher Vormittag, und Leda verspürte große Lust auf ein Frühstück. Sie ging die Straße entlang, und plötzlich stieg ihr das köstliche Aroma frischen Backwerks in die Nase. Sie folgte dem Duft und landete bei einer kleinen Bäckerei, vor der sich eine Schlange mit Kundschaft gebildet hatte. Bevor Leda sich einreihte, kaufte sie am Kiosk auf der anderen Straßenseite noch rasch eine Zeitung.

Das Cornetto mit Cremefüllung war das wahrscheinlich beste ihres Lebens. Die äußeren Lagen des Blätterteiges krachten beim Reinbeißen, die inneren waren butterweich und die Creme von pastöser Süße. Dazu bekam sie einen Cappuccino, der mit Marios durchaus mithalten konnte. Sie stellte sich an einen der kleinen Stehtische im Laden und wandte sich der Lektüre ihrer Zeitung zu.

Leoncavallos Name tauchte mehrfach auf, unter anderem im Zusammenhang mit einem Reformprojekt zur Neuorganisation der Polizei.

Pastour bot in ganzseitigen Anzeigen Traumurlaube in aller Welt an, in eigenen hochklassigen Clubs und Spitzenhotels an Traumstränden, zu Traumpreisen für Singles, für Paare, für Familien. Alles war traumhaft. Nichts deutete auf eine mögliche wirtschaftliche Schieflage des größten italienischen Reiseveranstalters hin.

Im Büro erledigte Leda zunächst eine Menge Verwaltungskram, den eine Leitungsposition, wie sie sie innehatte, zu ihrem Bedauern nach sich zog.

Plötzlich klingelte das Telefon. Es war Wolfrum, aufgeregt, geradezu verzweifelt. Gianni hatte sich noch immer nicht gemeldet, weder bei ihm noch bei seinen Eltern in Wien, und den Onkel plagte nun die Angst, der Neffe könnte sich etwas angetan haben.

»Er ist sehr sensibel, wissen Sie. Wir müssen dringend etwas tun, Signora Commissaria«, jammerte Wolfrum. »Es tut mir im nachhinein so leid, daß ich ihn nicht von Anfang an zu Ihnen gebracht habe. Das war falsch, und nun kann es ihn das Leben kosten.«

»Halten Sie ihn denn tatsächlich für suizidgefährdet?«

»Bis vorhin wäre ich nie auf diese Idee gekommen. Aber dann hat mir meine Schwester erzählt, daß Johannes mit siebzehn Jahren einen Selbstmordversuch unternommen hat. Mit Tabletten. Er ist nur knapp mit dem Leben davongekommen.«

»Warum hat er das getan?«

»Pubertärer Liebeskummer, sagt meine Schwester.«

»Ist Gianni homosexuell?«

Leda hörte Wolfrum am anderen Ende der Leitung schlucken.

»Wie kommen Sie denn darauf?«

»Der Ermordete war es, und Gianni kam morgens mit ihm aus dem Haus. Es ist also möglich, daß er die Nacht bei Denaro verbracht hat.«

»In unserer Familie war noch nie einer schwul. Und außerdem, warum ist das wichtig?«

»Es könnte sich um ein Eifersuchtsdrama handeln.«

»Sie meinen, Gianni sollte erschossen werden, weil ein eifersüchtiger Liebhaber des Toten ihn loswerden wollte?«

»Eine Variante, an die ich offengestanden noch gar nicht gedacht hatte, aber Sie haben recht. Das ist durchaus denkbar.«

»Was haben Sie denn gedacht?«

»Daß ein früherer Liebhaber Denaro getötet hat oder hat töten lassen, weil er sich Gianni zugewendet hat. Rache, ganz einfach.«

»Sie sind ja pervers.«

»Nein, Polizistin«, lautete Ledas schlichte Antwort.

»Finden Sie ihn, sonst geschieht vielleicht ein Unglück«, schrie Wolfrum ins Telefon und legte auf.

Leda saß betroffen auf ihrem Stuhl. Wie sollten sie Gianni finden? Er hatte sich in Luft aufgelöst. Sie fühlte, wie die Ohnmacht sich in Wut verwandelte. Dieser verdammte Fall! Was hatte sie übersehen, was lag offen vor ihr, ohne daß sie es sah? Wie konnte sie etwas über Menschen erfahren, denen nichts wichtiger war, als ihre Geheimnisse zu bewahren? Denaro stammte wenigstens aus der Stadt. Früher oder später ließen sich da immer Anhaltspunkte finden. Doch Gianni war Ausländer, erst kurze Zeit in Italien und damit ein fast unbeschriebenes Blatt.

Wieder riß sie das Telefon aus ihren Gedanken.

»Pronto. Wer ist da?«

Sie hörte ein schweres Atmen. Eines, das einem Seufzer näherkam als der Luftnot nach einer Kraftanstrengung, eines, das seelische Not offenbarte.

»Pronto, wer ist da? Kann ich Ihnen weiterhelfen?«

»Buon giorno, Commissaria. Haben Sie den jungen Mann schon gefunden?«

»Warum wollen Sie das wissen?« fragte Leda vorsichtig.

»Ich muß wissen, ob Roberto ihn geliebt hat. War es eine Liebesbeziehung?«

»Es könnte sein.«

»Fragen Sie ihn. Ich muß es wissen. Dio, wäre Roberto nur bei mir geblieben, dann wäre das alles nicht passiert. Ich habe immer geahnt, daß er dem Falschen in die Hände fallen würde.«

»Wissen Sie etwas über ihn?«

»Ich weiß nur, daß er Roberto Unglück gebracht hat. Großes Unglück.«

»Ihnen auch, Freddy, nicht wahr? Sagen Sie es mir.«

Statt einer Antwort hörte Leda nur wieder dieses Atmen und dann ein Klicken. Das Gespräch war beendet. Die Telefongesellschaft teilte ihr fünf Minuten später mit, daß der Anruf von einer Bar im Stadtteil Monte Sacro gekommen war. Leda rief sofort dort an. Eine Frau meldete sich.

»Buon giorno. Gerade hat mich ein Mann von Ihrem Anschluß aus angerufen. Kann ich ihn bitte noch mal sprechen? Es ist wichtig«, sagte Leda.

»Wer denn?«

»Das weiß ich nicht.«

»Moment, ich frage mal.«

Im Hintergrund hörte Leda Stimmengewirr und Musik. Mit lauter Stimme fragte die Frau in den Raum, welcher Gast eben telefoniert habe. Er solle bitte an den Apparat kommen. Nichts geschah. Sie fragte noch einmal. Wieder nichts.

»Nein. Der Anrufer scheint nicht mehr da zu sein.«

»Haben Sie gesehen, wer es war?«

»Signora, haben Sie eine Vorstellung, wie es hier zugeht? Da kann ich nicht auch noch darauf achten, wer telefoniert. Tut mir leid.«

»Wo steht denn Ihr Telefon?«

»Es ist ein Kartentelefon und hängt an der Wand bei den

Toiletten. Ich habe es nur zufällig gehört und abgenommen. Normalerweise kommen hier keine Anrufe an. Manche Leute telefonieren nur kurz und gehen gleich wieder.«

Leda gab auf, wieder einmal war sie keinen Schritt weiter gekommen. Sie begann den Ermordeten zu hassen.

Als sie auf die Uhr schaute, war es bereits halb zwölf. Um drei Uhr sollte der Flieger nach Spanien starten, und sie mußte noch Marcos Gepäck zu Hause abholen. So hatten sie es vereinbart.

Um halb eins stand sie vor der Deutschen Schule und nahm Marco in Empfang, um Viertel nach eins waren sie am Flughafen, wo Flavia sie bereits mit ihrem Freund Alessandro am Abfertigungsschalter erwartete. Nachdem die beiden eingecheckt hatten, gingen alle vier ins Flughafenrestaurant. Die jungen Leute scherzten und alberten, doch Leda beteiligte sich kaum.

»Mamma, du bist nervös und abwesend. Was ist los?« fragte Flavia sie irritiert.

»Entschuldigung. Ich habe nur gerade so einen schwierigen Fall und komme nicht weiter.«

»Diese Ermordung auf offener Straße, nicht wahr?«

»Genau.«

»War es ein Attentat?« wollte Alessandro wissen.

»Dafür gibt es keine Anhaltspunkte«, antwortete Leda einsilbig.

»Die Mafia war's, garantiert. Die ballern auf der Straße rum«, meinte Marco fachmännisch.

»Ich bin für ein Eifersuchtsdrama. Da war doch ein Mann dabei, den ihr jetzt sucht?«

Leda nickte und wartete gespannt auf Flavias Version.

»Also, dann hat die verlassene Frau einen Killer angeheuert, um den neuen Liebhaber des Mannes zu erschießen. Leider war der Killer eine Niete und hat den Falschen erwischt. Hatte der Tote eine Frau?«

»Geschieden«, antwortete Leda lachend.

»Macht nichts. Dann war's eben die langjährige Geliebte. Auf jeden Fall hat irgendwer ihn geliebt. Kann das sein?«

»Klar, alles ist möglich. Würdest du denn einen Killer auf Alessandro ansetzen, wenn er fremdginge?« erkundigte sich Leda.

»Auf jeden Fall, wenn ich das Geld dafür hätte. Wie teuer ist denn so ein Killer?«

»Das kommt drauf an. Es gibt beispielsweise welche vom Balkan, die kriegt man schon sehr preisgünstig. Aber richtige Profis sind teuer. Das kostet dann schon ein paar zehntausend Euro«, klärte Leda sie auf.

»So teuer? Dann laß ich das lieber und investiere das Geld in die Suche nach einem neuen Mann.«

»Und wo findest du den?« wollte nun Alessandro wissen.

»Vielleicht in einem Straßencafé in Madrid. Die Spanier sind ja sehr heißblütig«, lächelte Flavia ihn schelmisch an.

»Heißblütiger als wir Italiener? Das kann nicht sein.«

»Anders. Der Spanier schaut dich erst lange an, bevor er mit dir spricht. Dann tut er es auch nur sehr dezent. Der Italiener geht gleich wie eine Kanone auf die Frau los, erklärt ihr nach zwei Minuten, daß sie das schönste Wesen sei, das er je gesehen habe, nach einer halben Stunde beschwört er die ewige Liebe, und nach der ersten gemeinsamen Nacht verschwindet er auf Nimmerwiedersehen. Der Spanier braucht länger, bis er auf Touren kommt, dann allerdings nachhaltiger.«

»Woher weißt du das bitte so genau?«

»Papa sagt das, und auch meine Freundinnen, die schon dawaren, haben es mir erzählt.«

Leda und Marco bogen sich inzwischen vor Lachen.

»Also, Alessandro, wenn sie nicht wieder mit zurückkommt, hat so ein Kerl ihr zu lange in die Augen geschaut. Da können wir nix machen. Ich werde aber versuchen, mich immer in die Blickachsen zu setzen. Ich verspreche es dir«, bot Marco großzügig an.

Mit vielen lieben Grüßen an Papa Thomas und den besten Wünschen für die Feiertage und die Ferien überhaupt verabschiedete Leda die Kinder. Alessandro hatte Flavia mit dem eigenen Wagen gebracht, so daß sie allein in die Stadt zurückfuhr. Sie freute sich darauf, zwei Wochen lang Zeit für sich, Paolo und die Arbeit zu haben. Sie würde nicht ein einziges Mal zu Hause essen, beschloß sie.

Statt sich im Büro nutzlosen Grübeleien über den vorläufigen Stillstand im Fall Denaro hinzugeben, peilte Leda die Via Cola di Rienzo an, die Modemeile im Stadtteil Prati. Am Abend wollten Paolo und sie ein Konzert besuchen, und sie hatte plötzlich das Gefühl, ein neues Outfit zu brauchen. In der Nachmittagssonne bummelte sie von Geschäft zu Geschäft und fand schließlich ein weinrotes Kostüm, das ihr gut gefiel, sie schlanker wirken ließ, als sie war und nach Aussage der Verkäuferin blendend an ihr aussah. Es kostete ein kleines Vermögen.

Und tatsächlich: Als Leda Paolo zum Konzert abholte, stieß seine Mutter, Donna Agata, kleine Freudenschreie aus.

»Du siehst hinreißend aus! Wie machst du das nur? Du wirst älter und dabei immer attraktiver. Paolo, komm mal gucken! Leda ist wunderschön.«

»Oh, là, là, Signora! Sobald die Kinder weg sind, wird das Arbeits- und Muttertier wieder zur Frau!«

Paolo betrachtete sie mit offensichtlichem Wohlgefallen, während Leda sich fragte, ob sie ihm seine Bemerkung übelnehmen sollte. Aber vielleicht hatte er recht, und sie ließ sich tatsächlich ein wenig gehen. Schließlich ertappte sie sich immer öfter dabei, ziemlich nachlässig gekleidet herumzulaufen.

»Ist es denn so schlimm?« fragte sie Paolo, der frisch rasiert, duftend, mit einem hellblauen Hemd und einer blaugestreiften Krawatte zu einem grauen Anzug dem Schönheitsanspruch an einen Mann mittleren Alters voll entsprach.

»Blödsinn, nur heute gefällst du mir ganz besonders gut«, meinte er, nahm sie in den Arm und drückte ihr einen Kuß auf die Lippen, so daß die seinen anschließend vor Lippenstift glänzten. Lachend wischte sie ihm die Farbe aus dem Gesicht.

Es klingelte bereits zum dritten Mal, als sie das Foyer der großen Konzerthalle des Parco della Musica betraten. Die »Messa da Requiem« von Giuseppe Verdi stand mit einer großartigen Besetzung auf dem Programm, passend zum heutigen Karfreitag.

Diese ursprünglich für den Komponistenkollegen Gioacchino Rossini begonnene, aber erst nach dem Tod des von Verdi zutiefst verehrten Dichters Alessandro Manzoni im Jahr 1873 vollendete Totenmesse gehörte zu ihren Lieblingsstücken. Licht und Dunkel, Trost und Angst, alle Facetten der menschlichen Gefühle gegenüber dem Tod und der Hoffnung auf ein Leben danach fanden ihren dramatischen Ausdruck durch Orchester, Chor und die Solostimmen. Mal kündigten die Trompeten dröhnend das Jüngste Gericht an, mal wimmerte der Chor, mal schrie er vielstimmig um Vergebung, und dann wieder erhoben sich die Solostimmen plötzlich mit langgezogenen Einzeltönen und zarten Arien über das eben noch herrschende musikalische Getöse.

Es war atemberaubend schön. Leda kam neben der einen oder anderen Träne der Verdacht, daß das Leben wohl tatsächlich so voller Höhen und Tiefen sein könnte wie diese Musik. Welche Befriedigung mußte Verdi beim Komponieren empfunden haben! Denn er konnte durch die Musik aller Leidenschaft, aller Freude und aller Trauer, die er in sich trug, Ausdruck verleihen. Und wem gelang das schon in einer gesellschaftlich akzeptierten Form?

Nach dem Konzert trieb der Hunger sie in ein Restaurant im nahen Stadtteil Parioli. Passend zum Karfreitag wurde eine Spezialkarte mit ausgefallenen Fischgerichten angeboten. Schnell hatten sie sich entschieden, Leda für einen Fischeintopf nach Art von San Benedetto del Tronto und Paolo für einen Cappon Magro, ein ligurisches Gericht mit Knurrhahn, Scampi, Languste, gemischten Meeresfrüchten, Bohnen, Blumenkohl, Schwarzwurzeln und Artischocken. Dazu wählte Paolo, der Weinkenner, einen Vernaccia di San Gimignano.

»Kommst du in deinem Fall endlich weiter?« erkundigte er sich.

»Nein. Bisher keinen Schritt. Es ist zum Verzweifeln. Deshalb möchte ich anschließend in eine Bar in der Via Libetta fahren, wo Denaro und Horstmann sich öfter aufhielten.«

»In eine richtige Nachtbar? Da war ich seit Jahren nicht mehr. Gute Idee, laß uns hinfahren und bei schummrigem Licht und romantischer Musik ein paar Drinks nehmen.«

In der Milonga-Bar herrschte Hochbetrieb. Alle Schwulen Roms schienen sich hier zu treffen. Leda war die einzige Frau. Paolo schaute sich sprachlos um. Statt schöne Frauen genießen zu können, war er plötzlich selbst Objekt interessierter Männerblicke und fühlte sich dabei höchst unwohl.

»Bist du verrückt geworden? Wo schleppst du mich denn hin?«

»Das wußte ich doch selbst nicht. Trag es mit Fassung. Hier kannst du deinen Marktwert testen, für den Fall, daß es mit Frauen nicht mehr klappen sollte«, gab sie amüsiert zurück.

»Das finde ich überhaupt nicht komisch. Laß uns sofort gehen.«

»Beruhige dich bitte und trink etwas. Ich muß mit dem Inhaber sprechen, er kannte den Toten und seinen Freund.«

»Hier drin bleibe ich keine Sekunde länger. Mach, was du

willst. Ich warte draußen auf dich«, meinte Paolo und stürmte umgehend aus der Bar.

Hinter dem Tresen hatte ein schlanker, guttrainierter Mann grinsend die Szene beobachtet.

»Na, da haben Sie jetzt wohl ein Problem. Was kann ich für Sie tun?«

»Ich möchte mit Lucio Caprile sprechen.«

»Er steht in voller Pracht vor Ihnen.«

»Erst mal mein Beileid zum Tod Ihrer Mutter. Ich bin Leda Giallo von der Mordkommission. Sie hatten bei uns angerufen, weil Sie Gianni Horstmann auf dem Phantombild erkannt haben.«

»Gianni kam vor drei Monaten das erste Mal her.«

»Ist er jetzt da?«

»Nein, ich habe ihn jedenfalls noch nicht gesehen.«

»Kommt er oft?«

»Ja, mindestens zweimal pro Woche. Für die meisten ist die Bar eine Art zweites Zuhause. In Rom gibt es nicht viele Orte, wo Schwule sich ungehindert sehen können.«

»Kam er in Begleitung?«

»Anfangs nicht. Dann lernte er hier Roberto kennen. Sie hatten, glaube ich, ein Verhältnis.«

»Meinen Sie Roberto Denaro?«

Er nickte.

»Gianni soll bei ihm gewesen sein, als er erschossen wurde.«

»Porca miseria«, rutschte es Lucio raus. »Glauben Sie, daß der Mörder unter meinen Gästen ist?«

»Er kann überall sein, also muß ich überall suchen. Würden Sie mir helfen?«

»Ja, natürlich. Aber meinen Sie tatsächlich, daß Sie den Mörder ausgerechnet unter den Schwulen finden? Die sind doch nicht krimineller als andere Leute.«

»Das hat mit dem Schwulsein nichts zu tun. Ich suche nur

Menschen an Orten, die Roberto frequentiert hat. Wäre er ein Heterosexueller gewesen, hätte ich in einer anderen Bar gesucht.«

Lucio nickte, dieses Argument zog und bedeutete keine Diffamierung der gleichgeschlechtlichen Liebe.

»Also, wie kann ich helfen?«

»Haben Sie mal bemerkt, daß irgendwer wegen der Beziehung zwischen Roberto und Gianni eifersüchtig war?«

»Peppi war anfangs scharf auf Roberto. Aber Peppi ist zunächst mal auf jeden Neuen scharf. Als Gianni erschien, war er auf ihn scharf, und jetzt ist er auf Stefano scharf. Das hat nichts zu bedeuten. Und sonst?«

Lucio grübelte und bereitete nebenbei einen Mojito zu, den einer per Zuruf während ihres Gesprächs bestellte hatte. Dann schüttelte er den Kopf.

»Mehr weiß ich nicht. Aber fragen Sie doch mal Riccardo. Der Typ dort hinten mit der Halbglatze und dem karierten Hemd. Er hat sich öfter mit Roberto unterhalten.«

Doch Riccardo hatte sich mit Roberto auch nur über Oberflächlichkeiten ausgetauscht und darüber, daß dieser sich der Szene erst in letzter Zeit zugewandt hatte.

»Nach der Trennung von einem Mann, mit dem er lange Jahre zusammen war«, erklärte er Leda.

»Hat er seinen Namen erwähnt? Vielleicht Freddy?«

»Genau, Freddy.«

»Ist Freddy hier? Jemals hier gewesen?«

»Eher nicht. Deshalb ist Roberto auch hergekommen, denn hier konnte er ungehindert neue Bekanntschaften schließen. Und so hat er auch Gianni kennengelernt. Die beiden mochten sich wirklich. Das hätte etwas Ernsthaftes werden können. Ich dachte erst, zwischen Roberto und mir würde es etwas. Aber Fehlanzeige. Roberto ist so verschlossen, damit kann ich nicht umgehen. Er hat sogar verschwiegen, wo er wohnt.«

»Und wo ist Gianni? Mit wem hat er Umgang?«

»Woher soll ich das wissen?«

Leda befragte noch zwei andere Gäste, doch keiner konnte ihr nützliche Auskunft erteilen. Frustriert verließ sie die Milonga-Bar. Draußen empfingen sie Dunkelheit und Nieselregen. Paolo war wie vom Erdboden verschluckt. Als sie zu ihrem Telefonio griff, sah sie, daß Flavia eine SMS geschickt hatte, daß sie gut bei Thomas angekommen seien. Dann wählte sie Paolos Nummer.

»Ich sitze im Taxi und fahre gerade zu mir nach Hause. Denkst du, ich warte stundenlang auf dich? Entweder sind es die Kinder oder der Job, die immer vorgehen. Mich läßt du buchstäblich im Regen stehen. Irgendwann hat man mal die Nase voll. Bei mir ist das heute abend so.«

»Entschuldigung. Ich bin jetzt fertig. Kannst du nicht zu mir kommen? Ab sofort habe ich drei wirklich freie Tage. Laß uns über Ostern nicht streiten, bitte.«

Als sie in ihrer Wohnung ankam, saß Paolo bereits mit einem Glas Wein im Wohnzimmer und murrte noch ein bißchen. Leda gelobte Besserung und gestand ihm, wie sehr auch sie sich nach ein paar Tagen nur mit ihm gesehnt hatte. So wie früher!

VIII

Paolo überraschte Leda am nächsten Vormittag mit einem Frühstückstisch auf dem Balkon, inklusive Blumenstrauß, frischen Cornetti, gekochten Eiern, Marmelade und saftigen Orangenscheiben. In der Küche liefen die Nachrichten. Leda hörte zunächst nicht zu, als jedoch der Name Pastour fiel, spitzte sie die Ohren.

Zwar, so der Rundfunksprecher, verschweige die Firmenleitung von Italiens größtem Touristikanbieter den Konkurs bisher öffentlich. Dennoch gebe es genügend Hinweise darauf, unter anderem eine gerade stattfindende Krisensitzung. Angeblich sei die zum Romapa-Konzern gehörige Aktiengesellschaft bereits seit gestern zahlungsunfähig. Urlauber hingen an den entlegensten Orten der Welt fest, weil sich die Fluggesellschaften weigerten, sie zurückzutransportieren. Um den Heimflug antreten zu können, müßten die Urlauber ihre Flüge aus eigener Tasche vor Ort finanzieren. Tausende von Arbeitsplätzen im In- und Ausland stünden vor dem Aus.

Gianna Morricone hatte also recht behalten, und Leda fragte sich, wie eine Firma dieser Größenordnung so plötzlich ohne Vorwarnung in die Pleite schlittern konnte.

Sie ging auf den Balkon, wo Paolo bereits auf sie wartete. Der Regen von gestern abend hatte sich verzogen und der Frühlingssonne Platz gemacht. Es war wunderbar warm, und Leda fühlte sich seit langer Zeit endlich mal wieder ausgeschlafen und entspannt.

»Guten Morgen. Seit wann bist du denn schon wach? Wieviel Uhr ist es überhaupt?«

»Kurz nach elf, du Langschläferin. Ich war schon laufen, habe einen Mordshunger und Lust, eine neue Hose zu kaufen. Kommst du mit?«

Seine schlechte Laune vom Vortag war bereits beim Wein in der Nacht verschwunden, und er strahlte sie erwartungsvoll an.

»Ein paar neue Schuhe brauchst du auch. Ich habe gestern schöne für dich gesehen.«

Es blieb nicht bei einer Hose. Zwei Hemden, ein Paar Schuhe und zwei leichte Wollpullover füllten bald die Einkaufstüten. In einem CD-Geschäft hörten sie außerdem in mehrere Einspielungen des Verdi-Requiems hinein und entschieden sich für eine Aufnahme mit Chor und Orchester der Mailänder Scala und namhaften Interpreten, unter anderem der berühmten Sopranistin Angela Serafino.

Sie steuerten gerade auf das Antico Caffè Greco in der Via Condotti zu, als in Ledas Tasche der Türkische Marsch energisch um Gehör kämpfte.

»Gianni ist hier, kommen Sie! Er will mit Ihnen sprechen«, japste Wolfrum. Seine Stimme überschlug sich vor Aufregung.

»Ich bin in zwanzig Minuten da. Halten Sie ihn auf jeden Fall fest.«

Leda schaute Paolo verzweifelt an. Sie hatte ihm doch versprochen ... Er nahm sie in den Arm und lachte, bevor sie ein Wort rausbringen konnte.

»Ich weiß, du hattest die beste Absicht. Aber es geht halt nicht. Komm, ich bringe dich hin.«

Auf der Via del Corso fanden sie sofort ein Taxi und waren im Handumdrehen in der Via Goito. Leda tobte innerlich. Wieso hatten die Überwachungskollegen sie nicht über Giannis Auftauchen informiert?

Sie fand die beiden im Restaurant gegenüber von Wolfrums Haus, wo sie sich bei Kaffee und hausgemachter Crostata al limone die Zeit vertrieben. Zerknirscht räumten sie ihr Versagen ein, beteuerten der aufgebrachten Kommissarin aber mit Nachdruck, daß kein junger Mann das Haus betreten oder verlassen habe, weder durch den Haupteingang noch durch den Hof. Leda erklärte die Überwachung für beendet und schickte sie zurück ins Präsidium, sobald sie mit Kaffee und Kuchen fertig seien.

Paolo setzte sich zu ihnen und erfuhr so manches über das Leid von Überwachungen und über entfleuchte Zielpersonen. Leda hingegen lief in Wolfrums Wohnung, wo sie vom Professor mit einem »Da sind Sie ja endlich« empfangen wurde.

Gianni war groß, blond, blauäugig und verängstigt. Bartstoppeln und tiefe Augenringe zeugten von den Strapazen der letzten Tage. Er gab Leda höflich die Hand.

»Buon giorno, Herr Horstmann. Wir haben Sie gesucht. Wo waren Sie?« fragte sie auf deutsch, woraufhin Onkel und Neffe sie sprachlos anschauten.

»Ich habe mich wahrscheinlich sehr dumm benommen. Entschuldigung, aber ich habe solche Angst.«

»Wovor haben Sie denn Angst?«

»Daß die Polizei denken könnte, ich hätte Roberto erschossen. Wer glaubt schon einem Ausländer, der kaum Italienisch spricht?«

»Meinen Sie tatsächlich, daß hier die rechtsstaatlichen Grundsätze von der Polizei so leicht verletzt werden? Ich kann Ihnen versichern, daß das nicht öfter geschieht als in anderen europäischen Ländern. Machen Sie sich also keine Sorgen, wenn Sie unschuldig sind«, erwiderte Leda, die sich über Giannis Bild von ihrem Berufsstand ärgerte.

»So habe ich das nicht gemeint. Mir ist nur zu Ohren gekommen, wie männliche Polizisten manchmal mit Leuten wie mir umgehen. Wenig verständnisvoll.«

Leda bemerkte, wie Gianni zu seinem Onkel hinüberschaute. Es war ihm unangenehm, in seiner Gegenwart über höchst persönliche Angelegenheiten zu sprechen, woraufhin Leda ihn bat, sie allein zu lassen.

»Sie meinen also, mit Homosexuellen geht die Polizei schlecht um? Sprechen Sie es ruhig aus.«

»Ja, das meine ich.«

»Soweit dies tatsächlich passiert sein sollte, so entschuldige ich mich hiermit für das Fehlverhalten der Kollegen. Gleichzeitig möchte ich Sie aber auch darauf hinweisen, daß bei uns Mörder und deren Gehilfen, egal ob homo- oder heterosexuell, systematisch und gnadenlos gejagt werden. Die Tatsache, daß ich als Frau die Untersuchung im Mordfall Denaro leite und daß mir Ihre sexuelle Orientierung völlig egal ist, sofern sie für den Fall keine Bedeutung hat, macht es Ihnen hoffentlich leichter, mir alles zu sagen, was Sie wissen. Dabei räume ich offen ein, daß wir eine Eifersuchtstat für möglich halten.«

Gianni schaute ihr geradewegs in die Augen, und Leda merkte, daß ihre klaren Worte bei ihm Vertrauen erweckten.

»Das könnte durchaus sein. Roberto hatte einen Freund, der sich nach der Trennung wie ein Verrückter aufspielte. Er terrorisierte ihn mit Anrufen, Briefen, plötzlichem Auftauchen, um ihn von der Rückkehr zu überzeugen.«

»Freddy?«

Gianni nickte.

»Ja, so heißt er wohl. Er machte Roberto das Leben offenbar zur Hölle.«

»Wie heißt Freddy mit Nachnamen, und wo finde ich ihn?«

Nun schüttelte Gianni den Kopf und zuckte mit den Schultern.

»Das weiß ich nicht. Ich hörte seinen Namen nur einmal, als er wieder anrief und Roberto ihn anschrie. Das war das einzige Mal, daß er mir etwas über seine frühere Beziehung erzählte. Roberto war ein äußerst diskreter Mensch.«

»Hatte Denaro Angst, Freddy könnte sich rächen, wenn er von der neuen Beziehung erführe?«

»Bei dem Anruf bekam ich mit, wie Roberto ihn fragte, warum er ihm drohe. Das sei keine Art, nach einer so großen Liebe miteinander umzugehen.«

»Worin bestand die Drohung?«

»Das habe ich nicht gehört, und Roberto hat nichts gesagt. Aber er war nach dem Telefonat sehr nervös und hat mich später sogar fortgeschickt, weil er nachdenken wollte, wie er sagte.«

»In welcher Sprache kommunizierten Denaro und Sie eigentlich?«

»Englisch, in letzter Zeit auch manchmal auf italienisch, damit ich es besser lerne.«

»Wann fand dieses Telefonat mit Freddy statt?«

»Das muß vor zwei Monaten gewesen sein. Kurz nachdem wir uns kennengelernt haben.«

»Und damals konnten Sie soviel Italienisch, um das Telefonat zu verstehen?«

»Verstehen konnte ich von Anfang an so gut wie alles, es hapert nur mit dem Sprechen.«

»Befürchteten Sie, Roberto könnte sich Freddy wieder zuwenden?«

»Den Eindruck hatte ich überhaupt nicht. Im Gegenteil. Roberto hatte sich sogar eine neue, geheime Telefonnummer zugelegt und war offensichtlich sehr böse, daß es Freddy gelungen war, sie rauszubekommen. Nein, er wollte ganz sicher keinen Kontakt mehr zu ihm.«

»Kennen Sie Robertos Umfeld? Wissen Sie, mit wem er Kontakt pflegte? Gab es Probleme? Hatte er Feinde?«

»So viele Fragen, die ich nicht beantworten kann! Roberto hat so gut wie nie über sich oder andere gesprochen. Ich weiß nur, daß er mit einer Frau in einer Wohngemeinschaft zusammenlebte und seine Neffen öfter am Wochenende zu Besuch kamen. Ich habe sie aber nie kennengelernt. Genausowenig wie Freunde oder Arbeitskollegen. Roberto hat mir viel von Rom und der Umgebung gezeigt. Hin und wieder gingen wir essen oder in eine Bar. Von ihm persönlich weiß ich nur, daß er beruflich irgend etwas mit Wirtschaft, ich glaube als Manager in einer Firma, zu tun hatte. Seine Homosexualität entdeckte er wohl erst spät und glaubte lange Zeit, diese Tatsache verstecken zu müssen. Ich hatte den Eindruck, daß es ihm bis zum Schluß peinlich war und daß er es vermied, als Schwuler in Erscheinung zu treten.«

»Wie intensiv war Ihre Beziehung?«

»Wir haben uns maximal ein bis zwei Mal pro Woche gesehen, ab und zu ein Wochenende miteinander verbracht, und das war's. Ich glaube, ich mochte ihn mehr als er mich. Er hielt mich jedenfalls sehr auf Distanz und hat mir auch gesagt, daß es von seiner Seite aus nicht mehr werden könnte. Die Erfahrung mit Freddy hat ihn wohl vorsichtig werden lassen. Das wollte er keinesfalls noch einmal erleben, dieses Klammern.«

»Hatten Sie damit ein Problem?«

»Schon, ja. Aber er war offen, und ich hatte die Wahl, zu akzeptieren oder zu gehen. Da habe ich mich lieber mit dem Weniger als mit dem Nichts zufriedengegeben. Ich hatte die Hoffnung, das würde sich mit der Zeit ändern. Vielleicht wäre es ja auch passiert. Aber insgesamt bin ich nicht wirklich an ihn herangekommen. Von irgendwelchen Problemen hätte er mir jedenfalls nie etwas gesagt.«

»Hatten Sie gleichzeitig Beziehungen zu anderen Männern? Wer aus ihrem Umfeld wußte von der Beziehung mit Denaro?«

»Was soll die Frage?«

»Es könnte sein, daß jemand Sie statt Denaro erwischen wollte.«

»Warum denn das?«

»Beispielsweise Eifersucht. Oder jemand wollte an den Atelierschlüssel kommen?«

»Wie bitte? Meinen Sie das Atelier von Artemis? Dazu habe ich gar keinen Schlüssel.«

»Bleibt die Eifersucht.«

»Nein, ich hatte keinen anderen. Ich bin zwar abends oft unterwegs und flirte hin und wieder mal. Aber da ist nichts Ernsthaftes dabei, und das wissen die Betroffenen auch genau! Ihre Eifersuchtsthese trifft nicht zu!«

»Und falls doch, werden wir es herausfinden. Nun zum Tatgeschehen. Sie hatten bei Denaro übernachtet. Und dann? Schildern Sie bitte genau, was passiert ist.«

»Wir gingen gemeinsam aus dem Haus. Ich brachte die Mülltüte zum Container, und Roberto wartete vor der Tür auf mich. Er wollte mich mit dem Auto noch bis zur U-Bahnstation San Giovanni mitnehmen. Dann kam plötzlich ein Motorrad ganz langsam angefahren, passierte Roberto, und gerade als ich mich am Container umdrehte, um zu ihm zu gehen, sackte er plötzlich zusammen. Ich lief schnell hin. Da hockte er an die Hauswand gelehnt, und überall war Blut.«

Gianni stockte und schlug die Hände vors Gesicht. Einen Moment blieb er regungslos sitzen. Dann hob er den Kopf und schaute Leda verloren an.

»Wissen Sie, wie das ist, wenn man weinen möchte und keine Tränen mehr hat? Dann tut es unendlich weh, viel mehr als vorher, als man noch welche hatte. Ich habe in den letzten Tagen so viel geweint, daß ich keine Tränen mehr habe. Ich saß am Tiber und habe nur geweint. Und meine Tränen verwandelten sich in durchsichtige Elfen, die für Roberto einen letzten Tanz auf dem Wasser tanzten. Und mit den Tränen verschwanden die Elfen. Und nun sind sie fort und Roberto auch. Ich glaube, ich habe ihn geliebt.«

Der junge Mann tat Leda leid. Sie nahm ihm seine tiefe Trauer ab. Das, was sie hier sah, ließ sich bestenfalls von hochqualifizierten Schauspielern so authentisch darstellen.

»Hat er noch etwas zu Ihnen gesagt?«

»Ja, etwas Merkwürdiges: ›Sag den Kindern, daß ich sie liebe.‹ Welchen Kindern?«

»Seinen Kindern.«

»Seinen was?«

»Er hatte zwei Kinder. Vermutlich die beiden ›Neffen‹, die öfter bei ihm zu Besuch waren.«

»Oh Gott. Das wußte ich nicht.«

Gianni schaute grübelnd in die Gegend und schwieg. Mit dieser Neuigkeit hatte er offensichtlich zu kämpfen. Er kaute auf seinen Lippen herum und wandte dann seinen Blick wieder Leda zu:

»Ich kannte ihn wirklich nicht! Wie furchtbar für die Kinder, sie haben ihren Vater verloren. Sagen Sie ihnen, daß seine letzten Gedanken ihnen galten. Das tröstet sie vielleicht ein wenig. Werden Sie das tun?«

»Ja, das werde ich tun. Und was geschah dann?«

»Ich hielt seinen Kopf und streichelte ihn. Er seufzte er noch einmal, und dann war er tot. Ich fühlte seinen Puls. Der war weg. Dann habe ich seine Augen geschlossen. Wissen Sie, ich war in diesem Moment ganz ruhig. Ich war froh, daß ich in seiner letzten Minute bei ihm war und kein Fremder. Vielleicht hat ihm das das Sterben erleichtert.«

»Von wo aus waren die Schüsse gefallen?«

»Vom Motorrad. Ich habe zwar nichts gehört, aber gesehen, wie der Hintermann im Fahren einen Revolver einsteckte.«

»Ein Revolver oder eine Pistole?«

»Gibt es da einen Unterschied?«

»Hatte die Waffe eine Trommel für die Munition oder ein Magazin im Griff?«

Gianni zuckte mit den Schultern und schüttelte den Kopf.

»Ich weiß es wirklich nicht. Außerdem war das Motorrad ja auch schon ziemlich weit weg.«

Leda war wieder einmal enttäuscht. Es gab nach wie vor nur einen vagen Anhaltspunkt für eine Eifersuchtstat. Ihr Gefühl sagte ihr jedoch, daß es mehr sein mußte. Doch was halfen Gefühle ohne Beweise? Ohne konkrete Spur?

»Noch eine letzte Frage: Wie sind Sie hier ins Haus Ihres Onkels gekommen? Es wurde doch überwacht?«

»Das dachte ich mir und bin deshalb durch den zweiten Zugang über den Hof hineingegangen. Durch das Nachbarhaus gelangt man auch in unseren Innenhof. Er wird von beiden Häusern als Parkplatz benutzt.«

Das hatten die Kollegen offensichtlich weder gewußt noch erforscht. Schlamperei, dachte Leda und beschloß, dies bei der nächsten Besprechung zu thematisieren. Dann forderte sie Horstmann auf, sich in der nächsten Zeit zur Verfügung zu halten. Er wolle doch nach Wien fahren, sagte er. Nein, er müsse die Reise verschieben, erklärte Leda ihm.

»Aber ich halte es hier nicht länger aus«, meinte Horstmann stur.

»Und wir müssen den Mörder Ihres Freundes finden. Das dürfte wohl auch in Ihrem Interesse sein. Vielleicht brauchen wir Sie noch. Außerdem muß Ihre Aussage protokolliert werden. Dazu kommen Sie bitte nach Ostern ins Präsidium«, antwortete Leda und ging.

Paolo war in die Lektüre der Zeitung vertieft, als Leda ins Restaurant kam.

»Weißt du, wozu ich Lust hätte? Laß uns heute nacht in den Petersdom gehen. Ich habe noch nie die Osterfeier mit dem Papst erlebt«, teilte er der überraschten Leda mit.

»Aber wir sind doch bei deiner Mutter zum Essen eingeladen«, wandte sie ein.

»Die Messe dauert Stunden. Da können wir auch noch nach dem Essen hingehen.«

»Ist der Papst denn wieder gesund?«

»Ja. Hier steht, daß er gestern das Kreuz die Via Crucis

vom Kolosseum zum Palatin tragen konnte und sich sehr auf die Feierlichkeiten freut.«

Leda war von dem Vorhaben nicht so recht überzeugt. Ihr schwirrten andere Dinge durch den Kopf, außerdem mußten sie noch für die nächsten Tage im Strandhaus einkaufen.

Das Milchlamm mit Artischocken und Erbsen von Donna Agata stand Punkt acht Uhr abends auf dem Tisch und schmeckte köstlich. Es war zart wie Butter, und Signora Agata freute sich wie ein Kind über den Appetit, den ihr Sohn und Leda entwickelten.

»Dieses Rezept habe ich schon von meiner Mutter gelernt und sie von ihrer Mutter. Es hat Tradition in unserer Familie. Zwei Stunden schmort es, bis das Fleisch so weich ist, daß es auf der Gabel zerfällt. Du solltest es lernen, Leda, damit das Rezept nicht in Vergessenheit gerät.«

»Aber ich kann doch überhaupt nicht kochen.«

»Eben, das ist ja das Furchtbare daran. Deshalb wird die Tradition aussterben.«

Das wiederum fand Leda höchst bedauerlich.

»Signora, was halten Sie davon, wenn ich Flavia mal frage, ob sie es lernen will? Sie ist am Herd viel besser als ich. Würden Sie es ihr beibringen?«

»Natürlich, gern. Dafür würde ich es sogar mal während des Jahres zubereiten. Ist sie denn noch mit ihrem Alessandro zusammen?«

»Ja. Und wie. Ich sehe sie fast nie zu Hause.«

»Dann werden sie wohl heiraten. Als Frau eines Italieners muß sie schließlich wissen, was man hier an den Feiertagen ißt.«

»Und wenn sie gar nicht heiraten möchte?«

»Dann läßt sie es bleiben. Ich habe mich an euren Zustand ja auch gewöhnt. Zwar ungern, aber die modernen Zeiten sind wohl so.«

Die alte Dame seufzte, und Leda und Paolo sahen sich

erstaunt an. Noch nie hatte Paolos Mutter sich zu ihrer Beziehung geäußert, und sie waren immer davon ausgegangen, sie sei mit allem einverstanden.

»Mamma, was ist denn los?« fragte Paolo sie beunruhigt.

»Ich gestehe ein, daß ich nicht verstehen kann, warum zwei Menschen, die sich lieben wie ihr, getrennt leben.«

»Aber ich lebe doch bei dir, findest du das denn nicht schön?«

»Doch, schon. Aber tagsüber arbeitest du, und dann schläfst du ohnehin so oft bei Leda, wo du eigentlich ganz hingehörst. Ob du nun also ganz bei ihr lebst oder nicht, macht in Wahrheit keinen großen Unterschied. Ich bin altmodisch und denke, daß ein Mann zu seiner Frau gehört. So zigeunerst du dauernd herum und gehörst nirgendwo richtig hin. Manchmal überfällt mich das schlechte Gewissen, weil ich denke, daß du es nur meinetwegen tust, damit ich nicht allein bin.«

Nun waren Leda und Paolo platt. Sie hatten ihr Besteck sinken lassen und starrten die alte Dame sprachlos an. Paolo nahm einen Schluck Rotwein, dessen hinreißendes Bouquet er zu jedem anderen Zeitpunkt über den grünen Klee gelobt hätte. Jetzt wollte er nur den Kloß in seinem Hals wegspülen.

»Aber Mamma, Leda und ich wollen gar nicht zusammenleben. Jetzt, wo Flavia und Marco wieder da sind, ist eh kein Platz. Willst du mich denn loswerden?«

»Was heißt kein Platz?« fiel seine Mutter ihm ins Wort. »Die Wohnung hat fünf Zimmer und einen riesigen Balkon. Das reicht ja wohl für vier Personen. Du hast doch nur Angst vor der Verantwortung, die damit einhergeht. So ist es für dich einmalig bequem: ein Zuhause im Hotel Mamma und eines bei der Dauergeliebten. Hier sorge ich für alles, und du hilfst nur, wenn es unbedingt notwendig ist. Dort sorgt Leda für alles, und du wirst ebenfalls nur im Notfall herangezogen.«

»Signora, ich bitte Sie. So ist es wirklich nicht. Ich habe Paolo noch nie gebeten, zu mir zu ziehen. Unser Leben ist so völlig in Ordnung. Ich fühle mich gut dabei«, verteidigte Leda ihn.

Paolo lächelte und trank einen weiteren Schluck Wein.

»Laß gut sein. Mamma hat durchaus recht. Ich bin feige und bequem. Ich wußte nicht, daß du unter der Situation so sehr leidest, Mamma. Seit wann denn?« fragte Paolo, und um seinen Mund zuckte ein verschmitztes Lächeln, das Leda sich überhaupt nicht erklären konnte.

»Du übertreibst, Paolo. Ich leide nicht, sondern mache mir nur so meine Gedanken.«

»Vielleicht seitdem du mit Signor Gianluca tanzen gehst? Ihr tanzt doch immer öfter, soweit ich das mitbekommen habe.«

Nun wurden sie Zeugen der wunderbaren Verwandlung einer knapp Achtzigjährigen in einen Teenager. Signora Agatas Gesicht überzog eine leichte Röte. Sie senkte den Kopf und stocherte verlegen in ihrem Lammfleisch herum, hob dann den Blick und sagte: »Tanzen ist Sport. Wir trainieren hart und mit Erfolg. Nur zu deiner Information: Wir haben uns vergangenen Monat den Seniorenpokal in der höchsten Regionalklasse Latiums geholt.«

»Weiß denn Signor Gianlucas Frau inzwischen von seinem Vergnügen? Du hattest uns vor geraumer Zeit erzählt, daß er es ihr verschweigt, weil sie sonst eifersüchtig würde.«

»Die Zeiten haben sich geändert. Gianlucas Frau ist vor einem halben Jahr plötzlich gestorben.«

»Das tut mir leid. Hoffentlich war es nicht zu schlimm für ihn«, meinte Paolo.

»Er hat es gut verkraftet, und ich war ihm eine große Stütze.«

»So groß, daß ihr jetzt plant, zusammenzuleben? Und zwar hier in unserer Wohnung, wo ich dann stören würde?«

Signora Agatas Gesicht wurde nun rot wie eine Tomate.

»So drastisch würde ich es nicht ausdrücken. Aber wir mögen uns sehr und würden gern zusammenziehen. Du sollst deshalb aber keinesfalls dein Heim verlieren, Paolo. Ich wollte nur klarstellen, daß du von mir aus gern bei Leda wohnen kannst.«

Die alte Dame war verliebt wie ein junges Mädchen und sah dabei hinreißend aus. Und nun wollte sie ihren Sohn möglichst schonend loswerden, um ein neues Leben mit dem geliebten Mann beginnen zu können.

»Und warum ziehst du nicht zu ihm?« fragte Paolo nach einigem Zögern. Langsam wurde er sich der Ernsthaftigkeit der Lage bewußt.

»Weil diese Wohnung viel schöner ist.«

»Ich fände es in Ordnung, wenn er auch hier wohnen würde, mit uns zusammen. Die Wohnung ist groß genug«, versuchte Paolo seine heimische Situation zu retten.

»Gianluca wäre überfordert, sich an mich und auch noch an dich gewöhnen zu müssen. Aber mach dir keine Gedanken. Du sollst nicht vertrieben werden. Wenn du bleiben möchtest, ziehe ich zu ihm.«

Nun platzte es aus Paolo heraus. Seit dem Tod seines Vaters hatte die Liebe seiner Mutter allein ihm gegolten, und nun sollte er sie teilen. Diese Liebe, diese Sicherheit, die er nie hinterfragt und stets als exklusiv begriffen hatte.

»Seid ihr für ein solches Experiment nicht zu alt?«

»Sollen wir wegen unseres Alters auf schöne Jahre verzichten, obwohl wir uns noch völlig fit fühlen? Meinst du das wirklich?« lautete die prompte Gegenfrage.

»Nein, natürlich nicht. Entschuldigung«, murmelte Paolo leise. Er war jetzt leichblaß und die Verzweiflung stand ihm ins Gesicht geschrieben.

»Denk darüber nach, mein Junge. Es gibt keinen Grund zur Eile«, versuchte Signora Agata ihn zu beruhigen. Und zu

Leda gewandt: »Sei mir nicht böse. Aber ich mußte es mal sagen. Auch alte Leute haben noch eigene Vorstellungen vom Leben. Vielleicht ist es bald vorbei, und dann möchte ich zumindest wissen, daß ich glücklich gelebt habe. Mit Gianluca bin ich glücklich. So, wie ihr es hoffentlich auch seid.«

Plötzlich hatte Paolo es sehr eilig, in den Petersdom zu kommen. Sie halfen Signora Agata beim Abräumen des Tisches, stellten das Geschirr in die Spülmaschine und die Reste in den Kühlschrank und riefen ein Taxi. Paolo schwieg die ganze Zeit. Als sie am Petersplatz ankamen, fragte er Leda: »Glaubst du, sie meint das ernst?«

»Sehr ernst sogar. Du hast jetzt eine wichtige Entscheidung für dich zu treffen. Das heißt, wir für uns.«

»Und was sagst du dazu?«

»Im Moment gar nichts. Ich muß erst mal darüber nachdenken. Aber sie hat zweifelsohne das Recht, die verbleibenden Lebensjahre so zu gestalten, wie sie es möchte. Ich bewundere ihren Mut.«

»Und ich stehe auf der Straße.«

»Wieso? Du hast genug Geld, um dir eine Wohnung zu kaufen oder zu mieten.«

»Du willst mich also auch nicht haben«, stellte er beleidigt fest.

Leda begriff, daß er eine Art Weltschmerz empfand. Niemand liebte ihn, niemand wollte ihn um sich haben. Er fühlte sich verstoßen, wurzel- und haltlos, demnächst sogar obdachlos.

»Du sagst doch, bei mir sei wegen der Kinder kein Platz. Und in Wahrheit würde dir so viel Familienleben auf den Wecker gehen«, verteidigte Leda sich, wohl wissend, daß auch sie keine klare Meinung zur plötzlich aufgetauchten Option des Zusammenlebens hatte.

»Wir werden schon eine Lösung finden. Im Zweifel ziehst

du zu mir, und dann schauen wir mal, wie es klappt«, schlug sie versöhnlich vor und hoffte, daß Gott oder der Papst ihnen gleich weiterhelfen würden, sonst drohten die Feiertage zum Desaster zu werden.

An welchem Punkt der Liturgie man im vollgestopften Petersdom angekommen war, wußte Leda eine ganze Weile lang nicht. Ihre Kenntnisse über den Ablauf katholischer Messen hatten sich seit ihrer Firmung vor etwa fünfunddreißig Jahren verflüchtigt. Seitdem beschränkte sie ihre Kirchenbesuche auf Hochzeiten, Taufen, Beerdigungen, vereinzelte Weihnachtsgottesdienste und Orgelkonzerte. Jedenfalls sang der Chor für ihre Ohren ziemlich schräge Musik, und um den Papst zu sehen, hätte es eines Fernglases bedurft, so weit weg von ihnen zelebrierte er gemeinsam mit Kohorten weiterer Priester die Messe. Alle Sitzplätze waren längst belegt und sie stellten sich hinter die Stuhlreihen. Erst allmählich fanden sie Ruhe. In mehreren Sprachen wurden Gebete und Fürbitten gesprochen. Man stand, saß oder kniete, sang mit oder hörte zu, und Leda war beeindruckt, wie viele Menschen sich diesem strengen Ritus ohne jeden Zwang unterwarfen.

Welcher anderen Institution gelang es, Männer und Frauen, jung und alt, in solcher Weise auf den Glauben an eine unbekannte und unbewiesene Idee festzulegen? Alles, was hier gesagt und getan wurde, unterstützte die Hoffnung auf ein besseres Leben oder zumindest darauf, daß es nicht schlechter werde, weder jetzt noch nach dem Tod. Gott, dieses übergeordnete Wesen, gab Ordnung und Zuversicht. Und anders als bei menschlichen Führern oder Ideologien konnte man grundsätzlich nicht durch konkretes Handeln enttäuscht werden, höchstens in seiner Erwartungshaltung oder Hoffnung. Der Glaube an einen Gott, der nur als Idee existiert, hätte niemals überlebt, wenn dieser als Mensch Macht und Verantwortung hätte, schoß es Leda durch den Kopf.

Doch sie mußte zugeben, daß sie sich wohl fühlte – für eine kurze Zeit dem realen Leben enthoben, mitten drin im Theater des Mystischen. Und als die vom Heiligen Vater geweihte Osterkerze mit ihrem von Mensch zu Mensch weitergegebenen Licht langsam den gesamten Petersdom zum Leuchten brachte, war sie ergriffen von der Schönheit der Zeremonie. Als allerdings zum Schluß die Männer Gottes in ihren prachtvollen Gewändern direkt an ihnen vorbei zum Ausgang defilierten, fand Leda, daß sie ziemlich eitel wirkten, eine riesige Show abzogen. Die Idee allein reichte wohl doch nicht aus, sie mußte glanzvoll verkauft werden. Und was sie hier sah, war eindrucksvoller als jede Show im Fernsehen.

Leda brauchte eine ganze Zeit, bis sie nach dem Verlassen der Kirche wieder in der Realität ankam und bemerkte, daß Paolo noch immer völlig durcheinander war. Sie nahm ihn an der Hand und zog ihn hinter sich her. Im angrenzenden Stadtteil Borgo kannte sie eine kleine Weinkneipe, wo man auch noch um Mitternacht hingehen konnte. Drei Stunden und viele Gläser roten, toskanischen Montescudaio später, garniert mit mindestens ebenso vielen Tränen Paolos über den Verlust von Mutter und Heim an einen fremden Mann sowie einem intensiven Gespräch über den Zustand ihrer eigenen Beziehung, fielen Leda ziemlich und Paolo ganz betrunken in ihr Doppelbett.

Als die Kommissarin am nächsten Vormittag erwachte und mit schwerem Kopf ein Resümee der vergangenen Woche zog, fiel es negativ aus: Sie hatte einen Toten, zu dem ihr ein Mörder und ein Mordmotiv fehlten, und neben ihr lag ein verzweifelter Mann, von dem sie nicht wußte, ob sie ihn jede Nacht neben sich liegen haben wollte. Außerdem regnete es ausgerechnet heute, wo sie ins Strandhaus nach Lavinio fahren wollten. Sollte das etwa die Strafe Gottes dafür sein, daß sie ihn gestern abend im Petersdom als bloße Idee abgetan hatte? Haderte er mit ihr so wie sie mit ihm?

Mißmutig erhob sie sich aus den Federn, ging in die Küche und machte sich einen Kaffee. Da klingelte das Telefon, und zwar, wie es ihr schien, viel lauter als sonst. Wie spitze Messer bohrten sich die Töne erst in ihre Ohren, dann in ihr Gehirn. Sie fluchte und eilte hin so schnell sie konnte, damit Paolo nicht aufwachte.

»Frohe Ostern, Mamma«, tönte die unerhört wache und unerträgliche laute Stimme ihrer Tochter durch die Leitung.

»Frohe Ostern. Schrei doch nicht so«, gab Leda zurück.

»Ich schreie doch gar nicht. Bist du schlecht gelaunt?«

»Ja, nein, ich weiß nicht. Zuviel Wein gestern abend. Signora Agata möchte, daß Paolo zu uns zieht und daß du Osterlamm zubereiten lernst.«

»Das ist doch alles prima. Ich wundere mich seit Jahren, warum Paolo nicht ganz zu uns kommt. Ich finde das gut, Marco glaube ich auch. Der schläft aber noch. Ich sag es ihm später.«

Mit drei Sätzen wischte Flavia ein Problem vom Tisch, das Leda unüberwindlich groß vorkam, und es folgte ein Erlebnisbericht über Madrid. Alles war wunderbar, Papa, die Wohnung, die Stadt, das Wetter, die Stimmung, einfach alles. Flavia plauderte, und Ledas Laune verbesserte sich mit jedem ihrer Worte. Zwischendurch unterbrach sie, holte sich den fertigen Kaffee und rief dann zurück. Während sie noch redeten, kam Paolo schlaftrunken ins Wohnzimmer. Leda verabschiedete sich von Flavia und übergab ihm den Hörer.

»Ciao bella, geht's euch gut?« erkundigte er sich, und ein Lächeln wanderte über sein Gesicht.

Es folgte eine lange Pause, und dann hörte Leda, die in der Küche bereits eine zweite Portion Kaffee für Paolo aufsetzte, ihn sagen:

»Es tut gut, das von dir zu hören. Deine Mutter möchte

aber gar nicht, daß ich hier einziehe, das Gefühl habe ich zumindest. Wir warten einfach mal ab.«

Leda war etwas sauer über diese Äußerung. Gestern bei Mutter Agata hatte er schließlich behauptet, die Wohnung sei zu klein für sie alle. Doch sie beschloß zu schweigen, bis sie selbst klar sah, was sie wollte.

Am frühen Nachmittag kamen sie in Lavinio an, wo Ledas Schwester Francesca und ihr Mann Romano sie bereits erwarteten. Sie machten einen langen Strandspaziergang und ließen sich die Köpfe durchpusten. Gegen Abend ging es beiden wieder richtig gut. Als Paolo sein Vertreibungsthema zum Abendessen servierte, wollte Leda ihren Ohren nicht trauen, als Francesca und Romano ebenfalls heftig für ihr Zusammenleben plädierten. Es sei längst überfällig, ihr stures Festhalten am jeweiligen Eigenleben in ihrem Alter albern und so weiter und so fort. Paolo warf sich mit Vehemenz in die Diskussion, beleuchtete akribisch alle Pro- und Contra-Argumente, während Leda sich langsam, aber sicher in eine Entscheidungsecke gedrängt fühlte, die ihr nicht behagte.

So verabschiedete sie sich früh unter dem Vorwand, todmüde zu sein, und fiel bald in einen erholsamen Tiefschlaf. Das letzte, was sie an diesem Tag hörte, war der Wellenschlag des Meeres, der ihr in ihrem warmen Bett ein herrliches Gefühl der Geborgenheit vermittelte.

Der Ostermontag bescherte ihr nicht nur wunderbaren Sonnenschein, sondern einen ebenso wunderbar gelaunten Paolo. Voller Tatendrang reparierte er erst den Rasenmäher, schnitt anschließend mit ihr zusammen die Bougainvillea zurück und strich anschließend das Holzgeländer der Terrasse, das Romano zuvor abgeschliffen hatte, mit einer neuen Schicht Bootslack. Er pfiff und sang und belästigte Leda keine Sekunde lang mit dem Wohnproblem. Die anderen auch nicht, und so wurde der Tag erholsam und harmonisch. Abends auf dem Heimweg nach Rom fragte er sie sogar, ob er bei ihr übernachten dürfe. Leda stutzte, denn bisher hatte er noch nie gefragt, sondern war entweder mitgekommen oder nicht.

»Übertreibst du jetzt nicht?« meinte sie.

»Vielleicht. Aber ich habe gemerkt, daß ich bei dem Thema ziemlich vorsichtig sein muß, sonst wirst du ganz verrückt. Du hast ja recht, ich kann mir im Zweifel eine eigene Wohnung nehmen. Ich war nur hysterisch. Entschuldigung!«

Er kam mit zu ihr, und Leda empfand seine Gegenwart als die natürlichste Sache der Welt. Eigentlich konnte es immer so sein.

Die Abendnachrichten im Fernsehen berichteten ausführlich von der Pastour-Pleite. Warum die Firmenchefin, Stefania Meraviglia, keine finanzielle Unterstützung von ihrem Vater, dem Wirtschaftsmagnaten und Inhaber sämtlicher Romapa-Firmen im In- und Ausland, Fausto Meraviglia, erhalte, sei unbekannt. Möglicherweise handele es sich um einen bisher unbekannten Familienzwist mit enormen finanziellen Auswirkungen. Leda ging mit einem mulmigen Gefühl ins Bett.

IX

Mario empfing die beiden am nächsten Morgen mit strahlendem Gesicht. Als sie ihm gar ausführlich berichteten, daß sie den Papst Samstag nacht gesund und munter im Petersdom gesehen hatten, bekreuzigte er sich hinter der Theke, dankte Gott für die Genesung des Heiligen Vaters und servierte ihnen besonders sorgfältig zubereiteten Cappuccino.

»Der geht aufs Haus. Wenn Sie mal in die Kirche gehen, muß das besonders gewürdigt werden«, erklärte er seine großzügige Geste.

Er selbst hatte die Feiertage mit Frau und Kind bei seinen Eltern in Olevano verbracht und dort seinen Erzählungen zufolge die meiste Zeit in der Kirche gesessen, um die Auferstehung des Herrn gebührend zu würdigen und für ein langes Leben seiner schwachen Großmutter zu beten. Ihre Tage schienen gezählt zu sein, was Leda und Paolo angesichts ihrer weit über neunzig Lenze auch für normal hielten.

Bereits auf der Fahrt ins Präsidium fühlte Leda eine unerklärliche Unruhe in sich aufsteigen. Der Mordfall Denaro drängte sich wieder in ihren Alltag, und sie hegte die irreale Hoffnung, gleich werde sie jemand mit dem entscheidenden Hinweis auf den Täter anrufen.

Der erste Anruf, den sie erhielt, war von Ugo, der sich dafür entschuldigte, daß er später kommen würde, weil ein Rohr in der neuen Wohnung von Handwerkern angebohrt worden war und die neue Küche unter Wasser stand.

Der zweite Anruf kam vom Kollegen Lorenzo Civile, dem Leiter der Abteilung Wirtschaftskriminalität. Diesmal klang er sehr ernst und wollte umgehend mit Leda sprechen. Ein paar Minuten später stand er mit zwei Bechern Kaffee in den Händen in ihrem Büro.

»Was gibt's so Wichtiges früh am Morgen, daß du mich mit Kaffee bestechen mußt?«

»Damit will ich nur meinen Schrecken runterspülen. Denn möglicherweise habe ich soeben die heißeste Sache meines Lebens auf den Schreibtisch bekommen«, sagte Civile, der tatsächlich etwas blaß um die Nase war.

»Danach hast du dich letzte Woche doch noch gesehnt«, meinte Leda lachend.

»Stimmt, aber das hier macht mir angst, weil es mich selbst betrifft.«

»Dich? Mich etwa auch?«

»Mich, weil ich Aktien habe, dich aber vor allem, weil es um deinen Toten gehen könnte.«

»Aktien habe ich keine. Sind mir zu gefährlich. Jetzt sag schon, was ist los?«

Civile holte tief Luft und legte dann ein paar Blätter auf ihren Schreibtisch, die er mit dem Ellbogen an seinen Körper geklemmt gehalten hatte.

»Letzte Nacht haben wir per Fax und per E-Mail eine Anzeige von der National Bank of America erhalten. Sie betrifft den in Rom ansässigen Vertreter der Bank, Ferruccio Morea. Er soll mit seiner Unterschrift der Banca Contesa in Mailand bekräftigt haben, daß die Investmentfirma Paci ein Guthaben in Höhe von vier Milliarden Euro hat, damit Paci von den Mailändern einen Riesenkredit bekommt. Das Guthaben gibt es aber nicht. Paci gehört übrigens auch zur Firmengruppe Romapa. Die Mailänder wiederum hatten bereits Freitag Wind vom Pastour-Konkurs bekommen und den amerikanischen BestFonds um Auskunft gebeten. Da ihre Fonds zu großen Teilen auf Kapital aus Romapa-Firmen basieren, hat BestFonds eine Anfrage gestartet, so auch bei der National Bank of America, kurz NBoA. Damit flog der

Schwindel auf. Habe ich dir verständlich machen können, daß damit meine Romapa-Aktien unter Umständen so gut wie nichts mehr wert sind, wenn die Konten des Imperiums eine solch gewaltige Unterdeckung aufweisen?«

»Ja, das ist dir gelungen. Verkauf sie sofort, bevor es an die große Glocke gerät.«

»Meine Frau ist schon damit beschäftigt.«

»Ist das legal? Du hast im Dienst davon erfahren, Stichwort: Insidergeschäft!«

»Das ist mir im Moment egal. Es geht um unsere Altersvorsorge.«

»Wenn du meinst! Jedenfalls bist du hier, weil mein Toter mit der Prüfung von Romapa zu tun hatte. Er könnte von der Finanzlage des Imperiums gewußt haben und deshalb umgebracht worden sein.«

»Giusto! Exakt! Habt ihr diesbezüglich etwas gefunden?«

»Nein, aber wir sind auch gar nicht in die Details eingestiegen, weil es keinen Hinweis gab. Bisher bin ich von einem Eifersuchtsmord in der Schwulenszene ausgegangen.«

»Hast du konkrete Anhaltspunkte oder Beweise?«

»Nein.«

»Dann könnte also das Tatmotiv auch in seinem beruflichen Umfeld zu finden sein?«

»Durchaus. Hoffentlich haben die bei LaBoule nichts verschwinden lassen. Genug Zeit hatten sie ja.«

»Meine Leute sind gerade bei Morea, um ihn festzunehmen. Du solltest dir schnellstens einen Durchsuchungsbefehl für Denaros Büro besorgen, bevor dort jemand Wind von Moreas Festnahme bekommt.«

»Es wäre gut, wenn du dabei wärst oder jemand aus deiner Abteilung, denn wir verstehen nicht genug von Wirtschaftsfragen und schnappen uns vielleicht nur unwichtige Ordner.«

»Du kriegst den Kollegen Carlo Tiziani. Die anderen brauche ich selbst.«

»Für die Durchsuchung der anderen Romapa-Firmen?«

»Davon lasse ich erst mal die Finger und warte Moreas Aussage ab. Denn beim Firmenchef Fausto Meraviglia aufzutauchen käme einer Durchsuchung des Präsidentenpalastes gleich. Also da wird's politisch und ganz, ganz heikel.«

In diesem Augenblick erschien Ugo. Leda schickte ihn sofort los, den Durchsuchungsbefehl für LaBoule zu besorgen, und stellte selbst eine Mannschaft aus fünf Leuten zusammen. Unter anderem Tiziani, den Wirtschaftsspezialisten, und auf sein Anraten hin Gennaro Ostellino, der seine ehemalige Karriere als Hacker und Informatikprofi gegen die eines staatlichen Computerknackers eingetauscht hatte.

Eine halbe Stunde später hielt Leda dem erschrockenen Marcello Fuccaro den Durchsuchungsbefehl vor die Nase und erklärte ihm, worum es ging. Aufmerksam studierte er das Papier.

»Warum jetzt?« fragte er mit leiser Stimme.

»Weil es neue Hinweise gibt, die womöglich im Zusammenhang mit Donaros Aufträgen stehen.«

»Welche denn?«

»Das darf ich Ihnen im Moment aus ermittlungstechnischen Gründen nicht sagen.«

»Denaro war sauber, dafür lege ich meine Hand ins Feuer.«

»Das kann sein. Aber vielleicht wußte er etwas, was ihn das Leben gekostet hat, und das kann in den Akten stehen, deshalb sichten wir sie und nehmen eventuell welche mit.«

»Ich muß erst mit unseren Anwälten sprechen.«

»Wir gehen jetzt in die Räume, und Sie können parallel gern Ihre Anwälte konsultieren. Ich finde jede Diskussion hier in der Empfangshalle unangebracht, weil sie zu Unruhe bei Ihren Mitarbeitern und Mandanten führen wird. Wir sind extra alle in Zivil erschienen, um die Sache möglichst unauffällig durchzuziehen.«

Die eleganten Empfangsdamen hinter ihren Designertischen starrten die Gruppe um Fuccaro bereits an. Warum kam die Polizei diesmal mit so vielen Beamten?

Fuccaro gab sich geschlagen. Ohne weitere Fragen begleitete er sie in den Kuppelsaal. Dort klatschte er einmal kurz in die Hände, und die fünf Damen und Herren Mitarbeiter kamen herbei. Sie nickten Leda, die sie bereits kannten, zu und schauten sie angespannt an, als erwarteten sie nichts Gutes. Ahnten oder wußten sie gar etwas? Wenn ja, woher?

Wir stehen uns wie feindliche Lager gegenüber: hier sechs Polizisten und dort sechs Wirtschaftsleute, dachte die Kommissarin. Fuccaro räusperte sich mehrfach, bevor er das Wort ergriff.

»Bene. Also, der grausame Tod unseres Kollegen Roberto hat offensichtlich Fragen aufgeworfen, die mit seiner Tätigkeit zusammenhängen. Die Polizei hofft in den Unterlagen Hinweise auf seinen Mörder zu finden. Hauptkommissarin Giallo und ihre Herren möchten sich deshalb gründlich bei uns umschauen und gegebenenfalls Unterlagen mitnehmen. Ich bitte Sie, alle Fragen wahrheitsgemäß zu beantworten, alle gewünschten Unterlagen offenzulegen und die Polizei bei ihrer Arbeit in jeder Hinsicht zu unterstützen. Wenn Roberto tatsächlich aufgrund seiner Tätigkeit ermordet wurde, so könnte, wenn ich die Katastrophe konsequent zu Ende denke, jeder von uns gefährdet sein. Denn wir arbeiten im Team.«

Das ging Leda zu weit, und sie unterbrach ihn.

»Nun ja, meine Damen und Herren. So weit gehen wir im Moment nicht. Wir haben derzeit keine Anhaltspunkte für die Bedrohung Ihrer Personen. Machen Sie sich keine unnötigen Sorgen. Ich hatte Ihnen allen meine Visitenkarte mit meinen Telefonnummern gegeben. Da niemand angerufen hat, gehen wir davon aus, daß keiner von Ihnen etwas zu sagen hatte und sich auch niemand selbst oder einen Kollegen in Gefahr wähnte. Falls das inzwischen doch der Fall sein sollte, wenden Sie sich an uns. Wir sind schließlich da, Sie zu schützen. Im übrigen bitte ich Sie, während unserer Anwesenheit im Versammlungsraum zu bleiben und nicht zu telefonieren. Am besten nehmen sie hier einfach Platz.«

Wie verstörte Tiere schauten die Mitarbeiter zwischen Fuccaro und den Polizisten hin und her. Jetzt war sie da, die Angst vor Bekanntem oder Unbekanntem. Erkennbar, spürbar kroch sie durch den Raum, fraß sich plötzlich ins Bewußtsein jedes einzelnen und schien wie eine unsichtbare Wolke im Rund der Glaskuppel über allem zu schweben. Keiner bewegte sich, es herrschte Stille im Raum.

»Sind wir hier gefangen?« entlud ein kleiner, schmaler Mann mit Brille plötzlich seine Anspannung. Mauro Ugolotti war seit fünf Jahren bei LaBoule tätig und sichtlich nervös.

»Davon kann keine Rede sein. Wir müssen nur gemeinsam eine unangenehme Situation so schnell und gründlich wie möglich erledigen. Vergleichbar mit einer Krise bei Ihrem Mandanten, die Sie analysieren, um einen Lösungsweg zu finden. Wer von Ihnen vertritt Denaro?«

»Federico Malerba«, antwortete Fuccaro wie aus der Pistole geschossen.

Also derjenige, der beim Überbringen der Todesnachricht ohnmächtig geworden war. Leda schaute ihn an, und er nickte ihr mit ernstem Gesicht zu.

»Signor Malerba, erklären Sie uns kurz, welche Firmen Sie und Ihre Kollegen betreuen, wem welche Aufgabe zukommt, wie Sie organisiert sind und wo wir welche Unterlagen finden.«

Malerba zitterte, doch er verzog keine Miene und sagte mit trockener Stimme:

»Wir prüfen und beraten die inländische Hauptgesellschaft des Konzerns, die Romapa SpA, also eine Aktiengesellschaft, und einige der inländischen Tochtergesellschaften. Außerdem sind wir für die Finanzholding, Pafina, tätig.«

»Auch für Pastour?« mischte sich nun Kollege Tiziani ein.

»Ja.«

»War der Konkurs der Firma absehbar?«

»Nein, er hat uns überrascht.«

»Wie kann das sein? Sie prüfen die Bücher, Ihnen sind alle Bilanzdaten bekannt?«

»Wir können nur die Bilanzen prüfen, die wir bekommen, und die waren in Ordnung.«

»Heißt das, Ihnen wurden gefälschte Bilanzen untergeschoben?«

»Das versuchen wir seit drei Tagen zu klären.«

»Und?«

»Bei unseren Mandanten herrscht angesichts der Situation ein solches Durcheinander, daß niemand uns Antwort geben kann«, erklärte Malerba.

»Oder will?«

»Vielleicht.«

»Wo finden wir Ihre Unterlagen?«

»Sie liegen in elektronischer Form auf einem Server von LaBoule, zu dem nur unser Team und Signor Fuccaro Zugang haben.«

»Gibt es Sicherheitskopien der Dateien, falls der Server mal ausfällt?«

»Alles liegt auf CD-ROMs gesichert im Safe drüben im Aktenraum.«

»Können Sie vom Server Dateien auf ihre Laptops laden, sie dort speichern und bearbeiten, beispielsweise vor Ort beim Mandanten?«

»Ja, unsere Laptops können drahtlos auf den Server zugreifen.«

Malerba zeigte auf eine Tür, die Leda bisher nicht

bemerkt hatte. Zwischen mehreren Säulen gab es eine Wand, die sie zunächst für das Ende des Gebäudes gehalten hatte, die sich nun aber als Zugang zu einem weiteren Raum herausstellte. Tiziani forderte ihn auf, ihm und den Kollegen sämtliche Zugangscodes für den Server, die Rechner und den Safe im Aktenraum zu verschaffen.

»Pastour ist eine Tochtergesellschaft von Romapa, habe ich das richtig verstanden?« fragte Tiziani weiter.

»Nicht ganz, denn Romapa und Pastour fließen beide in die Finanzholding des Konzerns, Pafina, ein. Über die Begrifflichkeiten läßt sich jedoch streiten. Tatsache ist, daß ursprünglich die Romapa als Mutter- und Pastour als Tochtergesellschaft fungierten. Pafina hat erst später die Kapitalbeteiligungen übernommen.«

»Wann?«

»Vor etwa zehn Jahren.«

Leda bemühte sich zu verstehen, was da gesprochen wurde. Doch Wirtschaft gehörte wahrlich nicht zu ihren Fachgebieten.

»Was hat denn die Produktion von Nahrungsmitteln, genauer gesagt von Pasta-Produkten bei Romapa mit Tourismus zu tun?« fragte sie die Experten.

»Große Konzerne wie Romapa gründen oder kaufen Firmen, die in ganz unterschiedlichen Bereichen tätig sind, und integrieren sie in eine Dachgesellschaft, eben eine Holding wie die Pafina. Das ist heute völlig normal, spart Steuern und erleichtert vor allem Aktivitäten im Ausland«, erklärte Tiziani.

»Weil in einem solchen Firmengeflecht alles mit allem zusammenhängt, müssen wir sämtliche Unterlagen sichten«, fuhr er fort. Und dann an Malerba gewandt: »An wie vielen Firmen hält Pafina Beteiligungen?«

»Ich habe sie nie gezählt, aber es dürften um die zweihundert sein«, antwortete der Gefragte.

Tiziani schluckte sichtbar. Das hatte er nicht erwartet.

»Alle sind Meraviglia-Unternehmen?«

»Ja, auf die eine oder die andere Weise gehören sie ihm oder seinem Umfeld. Bei Aktiengesellschaften hält die Familie immer die Mehrheit.«

»Was haben Sie in Sachen Pastour zur Aufklärung unternommen?«

»Der Konkurs ist uns bis dato unerklärlich«, schaltete sich Fuccaro ein. »Und natürlich sehr unangenehm. Denn letztlich wird uns eine schlechte Prüfung angelastet werden.«

»Haben Sie ein Organigramm, dem wir die Konzernstruktur und die Verantwortlichkeiten entnehmen können?«

»Denaro hat, glaube ich, mal eines gemacht. Aber auf Papier, nicht elektronisch. Das müssen wir suchen. Wahrscheinlich liegt es in seinem Schreibtisch.«

»Va bene. Dann mal los. Die Arbeitsplätze werden nacheinander und einzeln durchsucht. Bei jeder Durchsuchung sind Gennaro Ostellino und ich dabei«, erklärte Tiziani kurz das weitere Vorgehen. »Schreiben Sie mir alle notwendigen Paßwörter und Codes jetzt sofort und ohne miteinander zu reden jeweils auf ein Blatt Papier. Parallel wird Hauptkommissarin Giallo gemeinsam mit den Kollegen Libotti und Cardinale den Archivraum durchsuchen. Welche der Sekretärinnen kennt sich dort am besten aus?«

»Dafür bin ich zuständig«, meldete sich eine junge Frau, die mit ihrem giftgrünen Rock und einem knallgelben Pullover aus der Reihe der in dunklen Busineßlook gekleideten Prüfer tanzte.

Ihr Name war Anna-Maria Grassi, fünfundzwanzig Jahre alt und erst seit einem halben Jahr bei LaBoule & Partner angestellt, damit die Jüngste im Team von Denaro. Die Zusammenstellung der Sicherheitskopien und ihre Archivierung im Safe gehörten zu ihren täglichen Aufgaben.

Während Tiziani und Ostellino Datei für Datei auf dem Server durchgingen und auf CD-ROMs kopierten, von denen Ostellino einen ganzen Aktenkoffer voll mitgebracht hatte, vernahm Ugo die schockierten Mitarbeiter im Kuppelsaal ausführlich. Leda und Claudio Cardinale verschwanden mit Signorina Grassi im fensterlosen, von Neonröhren beleuchteten Archivraum.

Er war in zwei Sektionen geteilt: Im vorderen Teil standen Aktenordner in Reih und Glied, meterhoch und säuberlich beschriftet in Metallregalen. Daneben Kästen mit Disketten und CD-ROMs, alles in Abschnitten den jeweiligen Mandanten und den Jahren der Bearbeitung zugeordnet. Eine ganze Wand war ausschließlich mit Unterlagen von Romapa, Pafina und Pastour zugestellt. Leda und Claudio Cardinale packten alles in vier mitgebrachte Umzugskartons, wobei sie ziemlich ins Schwitzen gerieten.

Dann ging Signorina Grassi auf ein in die Wand eingelassenes Kästchen zu, klappte den Deckel auf und tippte auf einer Tastatur erst eine siebenstellige Zahlen- und dann eine siebenstellige Buchstabenkombination ein. Leicht surrend öffnete sich eine schwere Metalltür. Im Inneren zuckte Licht, das ein paar Sekunden brauchte, um konstante, kalte Helligkeit zu verbreiten.

»Wir schreiben die Sicherheit unserer Mandantendaten groß. Deshalb wird die Zugangskombination jede Woche geändert.«

»Wer kennt sie außer Ihnen?« fragte Leda.

»Unser Sicherheitsbeauftragter.«

»Die Prüfer kommen hier nicht rein?«

»Nicht ohne mich oder den Sicherheitsbeauftragten. Aber das brauchen sie ja auch im Regelfall nicht, da sie alles auf dem Server und im vorderen Archivraum finden, für den jeder einen Schlüssel besitzt. Hier lagern allerdings keine Aktenordner mehr. Alles wichtige Material wird auf Mikrofilmen gespeichert, damit es langfristig nicht zuviel Platz beansprucht. Nur die Daten aus den letzten zwei Jahren gibt es auf CD-ROMs.«

Leda und Cardinale räumten zwei weitere Kartons voll.

»Signora, meinen Sie wirklich, daß Signor Denaro wegen seiner Arbeit ermordet wurde? Ich meine, dann kann es uns doch wirklich alle treffen«, fragte Grassi plötzlich.

»Genau das wollen wir herausfinden. Deshalb sind wir hier. Vielleicht wußte nur Denaro etwas Bestimmtes und sonst niemand. Ich habe Sie das schon beim letzten Mal gefragt: Hat sich Roberto Denaro in der letzten Zeit anders verhalten als sonst? Hat er mit anderen Leuten gesprochen? Machte er einen ängstlichen Eindruck? Überlegen Sie noch einmal genau, ist Ihnen irgend etwas aufgefallen?«

Anna-Maria Grassi schüttelte ganz leicht den Kopf. Dann hielt sie inne.

»Anders war vielleicht, daß er öfter zu Krisensitzungen bei Romapa fahren mußte. Ich habe ihn sogar mal gefragt, was da denn los sei, und er erklärte mir, daß man plane, weitere Firmen zu gründen und er deshalb so oft beraten müsse. Obwohl das ja eigentlich für LaBoule nur gut sein kann, weil es noch mehr Aufträge bringt, schien er darüber nicht sehr glücklich zu sein. Er meinte, daß es ziemlich kompliziert sei, bei der Menge der Firmen den Überblick zu behalten.«

»Aber dann hätten Sie doch einfach nur ein paar Prüfer mehr engagieren müssen«, meinte Leda.

»Genau, das fand ich auch. Aber er meinte, solange die Firmen noch im Entstehen seien, lohne sich das nicht. Außerdem ist es in der Branche üblich, die Wirtschaftsprüfung und -beratung auf mehrere Schultern zu verteilen. So kontrollieren sich die verschiedenen Prüfungsgesellschaften wieder untereinander, und das, was herauskommt, ist für die Anleger besonders sicher. So hat Signor Denaro es mir erklärt und das ist ja auch sinnvoll.«

»Sie mochten ihn sehr, nicht wahr?«

»Ja, er war wirklich ein toller Chef. Er hatte den Überblick und war dabei sehr ruhig. Signor Malerba ist so ganz anders, viel nervöser, viel chaotischer. Er führt lauter Neuerungen ein, die schon am nächsten Tag klappen müssen, auch wenn sie noch niemand verstanden hat. So, als hätte Signor Denaro alles verkehrt gemacht. Es gibt laufend Krach mit dem Mandanten, der die Veränderungen auch nicht versteht. Da macht das Arbeiten längst nicht so viel Spaß. Ich traue mich in Signor Malerbas Gegenwart Signor Denaros Namen schon gar nicht mehr zu erwähnen«, sagte Signorina Grassi und seufzte tief.

»Geht es den Kollegen genauso?«

»Ich glaube, ja. Jedenfalls herrscht hier eine sehr angespannte Stimmung, und meine Kollegin Fabiola Giacopelli hat bei Signor Fuccaro bereits um die Versetzung in eine andere Abteilung gebeten.«

»Wurde über den Konkurs von Pastour wirklich nie bei Ihnen geredet? Das ist doch eine Riesensache, und ich kann mir gar nicht vorstellen, daß sie so plötzlich kam«, legte Leda nach.

»Doch. Das hat niemand geahnt. Sie haben keine Ahnung, was hier seit Samstag vormittag los war. Die ganzen Ostertage über haben die Prüfer durchgeschuftet und sind die Bilanzen der letzten Jahre durchgegangen. Aber niemand kann sich erklären, wieso die wirtschaftliche Lage von Pastour so schlecht geworden sein soll. Und die Ansprechpartner dort lassen sich einfach verleugnen. Das ist total frustrierend.«

»Wie heißen denn die Ansprechpartner?« erkundigte sich Leda.

»Da gibt es verschiedene. Aber am wichtigsten ist Signor Ruini, der Chef der gesamten Finanzverwaltung des Konzerns. Mit ihm hatte Signor Denaro am meisten zu tun.«

Nach etwas mehr als einer halben Stunde verließen Leda, Cardinale und Anna-Maria Grassi den Archivraum mit den gefüllten Umzugskartons. Tiziani und Ostellino saßen mit Malerba an dessen Computer, Ugo vernahm gerade Sonia Ancelotti, die dritte Prüferin des Teams, während die übrigen LaBoule-Mitarbeiter schweigend herumstanden und skeptisch die Situation beäugten. Plötzlich ertönte ein langer Piepton. Er kam aus Ledas Tasche und bedeutete ihr die Ankunft einer SMS.

»Sofort melden. Civile.«

Sie rief ihn an.

»Wir haben Morea und vernehmen ihn gerade. Du mußt kommen. Da platzt gerade eine Bombe, und dein Denaro saß in der Mitte des Hurrikans. Tiziani habe ich schon gesagt, daß sie absolut jede Datei aufspüren müssen. Ich schicke ihm jetzt noch zwei IT-Leute rüber. Da darf absolut nichts unentdeckt bleiben. Die LaBoules stecken metertief mit drin in der Scheiße. Ugo und Cardinale sollen die Mitarbeiter vernehmen, bis denen schlecht wird. Die müssen einfach was wissen. Leda, ich sage dir, das Ding ist noch viel größer als der Fall Cirio. Und diesmal mit Mord garniert, verdammt«, japste Civile.

Leda unterbrach Ugo bei seiner Vernehmung und verschwand mit ihm kurz in einem der Büros, um ihn über das Gespräch mit Civile zu informieren.

»Va bene, Claudio und ich werden sie vernehmen, bis die Tränen fließen. Aber bisher scheinen sie mir echt überrascht zu sein und völlig verstört von den Ereignissen. Wenn es so dringend ist, komme ich mit denen aber lieber ins Präsidium. Da können wir sie besser trennen. Hier können sie miteinander sprechen«, meinte Ugo.

»Mach es, wie du es für richtig hältst«, sagte Leda und fuhr ins Präsidium.

Sie setzte sich zunächst in den kleinen Raum neben dem

Verhörzimmer hinter die Sichtschutzscheibe und verfolgte die Vernehmung Moreas. Lorenzo Civile lief im kahlen Raum auf und ab, sein Kollege Luigi Piva saß gegenüber von Ferruccio Morea am Tisch. Zwischen ihnen standen ein Aufnahmegerät und ein Mikrofon. Leda erkannte mit einem Blick, daß Morea zu der Sorte Mensch gehörte, die ihr zutiefst mißfiel. Einer von denen, die nach unten traten, nach oben buckelten und für sich selbst immer das Maximum herausholten. Gerade spielte er den Verzweifelten, den die eigene Naivität, das Nichtverstehen der Zusammenhänge und der Glaube an eine bessere Zukunft zum Gesetzesbruch verleitet haben sollten und der bereit war, alles wiedergutzumachen. Fett, schwitzend und kurzatmig flehte er den aufgebrachten Civile an:

»Signor Dottore Civile, glauben Sie mir! Ich selbst bin Opfer eines Betruges geworden. Denaro, Ruini und Meraviglia haben mich am Freitag vor einer Woche plötzlich zu einem Treffen gerufen, mir die Zahlen des Konzerns gezeigt und erklärt, daß der Bestätigung des Paci-Guthabens bei der National Bank of America die umgehende Deckung des Kontos folgen würde. Innerhalb von vierundzwanzig Stunden. Woher sollte ich denn ahnen, daß sie das Geld nicht hatten? Die haben betrogen, nicht ich!«

»Das sieht die Zentrale Ihrer Bank in den USA aber ganz anders. Von dort aus wurde Anzeige gegen Sie erstattet, vergessen Sie das nicht.«

»Die können von dort aus überhaupt nicht einschätzen, wie hier Geschäfte gemacht werden. Seit Jahren zählt der Romapa-Konzern zu unseren Kunden und war bisher auch in Amerika immer sehr geschätzt. Da muß man auch mal kulant sein, wenn der Kunde ein Problem hat. Das ist vorher ebenfalls passiert, und niemand hat sich darum geschert.«

»Weil es vielleicht niemand gemerkt hat! Kommen Sie, Morea, was haben Sie dafür gekriegt? Das Schreiben dürfte den Romapa-Leuten Millionen wert gewesen sein«, sagte Civile und lachte boshaft. »Millionen, sage ich Ihnen, und Sie wissen es ganz genau. Wir lassen gerade Ihre In- und Auslandskonten überprüfen.«

Morea wich erschrocken zur Seite, tat dann aber so, als interessiere ihn das überhaupt nicht.

»Da finden Sie nichts Illegales«, sagte er mit halb niedergeschlagenen Augenlidern.

Nun fand Leda es an der Zeit, in Aktion zu treten. Sie betrat den Raum, stellte sich vor und nahm gegenüber von Morea und Civile Platz.

»Signor Morea, was haben Sie uns zur Ermordung Roberto Denaros zu sagen?« fragte sie und schaute ihn direkt an.

Plötzlich nahm der zuvor gelangweilte Blick des Bankers eine bedrohliche Schärfe an. Die Augen des Unschuldslamms mutierten zu denen eines reißenden Wolfs. Das ist sein wahres Gesicht, dachte Leda. Aggressiv und egoistisch. Einer, der über Leichen geht, berechnend und clever genug, immer als der Saubermann dazustehen.

»Ein schrecklicher Verlust für LaBoule & Partner und für Romapa. Er war einer der fähigsten Prüfer und Berater, die ich je kennengelernt habe. Furchtbar, wie er zu Tode gekommen ist«, lautete die Antwort.

»Und da haben Sie sich bisher nicht die Frage gestellt, warum er sterben mußte? Er, der ausgerechnet für den Konzern arbeitete, dessen eine Tochter Pastour bereits pleite ist und dessen Hauptfirma mindestens ein ungedecktes Konto über vier Milliarden Euro hat?«

»Zugegeben, da kann man einen Zusammenhang sehen, Signora. Jetzt im nachhinein frage ich mich – genau wie Sie, Signora Commissaria – was da los ist. Ich glaube wirklich, die haben mich gelinkt. Und vielleicht ist das sogar mehr als einmal passiert, und wir haben es gar nicht bemerkt. Mit meinen Bestätigungen des Guthabens bei der NBoA konnten sie an Kredite bei anderen Banken wo auch immer in der Welt herankommen. Okay, okay, das war ein wenig unkorrekt. Aber erstens zahlten die innerhalb eines Tages immer einen Teil des geschuldeten Geldes auf das Konto ein, und der Rest kam kurze Zeit später, so daß die Monatsabrechnung für die Staaten jedes Mal in Ordnung war. Zweitens garantierte uns diese Geschäftspolitik einen exzellenten Großkunden, einen der besten weltweit. Drittens wurden so deren Geschäftsfelder durch Firmenkäufe und -gründungen erweitert, was wiederum das Geschäfts- und Finanzvolumen der NBoA vergrößerte. Verstehen Sie, Signora, worum es da geht? Um riesige Finanzvolumina, beinahe so groß wie das Haushaltsbudget Italiens.«

»Das dürfte zwar etwas übertrieben sein, aber es geht jedenfalls um sehr viel Geld. Und welche Rolle spielte Denaro nun?«

»Der Finanzchef des Konzerns, Callisto Ruini, ist ein genialer Finanzjongleur, wirklich genial, davon gibt es wenige auf dem Globus. Er ist der engste Vertraute und Freund von Fausto Meraviglia und regiert sein globales Firmenimperium. Denaro war für die Prüfung zuständig und als sogenannter neutraler Dritter einer unabhängigen Prüfungsgesellschaft verantwortlich für die Testate der Bilanzen, die er vorher auf ihre Richtigkeit untersucht hatte. So genial wie Ruini sich beim Jonglieren mit den gesamten Finanzen anstellt, so genial muß Denaro beim Erstellen der gewünschten Bilanzen gewesen sein. Ruini jedenfalls schwärmt von ihm, Meraviglia auch, und das heißt etwas.«

»Das bedeutet im Klartext: Denaro hat die Bilanzen nicht auf ihre Richtigkeit überprüft, sondern sie zur Zufriedenheit der Chefs frisiert. Und woher wollen Sie das wissen?« schaltete sich nun Civile wieder ein.

»Weil ich nicht nur einmal erlebt habe, wie wir wegen

eines weiteren Kredits verhandelten und Ruini während der Verhandlung aufsprang, um Denaro anzurufen und um Rat zu fragen. Denaro fand stets eine Lösung. Die Bücher sahen immer sauber aus. Hätte Denaro nur einmal gezögert oder keinen Ausweg gewußt, hätte Ruini niemals so viel Geld für seine Unternehmungen aus den anderen Firmen ziehen können«, erklärte Morea ungerührt.

»Aber Sie wußten doch, daß das illegal war«, unterbrach Leda ihn.

»Was heißt da illegal. Das sind Finanz- und Kapitaltransaktionen. Wie die das gemacht haben, weiß ich ja nicht. Das geht mich auch nichts an. Für mich und die NBoA mußte es nur im Endeffekt legal sein, und das war es auch, soweit ich das beurteilen kann.«

»Warum hat Denaro das getan?«

»Warum wohl? Wegen Geld!« Morea grinste verschlagen.

»Also genau wie Sie?« entfuhr es ihr.

»Haben Sie dafür Beweise?«

»Möchten Sie einen Kaffee?« unterbrach Civile.

Morea nickte: »Und ein Wasser.«

Civile gab Leda einen Wink, ihn zu begleiten. Sie verließen den Verhörraum und gingen in sein Büro, um Getränke zu holen.

»Warum plaudert er alles aus?« fragte Leda.

»Er hat kapiert, daß er bis zum Hals im Morast steckt. Da denkt er sich, daß die Kooperation mit uns für ein späteres Gerichtsverfahren allemal besser ist als eine Verweigerung. Alle großen Wirtschaftsprozesse haben bisher gezeigt, wie sehr Mitarbeit belohnt wird. Er kann eventuell sogar die Kronzeugenregelung für sich beanspruchen. Der Typ tut naiv, hat es aber faustdick hinter den Ohren. Er hat nicht mal nach seinem Anwalt rufen lassen. Ich wette, daß die vorher schon eine Strategie ausgemacht haben.«

»Und wie sieht die aus? Hauptschuldiger für alles: Denaro. Denn der ist tot und kann sich nicht mehr wehren und Dinge ausplaudern, die besser unter der Decke blieben. Zweiter Schuldiger: Ruini respektive Meraviglia, die ihn, den armen, kleinen Banker mißbraucht haben. Er hat ihnen kleine Gefallen getan, sie die großen Schweinereien begangen. Eine geringe Gefängnisstrafe, vielleicht sogar auf Bewährung, und hinterher mit dem Bestechungsgeld ein Leben in Saus und Braus. So?«

»Genau so! Wir sollten sein Spiel vorläufig mitspielen. Denn ohne seine gerichtsfeste Aussage kriegen wir die richtig großen Fische nicht an die Angel. Wir brauchen ihn als Hauptbelastungszeugen. Also geh bei aller Antipathie freundlich mit ihm um, bitte, Leda.«

»Wieso? Wegen der Vier-Milliarden-Sache haben wir ihn doch längst.«

»Mein Bauch und irgendwelche Stimmen aus dem Universum flüstern mir aber zu, daß es um noch ganz andere Größenordnungen geht«, raunte Civile, so als stehe die Existenz des ganzen Landes auf dem Spiel.

»Und was sagt dein Bauch zu Denaros Mörder? Weiß Morea etwas darüber?«

Civile zuckte mit den Schultern.

»Für Mordfragen ist dein Bauch zuständig.«

Morea trank mit gierigen Zügen erst eine halbe Flasche Wasser und anschließend den Kaffee aus.

»Darf man hier rauchen, obwohl es ein öffentliches Gebäude ist?« fragte er dann.

»Ausnahmsweise. Haben Sie Zigaretten, oder soll ich welche besorgen lassen?« fragte Civile zuvorkommend.

»Danke, ich hab welche.«

»Wenn Sie eine Pause machen möchten, sagen Sie uns das bitte«, fuhr Civile mit seinem Höflichkeitsritual fort.

Wieder huschte dieses verschlagene Lächeln über Moreas Gesicht, das Leda so abstoßend fand.

»Danke, es geht schon. Das war ja erst der Anfang«, antwortete er. »Ich möchte weitermachen.«

»Ihren ausführlichen Antworten auf unsere Fragen entnehmen wir, daß Sie mit uns zusammenarbeiten möchten, was wir natürlich sehr begrüßen. Über die Vorteile für Sie selbst sind Sie wohl bestens im Bilde«, nahm Civile den Faden der Vernehmung wieder auf.

Morea reagierte darauf nicht.

»Ich habe Sie vorhin gefragt, warum Denaro bei der Bilanzfälschung mitgewirkt haben sollte. Ihre Antwort lautete: wegen Geld. Gehen wir einfach mal davon aus, daß das stimmt. Dann klappte das System doch prächtig. Warum mußte er sterben? Wer hatte ein Interesse an seinem Tod?« fragte Leda.

»Bestimmt niemand aus seinen Geschäftsbereichen. Da wurde er unzweifelhaft gebraucht. Ich gebe Ihnen einen Tip: Schauen Sie sich mal sein Privatleben genauer an. Da gab es vielleicht Unstimmigkeiten.«

»Längst geschehen. Er hat bei LaBoule viel Geld verdient, war wohlhabend. Aber wiederum nicht so sehr, daß man auf erhebliche weitere Einnahmequellen schließen könnte. Und wenn er tatsächlich von Ruini und Co. bestochen wurde, müßten ganz andere Summen im Spiel sein.«

»Dann kann ich Ihnen nicht weiterhelfen, Signora.«

Leda hatte zwar das untrügliche Gefühl, daß Morea mehr wußte, als er sagte, sah aber im Moment keinen weiteren Ansatzpunkt, ohne ihn herauszufordern. Das wiederum würde Civiles Vernehmungstaktik stören, was sie nicht riskieren durfte. Es ging um mehr als um einen Teilerfolg. Sie setzte also von einer anderen Seite an:

»Freitag vor einer Woche gab es ein Ad-hoc-Treffen bei Romapa, an dem auch Denaro teilnahm. Worum ging es?«

»Um den Kredit von vier Milliarden Euro, das habe ich bereits gesagt.«

»Benahm sich Denaro anders als sonst? War die Stimmung dramatischer? Immerhin mußten zumindest er, Ruini und Meraviglia bereits von der Pastour-Pleite wissen.«

»Über Pastour wurde überhaupt nicht geredet, solange ich dabei war. Hätten sie mir auch nur ein Wort gesagt, wäre meine Unterschrift nicht unter der Guthabenbestätigung gelandet. So verrückt bin ich nun auch nicht. Sie haben aber noch zusammengesessen, nachdem ich weg war. Denaro jedenfalls war konzentriert und brillant wie immer.«

Civiles Taktik ging auf. Eine Stunde später hatte Morea detailgenau den Betrug zu Lasten seiner Bank in diesem und vier weiteren Fällen zu Protokoll gegeben. Die Konzernchefs hatten eine Unterdeckung des Firmenvermögens von mindestens vier Milliarden Euro zu verantworten und waren damit per Gesetz verpflichtet, ihre Aktionäre zu informieren. Es war klar, daß eine solche Warnung massive Konsequenzen an der Börse nach sich ziehen würde, die Bewertung der Romapa-Aktien einem Absturz entgegensah. Angesichts der Größe und Macht des Konzerns und seiner Eigentümer handelte es sich um eine höchst delikate, politische Angelegenheit, die nur unter Zustimmung von ganz oben weitergeführt werden konnte.

Civile rief Polizeipräsident Alberto Libero an. Der Fünfzigjährige hatte erst vor sieben Monaten sein Amt angetreten und es in der kurzen Zeit zu erheblicher Anerkennung und Respekt gebracht. Er hatte sich ein paar Tage freigenommen und steckte gerade mitten im Umzug seiner Familie von Bologna, wo er sich zuvor als Vizepolizeipräsident einen guten Ruf erworben hatte, nach Rom. Ruhig ließ er Lorenzo Civile die Situation erklären und saß eine halbe Stunde in Jeans und T-Shirt auf Civiles Schreibtisch.

»Das ist ja ungeheuerlich! Wo ist dieser Morea? Ich möchte ihn sprechen.«

»Wir haben ihn in die Untersuchungszelle gebracht, weil er sich eine Weile ausruhen wollte«, antwortete Civile.

»Bene. Bringen Sie ihn mir in den Verhörraum. Signora Giallo, gibt es etwas Neues zum Mordfall Denaro? In welchem Zusammenhang steht er zu den Geschehnissen?«

»Bisher in keinem erkennbaren. Morea behauptet, dazu nichts zu wissen.«

»Was hat die Durchsuchung bei LaBoule erbracht?«

»Die Kollegen sind noch nicht zurück. Das Team von Denaro schien aber ahnungs- und ratlos zu sein«, antwortete Leda.

»Wie lautet Ihre These?«

»Romapa hat sich ungefähr aller Wirtschaftsvergehen schuldig gemacht, die möglich sind: Bestechung, Betrug, Verdacht auf Konkursverschleppung«, sagte Civile, und Leda fügte hinzu: »Was den Mord betrifft, gibt es nichts Neues.«

»Ihr Ziel?«

»Finanzchef Ruini und das Oberhaupt der Familie Meraviglia festnehmen und den gesamten Laden durchsuchen. Dazu brauchen wir aber mindestens zwanzig Kollegen und Computerspezialisten«, meinte Civile.

»Kriegen Sie. Wir lassen die Kollegen aus Mailand einfliegen. Die sind in Wirtschaftssachen die besten im Land. Wir müssen uns wahnsinnig beeilen. Weiß Romapa und wie sie da alle heißen von der Anzeige?«

»Morea behauptet, nein. Er jedenfalls habe niemanden informiert. Konnte er eigentlich auch nicht. Denn wir sind mit der Anzeige zu ihm und haben ihn sofort festgenommen. Von da an hat er jedenfalls nicht mehr telefoniert. Wie vermuten aber, daß er sich schon lange eine Strategie zurechtgelegt hat. Denn er plaudert wie ein Buch, ohne nach dem

Anwalt zu fragen und obwohl wir ihm das angeboten haben. Unser Fazit: Es gibt bereits eine Schuldaufteilung zwischen den Beteiligten. Hauptschuldiger: Denaro, dann Ruini und Meraviglia und das kleinste Rad ist Morea.«

»Civile, ich bitte Sie. Ruini und Meraviglia würden sich das niemals anhängen lassen. Die haben mehr Einfluß als der Staatspräsident.«

»Und wenn der gesamte Konzern pleite ist, und die wissen das genau?« fragte Civile.

Libero starrte ihn an.

»Der gesamte Konzern? Wie kommen Sie darauf? Das wären Milliarden und Abermilliarden!«

»Genau. Das wäre eine Katastrophe. Aber wir haben in den letzten Jahren gesehen, daß es sie gibt. Überall, auch bei uns. Die Aussage Moreas läßt diese Überlegung zu, denn er hat nicht nur einmal solche falschen Bescheinigungen verfaßt.«

Libero stöhnte auf, sprang vom Schreibtisch und lief wie ein Tiger durch Civiles Büro.

»Lassen Sie Morea wieder in den Verhörraum bringen. Ich will ihn sprechen. Dio in cielo, das darf nicht wahr sein! Dann gibt es einen weltweiten Börsensturz. Die sind doch auch in Lateinamerika groß im Geschäft«, stieß Libero aus, griff zum Hörer und ließ sich mit dem Büro von Innenminister Leoncavallo verbinden. Civile verschwand, um Morea zu holen.

Libero erfuhr, daß der Minister sich im Osterurlaub befinde. Man wollte sich aber bemühen, schnellstmöglich eine Verbindung herzustellen.

Sein nächster Anruf galt dem Kollegen in Mailand, mit dem er offensichtlich gut befreundet war. Er bat um die Zusammenstellung einer Spezialistentruppe, die – vorbehaltlich der ministeriellen Zustimmung zur Aktion, die aber hoffentlich bald erteilt werde – sofort anreisen konnte.

Libero handelte systematisch und entschlossen. Wieder einmal wurde er seinem Ruf gerecht, und Leda war froh, ihn und keinen anderen zum Chef der römischen Polizei zu haben.

»So, jetzt müssen wir auf den Minister warten. In der Zwischenzeit unterhalten wir uns noch mal mit Morea«, meinte er und war schon unterwegs zum Verhörraum, als das Telefon in Civiles Büro klingelte. Libero drehte auf dem Absatz um, und Leda hörte, wie er Leoncavallo kurz und schnörkellos das Problem schilderte.

»Richtig, Herr Minister, wir begeben uns auf ein Minenfeld, auf dem jede Explosion tödlich ist … Nein, wir wissen nicht, ob der Gesamtkonzern in Gefahr ist, und wir haben keine endgültigen Beweise, ob die Signori Meraviglia und Ruini vorsätzlich oder fahrlässig gehandelt haben … Soweit ich weiß, gehören hunderte von Firmen zum Konzern … Ja, Unterdeckung vier Milliarden Euro … Ja, ich habe meinen Freund und Kollegen in Mailand unter Vorbehalt Ihrer Zustimmung schon um Amtshilfe gebeten, und er hat sie uns zugesagt … Nein, wir wissen nicht, inwiefern der Mordfall Denaro mit alledem zusammenhängt … Ja, natürlich werde ich Signora Giallo grüßen … Leider habe ich auch Aktien von Romapa, Pech … Danke für Ihr Vertrauen.«

Das Gespräch war beendet, und schon hörte Leda ihn auf der Telefontastatur herumtippen und wenig später mit seinem Kollegen in Mailand die Details klären.

Dann erschien er im Flur, sah Leda dort warten und kam auf sie zugelaufen.

»Erstens: ein Gruß vom Minister an Sie. Irgendwann erzählen Sie mir mal, woher Sie ihn so gut kennen. Zweitens machen Sie mir bitte einen Antrag auf Haftbefehle für die Romapa-Führungsriege und einen für die Durchsuchung der Geschäfts- und Privaträume fertig. Wir dürfen keine Zeit verlieren, sonst verschwinden vielleicht Unterlagen. Hilfe ist in drei Stunden aus Mailand da. Hoffentlich genug. Es ist schwer, Könige zu stürzen. Das müssen wir schon richtig und gründlich machen. Bis später!«

Leda war platt. Der Mann war gutgelaunt, die drohende Katastrophe schien ihm zu gefallen oder zumindest seinen Adrenalinspiegel so zu heben, daß er sich wie ein Fisch im Wasser fühlte.

Just in diesem Moment knurrte Ledas Magen erbarmungslos. In ihrer Schreibtischschublade fand sie eine Packung Kekse mit Schokoladenfüllung, die vorläufig reichen mußten. Sie machte sich daran, die gewünschten Anträge zu formulieren und anschließend an die zuständige Abteilung der Staatsanwaltschaft weiterzureichen. Die diensthabende Staatsanwältin riß Mund und Augen auf, als sie die Papiere las.

»Romapa in Konkurs? Das ist ungeheuerlich, wir haben doch alle Aktien von denen. Haben die schon Gewinnwarnungen rausgegeben?«

»Nein. Sie wissen hoffentlich noch nichts von der Anzeige gegen Morea und lassen wahrscheinlich alles einfach laufen wie bisher. Deshalb wollen wir jetzt so schnell wie möglich zuschlagen, um Schlimmeres zu verhindern«, erklärte Leda.

»Gut. Ich gebe Ihnen Bescheid, sobald ich mit der Prüfung der Anträge fertig bin. Das kann dauern. In diesem Fall muß wirklich alles niet- und nagelfest sein. Dio mio, einen Meraviglia oder Ruini in Untersuchungshaft oder auf die Anklagebank zu bringen bedeutet im Leben eines Staatsanwaltes schon etwas. Ehrlich gesagt, habe ich schon etwas Herzklopfen.«

Leda ging es kein bißchen anders, wobei nach wie vor offen war, ob der Mordfall Denaro überhaupt etwas mit diesem Wirtschaftskrimi zu tun hatte.

Auf dem Weg zurück ins Büro kamen ihr auf dem Flur Ugo, Tiziani und die anderen entgegen. Sie trugen das bei

LaBoule beschlagnahmte Material in einen Nebenraum, der für genau solche Untersuchungszwecke eingerichtet worden war.

»Und, habt Ihr etwas gefunden?« erkundigte sich Leda neugierig.

»Zahlen, Signora, irrsinnig viele Zahlen. Aber was sie bedeuten, weiß bisher nur der Himmel«, antwortete Ostellino schnaufend und fuhr fort: »Versteckte Dateien oder Hinweise auf Manipulationen waren jedenfalls für mich auf den ersten Anhieb nicht zu sehen.«

»Erst durch das Abgleichen des Zahlenmaterials lassen sich Pfuschereien, wenn es denn welche gibt, erkennen. Wir fangen gleich an«, sagte Tiziani. »Verhört Civile noch diesen Bankmenschen?«

»Ja, und der plaudert wie ein Buch. Denaro soll der kriminelle Oberkopf eines ganzen Betrugssystems bei Romapa gewesen sein. Ihm seien immer neue Kapitaltransfermöglichkeiten eingefallen. Also sucht gründlich.«

»Für die ganzen CD-ROMs brauchen wir Tage«, wandte Tiziani ein.

»Mailand schickt uns Unterstützung, die in ein paar Stunden da sein wird.«

»Bringen die genügend Laptops mit?«

Leda zuckte mit den Schultern, das war Civiles Angelegenheit. Dann nahm sie Ugo mit in ihr gemeinsames Büro.

»Federico Malerba, der neue Teamleiter, benahm sich merkwürdig. Nicht, daß ich den Eindruck hatte, er würde lügen. Aber er verschweigt etwas, was ihm sehr auf der Seele liegt. Ansonsten waren die bei LaBoule nachhaltig geschockt von unserer Aktion und haben keinerlei Anstalten gemacht, uns die Arbeit zu erschweren. Im Gegenteil, sehr kooperative Leute!«

»Wie sicher können wir sein, daß sie nicht längst alles Wichtige haben verschwinden lassen? Malerba scheint sich übrigens seit einiger Zeit anders zu verhalten als gewohnt. Das sagte mir die Sekretärin Grassi. Wir sollten ihn allein vorladen. Vielleicht löst sich dann seine Zunge«, meinte Leda.

»Ostellino sagte, er würde erkennen, ob und wann Dateien gelöscht wurden. Auf dem Server war wohl diesbezüglich nichts Auffälliges. Er hat ihn übrigens auf Anweisung Tizianis vorläufig lahmgelegt, damit dort keine Veränderungen vorgenommen werden können. Sozusagen prophylaktisch.«

Leda rief Malerba umgehend an, und zwanzig Minuten später saß er vor ihrem Schreibtisch. Die Kommissarin betrachtete den zutiefst verunsicherten Mann, der vor Nervosität noch immer zitterte und mit den Knien wippte. Angstvoll starrte er sie an. Leda drückte auf den Aufnahmeknopf des Aufzeichnungsgerätes und begann seine Befragung:

»Signor Malerba. Commissario Libotti und ich haben übereinstimmend den Eindruck, daß Sie etwas bedrückt, was mit der Ermordung Denaros zusammenhängt. Deshalb haben wir Sie nochmals kommen lassen. Außerdem hat einer Ihrer Kollegen ausgesagt, daß Sie sich seit dem Tod Denaros merkwürdig verhalten und vieles verändern, was der Tote erfolgreich eingeführt hat. Darüber sei es sogar zum Streit mit dem Kunden gekommen. Nur zu Ihrer Aufklärung: Ein weiterer Zeuge beschuldigt Denaro des Betruges und der Bestechlichkeit. Er habe gegen besseres Wissen getürkte Konzernbilanzen testiert. Was sagen Sie dazu?«

Malerba senkte den Kopf und nickte kaum merkbar.

»Das stimmt. Die hatten ihn in der Hand. Sie haben ihm gedroht, und er tat, was sie wollten. Ich habe ihm immer wieder gesagt, er soll damit aufhören, doch er konnte nicht.«

»Womit wurde ihm gedroht?«

Malerba hob den Kopf. Ihm liefen Tränen übers Gesicht.

»Sie wollten auffliegen lassen, daß er homosexuell war«, stotterte er.

»Und was ist daran so schlimm?« fragte Leda.

»Seine Kinder. Er wollte seine Kinder schützen. Stellen Sie sich die Blamage für sie vor. Sie dachten doch, sie hätten einen ganz normalen Papa.«

»Aber das ist doch in der heutigen Zeit kein Grund, kriminell zu werden«, wandte Leda empört ein.

»Doch, Signora, das ist es, wenn Sie zusätzlich noch einen komplizierten familiären Hintergrund haben. Er hat jahrelang eine Selbsthilfegruppe für schwule Väter besucht und erfahren, wie sehr die Kinder darunter zu leiden haben.«

»Hat Denaro Ihnen das gesagt?«

Malerba nickte. Das wunderte Leda, denn Denaro galt doch offenbar als sehr verschlossen. Wie sie ihn so anschaute, fiel es ihr plötzlich wie Schuppen von den Augen: Federico Malerba mußte Freddy sein, der langjährige, eifersüchtige Exfreund, der den Toten laut Horstmann nach der Trennung verfolgt und tyrannisiert hatte. Darauf hätte sie auch früher kommen können.

»Sie sind Freddy, nicht wahr, Denaros früherer Freund?«

Malerba nickte.

»Haben Sie ihn getötet oder töten lassen?«

Nun rastete Malerba aus. Er sprang von seinem Stuhl auf, so daß dieser krachend auf den Steinboden fiel.

»Sie sind verrückt geworden, total verrückt! Warum sollte ich ihn umbringen, einen Menschen, den ich so sehr geliebt habe?«

»Weil Sie die Trennung nicht akzeptieren konnten.«

»Aber deshalb habe ich ihn doch nicht umgebracht! Ich hatte und habe ein Riesenproblem mit der Trennung. Wir waren sieben Jahre zusammen. Das ist viel Zeit. Da kann man sich nicht so einfach trennen. Es tat mir wahnsinnig weh. So sehr, daß ich ihn erpreßt und verfolgt habe, weil ich nicht ertrug, daß er sich einem anderen zuwandte. Ich war wie von Sinnen, habe aber nur erreicht, daß er sich noch weiter von mir entfernte. Jetzt bin ich endgültig einsam, denn er ist tot.«

Malerba brach in Tränen aus. Er schluchzte und suchte nach einem Taschentuch, fand jedoch keines. Leda zog eines aus der Schreibtischschublade. Theatralisch wischte er sich die Tränen von den Wangen und sank seufzend auf den Stuhl zurück.

»Womit haben Sie ihn erpreßt?«

»Ich wußte, daß er die Bilanzen fälschte, und habe von ihm verlangt, daß er damit aufhörte. Irgendwann kommt so etwas heraus und dann ist es aus mit dem Job als Prüfer, für immer und ewig. Ich habe gedroht, ihn auffliegen zu lassen.«

»Wie lange ging das mit der Buchfälscherei?«

»Lange.«

»In Jahren?«

»Mindestens fünf.«

»Sicher?«

»Ganz sicher.«

»Würden Sie das vor Gericht bezeugen?«

»Um selbst in den Verdacht zu geraten und bei keiner Prüfungsgesellschaft mehr Arbeit zu bekommen? Nein.«

»Wußte bei LaBoule oder Romapa jemand von Ihrem Verhältnis?«

»Ich glaube, nicht.«

»Und wenn doch, beispielsweise bei Romapa? Sie sagen doch selbst, daß er dort erpreßt wurde wegen seiner Homosexualität. Dann ist im Zweifel auch der langjährige Partner bekannt.«

»Vielleicht.«

Malerba zuckte mit den Schultern, und Leda begann, ungeduldig zu werden.

»Gehen wir davon aus, daß sie es wußten und ausnutzten, dann liegt es doch wohl auf der Hand, daß es zur Sprache kommen wird. Mit der Folge, daß Sie selbst in den Verdacht der Mittäterschaft geraten. Haben Sie sich das noch nicht überlegt? Ich halte es unter diesen Umständen für besser, daß Sie uns in der Sache weiterhelfen, statt zu blocken. Also noch einmal die Frage: Würden Sie Ihre Kenntnisse über die Bilanzfälschungen vor Gericht bezeugen?«

Malerba schaute Leda wütend an.

»Was soll das bringen? Die Bilanzfälschung selbst fällt nicht wirklich ins Gewicht.«

»Aber eventuell geht es um viel mehr, und da kann Ihre Aussage sehr wichtig sein. Also?«

»Der Konkurs von Pastour beispielsweise? Jeder weiß, wie strohdumm die Geschäftsführerin Stefania Meraviglia ist und daß sie ganz sicher keine Bilanz lesen kann. Pastour wurde nur für ihren Zeitvertreib gegründet, mit Papas Geld. Ob bei einer Pleite ein paar hundert Millionen Euro vom Konzernvermögen abgehen oder nicht, ob ein paar hundert Leute ihre Arbeit verlieren oder nicht, interessiert die gar nicht. Daß es da drunter und drüber gegangen ist, kann jeder bestätigen. Dazu brauchen Sie mich nicht.«

»Können Sie uns denn Genaueres über die Beziehung Denaros zu den Romapa-Chefs sagen? Wie oft und wie intensiv war ihr Kontakt?«

»Was in den letzten Monaten gelaufen ist, weiß ich überhaupt nicht. Selbst im Büro hat er kaum noch mit mir gesprochen. Schon vorher hielt er sich immer sehr bedeckt. Roberto war ein Mensch, der sowieso nie mehr als unbedingt notwendig redete.«

»Wie können Sie dann so sicher sein, daß er erpreßt wurde?«

»Das gestand er mir mal vor Jahren, als er kurz vor einem Nervenzusammenbruch stand. Er behauptete zwar, es handelte sich nur um kleine kosmetische Korrekturen, die er da machte. Aber ich spürte, daß es mehr war, viel mehr. Als ich ihn darauf ansprach, wurde er fuchsteufelswild.«

»Und für die Fachleute bei Ihnen waren Manipulationen nicht erkennbar?«

»Nein, ich bin persönlich alles durchgegangen und habe nichts gefunden. Das heißt, sie müssen schon bei Romapa gefälscht worden sein.«

»Und um jedes Risiko auszuschließen, ändern Sie gerade alle Arbeitsabläufe – teilweise zur Verärgerung von Romapa?«

Malerba schaute Leda erstaunt an.

»Sie sind gut informiert. Ja, das ist der Grund.«

»Glauben Sie, daß Denaro die Wahrheit über den finanziellen Zustand von Pastour kannte?«

Malerba zuckte mit den Achseln.

»Halten Sie Romapa für einen wirtschaftlich gesunden Konzern?«

»Bis auf die genannten Peanuts, ja.«

»Peanuts nennen sie den Konkurs von Pastour?«

»Im Verhältnis zum Gesamtumsatz des Konzerns, ja.«

Leda biß auf Granit. Entweder war ihm wirklich nur die Pleite von Pastour, nicht aber der große Betrug der NBoA bekannt, oder er tat so, als ob. Jedenfalls ließ er sich nicht mit hineinziehen.

Ugo hatte bis hierher schweigend zugehört. Nun schaltete er sich ein, schien aber diesem letzten Versuch, Licht ins Dunkel der Mordermittlung zu bringen, keine wirkliche Chance zu geben. Leda sah es seinem bornierten Gesichtsausdruck an, den er immer dann an den Tag legte, wenn er eine Situation für verfahren hielt.

»Und wenn es umgekehrt war und Denaro Sie unter Druck setzte, indem er Ihre Mitwisserschaft auszuplaudern drohte, wenn Sie ihn weiterhin belästigten? Das wäre ebenfalls ein passendes Mordmotiv. Außerdem: Sie haben seine Stelle im Team bekommen. Für Kriminalisten ein Umstand, der bei der Suche nach einem Mordmotiv zumindest aufhorchen läßt.«

Malerba verschlugen diese Argumente die Sprache. Er schaute von Ugo zu Leda, als hätte sie in den letzten Minuten der Verstand verlassen. Die Gedanken ratterten in seinem Kopf sichtbar hin und her. Dann erst faßte er sich und sagte ruhig: »Signore, beweisen Sie es, dann können wir erneut darüber sprechen.«

Das war sein vorläufig letzter Satz zu diesem Thema, und Leda wußte, sie würden ihm keinen weiteren entlocken. Es war ihr auch egal, denn Denaros Mörder sah für sie anders aus: entschlossener, wütender, noch viel verletzter. Bei Malerba reichte es zu gar nichts, und sie ließen ihn gehen.

»Der nimmt uns auf den Arm«, kommentierte Ugo das Verhör.

»Hältst du ihn für Denaros Mörder?«

»Ich weiß nicht, aber die Tricksereien muß er doch erkannt haben, als Experte«, meinte Ugo.

In diesem Moment klopfte es an der Tür, und ein Bote kam herein. Er drückte Ugo einen Briefumschlag in die Hand.

»Von Dottoressa Maresca. Falls Sie noch Fragen haben, sollen Sie sie anrufen.«

»Was ist das?« fragte der ahnungslose Ugo.

»Die Haft- und Durchsuchungsbefehle für Romapa«, klärte Leda ihn auf und überflog die Papiere. Staatsanwältin Maresca hatte den Anträgen stattgegeben. Leda eilte mit den Unterlagen in den Verhörraum, wo Alberto Libero und Lorenzo Civile für eine Unterbrechung der Vernehmung Moreas offensichtlich dankbar waren.

»Wenn alles stimmt, was Morea sagt, haben wir es mit dem größten Wirtschaftsskandal der italienischen Geschichte zu tun«, schnaufte der Polizeipräsident, las die Dokumente durch, reichte sie Civile weiter und sagte: »Müssen wir das nicht der Börse mitteilen? Wegen der Aktien?«

»Das soll der Romapa-Justitiar tun. Er ist gesetzlich verpflichtet, eine Gewinnwarnung herauszugeben, um die Anleger zu informieren.«

»Dann sollten wir sofort los zu Romapa. Ist die Gruppe von der Wirtschaftsprüfungsgesellschaft zurück?«

Leda nickte: »Ja, sie sortieren gerade das beschlagnahmte Material.«

»Aufhören. Sie sollen sich für den nächsten Einsatz fertig machen. Aus Mailand kommen sechs weitere Leute, die besten, wie mir mein Freund und Kollege bestätigte. Sie werden in einer Stunde in Rom sein.«

Aus der Hosentasche kramte er einen Zettel mit mehreren Namen und Telefonnummern und gab ihn Ugo.

»Abschreiben und mir wiedergeben. Das sind die Mailänder. Informieren Sie sie, wo sie hinkommen sollen.«

»Was passiert mit Morea? Weiter Haft?« fragte Civile.

»Hausarrest reicht. Aber Achtung, er könnte auch in Gefahr sein«, antwortete Libero und fuhr fort: »In zehn Minuten Einsatzbesprechung in meinem Büro. Alle.«

X Während der Einsatzbesprechung bei Libero kamen sie zu dem Ergebnis, daß die wirtschaftlichen Aspekte bei der Durchsuchung klar im Vordergrund standen und die Aufklärung des Mordes sich, wenn überhaupt, als Ergebnis aus der Aktion ableiten würde. Sechzehn Beamte, die eilig zusammengetrommelt worden waren, lauschten den Ausführungen von Polizeipräsident Alberto Libero und Lorenzo Civile. Gemeinsam gingen sie die Aussagen Moreas noch einmal für die Kollegen durch. Diese ließen nach Meinung der beiden Männer keinen anderen Schluß zu als den einer großangelegten, sehr raffinierten Schönung der tatsächlich ruinösen Finanzsituation des Konzerns.

Civile beeindruckte die Kollegen mit einem kurzen Vortrag über den Dominoeffekt, den ein fauler Unternehmensteil auf eine gesamte Konzernstruktur haben konnte. Deshalb sei es vor allem wichtig, sich blitzschnell einen Überblick über das Firmengeflecht und dessen Kapitalströme zu verschaffen. Seine Sorge hinsichtlich einer Gesamtpleite nährte sich aus drei gleichzeitig aufgetretenen Fakten: dem Pastour-Konkurs, dem ungedeckten Vier-Milliarden-Konto und dem Geständnis Moreas, mehr als einmal falsche Kontenbestätigungen unterschrieben zu haben. Leda fügte eine vierte Komponente hinzu: die Aussage Malerbas, dem Denaro selbst Bilanzfälschungen gestanden haben wollte.

Tiziani hatte das Konzernorganigramm in Denaros Schublade bei LaBoule gefunden. Verwirrt schauten die Kollegen auf die Leinwand, auf die der Beamer eine handgezeichnete Skizze mit einem schier unüberschaubaren Netz von Firmen und deren Verflechtungen projizierte.

»Sie sehen hier nur einen Teil der Skizze Denaros, weil

nicht alles auf die Leinwand paßt. Auffällig ist vor allem, daß es in den vergangenen drei Jahren besonders viele Firmenneugründungen gegeben hat. Solche Gründungen werden oft dann erwogen oder realisiert, wenn Geld in Sicherheit gebracht werden muß, beispielsweise wegen drohender Konkurse«, erläutere Civile seinem Publikum, das, soweit es nicht aus seiner eigenen Abteilung stammte, den Ausführungen nur mit Mühe folgte.

»Ich nehme angesichts der Führungsstruktur an«, fuhr er fort, »daß die allermeisten Daten und Unterlagen in den Räumen der Finanzholding Pafina und im zentralen Verwaltungsgebäude von Romapa in der Via Cristofero Colombo Ecke Via Guarnieri zu finden sind.

Wenn wir gleich hineingehen, teilen wir uns in Gruppen auf. Jede Gruppe nimmt sich eine Etage vor. Ostellino und seine Leute müssen an die Server ran, um das Verschwinden von Daten und Dateien zu verhindern. Die Damen und Herren der Einsatzbereitschaft werden instruiert, den Mitarbeitern das Verlassen des Gebäudes zu untersagen.

Wir müssen unterbinden, daß während unserer Anwesenheit telefoniert und die Telefonzentrale kontrolliert wird. Niemand darf Computer bedienen oder seinen Arbeitsplatz verlassen. Gäste oder Geschäftspartner des Hauses können nach Angabe ihrer Personalien das Haus verlassen. Es werden keine, ich wiederhole gar keine Angaben über Gründe der Durchsuchung gemacht. Wir müssen mit Vertretern der Presse rechnen. Für sie gilt das gleiche. Keine Angaben zu gar nichts. Sie sind auf eine für achtzehn Uhr vorgesehene Pressekonferenz zu verweisen.«

Aufmerksam hörten alle zu. Leichte Nervosität lag in der Luft. So, wie sie vor größeren Einsätzen immer zu spüren war, eine Mischung aus Aufregung und Spannung. Leda schaute Ostellino an. Dem jungen Mann, der aussah wie ein schrulliger Hippie mit langen Haaren, Turnschuhen und weiten Hosen, die wundersamerweise nicht vom Hintern rutschten, hatten sich tiefe Sorgenfalten ins Gesicht gegraben. Plötzlich ertönte seine dunkle Baßstimme:

»Und was, wenn dieser Morea nur Scheiße erzählt hat? Dann stehen wir dumm da, finden gar nichts, blamieren uns bis auf die Knochen, weil unseretwegen die Aktien von Romapa abstürzen.«

Auf diesen Einwand hatte Libero offensichtlich gewartet. Er schaute Ostellino mit ernstem Gesicht an.

»Wir sehen das Problem, Signor Ostellino. Ich habe deshalb eben nochmals mit Innenminister Leoncavallo telefoniert und mir seine Rückendeckung geholt. Er ist – genau wie Lorenzo Civile und ich – der Meinung, daß wir trotz des Restrisikos handeln müssen. Zögern wir und es stellt sich später raus, daß die Kapitaldecke des Konzerns längst nicht so gut ist wie die aktuelle Bewertung durch die Börse, steigen die Verluste für die Anleger im Zweifel noch stärker und wir werden mit dem Vorwurf konfrontiert, sie vergrößert zu haben. Sollten sich Moreas und Malerbas Aussagen aber als zutreffend erweisen, dann haben wir das einzig Richtige getan. Und ich sehe im Moment keinen anderen Weg.«

Leda blieb mit Ugo im Präsidium, um den Einsatz bei Romapa zu koordinieren. Sie rechnete sich aus, daß die ersten Anfragen aus der Romapa-Zentrale in frühestens einer halben Stunde zu erwarten waren, und nutzte die Gelegenheit, sich aus der Kantine noch rasch eine Portion Tagliatelle mit Steinpilzsoße bringen zu lassen. Ihr Magen protestierte nachhaltig gegen jeden weiteren Aufschub der Nahrungsaufnahme. Sie hatte ihn längst über Gebühr mit Enthaltsamkeit geplagt, was er ihr laut knurrend verübelte. Ugo packte wie immer seine Tramezzini aus. Leda schaute ihm dabei zu und überlegte, wer sie ihm jetzt wohl schmierte: Elena, seine Zukünftige, mit der er seit dem vergangenen Wochenende zusammenlebte, oder noch immer seine Mutter, die in der Wohnung gleich nebenan ihren Altersitz bezogen hatte? Er hatte die Verpflegung seiner Mutter immer über alle Maße geliebt und geschätzt.

»Wer bereitet dir jetzt deine Brote zu?« fragte Leda ihren Mitarbeiter. Ugo schaute sie verblüfft an. Dann lachte er laut los.

»Meine Mutter, wie immer. Elena bekommt auch ihr tägliches Versorgungspaket. Das hat Mutter sich ausbedungen, und wir sind ihr dafür dankbar. Irgendeine Aufgabe muß der alten Dame ja noch bleiben. Worüber Sie sich aber auch Gedanken machen!«

Sie hatten kaum aufgegessen, als eine Welle von Telefonaten über sie hineinbrach.

Sie lotsten telefonisch die am Flughafen eingetroffenen Mailänder Kollegen zur Romapa-Zentrale, besorgten auf Liberos Geheiß hin die Genehmigung für die Telefonüberwachung sämtlicher Romapa-Firmenleitungen, forderten von der Telefongesellschaft die Ausdrucke aller Verbindungen aus und von der Verwaltungszentrale in den vergangenen zwei Monaten und organisierten mehrere Räume mit Computerarbeitsplätzen im Präsidium.

»Wir sind gerade noch rechtzeitig gekommen«, schrie Civile ins Telefon. »Die waren gerade dabei, Unterlagen zu vernichten. Die Schredder von Pafina sind randvoll, die Müllsäcke auch. Wir haben wohl ins Schwarze getroffen. Scheiße, meine Aktien!«

»Was ist mit der Gewinnwarnung?«

»Ist schon raus. Der Justitiar jammert wie ein kleines Kind und zittert am ganzen Leib. Aber er muß die Finger mit drin haben. Hör mal Radio, was da gemeldet wird. Und wimmel die Presse ab.«

»Was ist mit der Pressekonferenz um sechs?«

»Keine Ahnung, ob das hinhaut. Frag Libero.«

Leda schaute auf die Uhr. Fünf vor vier. Gleich kamen die Nachrichten. Im Radio schallte ihr die erregte Stimme eines Sprechers entgegen. Den Anfang der Meldung hatte sie verpaßt, doch das, was sie hörte, entsprach ihrer Erwartung:

»... noch ungeklärt. Die Pressestelle von Romapa konnte oder wollte keine Angaben zu dieser Nachricht machen. Wir wissen derzeit also nicht, wie ernst sie zu nehmen ist. Besorgnis erregt sie deshalb, weil die Gewinnwarnung außerhalb der monatlichen Routinemeldung abgegeben wurde. Hinzu kommt, daß sich seit geraumer Zeit bei einigen Analysten hartnäckige Gerüchte um die kritische finanzielle Situation des Konzerns halten, wonach dieser sich durch den Zukauf mehrerer internationaler Firmen übernommen haben soll. Dreimal mußte Finanzchef Callisto Ruini in den vergangenen zwei Monaten vor die Presse treten, um die ›Miesmacher‹, wie er sie nannte, zu rügen. Er beschuldigte sie, sich von der in- und ausländischen Konkurrenz zu Lasten von Romapa vor den Karren spannen zu lassen. Sogar Wirtschaftsminister Girandolo sprang ein, um Ruini Schützenhilfe zu geben. Kann es sein, daß wir alle in die Irre geführt wurden? Zwei unserer Reporter sind unterwegs, um vor Ort die Wahrheit zu erkunden. Wir werden Sie auf dem laufenden halten.«

In seine letzten Worten tönte bereits das Nachrichtenjingle hinein.

»Es ist siebzehn Uhr. Buona sera. Die Nachrichten. Der Hurrikan Verona hat nach Angaben Washingtons bisher mehr als tausend Menschenopfer gefordert ...« Weiter ging es mit Meldungen aus dem In- und Ausland. Dann endlich:

»Die römische Verwaltungszentrale des Romapa-Konzerns hat heute nachmittag überraschend eine Gewinnwarnung herausgegeben. Als Begründung wurde ganz allgemein eine drastische Verschlechterung der Kapitaldecke genannt. Da die Polizei seit etwa eineinhalb Stunden die Räumlichkeiten des Konzerns mit Dutzenden von Beamten durchsucht, muß eine strafbare Handlung zugrundeliegen. Monica Talenti, Sie stehen vor dem Haupteingang in der Via Cristoforo Colombo. Was können Sie uns sagen?«

»Nichts Konkretes. Alle Türen sind dicht. Weder von der Unternehmensführung noch von der Pressestelle läßt sich jemand blicken, um eine Erklärung abzugeben. Neben mir steht Alvaro Riva. Er sollte ein Faxgerät reparieren und wurde fortgeschickt. Signor Riva, erzählen Sie unseren Zuhörern: Was ist da drin los?«

»Plötzlich ist überall Polizei aufgetaucht auf und hat jeden gefragt, ob er Mitarbeiter von Paci, Pafina oder Romapa ist. Ich habe nein gesagt, und da haben sie meine Personalien aufgenommen und mich weggeschickt. Was sie da wollen, weiß ich nicht. Jedenfalls durfte niemand mehr telefonieren oder auch nur ein Blatt Papier anrühren. Dann gab es ein Riesengeschrei, weil eine Frau versuchte, Unterlagen in den Schredder zu stecken. Sie haben sie mit Gewalt daran gehindert.«

»Was heißt mit Gewalt?«

»Sie haben ihr die restlichen Papiere aus der Hand gerissen und sie angebrüllt, ob sie sie nicht verstanden hätte. Dann hat die Frau geweint.«

»Welcher Vorwurf wird Romapa beziehungsweise Pafina denn gemacht?«

»Keine Ahnung. Das weiß wohl niemand so genau.«

Weitere Versuche der Journalistin, mehr über den Grund des Polizeieinsatzes von Signor Riva zu erfahren, verliefen im Sand.

In diesem Moment klingelte Ledas Telefon. Es war Libero:

»Signora Giallo. Bitte besorgen Sie mir noch Haft- und Durchsuchungsbefehle für Fausto Meraviglia und Callisto Ruini und ihre jeweiligen Privatwohnungen. Schnell. Die versuchen offensichtlich, sich abzusetzen. Informieren Sie auch den Flughafen Ciampino, daß Meraviglias Flieger keine Starterlaubnis erhält.«

»Va bene. Was ist mit der Pressekonferenz um sechs?«

»Übernehmen Sie die. Aber lassen Sie nichts raus. Keine Details, keine Angabe von Gründen.«

»Das wird nicht klappen. Im Radio wird bereits von einer strafbaren Handlung gesprochen. Und gerade hat ein Techniker, der rausdurfte, berichtet, daß die Polizei mit ziemlich rabiaten Methoden versucht, Mitarbeiter an der weiteren Vernichtung von Unterlagen zu hindern. Die Journalisten werden uns löchern. Ich schlage vor, daß wir den Konkurs von Pastour in den Vordergrund stellen und aufgrund von Zeugenaussagen eine Konkursverschleppung vermuten, weshalb wir in der Konzernzentrale nach Beweismaterial suchen.«

»Wunderbar. Machen Sie das so. Kein Wort von dem ganz großen Desaster«, sagte Libero.

»Haben Sie denn dafür Hinweise gefunden?«

»Ja, massenhaft. Die haben hier im großen Stil versucht, Unterlagen zu vernichten. Angeblich auf Anweisung der beiden Bosse. Die müssen von irgendwoher einen Tip bekommen haben, daß die NBoA in Aktion getreten ist.«

»Und wenn die Presse auch schon etwas weiß und danach fragt?«

»Dann blocken Sie aus angeblich ermittlungstechnischen Gründen ab. Keine Infos gehen raus. Civile und ich fahren jetzt zu den Häusern von Meraviglia und Ruini und nehmen dort alles auseinander. Drücken Sie uns die Daumen, daß die feinen Signori sich nicht bereits abgesetzt haben.«

Als um Punkt achtzehn Uhr der Saal von Medienvertretern, Kameras und Mikrofonen überquoll und der Polizeipressesprecher, Bruno Lerner, das Wort ergriff, wußte nur Leda, daß im gleichen Moment zwei zivile Polizeifahrzeuge auf dem Weg ins Präsidium waren, in denen Fausto Meraviglia, der Eigentümer des Nudelimperiums Romapa, und sein Finanzchef, Callisto Ruini, saßen. Festgenommen wegen verschiedenster Straftaten, die alle im Zusammenhang mit dem Untergang der drittgrößten italienischen Unternehmens-, Finanz- und Investmentgruppe standen. Libero hatte ihr am Telefon gesagt, daß beide fliehen wollten, dann aber über das Auftauchen der Polizei erleichtert schienen und sogar bereit waren, umfänglich auszusagen, aber nachdrücklich bestritten, mit dem Mord an Denaro etwas zu tun zu haben.

Wie verabredet bezog sich Leda in ihrem Statement ausschließlich auf den Fall Pastour. Fleißig wurde mitgeschrieben und aufgezeichnet. Noch bevor es in die Fragerunde für die Journalisten ging, trat Libero selbst in den Raum. Sofort überließ Leda ihm das Wort, woraufhin er mit wenigen Sätzen erklärte, daß nach Aussagen Meraviglias und Ruinis der gesamte Konzern zahlungsunfähig sei. Es müsse ein Insolvenzverwalter eingesetzt werden. Beide hätten sich strafbar gemacht, seien aber bereit, mit der Polizei zu kooperieren, um möglichst viel Schaden von den Aktionären abzuhalten. Sämtliche Unternehmenszweige seien betroffen, auch die ausländischen. Während er sprach und noch etwa fünf Sekunden nachdem er geendet hatte, herrschte entsetztes Schweigen im Raum. Es war Paolo, der als erster die Sprache wiederfand.

»So schnell kann kein ganzer Konzern zusammenbrechen. Dafür muß es doch vorher Anzeichen gegeben haben.«

»Die gab es durchaus. Aber sie wurden jahrelang meisterhaft vertuscht. Offensichtlich wollte niemand die Wahrheit sehen. Es wird sicherlich noch viele Fragen an die staatlichen und privaten Prüfungs- und Überwachungsinstitutionen geben.«

»Und wie ist ausgerechnet die Polizei dahintergekommen?« fragte Paolo weiter.

Leda sah, daß sich tiefe Falten in seine Stirn gegraben hatten, ein sicheres Anzeichen dafür, daß er, der bekanntermaßen gründliche und hartnäckige Polizeireporter, dem, was er da hörte, keinen rechten Glauben schenkte, aber auch nicht bereit war, sich mit oberflächlichen Erklärungen zufrieden zu geben.

»Durch eine Zeugenaussage«, antwortete Libero.

»Die im Zusammenhang mit dem Mordfall Denaro steht?«

»Nein, aufgrund einer Anzeige, die völlig unabhängig von diesem Fall bei uns eingegangen ist.«

»Sehen Sie eine Verbindung zwischen beiden Fällen?«

»Im Moment nicht. Wir können sie aber auch nicht ausschließen.«

»Wie groß ist das Kapitalloch bei Romapa?« insistierte Paolo.

»Bisher haben wir konkrete Hinweise auf eine Unterdekkung von mindestens vier Milliarden Euro. Angesichts der Größenordnung des Konzerns dürfte das aber nicht die endgültige Ziffer sein. Es steht zu befürchten, daß es sich um wesentlich mehr handelt. Unsere Spezialisten sind an der Arbeit. Wir werden Sie über alle Ergebnisse genau unterrichten.«

Nun erhob sich im Saal buchstäblich ein Tumult. Der Pressemeute war klargeworden, daß die Aktien und Einlagen in den von Romapa gespeisten Fonds wertlos werden könnten, von einem Moment auf den anderen. Ihre Altersvorsorge, ihre kleinen und größeren Geldanlagen waren gefährdet.

Warum die Polizei nicht früher reagiert habe? Ob der Polizeipräsident Libero selbst erst noch schnell seine eigenen Aktien verkauft habe, bevor es zum Crash gekommen sei? Die Vorwürfe gingen teilweise in einem Maß unter die Gürtellinie, daß Leda ihren Chef fragend anschaute, ob und wann er sich zur Wehr setzen würde. Er tat nichts dergleichen, sondern saß in seinen Urlaubsjeans zwar blaß, aber gefaßt hinter dem Mikrofon und beantwortete jede Frage so offen und ausführlich wie möglich.

Leda überlegte, wieso er wohl eine solche Kehrtwendung in der Kommunikationspolitik vorgenommen hatte. Statt aus »ermittlungstechnischen Gründen« zu schweigen, legte er die Karten auf den Tisch. Vermutlich weil angesichts des zu erwartenden Chaos in Italiens Wirtschafts- und Politleben nur die Flucht nach vorn vor unerwünschten Spekulationen und Verwirrungen schützte. Wahrscheinlich hatte er dieses Vorgehen mit Leoncavallo abgesprochen, um kommenden Anfeindungen durch bedingungslose Transparenz standhalten zu können.

»Wann haben Sie die Anzeige erhalten?« wollte ein anderer Journalist wissen.

»Vergangene Nacht. Wir haben mit Hilfe der Staatsanwaltschaft so schnell wie möglich reagiert«, antwortete Libero ruhig. »Mein Dank gilt auch den Kollegen aus Mailand, die bereits heute nachmittag zur Verstärkung eingetroffen sind. Sobald wir mehr wissen, werden wir Sie informieren. Vielen Dank für heute.«

Leda schaute auf ihre Uhr: halb acht. Im Handumdrehen war der Saal leer, weil jeder diese Sensationsmeldung in die nächste Nachrichtensendung oder noch vor Redaktionsschluß in seine Zeitung bringen wollte. Paolo gab Leda ein verstohlenes Handzeichen, daß er später essen gehen wollte. Sie zuckte mit den Achseln. Woher sollte sie wissen, was heute noch alles geschehen würde? Sie glaubte ein mitleidiges Lächeln auf seinem Gesicht zu erkennen.

»In einer halben Stunde wird Italien im Schockzustand sein«, bemerkte Libero seufzend. »Die armen Kleinaktionäre. Sie tun mir leid.«

Mit diesen Worten sprang der Polizeipräsident auf, um

weiter an den Verhören der beiden Bosse teilzunehmen. Leda hatte ein wenig Mühe, seinem raschen Schritt zu folgen. In den Räumen der Ermittlergruppe herrschte ein unbeschreibliches Tohuwabohu von Kisten, Akten, Computern, Kaffeebechern und Pizzaverpackungen.

»Ruini hat seinen Laptop sauber geputzt. Alles gelöscht. Aber ich krieg die Dateien wieder hoch«, rief Ostellino.

Und Tiziani, der vor einem Computer saß, winkte sie zu sich. Mit dem Finger tippte er aufgeregt auf den Bildschirm.

»Hier sehen Sie die Datei mit den Konten von Meraviglia. Der hat mehr Offshore-Konten als Hunde Flöhe. Ich wette, da liegt viel Geld für die Familie.«

»Was sind Offshore-Konten?« fragte Leda.

»Solche in Ländern, wo niemand danach fragt, woher das Geld kommt, warum es wohin geleitet oder abgeholt wird und wo auch keine oder kaum Steuern aufs Kapital gezahlt werden müssen. Da landen meistens die Schwarzgelder von Firmen und reichen Europäern«, erklärte Tiziani. »Man braucht dort nur eine Firma zu gründen oder den Firmensitz dorthin verlegen, und schon fließt das Geld beispielsweise auf die Cayman-Inseln, macht dort ein bißchen Urlaub, wandert dann an die vom Herrchen bestimmten Adressen und Adressaten. Das ist im Zweifel wieder irgendein eigenes Konto, wo auch immer in der Welt. Niemand kann die wunderbare Geldwanderung nachvollziehen, und so werden Riesenprofite gemacht, an jeder nationalen Steuer und Gesetzgebung vorbei.«

»Wieviel Geld hat er denn auf solchen Konten?« erkundigte sich Libero.

»Signor Presidente! Ich bin froh, daß wir überhaupt solche Konten gefunden haben. Wäre Meraviglia so schnell wie Ruini gewesen und hätte die Datei gelöscht, hätten wir gar keine Ahnung von ihrer Existenz. Jetzt jedenfalls noch nicht.

Wieviel da drauf ist oder war? Drücken Sie uns die Daumen, daß wir das jemals rausfinden.«

Tiziani war sichtlich nervös. Er fuhr das Bild weiter nach unten, und die Kontenliste wurde länger und länger.

»Porca miseria«, entfuhr es ihm. »Signor Presidente, wissen Sie, warum ich nach meinem Wirtschaftsstudium zur Polizei gegangen bin? Deshalb, genau deshalb, um solchen Leuten das Handwerk zu legen.«

»Verbeißen Sie sich nicht, Tiziani, sonst werden Sie noch betriebsblind und verfolgen eventuell falsche Fährten«, wandte Libero ein und klopfte ihm auf die Schulter. »Aber ich kann Sie schon verstehen. Danke für die Informationen. Rufen Sie mich, wenn Sie wichtige Neuigkeiten haben.«

Es herrschte allgemeine Aufregung. In Grüppchen standen die Kollegen in den Büros und auf den Fluren und redeten. Fragende Blicke trafen Leda und Libero. Doch die Zeit drängte, Geld war ein nicht zu haltendes Gut, wenn es flüchten wollte. Und genau das mußten sie verhindern.

Leda hatte Fausto Meraviglia schon häufig im Fernsehen und auf Fotos in Zeitungen und Zeitschriften gesehen. Er, seine Frau und seine drei Kinder waren prominente Leute, die niemals die Presse gemieden hatten. Der Typus Unternehmer mit Familie, der dem Volk zeigt, daß es möglich ist, aus dem Nichts in höchste Höhen emporzuklimmen und von dort aus für das Wohl des Volkes zu arbeiten. Ein sozial verantwortlicher Großkapitalist, der vielen Menschen einen Arbeitsplatz gab, Vorbild, Gutmensch und Ausbeuter in einem. Letzteres wurde ihm verziehen, denn mit dem Namen Meraviglia verband man Aktiengewinne auch für kleine Leute und vor allem die Siege der örtlichen Fußballmannschaft, die dank seines Geldes die besten Spieler weltweit kaufte. Er war ein Star, der Stars machte. Und sie ließen sich gemeinsam feiern. Panem et circenses, Brot und Spiele – dieses System hatten schon die Mächtigen im antiken Rom beherrscht. Die modernen Mächtigen standen ihnen darin nicht nach.

Meraviglia war etwas über sechzig Jahre alt, stammte aus kleinen Verhältnissen und war stolz auf seine Karriere. Man hatte es ihm angesehen, wo immer er auftrat: ein strahlender Sieger, mächtig und dabei menschlich, selbstbewußt und doch in Maßen bescheiden.

Wie er jetzt flennend auf seinem Stuhl im kahlen Verhörraum saß, konnte Leda kaum glauben, es mit einem der wichtigsten Männer Italiens zu tun zu haben. Zum Jammerlappen war er mutiert und jeder Stolz von ihm gewichen, der Fall hatte sein Rückgrat gebrochen. Vor dem Gesetz war er nicht mehr und nicht weniger als jeder andere Bürger, und er machte auch keinerlei Anstalten, mehr sein zu wollen. Meraviglia, den Leda für einen Kämpfer und Taktiker gehalten hatte, war nur noch ein verzweifelter, älterer Mann, der um den Verlust seines Imperiums trauerte.

Die Kommissarin war geneigt, ihm sein Bedauern über die Verluste seiner Aktionäre abzunehmen, weswegen er angeblich in Tränen stand. Doch je länger sie den gefallenen Helden betrachtete, um so suspekter wurde er ihr. Sie schaute Libero und Civile voller Respekt an, die zwar höflich und korrekt, aber außerordentlich hart mit ihm und seinen beiden Anwälten zur Sache gingen. Profis, dachte sie und war wieder einmal zufrieden, mit solchen Leuten zusammenarbeiten zu dürfen.

Die Atmosphäre im Verhörraum verdichtete sich in dem Maß, in dem Libero und Civile ins Detail gingen und Meraviglia gezwungen wurde, über Dinge zu reden, über die er schweigen wollte. Hin und wieder schalteten sich seine Anwälte ein, aber eher in Verfahrensfragen als in der Sache selbst. Insbesondere Civile bohrte aufgrund seiner Erfahrung mit anderen großen Wirtschaftsverbrechen erbarmungslos in den Wunden des Konzerns und damit seines

Eigentümers. Meraviglias Versuche, Ruini und vor allem Denaro als die Erfinder des ausgeklügelten Kapitalverschiebungssystems darzustellen, wischte Civile immer wieder mit dem Hinweis von Tisch, daß er, Meraviglia, die Hauptverantwortung getragen habe.

Es dauerte Stunden, bis Meraviglia erschöpft war und endlich über das redete, was die Polizisten interessierte: Ihm und seiner Familie sowie Ruini und dessen Familie gehörten Hunderte von Firmen, er kannte nicht einmal die genaue Zahl, zum Teil reine Briefkastenadressen im Ausland. Aus den italienischen Firmen wurde seit etwa zehn Jahren Kapital »ausgesondert«, wie er es nannte, und an die Firmen in Übersee geleitet. Von dort aus ging ein Großteil auf Umwegen auf die familieneigenen Konten, ebenfalls im Ausland, um von dort bei Bedarf über Geldwaschanlagen ungefährdet abgerufen werden zu können.

»Was genau tat Denaro?« schaltete Leda sich ein.

»Vereinfacht gesagt, paßte er die Buchführung den Bedürfnissen an, achtete darauf, aus welcher Firma welche Gelder entnommen, woanders teilweise wieder zugeschossen oder ganz abgezogen werden konnte. Er hatte als einziger den Überblick über alle Firmen und Geldströme, machte uns die Zahlenvorgaben für die Bilanzen, steuerte letztlich das Zahlenwerk.«

»Sie meinen wohl das fiktive Zahlenwerk! Denn es entsprach ja nicht den wirklich vorhandenen Ressourcen. Denaro war doch offenbar Herr über ein Parallelsystem, das Banken, Geschäftspartnern und Aktionären vorgelegt wurde, während das wahre der Öffentlichkeit verborgen blieb. Als LaBoule-Mitarbeiter testierte er die getürkten Zahlen und ließ seine eigenen Mitarbeiter mit diesem Zahlenwerk operieren, wodurch Sie jederzeit und überall kreditwürdig waren. Habe ich das richtig verstanden?« fragte Leda.

»Vereinfacht ausgedrückt ist es so«, antwortete Meraviglia. Schweißperlen standen auf seiner Stirn.

»Signor Meraviglia braucht eine Pause«, sagte einer der Anwälte.

»Sollen wir für heute Schluß machen? Es ist schon spät«, bot Libero an.

Nein, der Mann wollte nur ein bißchen hin- und herlaufen, schweigen und trinken. Er sei es gewohnt, bis in die tiefe Nacht zu arbeiten, anders als Beamte mit festen Monatseinkommen und geregelten Arbeitsstunden, sagte er. Bei dieser Bemerkung tauchten in Leda Erinnerungsstücke an ihre letzte Mordermittlung auf, wo sie nächtelang auf der Lauer gelegen hatten, um einem schizophrenen Frauenmörder auf die Spur zu kommen, der seine Opfer je nach dem Stand des Mondes meuchelte. Doch sie ging genausowenig auf Meraviglias Bemerkung ein wie Libero und Civile. Im Gegenteil, Libero lächelte sein Gegenüber an und sagte:

»So kann man es auch sehen, Signore. Also zehn Minuten Pause.«

Um dreiundzwanzig Uhr hatte Leda schließlich die Aussage, daß Denaro für sein Tun neben seinem LaBoule-Gehalt weitere Millionen für »Beratungstätigkeiten« erhalten hatte, die in Italien nicht auftauchten, weil sie ihm an seine eigene Firma Denconsult in Brasilien gezahlt worden waren. Seine Homosexualität war Meraviglia angeblich unbekannt.

»Und wenn er es war, welche Rolle spielt das heute noch? Einer meiner Söhne ist auch schwul, und kein Mensch macht daraus ein Thema. Nein, Denaro ist von uns verdammt gut bezahlt worden, ein reicher Mann.«

»Wollte er aussteigen?«

»Er hat Andeutungen in diese Richtung gemacht. Aber die Zeit war wohl noch nicht reif dafür.«

»Wer bestimmte, wann sie reif war? Sie oder er?«

»Er allein. Wir hätten nur einen ihm ebenbürtigen Nachfolger finden müssen.«

»Gibt es davon genug in der Branche?«

War das Verhör bisher in vergleichsweise geregelten Bahnen verlaufen, so entlud sich nun mit einem Mal Meraviglias ganze Anspannung in einem vulkanartig ausbrechenden, hysterischen Gelächter. Hustend, lachend, weinend, nach Luft ringend brüllte er, so daß die Regelungsanzeige des Aufnahmegerätes rote Signale aussandte:

»Die ganze Branche besteht nur aus solchen geldgierigen Haien, die nach außen die Saubermänner abgeben und nach innen völlig verrottet sind. Vor Denaro war es ein anderer. Für ihn stehen Hunderte bereit. Nur taugen die meisten nichts, das war Denaros Plus, und er wußte es genau«, schnaubte Meraviglia.

Dann versagte seine Stimme, er sank plötzlich zusammen, griff sich an die Brust und japste. Fünf Minuten später erschien der Bereitschaftsarzt, und noch vor Mitternacht lag Meraviglia mit Verdacht auf Herzinfarkt im Krankenhaus.

Auf der Heimfahrt gab es im Autoradio nur ein Thema: den Konkurs von Romapa. Leda war gleichzeitig todmüde und aufgekratzt. Langsam fuhr sie den Corso Vittorio Emanuele hinunter Richtung Tiber. Noch immer waren viele Menschen unterwegs. An der Ampel, wo der Corso auf die Uferstraße traf, mußte sie einige Zeit warten, bis es weiterging. Nachdem sie rechts abgebogen war, entdeckte sie die Ursache der Verkehrsbehinderung. Etwa zweihundert Meter weiter versuchten Fahrer mit ihren Autos Parkplätze zu verlassen und sich in die Fahrspuren einzureihen, während Fußgänger die Straße überqueren wollten. Ein schier unentwirrbares Knäuel hatte sich gebildet, man hupte, schrie und gestikulierte. Am steinernen Geländer zum Fluß hin hing ein langgezogenes Transparent, auf dem mit knallroten Lettern

»Heute zur Eröffnung gratis! Tanz auf dem Tiber! Hier!« geschrieben stand. Die Kommissarin wunderte sich. Wo sollte man dort tanzen?

Da in diesem Moment direkt vor ihr ein Wagen aus einer Parklücke ausscherte, nutzte sie die Gelegenheit, stellte ihr Auto ab und ging zu dem mit Fackeln gekennzeichneten Eingang. Sie hatte an dieser Stelle noch nie einen Abgang hinunter zum Tiber bemerkt. Möglicherweise hatte man ihn auch jetzt erst angelegt, denn die Holztreppe wirkte ziemlich neu.

Elegant gekleidete Paare kamen ihr vergnügt plaudernd entgegen, manche Frauen in kurzärmligen Roben mit einem Tuch um die Schultern und trotzdem vor Kälte schlotternd, manche trugen ihre hochhackigen Schuhe in den Händen statt an den Füßen. Die Eröffnungsparty ging offensichtlich dem Ende entgegen, obwohl Leda laute Tanzmusik vernahm. Neugierig stieg sie hinab.

Unten lag ein rund zweihundert Quadratmeter großer Ponton auf dem Wasser, den man über eine leicht schaukelnde Brücke betrat. Ein kühler Lufthauch wehte herüber, und Leda zog ihre Jacke an. Auf einer Bühne packten gerade die Musiker eines kleinen Orchesters ihre Instrumente zusammen. Auf der Tanzfläche drehten drei übriggebliebene Paare zu sanften Walzerklängen aus der Konserve ihre Runden im Licht des Vollmonds, der hoch über der Engelsburg am anderen Ufer leuchtete. Die mit Windlichtern und Blumengestecken geschmückten Tische rund um die Tanzfläche waren von altmodischen, zumeist verwaisten Holzstühlen umgeben. Ober in schwarzen Fräcken liefen geschäftig hin und her und schleppten die Reste des Festes auf großen Tabletts über die schwankende Brücke ans Ufer, wo sie sie auf einer erleuchteten, in einen modernen Flachbau integrierten Theke entsorgten. Leda verspürte Lust auf einen Gin Tonic und fragte einen der vorbeilaufenden Kellner, ob er ihr noch ein Glas brächte.

»È tarde, Signora. Aber ich bringe Ihnen noch einen. Wo sitzen Sie?«

Sie entschied sich für einen Tisch direkt am Wasser. Der Ober nickte und verschwand. Statt sich zu setzen, lehnte sie sich ans Holzgeländer der künstlichen Insel und betrachtete den Widerschein des Mondlichts auf dem Wasser. Es glänzte unwirklich hell. Aus dem Lautsprecher erklang eine tiefe Männerstimme: »Meine Damen und Herren. Es ist Zeit, Abschied zu nehmen. Tanzen Sie für heute Ihren letzten Tanz auf dem Tiber. Danach machen wir Schluß. Vielen Dank, daß Sie bei uns waren. Kommen Sie wieder und lassen Sie es sich bei uns gutgehen. Bis bald. Addìo.«

Kaum hatte er geendet, setzte leise der Kaiserwalzer ein. Erhobenen Hauptes betrat eine schlanke Frau in einem knallroten Kleid mit ebenso knallroten Pumps am Arm eines älteren Galans die Tanzfläche. Sie wiegten sich ein paar Takte lang in den Rhythmus ein und begannen zunächst verhalten und dann immer raumgreifender über den glatten Boden zu drehen. Sie wirbelten, wiegten, schritten, glitten und drehten in einem fort, die beiden Körper wuchsen in der Bewegung zu einem einzigen zusammen, schienen zu schweben, der Schwerkraft enthoben, dem Mond näher als der Erde. Die anderen Paare hatten sich an den Rand der Tanzfläche gestellt und schauten ihnen zu.

Das Rot der Frau zog sich wie eine Blutspur durch die Nacht. Als die Walzerklänge verstummten, das Paar sich vor dem Mond verbeugte und plötzlich eine ohrenbetäubende Stille über der silbrig schimmernden Tanzfläche lag, wunderte Leda sich einen kurzen Moment, daß die Frau sich nicht einfach am Arm ihres Tanzpartners in die Lüfte erhob und ins Universum entschwebte, sondern mit laut pochenden Absätzen zu einem freien Stuhl ging, die Beine von sich streckte, den Oberkörper zurückschleuderte und verschnaufte. Der Mann ging zu einem der Tische, goß in zwei

Gläser Wasser, leerte eines davon in großen Zügen und brachte das andere seiner Partnerin. Sie nahm es lachend in Empfang und trank es ebenfalls auf der Stelle leer. Dann erhoben sie sich und verschwanden.

Leda tat es ihnen nach und war eine halbe Stunde später im Bett. Erschöpft fiel sie in einen traumlosen Schlaf.

XI

Enno Crudeles Nacken schmerzte ein wenig, als er wach wurde. Sein Kopf war zur Seite gerutscht und stundenlang in dieser Position verblieben. Er hatte vergessen, sich die aufblasbare Nackenstütze umzulegen, war kurz nach dem Abendessen an Bord einfach eingeschlafen, erschöpft von einer anstrengenden und aufregenden Woche in Rio de Janeiro. Er würde diese quirlige Stadt mit den wunderschönen Frauen vermissen. Sie waren tatsächlich mindestens so schön wie auf den Postkarten. Am Strand von Copacabana hatte er gleich am ersten Abend in einer Bar eine von diesen dunkelhäutigen, langbeinigen Gazellen mit kleinen Brüsten und üppigem Hinterteil gefunden. Sie war teuer gewesen, aber gut in jeder Hinsicht, kannte die Nachtlokale der Metropole so gut wie die Getränkeverkäufer am Strand. Mit ihren zarten Händen massierte sie am Tag Sonnencreme in seine Haut und wusch sie ihm abends mit duftender Seife wieder vom Körper.

Graziella fragte nicht, was er tat, wenn er sie fortschickte, und erschien, sobald er sie anrief. Sie brachte ihn mit João Almeida zusammen, der ihm eine Pistole mit Schalldämpfer besorgte und ihm zeigte, wie man problemlos in eine streng bewachte Wohnanlage eindrang. João war es auch gelungen, das Haus der Zielperson, die Bewohner und ihre Gewohnheiten innerhalb weniger Tage so gründlich und zuverlässig auszuspionieren, daß er seinen Job gestern am frühen Abend vor dem Abflug sauber und schnell erledigen und die Nachtmaschine nach Rom zurücknehmen konnte.

Enno hatte nicht erwartet, daß in Brasilien bei dieser Hitze so gründlich und zuverlässig gearbeitet wurde. João kostete ihn eine Stange Geld, viel mehr als Graziella. Aber solche Ausgaben waren für den Auftrag einkalkuliert. Graziella ging auf eigene Rechnung. Enno brachte berufliche und private Aufwendungen nie durcheinander.

Er streckte sich, um die Steifheit nach neun Stunden Flug aus seinem Körper zu vertreiben. Viel Platz hatte er nicht, denn auf dem Sitz neben ihm schlief ein dicker, braungebrannter Mann, der jeden Zentimeter für sich beanspruchte. Er schaute aus dem Fenster und genoß das wunderbare Schauspiel der aufgehenden Sonne über den Wolken. Nach einiger Zeit zog Kaffeeduft durchs Flugzeug, und die Menschen begannen zu rumoren. Auch der Dicke neben ihm erwachte und ließ Enno vorbeischlüpfen. Ein paar Minuten mußte er vor der Toilette warten und schaute dabei der Stewardeß zu, wie sie den Frühstückswagen fertigmachte. Sie bot ihm ein Glas Orangensaft an, für das er sich freundlich bedankte. Als er sich vor dem Spiegel mit den Händen über das Gesicht fuhr, spürte er die Bartstoppeln. In einem kleinen Päckchen hatte man ihm zwar einen Einmalrasierer gegeben, aber er zog es vor, sich nach der Ankunft in Rom in etwa eineinhalb Stunden zu rasieren.

Enno entdeckte seinen Bruder Tiziano, sobald er in die Ankunftshalle trat.

»Es gibt Probleme«, flüsterte dieser Enno zu, während er ihn zur Begrüßung umarmte.

»Mamma?« fragte Enno mit besorgtem Gesicht.

Tiziano schüttelte den Kopf, zog eine Zeitung unter dem Arm hervor und tippte aufgeregt auf die Titelseite.

»Hier, lies.«

Enno überflog kurz die Überschrift: »Aktiensturz: Romapa ist pleite« und darunter »Der ermordete Denaro war Berater von Fausto Meraviglia und Callisto Ruini«.

»Porca miseria, unsere Aktien! Hast Du sie noch rechtzeitig verkaufen können?« fragte Enno den Bruder.

»Nein, ich wußte doch gar nichts davon. Hab es auch gerade eben erst gesehen.«

»Reg dich nicht auf. Besonders viel Geld haben wir bei denen nicht angelegt«, meinte Enno sachlich und legte seinen Arm beruhigend um die Schulter des jüngeren Bruders. »Das holen wir wieder rein.«

»Darum geht es nicht. Lies weiter. Dieser Denaro ist der Typ aus der Via Volterra letzte Woche.«

Enno starrte Tiziano an.

»Bist du sicher?«

Der nickte nur.

Enno kannte den Namen seiner Zielperson oft gar nicht, und wenn, dann vergaß er ihn sofort wieder, weil er für die Arbeit unwichtig war. Er brauchte Fotos, denn er mußte sich die Gesichter einprägen und anschließend die Verhaltensweisen. Denaro? Doch, jetzt blitzte ein Erinnerungsfetzen auf. Während der kurzen Vorbereitungsphase auf diesen Job hatte er sich in der Via Volterra anhand des Namens auf dem Klingelschild vergewissert, daß die Zielperson wirklich an der angegebenen Adresse lebte. Ein zweiter Name hatte auf dem polierten Messingschild gestanden. Wohl der des blonden Kerls, der zu seinem anfänglichen Schrecken mit aus der Haustür getreten, dann aber zum Glück in die andere Richtung gegangen war, so daß er freie Schußbahn hatte.

Enno trat der Schweiß auf die Stirn, mit einem Schlag war ihm klar, was der Zeitungsbericht bedeutete. Sein Auftraggeber hatte anders geheißen, es waren nicht die beiden Chefs von Romapa gewesen. Aber woher sollte er wissen, ob sie nicht einen Strohmann vorgeschickt hatten? Plötzlich fragte er sich, wer seine Zielperson in Brasilien gewesen war. Denn der Auftraggeber war derselbe, und Geld spielte bei ihm offensichtlich keine Rolle. Die Polizei würde mit allen verfügbaren Kräften jeden Stein im Land umdrehen, um ihn zu finden. Er war in Gefahr, sein Bruder auch. Sie mußten abtauchen. Verdammt, warum hatte er nicht auf seine innere Stimme gehört, die ihn von Anfang an vor diesem Auftrag gewarnt hatte?

XII

Als Leda morgens um sieben Uhr das Radio anstellte, spuckte Camillo Santangelo, der Vorsitzende des Verbandes der Kleinaktionäre Italiens, APAI, verbales Gift durch den Äther. Er war berühmt für seine ungezügelten, wortreichen, aber immer von viel Sachkenntnis geprägten Angriffe gegen jeden, der seiner Verbandsklientel Schaden zufügte. Mal traf es im Namen des Aktienvolkes die Vorstände oder Aufsichtsräte von Aktienunternehmen, die wegen schlechter Geschäftspolitik die erwarteten Gewinne schmälerten, ein andermal die neunmalklugen Analysten, die falsche Ratschläge gegeben und zu Fehlkäufen animiert hatten, dann wieder geißelte er die Politik, weil sie die Kontrolle von Unternehmen nicht ernst genug nahm und es an der notwendigen Gesetzgebung fehlen ließ.

An diesem Morgen war Santangelo völlig außer sich. Er beschimpfte Meraviglia und Ruini, was das Zeug hielt, und rief die Kleinaktionäre im ganzen Land zu Demonstrationen auf.

»Diese Männer haben uns bestohlen! Sie waren mächtig und sind noch unendlich reich. Im Schutz von Macht und Reichtum kann man in diesem Land treiben, was man will. Wie ist es möglich, daß jahrelang niemand etwas vom Raubbau auf dem angeblich so fruchtbaren Feld der Romapa-Kapitalanlagen gemerkt hat? Kann eine Regierung zusehen, daß hunderttausend Kleinaktionäre ihr mühsam zusammengekratztes Geld wegen der kriminellen Handlungen einiger Großkapitalisten ins Elend gestürzt werden? Im Namen der Mitglieder von APAI und aller anderen Aktionäre fordere ich von der Regierung einen Interessenausgleich für die erlittenen Verluste eines jeden Geschädigten. Geht auf die Straße, und holt euer Geld zurück! Zeigt denen da oben, daß hinter jeder abgestürzten Aktie Menschen stehen, die nicht bereit sind, auf das zu verzichten, was ihnen gehört!«

Santangelos Stimme überschlug sich. Der Mann war zweifelsohne so wütend, wie Leda ihn noch nie gehört hatte. Und jeder wußte, daß er in der Lage war, große Menschenmengen zu mobilisieren. Nicht nur einmal hatten APAI-Demonstranten die Innenstadt lahmgelegt. Da der Verkauf von Romapa-Aktien von allen bisherigen Regierungen als sogenannte »Volksaktien« gefördert worden war, konnte die von Santangelo genannte Zahl von hunderttausend Geschädigten durchaus stimmen, überlegte Leda, während sie sich die Zähne putzte. Und als sie ihren roten Lockenschopf erst mit dem Kamm und anschließend mit einem Tuch zu bändigen versuchte, fragte sie sich, welchen Fehler Denaro wohl gemacht hatte und weshalb er sterben mußte, während Meraviglia und Ruini als die Hauptverantwortlichen für das Desaster mit dem Leben davongekommen waren. Der Mörder oder Auftraggeber des Mordes mußte ein Insider sein, der über den nahenden Konkurs genauestens Bescheid wußte.

Eigentlich lief der Fernsehapparat in Marios Bar nur für die Übertragung wichtiger Fußballspiele. An diesem Morgen jedoch, als Leda sie kurz nach halb acht Uhr betrat, standen bereits ein Dutzend Männer und Frauen in Anzügen und Kostümen an der Theke, tranken Kaffee und debattierten, was das Zeug hielt, immer mit einem Auge auf dem Bildschirm. Dort wurden gerade Schaubilder des Verlaufs von Romapa-Aktien in den vergangenen Jahren gezeigt. Bis auf ein paar kleine Zacken nach unten stieg die Linie auf der Jahresleiste stetig an. Dann kam der steile Linienfall nach unten und landete auf der Zeitschiene am heutigen Datum.

»Die Entwicklung der Aktie ließ keine Rückschlüsse auf den offensichtlich seit Jahren labilen Zustand des Unternehmens zu. Analysten können immer nur aufgrund der Zahlen, der Entscheidungen der Geschäftsführung und des wirtschaftlichen Umfeldes, in dem sich ein Unternehmen bewegt, Prognosen abgeben. Sind die Zahlen falsch, was der Fall zu sein scheint, sind es die Prognosen zwangsläufig auch. Da kann man aber weder von einer Schuld oder der generellen Unfähigkeit der Börsenbeobachter sprechen. Sie sind, wie alle anderen auch, einem Betrug aufgesessen«, verteidigte der Kommentator den Berufszweig.

»Das können die uns doch nicht erzählen! Ich glaube denen kein Wort! Diese Scheißanalysten haben das genau gewußt«, tobte einer der Männer erregt.

»Und wenn nicht, sollen sie ihren Beruf aufgeben und Müllfahrer werden«, pflichtete ihm ein anderer bei.

»In Wahrheit ist die Regierung schuld. Da hat dieser Santangelo recht. Sie hat die Strafbarkeit für Bilanzfälschung sogar zurückgefahren«, meinte eine der Frauen.

»Das ist doch eine einzige kriminelle Bande: Regierung, Unternehmen, Analysten, Wirtschaftsprüfer. Die denken alle nur an den eigenen Profit und lassen das Volk verrekken.«

Die Leute waren mindestens genauso wütend wie Santangelo. Mario war so sehr mit der Kaffeezubereitung für das tobende Volk beschäftigt, daß er Leda erst bemerkte, als sie sich nach vorn an die Theke drängte und ihn rief. Wortlos und mit grimmigem Gesicht grüßte er sie und begann umgehend, den Filter der Espressomaschine erneut für sie zu füllen. Sie hatte Glück, denn in der Glasvitrine lag noch ein einziges Cornetto mit Cremefüllung, das er ihr mit dem fertigen Kaffee unsanft auf die Theke knallte, gerade so als wäre sie für die Pleite des Konzerns verantwortlich.

»Commissaria, was für ein Tag. Ist der kriminelle Wirtschaftsprüfer Ihre Leiche? Ich sage Ihnen eins: Der wurde zu Recht umgebracht. Falls Sie seinen Mörder finden, schenken Sie ihm einen Blumenstrauß von mir.«

»Mördern würde ich nie Blumensträuße schenken, egal aus welchem Grund sie gemordet haben.«

»Vielleicht war es kein Mord, sondern Notwehr gegen einen, dem das Geld anderer egal ist«, entgegnete Mario schnippisch.

»Notwehr wird nur dann angenommen, wenn sie sich gegen einen Angriff auf Leib und Leben einer Person richtet. Hier handelt es sich nur um einen Angriff auf Geld.«

»Nur? Das reicht ja wohl.«

»Hast du denn Aktien von denen?«

»Ich? Nein. So einen Quatsch würde ich nie machen. Meine Frau würde mich verlassen, wenn ich das Geld für solche Spielereien ausgeben würde.«

»Was regst du dich dann auf?« meinte Leda mit einem harmlosen Lächeln, obwohl sie genau wußte, daß Mario ihr jetzt am liebsten einen längeren Vortrag über die prinzipiell moralische Verwerflichkeit vom Betrug am Bürger gehalten hätte. Doch er konnte nicht, weil seine anderen Gäste ihn voll beschlagnahmten. Zwei wollten zahlen, und drei neue waren inzwischen eingetroffen. Mario hatte alle Hände voll zu tun. Da blieb für die Moral keine Zeit.

In der Questura angekommen lief sie als erstes Polizeipräsident Libero über den Weg. Tiefe Ringe unter seinen Augen zeugten von einer schlaflosen Nacht. Dennoch wirkte er aufgeräumt und zufrieden.

»Buon giorno, Signora Giallo. Über Ihren Mörder haben wir nichts Neues herausgefunden, aber Ruini hat die ganze Nacht über erst gebockt und dann geredet wie ein Buch, nein, wie eine ganze Enzyklopädie. Unglaublich, was die abgezogen haben. Ich will noch schnell die Wirtschaftskriminalisten auf den Stand der Dinge bringen. Kommen Sie am besten gleich mit.«

Unter der Leitung Tizianis hatten fünfzehn Frauen und Männer, darunter die Mailänder Kollegen, die Nacht durchgearbeitet und versucht, sich anhand des beschlagnahmten Materials einen Überblick über das Firmengeflecht, die Kontobewegungen und vor allem die Verantwortlichen innerhalb des Konzerns zu verschaffen. Dabei kam heraus, daß Ruini als Finanzchef der unumstrittene Hauptakteur in allen Angelegenheiten war. Als einziger hatte er Zugang zu allen Dateien und konnte sie nach Bedarf bearbeiten. Mit einem Blick auf Leda führte Ostellino aus, daß Denaro beinahe die gleichen Zugangsmöglichkeiten hatte.

»Denaro arbeitete engstens mit Ruini zusammen und hatte seine Stelle bei LaBoule nur, um als angeblich neutrale Stelle die gefälschten Zahlen testieren zu können. Ein echt schlauer Hund und zutiefst korrupt«, erklärte Ostellino voller Stolz auf seine nächtlichen Funde.

»Und habt ihr gefunden, wie er dafür bezahlt wurde?« fragte Leda.

»Haben wir«, vermeldete einer der Mailänder. »Drei Konten, eines in der Schweiz, eines in Brasilien und eines auf den Cayman-Inseln. Schön dort, besonders wenn man statt Geld für den Urlaub loszuwerden welches abholen kann.«

»Wer wußte von der drohenden Zahlungsunfähigkeit?«

»Ganz sicher die beiden Chefs, weiter Morea, weil er für die Bestätigungen der nichtexistenten Konten zuständig war, dann natürlich Ihr Denaro und schließlich der Direktor der brasilianischen Niederlassung, ein gewisser Pena. Der hat auch neben seinen normalen Bezügen enorme Summen auf Konten in verschiedenen Steueroasen erhalten. Diese fünf Leute würde ich als den inneren Kreis bezeichnen«, faßte Tiziani zusammen.

»Und warum ist nur Denaro tot und keiner der anderen?« fragte Leda in die Runde.

Sie blieben ihr eine Antwort schuldig und schauten sie nur verdattert an. Diese Frage hatte sich niemand gestellt, weil die Durchleuchtung der wirtschaftlichen Verbrechen ihnen angesichts des öffentlichen Drucks wichtiger erschien. Die Ermordung eines Menschen war in der Werteskala in den Hintergrund gerückt.

»Waren die Zahlungen an ihn immer gleich hoch?« wollte sie wissen.

»Regelmäßige Steigerungen, das letzte Mal Anfang des Jahres. Außerdem hat er wohl noch Tantiemen bekommen, außerordentliche Sonderzahlungen. Ich habe Ihnen eine Liste gemacht, wo alles draufsteht, weil ich schon dachte, daß Sie das interessiert«, antwortete eine junge Frau aus Civiles Wirtschaftsabteilung.

»Danke!«

»Meinen Sie, Denaro verlangte immer mehr für seine Dienste, und sie haben ihn deshalb umgebracht?« fragte die junge Frau.

»Das wäre ein passables Motiv«, stimmte Leda ihr zu. »Ich glaube es aber nicht, denn Denaro lebte in einem für seinen offiziellen Verdienst vernünftigen Rahmen. Wieviel bekam er denn monatlich oder halbjährlich?«

»Zum Schluß ungefähr zwei Millionen Dollar pro Jahr plus Extrazahlungen.«

»Und das seit Jahren. Dann hat der Mann auf den Konten Unsummen gebunkert. Und wer erbt das jetzt alles?« fragte Ostellino mit einem leichten Seufzer, der alle zum Lachen brachte.

»Was würden Sie denn mit so viel Geld machen?« erkundigte sich Libero.

»An die besten Surfstrände der Welt fahren, das ganze Jahr über, und mit meinem Laptop kabellos ins Internet gehen.«

»Kann man das denn überall?« fragte Libero interessiert.

»Klar, übers Handy. Kostet Unsummen, aber die hätte ich dann ja.«

Die Besprechung dauerte noch eine halbe Stunde, dann

wurden alle aufgefordert ein paar Stunden zu schlafen und sich am frühen Nachmittag wieder einzufinden.

»Wo auch immer Sie jetzt hingehen, wen auch immer Sie jetzt treffen – kein Wort über unsere Ermittlungen! Die Presseleute werden jeden Trick anwenden, um Sie zum Reden zu bringen. Schweigen Sie, sonst machen Sie Ihre eigene Arbeit kaputt«, mahnte Libero.

Kurz darauf hockte er müde und erschlagen in Ledas Büro.

»Haben Sie eine Theorie, wer Denaros Mörder ist?« fragte er.

»Ich habe die ganze Zeit darüber nachgedacht. Inzwischen halte ich es für ausgeschlossen, daß der Täter aus seinem privaten Umfeld stammt«, meinte Leda. »Einer aus diesem inneren Romapa-Kreis? Die brauchten auf jeden Fall ein schwarzes Schaf, auf das sie alle Schuld für den Konkurs abwälzen konnten. Ruini dürfte der Urheber der planmäßigen Geldvernichtung gewesen sein, sicherlich mit Einwilligung Meraviglias, wahrscheinlich sogar, weil der ihn dazu trieb. Aber nach Civiles und Tizianis Einschätzung besaß Meraviglia keine Fachkenntnisse, um seine Wünsche in die Tat umzusetzen. Ruini hingegen konnte es und hatte in Denaro einen kongenialen Partner gefunden. Vielleicht hat Denaro gegenüber Meraviglia seinen Auftraggeber Ruini sogar als entbehrlich hingestellt, so daß der um seine Stellung beim Chef bangte? Ein brillantes Mordmotiv, vor allem, weil Ruini psychisch wohl seit vielen Jahren sklavisch abhängig von Meraviglia ist. Fausto, sein Gott und sein Vater, jahrelang. Er liebt ihn wahrscheinlich geradezu. Und wir wissen, wozu enttäuschte Liebe und Rache führen können. Wir sollten uns das Verhältnis zwischen den beiden mal ganz genau ansehen.«

»Kluger Gedanke. Nehmen Sie doch unseren Psychologen mit. Ihre berühmte gute Nase wird Sie auf die richtige Spur führen. Viel Glück! Ich gehe jetzt erst mal eine Runde schlafen.«

Kaum war Libero aus der Tür, kam Ugo herein. Er sah gehetzt aus.

»Buon giorno, Leda. Haben Sie schon Nachrichten gehört? Ganz Italien steht wegen der abgestürzten Aktien Kopf.«

Er wollte noch mehr sagen, doch ihr Telefon klingelte. Sie sah Paolos Nummer auf dem Display und nahm ab.

»Ciao bello. Vermißt Du mich?«

»Und wenn es so wäre? Du würdest ja doch nur antworten: Ich habe keine Zeit. Entweder sind es die Kinder oder irgendwelche Mordopfer. Also was soll's, ich denke gar nicht mehr darüber nach. Geht es dir gut? Kommst du voran? Wollen wir uns heute abend sehen?«

»Ja, nein, doch, wenn es irgend klappt«, antwortete Leda lachend.

»Geht heute in Sachen Romapa was an die Presse?«

»Das glaube ich nicht, aber das kann sich stündlich ändern. Ich sage dir dann sofort Bescheid. Va bene?«

»Prima. Übrigens schönen Gruß von meiner Mutter.«

»Danke, grüß sie zurück. Ich muß jetzt auflegen, da kommt gerade ein Gespräch aus dem Ausland.«

Im Display blinkte eine lange Nummer und Leda drückte auf den Knopf.

»Buon giorno. Hier spricht Kommissar Luis Felipe Waack aus Rio de Janeiro. Verstehen Sie mich?«

»Ja, Signor Waack, ich verstehe Sie. Sie sprechen gut italienisch«, antwortete Leda wahrheitsgemäß.

»Meine Mutter war italienischer Abstammung. Wir haben als Kinder zu Hause fast nur Italienisch gesprochen. Das hält ein Leben lang. Außerdem ist es dem Portugiesischen ja sehr ähnlich. Ich sehe, wir werden keine Probleme miteinander haben.«

»Was kann ich für Sie tun, Herr Kollege?«

»Eben hörte ich im Radio vom überraschenden Konkurs des Romapa-Konzerns, der voraussichtlich auch erhebliche Konsequenzen auf unsere Börse und die Wirtschaft haben wird.«

»Wieso auf Brasilien?« fragte Leda erstaunt.

»Wußten Sie nicht, daß Romapa auch bei uns der größte Nudelhersteller ist? Er heißt hier Brapa, hat aber die gleiche Eigentümerstruktur wie in Italien, sprich die Familien Meraviglia und Ruini plus viele kleinere Aktionäre. Die beiden Familien sind zudem Besitzer immenser Fazendas. Außerdem liefern unzählige kleinere Fazendeiros, also Bauern, Weizen an die Brapa-Fabriken. Ich denke, daß das Unternehmen bei uns sogar größer ist als in Italien, einfach weil es hier einen noch größeren Markt gibt. Als ich vorhin die Meldung im Radio hörte, traf mich offen gestanden der Schlag. Nicht wegen der Aktien, die jetzt auch bei uns abstürzen, sondern weil der Generaldirektor der hiesigen Niederlassung, Gianfranco Pena, vorgestern abend von seiner Frau ermordet in seinem Haus aufgefunden wurde. Wir haben seinen siebzehnjährigen Sohn Luigi unter Mordverdacht festgenommen. Es gab Zwistigkeiten zwischen beiden, und wir nehmen an, daß Luigi den Vater unter Drogeneinfluß erschoß. Er behauptet allerdings, zur Tatzeit am Strand Volleyball gespielt zu haben und anschließend in die Stadt zu Freunden gefahren zu sein, wo er sich mit Drogen zuknallte und die Nacht verbrachte. Ich wollte Sie nur darüber informieren.«

In Ledas Kopf wirbelte es nur so. Noch ein Toter und diesmal am anderen Ende der Welt!

»Wußten Sie, daß hier in Rom einer der Bilanzprüfer von Romapa ermordet wurde?« fragte Leda den Kollegen, der so nah klang, als riefe er aus dem Nachbarbüro an.

»Nein, das ist aber hochinteressant. Wann denn?«

»Am Dienstag vor Ostern.«

»Tatmotiv? Täter?«

»Beides unbekannt, wir tappen im dunkeln. Ich würde es allerdings für einen zu großen Zufall halten, wenn die beiden Morde nichts miteinander zu tun hätten«, sagte Leda.

»Das sehe ich genauso. Wir sollten gemeinsam in dieselbe Richtung marschieren«, meinte Waack, ein Angebot, das Leda dankbar annahm.

»Welche Waffe wurde bei Pena eingesetzt?«

»Wir haben sie noch nicht gefunden, aber es war wohl eine kleinkalibrige Pistole, vermutlich mit Schalldämpfer, denn niemand in der Umgebung hat einen Schuß gehört. Unsere Ballistiker sitzen noch dran. Außerdem muß sich der Täter sehr gut im Haus ausgekannt und genau gewußt haben, daß Pena zu diesem Zeitpunkt allein war. Er muß dem Täter selbst die Tür geöffnet haben, da Einbruchsspuren fehlen. Gestohlen wurde nichts. Beides ließ uns auf eine Tat im Familienkreis schließen. Da liegen wir aber vermutlich falsch.«

»Kamen auch keine Unterlagen weg? Sind Sie da sicher?«

»So gründlich wurde gar nicht gesucht. Seine Frau meinte nur, daß nichts fehlt.«

Leda schlug ihm vor, die Verwaltung von Brapa und das Privathaus von Pena zu durchsuchen, genauso wie es in Rom geschehen war. Sie vereinbarten weiter, sich über jedes Ermittlungsergebnis auf dem laufenden zu halten.

Leda atmete tief durch, nachdem sie aufgelegt hatte. Was war da los? Welche Rolle spielte dieser Pena im binationalen Unternehmenskonzert? Gehörte er zum inneren Kreis um Meraviglia? Plante jemand, sämtliche wichtigen Entscheider des Konzerns umzulegen?

Die Kommissarin beauftragte Ugo, umgehend ein Amtshilfeersuchen für Brasilien zu besorgen und an Kommissar Waack zu faxen. Sie selbst wollte Morea, Ruini und Meraviglia noch einmal vernehmen. Die beiden ersteren hatte man nach Hause gebracht, wo sie unter Arrest standen und bewacht wurden. Dasselbe geschah mit Meraviglia, nur im Krankenhaus.

Da sie Morea für den gesprächigsten der drei hielt, begann sie mit ihm. Am Telefon meldete sich der diensthabende Überwachungsbeamte, der den Hörer gleich an Morea weitergab.

»Signor Morea, kennen Sie Gianfranco Pena?«

»Ja, er ist der brasilianische Direktor.«

»Was haben Sie mit ihm zu tun?«

»So gut wie gar nichts. Bei der letzten Sitzung, an der Denaro und ich teilgenommen haben, am Freitag vor Denaros Tod, war er auch dabei.«

»Da war Pena hier in Rom? Welches Verhältnis hat er zu Meraviglia und Ruini?«

»Ich glaube, die drei sind schon zusammen zur Schule gegangen. Sie sind richtige Freunde.«

»Hat er etwas im Konzern zu sagen? Ist er mächtig?«

»Sehr sogar. Er managt das gesamte Lateinamerikageschäft, und ich habe das Gefühl, daß er neben Ruini der wichtigste Mann für Meraviglia ist.«

»Und an diesem Freitag vor Ostern, war die Atmosphäre zwischen den drei entspannt?«

»Soweit ich das mitbekommen habe, ja. Abgesehen von der Tatsache, daß sie natürlich wegen der dringend notwendigen Kredite etwas nervös waren und wohl auch wegen der Pastour-Pleite, von der sie wußten, ich aber noch nicht. Ich habe Ihnen ja schon gesagt, daß die anderen noch länger zusammensaßen.«

»Handelte es sich um ein geheimes Treffen?«

»Geheim? Wieso geheim? Nein, es war wie immer, da war nichts geheimer als sonst auch. Warum fragen Sie?«

»Weil Pena ebenfalls erschossen wurde. Ich versuche den Grund dafür zu finden und einzuschätzen, ob Sie, Meraviglia und Ruini auch bedroht sind – oder womöglich Gründe hatten, die beiden ermorden zu lassen«, antwortete Leda ruhig.

Morea schwieg. Leda hörte, wie schwer sein Atem ging.

»Das ist ja gräßlich. Und als nächster bin ich dran. Dio, ich habe Angst.«

»Deshalb reden Sie bitte«, drängte Leda ihn.

»Aber ich weiß nichts, einfach gar nichts«, jammerte er. »Ich war für die nur ein kleines Licht, warum verstehen Sie das nicht endlich? Die haben mich nur geholt, wenn sie etwas von mir wollten. Zu entscheiden oder zu sagen hatte ich bei denen gar nichts. Mir wurde gesagt, was ich zu tun hatte. Dann tat ich es und wurde dafür bezahlt. Oft ging das sogar telefonisch, oder Denaro kam zu mir. Mit den Chefs selbst hatte ich höchstens dreimal im Jahr persönlich zu tun. Dann wurde ich feudal zum Essen eingeladen. Sie wollten mir wohl das Gefühl vermitteln, ich wäre wichtig für sie.«

»Und Denaro?«

»Woher soll ich das wissen? Ich hatte nur immer den Eindruck, daß sie ihn wirklich brauchten. Aber das Verhältnis zu ihm schien mir eher distanziert.«

»Danke, Signor Morea. Ich melde mich wieder«, sagte Leda und wollte auflegen.

»Noch eine Frage, Signora Commissaria: Will mich jemand umbringen? Sagen Sie es mir ehrlich?«

Morea klang besorgt, geradezu erschüttert. Doch Leda war unsicher, ob er vielleicht schauspielerte. Er war kein Mann, dem man trauen konnte, das hatte das Romapa-Trio wohl auch erkannt und ihn deshalb aus dem inneren Kreis ferngehalten.

»Nein, Signor Morea, eigentlich glaube ich das nicht. Arrivederci.«

Leda war bereits an der Tür auf dem Weg zu Ruini, als das Telefon läutete.

»Sind Sie für den Mord an Denaro zuständig?« erkundigte sich eine verängstigt klingende Frauenstimme leise.

»Ja, mein Name ist Leda Giallo. Wer sind Sie?«

»Barbara Moretti, die Sekretärin von Presidente Meraviglia. Können wir uns treffen? Ich muß Ihnen etwas sagen, und zwar persönlich.«

Die Frau klang gehetzt, fast hysterisch, so als sei der Mörder auch ihr auf den Fersen.

»Wollen Sie zu mir kommen?«

»Nein, nein. Kommen Sie in die Stadt, in die Via del Lavatore fünf, ganz in der Nähe des Trevi-Brunnens. Das ist die Werkstatt meines Onkels. Wann können Sie da sein?«

»In einer Viertelstunde.«

Leda nahm ein Taxi und ließ sich zum Trevi-Brunnen fahren, vor dem Händler asiatischen Aussehens grellbunt bemalte Kühe, Schmetterlinge und Seepferdchen aus Plastik an Fäden rotieren ließen und damit eine Gruppe kichernder Japanerinnen entzückten. Andere Touristen wandten der mächtigen Statue Neptuns, der von Tritonen begleitet und von Meerpferden in einer Muschel gezogen wurde, den Rükken zu und warfen lachend Geldstücke über die Schulter ins türkis schimmernde Brunnenbecken. Angeblich garantierte diese Opfergabe ihnen die Rückkehr in die Ewige Stadt, Gesundheit und Reichtum.

In der Via del Lavatore war Markt. Hausfrauen in Kittelschürzen und Rentner mit Körben in den Händen inspizierten sorgfältig das dargebotene Gemüse und Obst, Käse oder frisch geschlachtete Hühner, bevor sie sich zum Kauf entschlossen. Vor der Nummer fünf saß ein älterer, dicker Mann mit Halbglatze und Brille auf einem Stuhl in der warmen Sonne. Neben ihm lag ein schwarz-weiß-gefleckter Hund, der ihm auf wundersame Weise ähnelte. Den runden Kopf mit der platten Schnauze auf den Vorderläufen beäugte er aufmerksam die Umgebung. Als Leda sich dem Mann näherte, erhob sich der Hund und kam ihr schwanzwedelnd entgegen. Er schien freundlicher als das Herrchen zu sein.

»Buon giorno, Signore. Ich suche Barbara Moretti«, sagte Leda.

»Name?« knurrte der Alte.

»Commissaria Leda Giallo.«

»Ausweis?«

Unter den strengen Augen des Alten wühlte Leda in ihrer Handtasche, bis sie ihn ertastete, hervorzog und dem Mann zeigte. Der nahm ihn, studierte das Dokument gründlich, nickte, knurrte erneut und wies mit dem rechten Daumen über die Schulter nach hinten durch die Eingangstür der Werkstatt.

Nur langsam gewöhnten sich Ledas Augen an die Lichtverhältnisse. Teils völlig verstaubte, teils blankpolierte Kommoden, Schränke, Tische, Stühle und vieles mehr standen in wildem Durcheinander bis unter die Decke gestapelt. Vor dem einzigen, vor Schmutz starrenden Fenster befand sich eine Werkbank aus dickem Holz, auf dem der Rahmen eines antiken Stuhls mit Zwingen zusammengehalten wurde. Er war wohl gerade frisch verleimt worden, denn ein beißender Geruch stieg Leda in die Nase. Vorsichtig tastete sie sich durch einen labyrinthartigen Gang aus Möbeln, ohne zu wissen, wohin sie eigentlich ging. Plötzlich stand sie vor einer Wand, unten aus Sperrholz und oben aus Glasfenstern, auf deren anderer Seite blau-weiß karierte Gardinen hingen. Schwaches Licht drang hindurch. Kein Ton war zu hören.

»Ist da jemand?« fragte Leda laut.

Die Gardine öffnete sich einen winzigen Spalt breit, und Leda erkannte schemenhaft ein Frauengesicht. Dann hörte sie hinter der Wand aus Holz und Glas Schritte, und schon öffnete sich eine Tür, die Leda zuvor nicht bemerkt hatte.

»Commissaria, kommen Sie herein. Ich bin Barbara Moretti.«

Leda betrat eine altertümlich eingerichtete Wohnküche, wie man sie heute nur noch selten fand, wo die Kultur der glatten Flächen noch keinen Einzug gehalten hatte. In einer Ecke stand ein klobiger Kühlschrank mit einem Griff, der einer Wehrtür Ehre gemacht hätte, in der anderen ein Gasherd, der in den fünfziger Jahren des vergangenen Jahrhunderts als modern gegolten hatte, und vor dem Fenster ein marmorumrandeter Spültisch mit einem weißen Emailbekken und verschnörkelter Armatur, der wahrscheinlich ein halbes Jahrhundert mehr auf dem Buckel hatte. In offenen, mit weißer Ölfarbe angestrichenen Regalen fand alles, was man in einer Küche brauchte, und noch viel mehr seinen Platz. In der Mitte des Raumes stand ein mächtiger quadratischer Tisch aus dunklem Holz und kunstvoll bemalten Majolika-Kacheln. Von den Stühlen paßte keiner zum anderen, jeder für sich war aber eine Schönheit. Durch das Fenster über der Spüle und die gläserne Tür daneben blickte man in einen dicht bewachsenen, entzückenden kleinen Innenhof, in dem Glyzinien und Oleander gerade ihre erste Blüte des Jahres zelebrierten.

»Bitte, nehmen Sie Platz. Kaffee?« fragte Signora Moretti, nahm eine zischende Macchinetta vom Gas und zwei Täßchen aus einem der Regale, schenkte ohne Ledas Antwort abzuwarten ein und stellte sie auf den Tisch.

Barbara Moretti war weder schön noch häßlich, Ende Dreißig, von kräftiger, mittelgroßer Statur. Ihre halblangen, blond gesträhnten Haare wurden von einem Reifen nach hinten gehalten. Sie trug teure Markenjeans und noch teurere Markenmokassins, dazu einen beige-hellblau gestreiften, leichten Pulli aus feinstem Garn, dessen Kaufpreis Leda auf mindestens dreihundert Euro schätzte. Barbara Morettis modische Eleganz paßte besser in eine dieser modernen Küchen mit hochpolierten Lack- und Metallflächen, dachte Leda.

»Leben Sie hier?« erkundigte sich die Kommissarin.

»Nicht mehr. Ich habe schon lange meine eigene Wohnung. Aber ich komme oft und kümmere mich um meinen Onkel. Meine Tante ist vor zehn Jahren gestorben, und er findet sich allein nur schlecht zurecht.«

Sie setzte sich zu Leda an den Tisch und rührte eine ganze Weile lang den Zucker in den Kaffee.

»Was wollen Sie mir sagen?« brach Leda das Schweigen.

»Ich hätte Sie schon viel früher anrufen sollen«, druckste Barbara Moretti herum. »Es gibt da etwas, was für die Mordermittlung wichtig sein kann. Aber ich wollte Presidente Meraviglia und Vice-Presidente Ruini auch nicht in ein falsches Licht rücken. Verstehen Sie das?«

Natürlich verstand Leda das, wer setzte schon einen der höchstdotierten Chefsekretärinnenjobs Italiens aufs Spiel? Eine von Morettis wichtigsten Aufgaben dürfte in dieser Position das Schweigen gewesen sein. Genau dafür wurde diese Berufsgruppe mit Gehältern entlohnt, die weit über denen mittlerer Manager lagen, mit ziemlicher Sicherheit auch über ihrem eigenen.

»Ja, das verstehe ich sehr gut. Sie wollten das Ihnen von Meraviglia entgegengebrachte Vertrauen nicht mißbrauchen. Schweigen ist Ihr Beruf. Doch jetzt, wo Sie erkennen, was die Herren angerichtet haben, ist Ihr Gewissen stärker als der Berufskodex«, versuchte Leda ihr zu helfen.

Die Moretti hörte auf in der Tasse herumzurühren, hob ihren Blick, nickte und begann zu sprechen.

»Es war am Freitag vor Ostern, der Konkurs von Pastour war besiegelt, quasi öffentlich. In der Chefetage herrschte unheimliche Anspannung, und Meraviglia fauchte mich die ganze Zeit an. Signor Pena, der Generaldirektor der brasilianischen Niederlassung war in der Nacht von Donnerstag auf Freitag gekommen, das bedeutete, daß etwas Wichtiges in der Luft lag. Der Presidente, Ruini und Pena berieten sich stundenlang in Meraviglias Büro. Kein Telefonat durfte rein, kein Besucher. Dann sollte ich plötzlich ganz schnell Denaro und Morea zu ihnen zitieren.

Erst kam Denaro und eine Stunde später auch Morea. Der ging ziemlich schnell wieder und schloß beim Weggehen die Tür nicht richtig. Die Tür zum Büro des Präsidenten ist sehr schwer und schalldicht. Seit ein paar Wochen schnappt sie nicht richtig zu, und man muß noch einmal kräftig nachziehen, um sie ganz zu schließen. Das hatte Morea nicht getan, und so hörte ich, was drinnen gesprochen wurde. Ich war neugierig. Es mußte sich um ein Riesenproblem handeln, weil der Presidente völlig gegen seine Gewohnheit unheimlich nervös war. Ich kenne ihn nach neun Jahren gemeinsamer Arbeit, glaube ich, ziemlich gut. Auf jeden Fall hörte ich Denaro, der sonst auch immer sehr ruhig war, plötzlich brüllen: ›Es reicht! Ich steige aus! Der ganze Laden fliegt uns um die Ohren. Sehen Sie endlich ein, daß der gesamte Konzern pleite ist, nicht nur Teile. Ich kann und werde das Spiel für kein Geld in der Welt mehr weiterspielen. Die Aktionäre werden uns massakrieren. Ich kann nicht mehr. Das einzige, was uns bleibt, ist eine Selbstanzeige, und genau die werde ich machen.‹ Und dann kam es noch dicker, weil Pena Denaro zustimmte: ›Ich halte es auch nicht mehr aus. Seit Jahren dieser Druck, jeden Morgen mit der Angst aufwachen, hoffentlich merkt es niemand. Ich habe die Schnauze voll, hiermit kündige ich.‹ Pena hat noch die Abendmaschine zurück nach Rio genommen.«

Da war es, das Mordmotiv: Denaro und Pena wollten aussteigen, und Meraviglia und Ruini konnten das nicht zulassen. Entweder glaubten beide zu diesem Zeitpunkt noch, daß ihr Lebenswerk gerettet werden könnte, oder sie wollten noch mehr Geld für sich und ihre Familien in Sicherheit bringen.

»Pena wurde ebenfalls ermordet«, berichtete Leda.

Diese schrie laut auf: »Das darf nicht wahr sein!«

»Doch. Hätten Sie nur früher geredet!«

Barbara Moretti wurde aschfahl im Gesicht. Sie begann zu zittern und klammerte sich an die Tasse, als könnte sie ihr Halt im Orkan auf hoher See geben.

»Was habe ich nur getan? Es ist alles meine Schuld!« schluchzte sie und schlug sich mit der Faust gegen die Brust.

»Haben Sie noch etwas gehört oder gesehen, was außerhalb des Normalen lag?«

»Als die beiden fort waren und die Tür ebenfalls offen gelassen hatten, bekamen der Presidente und der Vice-Presidente Krach, und zwar so, wie ich es noch nie gehört hatte. Meraviglia schrie den Vice-Presidente an: ›Kümmer dich um die beiden! Sieh zu, daß sie keinen Schaden anrichten! Wir brauchen noch Zeit. Bring sie zum Schweigen, egal wie.‹ Ich war so entsetzt, daß ich erst mal fortgegangen bin, um nichts mehr hören zu müssen. Als ich zurückkam, war der Presidente allein in seinem Büro. Die Tür stand weit offen, und er telefonierte in aller Seelenruhe mit seiner Frau. Als er mich hörte, bat er um einen Whiskey, so wie immer um diese Uhrzeit.«

»Haben Sie etwas gesagt? Hat er gemerkt, daß Sie das Gespräch verfolgt hatten?«

»Ich glaube nicht.«

»Hoffentlich«, seufzte Leda.

»Bin ich auch in Gefahr?«

»Vielleicht. Kennt jemand diese Anschrift?«

»Nicht, daß ich wüßte. Ich habe im Büro nie darüber geredet und bin auch deshalb hierher gekommen, weil ich den Ort für sicher halte.«

»Auch keine Freunde oder Bekannte?«

»Nein, ich habe mit meinem Onkel über alles gesprochen. Er meint, ich wäre hier sicher, und er paßt ja auch genau auf.«

»Bleiben Sie hier, und gehen Sie nicht aus dem Haus. Ich werde Ihnen Sicherheitsleute in der Straße postieren. Kann man von außen in den Innenhof gelangen?«

»Nur wenn jemand in eine der angrenzenden Wohnungen eindringt und durch ein Fenster hinunterklettert.«

»Signora Moretti, noch eine letzte Frage: Sind Sie bereit, alles das, was Sie mir gerade gesagt haben, zu Protokoll zu geben und eventuell später in einem Prozeß gegen ihren Chef und Ruini zu wiederholen?«

Signora Moretti liefen die Tränen über das Gesicht, während sie Leda mit leeren Augen ansah.

»Ja, natürlich. Jederzeit.«

»Gut, dann schicke ich später meinen Kollegen Ugo Libotti vorbei, der Ihre Aussage aufnehmen wird. Sagen Sie das bitte Ihrem Onkel, damit er ihn hereinläßt.«

Leda machte sich auf, um den sofortigen Rundumschutz von Signora Moretti zu veranlassen und Ugo zu ihr zu schikken. An der nächsten Kreuzung erwischte sie ein Taxi. Der Fahrer fluchte furchtbar, die gesamte Innenstadt habe sich in einen Hexenkessel voller wütend protestierender Aktionäre verwandelt. Auf der Piazza Venezia sei es am schlimmsten. Da habe dieser Santangelo Tausende von Menschen um sich geschart. Da gehe gar nichts mehr voran.

»Und er hat angekündigt, die ganze Stadt mit seinen Leuten so lange lahmzulegen, bis die Regierung den Aktionären eine Entschädigung zusagt. Das kann noch heiter werden. Da muß der Steuerzahler für diese Größenwahnsinnigen herhalten, die bis gestern angeblich die klügsten Leute der Republik waren. Da kann man schon die Wut kriegen, ich sage es Ihnen.«

Er sagte noch vieles mehr, bis sie in der Via Nazionale ankamen, wo Leda sich in der Nähe des Präsidiums absetzen ließ.

Ugo wartete im Büro mit der Nachricht auf, daß sich das

Ermittlungsersuchen für Brasilien als ziemlich kompliziert erwiesen habe, da bestimmte Formalitäten eingehalten werden müßten, die niemand so genau kannte. Es hatte mehrerer Telefonate mit Commissario Waack bedurft, bis es einwandfrei per Fax nach Rio gesendet worden war. Leda berichtete ihm von der Aussage Barbara Morettis.

»Dann müßte es doch ganz einfach sein, den Mörder zu finden«, meinte Ugo.

»So? Wie denn?«

»Gehen wir mal davon aus, daß Meraviglia und Ruini bestimmt nicht selbst Leute um die Ecke bringen, sondern Killer engagieren. Nehmen wir weiter an, daß der Killer beide Morde ausgeführt hat, so brauchen wir doch nur die Passagierlisten sämtlicher Fluggesellschaften, die von Rom nach Rio und von Rio nach Rom fliegen zu durchforsten, und zu schauen, wer nach dem Morddienstag nach Brasilien geflogen und nach dem Mord an Pena vorgestern wieder nach Rom zurückgekommen ist.«

»Und wenn ein brasilianischer Killer engagiert wurde? Oder der Mörder noch Ferien am Strand macht und Caipirinha trinkt? Oder in einer anderen Stadt abgeflogen ist?«

»Possibile. Aber möglich ist meine Variante auch«, beharrte Ugo, und Leda gab ihm recht.

»Va bene. Überprüf sie. Aber fahr vorher noch zu Barbara Moretti und nimm ihre Aussage wasserdicht auf. Nimm einen Kollegen mit und das Aufnahmegerät. Hast du schon gegessen?«

Ugo nickte und lachte: »Köstlich: ein Tramezzino mit Käse, Salatblättern und hartgekochten Eiern, das andere mit Thunfisch, Mayonnaise und Tomaten. Und Sie?«

»Nichts, und ich sterbe vor Hunger. Ich gehe mal in der Kantine gucken, was es gibt.«

Dort waren der Lärmpegel und der Essensgeruch wie immer unerträglich, das Essen selbst dafür um so besser.

Leda wählte ein Bistecca alla milanese mit Pommes frites und Salat. Und als Nachtisch ein Stückchen Walnußtorte mit Vanilleeis. Alles mundete vorzüglich, und sie kehrte gestärkt ins Büro zurück. Endlich tat sich eine neue Spur im Mordfall Denaro auf.

Sie hielt die Aussagen Meraviglias und Morettis für glaubwürdig. Denaro und Pena waren wohl nichts weiter als geldgierige Haie unter Haien gewesen, denen das eigene Tun über den Kopf gewachsen war und die ihren geplanten Absprung aus dem schmutzigen Geschäft mit dem Leben bezahlen mußten.

Meraviglia und Ruini waren in Ledas Augen anderer Natur. Ihnen blühten ein paar Jahre Gefängnis und ein Teilverlust ihrer Vermögen. Doch dann würden sie in Freiheit ihr Alter und den Ruhm derer genießen, die einmal sehr wichtig gewesen waren und sich selbst weiterhin für wichtig hielten. Die Tatsache, daß sie wegen ihrer Sucht nach immer mehr Größe einen großen Konzern mutwillig in den Konkurs geritten hatten, würde im Gedächtnis der Menschen mit ihrem unstillbaren Durst nach Vorbildern gegen das Bild von Männern eingetauscht werden, die diesen großen Konzern überhaupt aufgebaut und vor allem einen Fußballclub finanziert hatten. So würde der Anfang das Ende überholen, einfach, weil er schöner war fürs Langzeitgedächtnis eines Landes.

Auf dem Flur begegnete Leda Civile und Tiziani, die nach ein paar Stunden Schlaf schon wieder voller Kraft und Kampfesmut waren.

»Das Kapitalloch ist viel größer, als wir es uns in unseren kühnsten Träumen vorgestellt haben. Wir kommen gerade von Ruini. Der behauptet, daß es sich im Lauf der letzten Jahre auf rund zwölf Milliarden Euro summiert hat. Zwölf Milliarden, das ist einfach irre. Und die Banken haben mitgespielt. Sie räumten Romapa jeden Kredit ein, weil sie davon ausgingen, daß sie sie im Zweifel abschreiben und daß im Fall einer ganz großen Krise der Staat einspringen würde, sprich die Allgemeinheit. Die Bankenaufsicht ist kein einziges Mal in Aktion getreten, und das, obwohl fünfzehn italienische Banken erkennbar faule Romapa-Kredite vergeben hatten. An drei wurden allerdings hohe Bestechungsgelder gezahlt, weil die Direktoren Bedenken hatten«, erklärte Civile.

»Wißt ihr schon, daß Gianfranco Pena, der Generaldirektor in Brasilien, auch umgebracht wurde?«

Die beiden starrten Leda an.

»Weiß Libero das schon?«

»Er schläft noch«, antwortete Leda.

»Von wegen, wir sind gerade auf dem Weg zu ihm.«

Gemeinsam stürmten sie zum Büro des Polizeipräsidenten, wo ihnen aber Silvia, seine charmante und effiziente Sekretärin, den Eintritt verwehrte.

»Er informiert gerade den Premierminister über den Fortgang der Ermittlungen. Vorher waren schon der Innen-, der Finanz- und der Wirtschaftsminister an der Strippe. Dio mio, hier ist was los. Und auf der Straße revoltieren die Massen. Das kann in einer Regierungskrise enden, sagt der Chef!«

»Womit er recht haben könnte«, stellte Civile lakonisch fest, während er Silvia mit freundlichem Blick musterte. »Übrigens, meine Liebe, Sie sehen heute wieder hinreißend aus. Leda, du auch, mit diesem tollen Tuch in den Haaren. Nur schöne Frauen um uns herum, Tiziani, da macht arbeiten doch wirklich Spaß.«

Sie begannen alle vier schallend über den alten Charmeur Civile zu lachen. Da öffnete sich die Tür und Libero kam mit besorgtem Gesicht auf sie zu.

»Gut, daß Sie der Humor noch nicht verlassen hat. Hoffentlich bleibt es so, denn wir geraten langsam in schweres

Fahrwasser. Der Premierminister fordert die schnellstmögliche Aufklärung des Falls unter Wahrung der Interessen der Regierung. Bitte kommen Sie alle in mein Zimmer, und Silvia, bitte Kaffee für uns alle. Danke.«

»Und wie stellt sich der Premierminister das vor?« fragte Leda empört, als sie Platz genommen hatten. Der Mann hatte offensichtlich keine Ahnung von den Schwierigkeiten ihres Berufs. Libero zuckte ebenfalls ratlos mit den Schultern.

»Er möchte, daß wir heute um siebzehn Uhr eine gemeinsame Pressekonferenz im Palazzo Chigi abhalten, um ein politisches Gegengewicht zu Santangelo und seinen Demonstranten darstellen zu können. Also, wo stehen wir? Wie groß ist das Kapitalloch? Kann es gestopft werden? Wer ist Denaros Mörder?«

»Und wer ist der Mörder von Meraviglias brasilianischem Statthalter, Ginafranco Pena? Er wurde vorgestern ermordet. Diese Information kam heute morgen aus Rio de Janeiro«, fügte Leda hinzu.

XIII

Libero starrte sie sprachlos an.

»Wie bitte? Noch ein Toter? Dio mio, das ist ja eine Katastrophe! Bitte ausführlicher.«

Bevor Leda antworten konnte, spielte der Türkische Marsch in ihrer Handtasche auf. Es war Ugo.

»Commissaria, ich bin gerade bei Barbara Moretti, und ihr ist außerdem noch eingefallen, daß sie am Abend nach dem Treffen bei Meraviglia Camillo Santangelo angerufen und ihn über das Gehörte informiert hat. Santangelo wußte also von der drohenden Pleite. Ich dachte, daß Sie das sofort wissen sollten.«

»Was hat die Moretti mit Santangelo zu tun?«

»Er ist ihr ehemaliger Freund. Sie haben beide jahrelang bei LaBoule gearbeitet. Er war Denaros Vorgänger und hatte ein Verhältnis mit der Moretti. Sie sind bis heute gut befreundet. Sie glaubt auch, daß er die Anschrift ihres Onkels kennt, hält es aber für absolut undenkbar, daß er ein Mörder sein könnte, und fühlt sich hier in der Via del Lavatore weiterhin sicher, das soll ich Ihnen sagen.«

»Frag sie, wann sie das letzte Mal mit Santangelo gesprochen hat.«

»Gestern, sie haben über die Demonstration geredet«, kam nach kurzer Pause zurück.

»Sag ihr, sie soll ab sofort nicht mehr mit ihm sprechen«, meinte Leda und bat ihn, so bald wie möglich zurückzukommen.

Währenddessen betrat Silvia mit einem strahlenden Lächeln und einem vollen Tablett den Raum, stellte es auf den Tisch vor der hellen Sitzgruppe und verließ sie schweigend wieder.

»Santangelo wußte Bescheid«, sagte Leda nur kurz und versuchte dabei, ihre Gedanken zu sortieren.

Dann brachte sie die anderen mit wenigen Sätzen auf den neuesten Stand.

»Puta merda«, rutschte es Civile raus. »Dann kommt Santangelo jetzt auch noch als Mörder in Betracht, oder?«

Leda wiegte ihren Kopf hin und her.

»Tatmotive?« fragte Libero.

»Meraviglia: Rettung von Geld und Macht, Ruini: ebenso. Santangelo: keine Ahnung. Er ist ja auch nur zufällig durch die Moretti reingeraten. Diese Spur dürfte, wenn überhaupt, die schwächste sein«, antwortete Leda.

Sie fühlte eine unerklärliche Spannung, ein Drängen, diesen Fall so schnell wie möglich zu Ende zu bringen. Doch immer wieder entwich ihr die Lösung, so als wollte das Schicksal sie foppen. War es nicht völlig verrückt, daß inzwischen die obersten Chefs von Romapa ebenso unter Verdacht standen wie deren schärfster Kritiker und Kontrolleur? Nein, sagte sie sich selbst, Santangelo war in die Sache nur deshalb hineingeraten, weil Moretti ihm vom Konkurs erzählt hatte, so wie eine Freundin einem Freund eben von Problemen erzählt. In Wahrheit gab es nicht den Schimmer eines Motivs. Dennoch mußte Leda jeden Verdacht ausräumen, genauso wie sie jedem nachzugehen verpflichtet war.

»Was haben Sie vor?« wollte Libero wissen.

»Alle drei vernehmen und herausfinden, was da eigentlich los ist«, antwortete sie, erhob sich und verließ Liberos Büro.

Sie begann mit Ruini und fuhr zu seiner Villa im Nordwesten der Stadt, die auf einem Hügel im Grünen hoch über dem Tiber thronte. Das zweigeschossige, klassisch ochsenblutrot verputzte Gebäude hatte mit seiner meterhohen Bruchsteinmauer, die das gesamte Grundstück umgab, etwas von einer Festung. Alle paar Meter waren Überwachungskameras installiert, die wie von Zauberhand geführt jeder Bewegung folgten. Leda beobachtete sie genau, während sie langsam auf das schwere Eisentor zufuhr. Trotz intensiver Suche fand sie keinen Klingelknopf.

»Sie wünschen?« ertönte es plötzlich aus dem Nichts, das sich irgendwo oberhalb ihres Kopfes befand.

»Leda Giallo, Hauptkommissarin bei der Mordkommission. Ich möchte mit Signor Ruini sprechen«, antwortete Leda.

»Zeigen Sie bitte Ihren Ausweis.«

»Wohin soll ich ihn halten?«

»Direkt vor sich, in Brusthöhe«, kam es wieder aus dem Nichts.

Leda tat, wie ihr geheißen.

»Einen Moment bitte.« Dann war es leise.

Ein kühler Windhauch fuhr Leda durch die Haare. Im Gebüsch neben ihr raschelte es, und sie zuckte zusammen. Eine kleine kohlrabenschwarze Katze krabbelte aus dem Buschwerk hervor und umstrich mit erhobenem Schwanz ihre Beine. Leda bückte sich, um sie zu streicheln, was das Tierchen laut schnurrend goutierte. Dann kugelte sie auf dem Boden herum, offensichtlich mit der Absicht, Leda zum Spielen zu animieren. Als die Menschenfrau nicht reagierte, verschwand das Tier wieder im Gebüsch.

»Bitte, Commissaria, kommen Sie herein«, ertönte die Stimme.

Das Tor ruckte, und Leda stieg wieder in ihren Wagen. Langsam fuhr sie auf einem mit Natursteinplatten gepflasterten Weg durch ein Paradies aus Blüten. Alles, was der mediterrane Frühling an Farben aufzubieten hatte, fand sich hier: von Azaleen und Oleander bis zu rosaroten Kirschblüten und blauen Glyzinien, alles in einer Fülle, die die Hand eines guten Gärtners verriet.

Leda stellte den Wagen zu mehreren anderen auf einen Kiesplatz neben dem Haus, das wesentlich kleiner war, als

Leda es sich für einen dermaßen finanzstarken Wirtschaftsführer vorgestellt hatte.

Die Kollegen begrüßten sie freundlich und führten sie durch die mit grauem Naturstein ausgelegte und karg möblierte Eingangshalle über eine ebenso graue Treppe ins erste Stockwerk zum Arbeitszimmer des Hausherrn. Jeder Schritt hallte von den weißen Kalkwänden wider, an denen Pretiosen italienischer Malerei von Tizian über Raffael bis hin zu Caravaggio hingen. Das Haus schien bis auf die Polizisten und den Wirtschaftsmagnaten menschenleer zu sein.

»Signor, Commissaria Giallo ist da«, meldete der Kollege sie bei Ruini an.

Leda trat ein und stand in einem Raum, dessen karge Schönheit sie beeindruckte. Er mußte etwa sechzig Quadratmeter groß sein. Zwei schlanke, in sich gedrehte Steinsäulen trugen massive dunkle Deckenbalken, der Boden war mit dem gleichen grauen Stein wie die untere Halle und die Treppe ausgelegt, und mehrere Gemälde aus der Renaissance- und Barockzeit, die Leda schon einmal in Bildbänden gesehen zu haben glaubte, schmückten die Wände.

»Sie besitzen eine phantastische Kunstsammlung.«

Ruini nickte.

»Sie ist angeblich eine der besten Privatsammlungen der Welt, bezogen auf die Zeit der Renaissance«, sagte er sachlich. »Ich habe mich bemüht, italienische Meisterwerke aus dem Ausland wieder zu uns zu holen.«

»Verleihen Sie sie für Ausstellungen?«

»Nein, niemals. Transporte schaden den Bildern. Hier sind sie gut aufgehoben, und die Leute wollen ja doch nur die berühmten Sachen sehen. Die unbekannteren Werke von berühmten Meistern interessieren sie doch gar nicht.«

»Gehört Ihnen auch die Salome von Caravaggio, die bei Artemis Celeste im Atelier steht?«

Ruini starrte sie an.

»Woher wissen Sie das?«

»Zufall«, antwortete Leda. »Purer Zufall oder vielleicht der Teil eines göttlichen Schicksalspuzzles? Auf der Suche nach Denaros Mörder war ich bei Signora Celeste und habe das Bild gesehen, ohne zu wissen oder zu ahnen, daß es Ihnen gehört. Aber deshalb bin ich nicht gekommen.«

Ruini war etwas kleiner als Leda, trug eine helle Hose und einen dunkelblauen Pullover über einem karierten Hemd, braune Mokassins und eine runde Brille. Leda dachte, er hätte ebensogut Mathematik-Lehrer sein können, so wie er aussah. Er war ruhig, schien fast gelassen, als er sie bat, auf einem der Ledersessel Platz zu nehmen. Leda fragte sich, ob er nur ein ausgebuffter Verhandler war, der bedingungslos an den guten Ausgang für sich selbst glaubte, oder ob er sich der Niederlage bereits ergeben hatte.

»Signor Ruini, Barbara Moretti hat ausgesagt, daß die Signori Denaro und Pena am Freitag vor dem Mord gedroht haben, aus dem gesamten Betrug auszusteigen, und Denaro sogar Selbstanzeige erstatten wollte.«

»Wie hat sie davon erfahren? Aber das spielt wohl keine Rolle. Ja das stimmt.«

»Und Sie wollten das verhindern?«

»Ja, natürlich. Es hätte zur Katastrophe geführt. Genau zu der, die wir ja jetzt aus anderen Gründen haben.«

»Wie hat sich Signor Meraviglia verhalten, als die beiden ihre Absicht kundtaten?«

»Er hat mich aufgefordert, sie davon abzuhalten.«

»Und was haben Sie getan?«

»Mit Denaro geredet und ihm noch mehr Geld angeboten.«

»Ergebnis?«

»Er hat abgelehnt, ließ sich jedoch von der Anzeige abbringen. Allerdings hat er klargestellt, daß er in drei Monaten mit dem Job aufhören wollte. Bis dahin mußte ich einen Nachfolger gefunden haben oder die Sache allein machen.«

»Wann haben Sie das mit ihm besprochen?«

»Freitag abend waren wir gemeinsam essen.«

»Zeugen?«

»Das Personal des La Pergola im Hilton hier um die Ecke. Am Montag darauf hat er es Fausto auch noch einmal persönlich bestätigt.«

»Zeugen?«

»Nur Fausto und ich.«

»War diese Zusage Denaros für Sie fest?«

»Ja, absolut. Ich war sicher, daß er die Frist einhalten und über alles für ewig schweigen würde. Er hat im Lauf der Jahre von uns unheimlich viel Geld bekommen und wollte es endlich genießen. Das sagte er zumindest.«

»Wie wichtig war Denaro für Romapa? Sie gelten ja als das Finanzhirn des Konzerns.«

»So? Fausto sieht das anders. Heute jedenfalls. Er meint, einem Mann wie Denaro gehöre die Zukunft, risikofreudiger, moderner, jünger. Ich war gut für die ersten zwei Jahrzehnte des Konzerns, für den Aufbau und den Ausbau. Doch dann war ich der Meinung, daß sich erst mal alles konsolidieren müßte, bevor man noch mehr erweiterte. Ich habe gesehen, daß diese Erweiterungen die vorhandene Basis aushöhlten, und mich dagegen ausgesprochen. Für Denaro war das alles ein Spiel. Er erfand neue Strategien, immer neue Finanzierungswege, legale, illegale. Zugegeben genial gedacht, wenn es nur nicht unser reales Kapital gewesen wäre. Er spielte Monopoly mit unserem Geld und dem der Aktionäre. Fausto war von ihm begeistert. Denaro versprach ihm, unter die zehn weltgrößten Unternehmen zu kommen. Größenwahnsinnig! Und Fausto hat sich von ihm anstecken lassen.«

»Warum sind Sie geblieben?«

»Der Konzern und die Arbeit mit Fausto und Gianfranco Pena, dem Dritten im Bund, war mein Leben. Schon in der Schulzeit machten wir Pläne, wie wir die kleine Pastafabrik von Faustos Vater zum Weltunternehmen machen würden. Was uns ja auch gelungen ist.«

»Warum haben Sie nicht wenigstens dem Aufsichtsrat als Kontrollgremium reinen Wein eingeschenkt und ihm statt dessen getürkte Zahlen vorgelegt?«

»Weil Fausto dagegen war, Gianfranco auch. Hätte ich die beiden hintergehen sollen?«

»Ja, wenn Sie doch die Gefahr für den Konzern sahen.«

»Nein, niemals würde ich meine besten Freunde hintergehen. Das tun nur Frauen, Männer nie.«

Leda schnappte innerlich nach Luft vor Empörung, hielt aber still und lächelte ihn an.

»Sie wurden also mit der Zeit so eine Art Vertreter von Denaro und verteidigten nach außen sein Handeln als das Ihre? Sie müssen ihn gehaßt haben!«

»Habe ich, aber es hatte keinen Sinn, mit Fausto darüber zu sprechen. Er vertraute ihm zwar nicht als Mensch, aber dafür als kreatives Finanzhirn.«

»Denaros Fortgang hätte Sie vor enorme Probleme gestellt, nicht wahr?«

»Ja. Aber das hätten wir auch noch geschafft. Der Nachfolger bei LaBoule, Federico Malerba, ist auch gut und weiß, daß es Unregelmäßigkeiten gibt. Den Umfang kennt er nicht. Ich habe mit ihm gesprochen, und er ist bereit, da wieder einiges ins Lot zu bringen.«

Bei Leda klickte es: Deshalb die vielen, plötzlichen Umstellungen in der Arbeit des Teams!

»Wann haben Sie mit ihm gesprochen?«

»Am Montag vor dem Mord.«

»War Malerba überrascht, als Sie ihn darauf ansprachen?«

»Ja. Sehr sogar. Er lehnte zunächst ab. Erst am Tag nach Denaros Tod sagte er zu.«

»Mit Denaros Ausscheiden hätte der Konzern also wieder eine Chance gehabt?«

»Ich glaube, ja.«

»Ein Grund mehr, Denaro schleunigst loszuwerden. Haben Sie ihn umbringen lassen?«

Ruini stand auf, ging langsam zum Fenster und schaute hinaus. Leda stellte sich neben ihn, sie wollte jede seiner Reaktionen genau beobachten. Der Blick von hier oben über die Stadt war einmalig. Sie lag wie ein Gemälde unter ihnen.

»Nein, ich bin kein Mörder«, sagte er dann plötzlich unvermittelt in den Raum.

»Was ist mit Pena?«

»Fausto hat mit ihm gesprochen. Er ist ebenfalls bereit, drei Monate zu warten. Bei ihm stand eine Nachfolgeregelung sowieso an. Er ist über sechzig und hat schon seit geraumer Zeit keine Lust mehr.«

»Das Problem hat sich ja nun auch erübrigt«, meinte Leda.

»So?« Ruini schaute sie fragend an.

Hatte man ihn über Penas Tod noch nicht informiert?

»Er wurde in Rio erschossen.«

»Soll das ein Verhörtrick sein?« raunzte er ihr entgegen.

»Nein. Ich dachte, Sie wüßten es. Er starb vorgestern. Man hat seinen Sohn festgenommen.«

»Luigi soll Gianfranco erschossen haben? Niemals!«

Er schrie, die Worte hallten durch den Raum. Doch sofort hatte er sich wieder unter Kontrolle.

»Gianfranco ist auch dem Größenrausch erlegen. Aber an jenem Freitag hat er genauso wie Denaro kapiert, daß das Imperium vor dem Einsturz steht oder bereits eingestürzt ist. Er wollte sich vor der Verantwortung drücken, richtig feige. Er verteidigte immer Denaros Pläne und hat mich vor Fausto manchmal lächerlich gemacht: Callisto hat von moderner unternehmerischer Finanzgestaltung keine Ahnung, hat er gesagt. Schon in der Schule hat Gianfranco zu Fausto gehalten. Aber ich konnte am besten von uns drei rechnen. Vor allem in Textaufgaben war ich unschlagbar, und ein Konzern ist nichts weiter als eine Textaufgabe. Das haben die beiden nie begriffen. Sie können alles, was man zur Konzernführung braucht, nur können sie nicht rechnen.«

Leda sah plötzlich einen kleinen Jungen vor sich, der trotzig mit den Füßen aufstampfte und seine Freunde anschrie: Ich kann das besser! Nehmt mich doch endlich ernst!

»Denaro war ein Spieler und hat die beiden anderen zum Spielen verführt. So, und jetzt habe ich nichts mehr hinzuzufügen, bitte gehen Sie.«

Leda erlebte ihn jetzt erstmals als einen Chef, der festlegt, wann ein Gespräch in seinen Augen beendet ist. Entschlossen nahm er ihren Arm, schob sie zur Tür, so wie man es mit lästigen Angestellten tat, und drückte die Klinke hinunter. Mit einem freundlichen Lächeln entzog sich Leda ihrer Bestimmung und machte ein paar Schritte in den Raum zurück, was auf seiner Stirn tiefe Falten des Ärgers hervorrief.

»Ich habe leider noch eine Frage: Camillo Santangelo. Welche Rolle spielt er?«

»Ich habe ihn gekauft«, lautete die kurze, unmißverständliche Antwort. »Er hat früher bei LaBoule Aufträge von uns bearbeitet. Offiziell und ganz legal. Erst Denaro hat die Doppelrolle übernommen, Santangelo hätte das nie gekonnt, dazu reicht es bei ihm nicht. Dann hat er sich mit Prüfungs- und Buchhaltungsaufträgen unserer Tochterfirmen selbstständig gemacht und den Vorsitz von APAI übernommen. Seine Vorstöße in Sachen Aktionärsschutz sind alle vorher mit uns abgesprochen gewesen. Wir stöhnen dann zwar offiziell, haben inoffiziell aber alles im Griff. So hat er Erfolg und wir die Kontrolle. Geschäft auf Gegenseitigkeit nennt man das.«

»Wußte er von der Finanzkrise?«

»Nein, woher? Er hatte auch keine Ahnung von falschen Bilanzen, ging immer davon aus, daß Romapa grundsolide ist. Er hat mir geglaubt. Deshalb ist er jetzt so wütend. Das kann ich irgendwie verstehen. Signora, ich möchte, daß Sie jetzt gehen.«

Langsam schritt sie die breiten Stufen vor dem Eingang hinunter und ließ ihren Blick über die leuchtenden Farben des Gartens schweifen. Es war still hier oben, irgendwie außerhalb der Welt, in die sie gleich wieder eintauchen würde. Ein kurzer Urlaub mitten im Trubel des Untergangs eines Imperiums, dachte sie und sog die nachmittägliche Frühjahrsluft tief in ihre Lungen ein.

Da ertönte der Türkische Marsch aus ihrer Jackentasche.

»Ciao Mamma«, erklang die fröhliche Stimme Flavias.

»Ciao, wie schön, dich zu hören. Geht es euch gut? Wo seid ihr?«

»Wieder in Madrid. Papa und Marco sind gerade unterwegs zu so einem Plattengeschäft, wo es spanische Rap-Musik gibt. Mir war das zu blöd. Ich tue gerade was für die Schönheit, weil ich heute abend mit ein paar Leuten verabredet bin. Freunde von einer Freundin von mir, die hier studieren. Wir wollen in die Disco gehen. Beim Fönen ist mir eingefallen, daß ich vergessen habe, mich in der Uni für ein Seminar anzumelden. Alessandro kann ich aber nicht erreichen, und heute ist der letzte Anmeldetag. Bitte, Mamma, kannst du schnell hinfahren und das für mich erledigen? Du brauchst mich nur in eine Liste einzutragen, das geht ganz schnell.«

Von wegen ganz schnell. Erst wühlte sich Leda eine Dreiviertelstunde lang durch den Verkehr bis zur Universität, dann brauchte sie weitere zwanzig Minuten, bis sie den richtigen Raum gefunden hatte, in dem die Listen ausgelegt waren. Dort wiederum warteten Dutzende von Studenten in der Schlange und debattierten die Ineffizienz der Univerwaltung, die es nicht fertigbrachte, die Eintragung in die Listen zu vereinfachen, was Leda eine weitere halbe Stunde kostete, und dann wußte sie nicht genau, im Rahmen welchen Studiengangs das Seminar »Demokratien im Wandel. Macht der Menschen oder Macht der Konzerne?« angeboten wurde. Die Sucherei fraß noch etwa eine Viertelstunde ihrer Zeit.

Während sie verschwitzt und genervt Flavias Namen in die richtige Zeile schrieb und einen dreifach abgestempelten Zettel als Anmeldungsnachweis von einer ebenso genervten Dame entgegennahm, klingelte ihr Telefonino. Ugo teilte ihr mit, sie bräuchte nicht zu Meraviglia ins Krankenhaus zu fahren, da er einen neuen Schwächeanfall erlitten habe und vernehmungsunfähig sei.

»Danke, Ugo, dann fahre ich zur Piazza Venezia, um mit Santangelo zu reden.«

»Er hat sein Demonstrationsquartier aber heute auf der Piazza del Popolo aufgeschlagen, mit Bühne und Tamtam. Dort wartet er mit seinen Aktionären auf die Liveübertragung der Pressekonferenz vom Ministerpräsidenten und unserem Präsidenten Libero im Palazzo Chigi. Sie haben Santangelo eben im Fernsehen gezeigt und interviewt.«

»Also gut, Piazza del Popolo. Ciao, bis morgen.«

Als sich Leda durch eine große Menschenansammlung zur Bühne vorkämpfte, war es bereits halb acht. Santangelo saß im grellen Scheinwerferlicht vor einer großen Leinwand, auf der der Ministerpräsident und Libero überlebensgroß zu sehen waren.

»Ich habe Polizeipräsident Libero angewiesen, alle Fakten und alle Hintergründe dieses in der italienischen Geschichte einmaligen Wirtschaftsskandals rückhaltlos und ohne Rücksicht auf Namen und Positionen aufzuklären«, sagte der Ministerpräsident gerade. »Er hat mir zugesagt, mich laufend über die Ermittlungsergebnisse zu unterrichten. Von mir persönlich wurde heute morgen eine fünfköpfige Expertenkommission ins Leben gerufen, die nach der Sommerpause Vorschläge zur Verbesserung des Aktionärsschutzes vorlegen soll. In diese Kommission wurde als prominentestes Mitglied Camillo Santangelo berufen, der sich seit Jahren mit diesen Fragen beschäftigt.«

Libero saß neben dem Regierungschef und nickte zustimmend. Dann erklärte er sachlich und schnörkellos den Stand der Ermittlungen. Er sprach ausführlich über die raschen Erfolge der Arbeit von Civiles Wirtschaftsabteilung, nannte die vorläufigen Erkenntnisse über das Ausmaß der Kapitalunterdeckung. Bei der Nennung der Größenordnung von »mit Sicherheit über zehn Milliarden Euro« ging ein empörtes Raunen durch die Menge. Die Mordermittlungen streifte er wohlkalkuliert nur mit wenigen Sätzen. Denn an diesem Punkt war ihnen tatsächlich noch kein Durchbruch gelungen, was die Masse jedoch angesichts der finanziellen Schäden von fast einhunderttausend Aktionären wenig interessierte. Die Nachfragen der Journalisten machten das allzu deutlich. Leda erleichterte das insofern, als es den auf ihr lastenden Erfolgsdruck etwas verminderte. Sie wußte ja nicht einmal sicher, ob der Mord an Denaro mit dem Romapa-Skandal verknüpft war. Die Umstände sprachen dafür, aber von einer Lösung des Falls fühlte sie sich meilenweit entfernt.

Nachdem die Übertragung beendet war, prasselten Fragen und Kommentare aus der Menschenmenge auf Santangelo ein. Er beantwortete so viele er konnte selbst und verwies im übrigen auf seine fleißigen Mitarbeiter und die Homepage des APAI-Verbandes, auf der betroffene Aktionäre sich informieren und Rat einholen könnten. Leda bewunderte die perfekte Organisation, die Santangelo und seine Leute in so kurzer Zeit aus dem Boden gestampft hatten. Immerhin war der Skandal vor nicht einmal vierundzwanzig Stunden ans Licht der Öffentlichkeit gedrungen.

Der Versuch, Santangelo zu sprechen, scheiterte. Sie ließ ihm einen Zettel mit ihrem Anliegen auf die Bühne bringen. Der kam mit der Bemerkung zurück: »Gern an einem anderen Tag. Viel Erfolg!« Sein Umgang mit der Polizei schien Leda bemerkenswert gelassen. Sie erklärte dem Boten, daß sie auf einem Gespräch mit Santangelo bestünde und falls dieser ihrem Wunsch nicht entspräche, würde sie ihn sofort offiziell vorladen und abführen lassen. Es ging immerhin um einen Mordfall. Der junge Mann war von Ledas Unbeugsamkeit beeindruckt, eilte umgehend die kleine Treppe aufs Podium zurück, sprach mit Santangelo und kehrte mit der Frage zurück, ob sie bereit sei, das Ende der Veranstaltung abzuwarten. Die könne sich jedoch noch bis zweiundzwanzig Uhr hinziehen. Dazu war sie bereit, denn ein Abbruch der Vorstellung hätte unliebsame Aufmerksamkeit bewirkt. Er werde sie anrufen. Leda gab dem Boten ihre Visitenkarte und notierte Santangelos Telefoninonummer. Plötzlich fühlte sie Müdigkeit in sich aufsteigen. Sie fror, und ihr Magen schrie nach Füllung.

»Gedankenübertragung. Ich wollte dich auch gerade anrufen. Ich bin in zehn Minuten fertig. Wollen wir essen gehen?« fragte Paolo sie, als sie ihn anrief.

Sie verabredeten sich in einer kleinen Trattoria in der Via delle Carrozze, fünf Gehminuten von der Piazza del Popolo entfernt. Leda wurde vom Wirt Umberto freudig empfangen.

»Leda, endlich kommst du auch mal wieder. Paolo war in der letzten Zeit immer allein hier. Wo ist er?«

Sie plauderten eine Weile über Gott und das Leben, insbesondere über das eines Gastwirts, dem die Arbeit über den Kopf wuchs. Leda kannte ihn nicht anders. Das Klagen gehörte zu Umberto wie seine feinen, blankpolierten Schuhe aus teuerster Handherstellung. Vom Klagelied wechselte er übergangslos zum Loblied auf seine heutige Speisekarte und empfahl ihr hausgemachte Fettuccine mit Steinpilzen und anschließend ein Rinderfilet mit frischem Spinat. Leda nickte seinen Vorschlag ab.

»Du wartest sicher auf Paolo. Dann bringe ich die jetzt erst mal eine Karaffe von unserem roten Hauswein und Wasser. Wie immer.«

Der Wein, ein umbrischer Cabernet Sauvignon vom Lago di Corbara, verbreitete eine wunderbare Wärme in ihr, ein paar leckere, kleine Schinken- und Wurstdelikatessen aus Umbertos Heimatstadt Norcia zu köstlichem Brot beruhigten den wütenden Magen. Langsam entspannte sie sich.

»Du siehst geschafft aus. Das Großkapital läßt grüßen, è vero?« begrüßte Paolo sie und strich ihr mitleidig über die roten Locken.

»Die Kleinaktionäre aber auch. Ich muß nachher noch mit diesem Santangelo reden. Er wußte schon seit fast zwei Wochen vom drohenden Konkurs.«

»Apropos Santangelo«, sagte Paolo, während er sich setzte und einen Schluck Wein trank. »Vorhin rief ein Mann anonym bei mir in der Redaktion an. Der Gute war sauer, ziemlich sauer sogar. Und zwar auf Santangelo. Ich sollte mir den doch mal genauer ansehen. Er hätte jahrelang das Spiel der Romapa-Leute mitgespielt und sei von denen reichlich dafür belohnt worden. Er blende die Öffentlichkeit schamlos, und das müßte in der Zeitung stehen.«

»Was meint er damit?«

»Das hat er nicht verraten, sondern sofort aufgelegt. Vielleicht einer von den Psychopathen, die sich einen Spaß daraus machen, prominente Leute zu diffamieren.«

»Hast du probiert, noch mal mit ihm zu sprechen?«

»Nein, cara, weil ich keine Zeit mehr hatte. Ich war nämlich mit einer Frau verabredet, fast zwei Köpfe kleiner als ich und rothaarig wie eine Karotte. Ich würde gern nach zwölfjähriger Beziehung mit ihr zusammenleben, aber sie ziert sich. Ein sehr eigenwilliges Wesen, charmant, klug, liebenswert, lebenslustig, aber stur wie ein Hornochse. Hier ist die Telefonnummer, für den Fall, daß dich die Sache interessieren sollte.«

Er zog einen zerknüllten Zettel aus seiner Jackettasche und reichte ihn ihr. Leda seufzte. Ging das schon wieder los? Und alles nur, weil Mutter Agata sich von ihrem Sohn emanzipiert hatte. Warum kamen solche existentiellen Diskussionen immer dann auf, wenn sie im größten Streß steckte, den Kopf ganz woanders hatte, entscheidungsunfähig war?

»Können wir das nicht nach Abschluß des verdammten Falls besprechen?«

»Dann kommt der nächste. Rom bietet offensichtlich so viele Ermordete wie Sehenswürdigkeiten. Jedenfalls ist die Leiterin des Mordkommissariats der städtischen Polizei immer voll beschäftigt. Die Folge: Mit einer Antwort ist nicht vor dem Eintritt in ihren wohlverdienten Ruhestand zu rechnen, und das sind noch fast fünfzehn Jahre. Leda, komm! Ich liebe dich und werde der beste Mitbewohner aller Zeiten sein, ordentlich, treu, sauber, geduldig und unterhaltsam. So einen wie mich bekommst du so leicht nicht noch einmal. Die Damen in meiner Redaktion sind jedenfalls hinter mir her.«

»Alle?«

»Mindestens drei.«

»Und umgekehrt?«

Er tat so, als müsse er überlegen.

»Also zwei von denen finde ich attraktiv. Aber dich liebe ich.«

»Ich dich auch. Also versuchen wir es doch von heute bis morgen früh miteinander in einem Haushalt.«

Die Unterhaltung nahm ihren Lauf, und Paolo war unendlich charmant. Nach zwölf Jahren versucht er mich zu erobern, als hätten wir uns gestern erst kennengelernt. Welcher Mann tut das schon? dachte Leda und merkte, wie sie sich seinem Anliegen immer mehr öffnete. Das gute Essen, das Umberto ihnen servierte, unterstützte Paolos Bemühungen durchaus. Leda fühlte sich in seiner Gegenwart warm und geborgen. Santangelo vergaß sie, bis sich das Telefonino meldete.

»Commissaria, ich bin gerade erst fertig geworden und sehr müde. Reicht es, wenn wir morgen früh miteinander sprechen?«

Es war Santangelo. Leda schaute auf die Uhr: kurz nach elf. Ob sie nun heute abend noch oder erst morgen früh mit ihm redete, machte keinen Unterschied mehr.

»Morgen früh ist in Ordnung. Kommen Sie in mein Büro?«

»Mit wäre es lieber, wenn Sie in meines kommen, weil ich dort schon sehr früh Wichtiges zu erledigen habe.«

»Va bene. Um acht. Wo?«

XIV

Mitten in der Nacht wurde Leda weniger von Paolos Schnarchen, als vielmehr vom penetranten Klappern eines Fensterladens irgendwo in der Wohnung geweckt. Während sie durch das Dunkel der Zimmer auf der Spur nach der Störquelle tappte, erinnerte sie sich an ihren Traum, aus dem sie gerade aufgetaucht war. Er war zu merkwürdig gewesen.

Um den Obelisken auf der Piazza del Popolo hatte man ein weites Tischrund aufgebaut, mit edlem Geschirr, silbernem Besteck und funkelnden Kristallgläsern eingedeckt. Von verschiedensten Pastagerichten überquellende Schüsseln, Karaffen mit Wein und Wasser, Früchte, Süßigkeiten sowie üppiger Blumenschmuck warteten auf die Gäste. Als der Mond genau über der Terrasse des Pincio-Hügels stand, begannen die Glocken der Zwillingskirchen zu läuten, aber nicht mit dem vollen Ton von Eisenglocken, sondern klirrend, so als würde der Gast einer Festtafel mit dem Messer an sein Glas schlagen, um sich Gehör für eine Rede zu verschaffen.

In diesem Moment schwebten etwa dreißig Gestalten aus allen Himmelsrichtungen heran. Sie trugen Umhänge aus Papier, über und über mit Romapa-Aktien bedruckt, die im Flugwind raschelten. Plappernd und lachend nahmen sie Platz und begannen umgehend, Unmengen Pasta zu verschlingen und ebensolche Unmengen Wein zu trinken. Als Leda näher hinsah, wer sich dort ein nächtliches Stelldichein gab, erkannte sie den Ministerpräsidenten, Meraviglia, Ruini, Morea, Moretti, Santangelo, Malerba, Ferruccio, Gianni, den Professor, Adriana, Gianna, ihre Kinder, Denaros Eltern – kurz: alle, denen sie seit dem Einsatzbeginn in der Via Volterra vor neun Tagen begegnet war. Sogar Denaro war von den Toten auferstanden und stopfte vergnügt Pasta in sich hinein.

Dann hörte Leda ihnen zu, denn sie unterhielten sich äußerst angeregt. Und was stellte sie fest? Die ganze Gesellschaft sagte Zahlen auf: »Zwölf Milliarden«, »Zehn Milliarden«, »Vierzehn Milliarden«. Je höher die Zahl, desto mehr lachten sie. Inmitten des Gelages erschienen plötzlich Libero, Civile, Tiziani, Ugo und die anderen Kollegen zu Fuß. Von der Via del Corso her bewegten sie sich langsam, aber majestätisch über den Platz und sagten mit strengem Ton im Chor: »Hausarrest für alle.« Daraufhin brach die merkwürdige Gesellschaft unisono in schallendes Gelächter aus, erhob sich in die Lüfte, und jeder verschwand in die Richtung, aus der er gekommen war.

Ein verrückter Traum, dachte Leda und ging ins Wohnzimmer, um nachzusehen, woher das Klappern kam. Ein Fensterladen hatte sich aus der Halterung gelöst und schlug gegen die Balkontür. Als sie diese öffnete, schauderte sie im Zug des eiskalten Nachtwindes, mußte aber dennoch nach draußen, um den Übeltäter wieder festzuklemmen. Bibbernd schloß sie die Tür und trank in der Küche ein Glas Wasser. Die Wanduhr zeigte auf kurz vor vier. Sie kroch zurück ins Bett und wärmte sich an Paolo, der friedlich vor sich hin schnarchte. Sie gab ihm einen Schubs, damit er sich zur Seite drehte und ruhig war. Dann brauchte sie noch eine Weile, bis sie wieder einschlief.

Als um sieben Uhr der Wecker klingelte, fühlte sie sich wie gerädert. Der Wind hatte sich noch immer nicht gelegt. Sie stieg unter die heiße Dusche, woraufhin es ihr besser ging. Paolo brauchte erst um zehn Uhr in der Redaktion zu sein, und so verließ sie als erste das Haus.

Da es schon spät und der Verkehr bis zur Piazza Vittorio Emanuele II nicht absehbar war, beschloß sie, gleich dorthin zu fahren und gegebenenfalls dort zu frühstücken. Sie durfte Santangelo unter keinen Umständen verpassen.

Um zehn Minuten vor acht parkte sie ihr Auto fast legal direkt an der Piazza vor einer Bar, schob das Schild »Polizei im Einsatz« hinter die Windschutzscheibe und ließ sich einen schnellen Kaffee mit einem cremegefüllten Cornetto servieren. Kauend schlängelte sie sich durch Menschenmengen, die mit bereits gefüllten Einkaufstaschen vom Markt kamen oder mit leeren dorthin gingen.

Santangelos Büro befand sich im zweiten Stockwerk, wohin sie ein winziger Aufzug brachte. »Studio di Contabilità Santangelo« las sie auf einem Messingschild und klingelte. Ein kleiner Mann, der im Gesicht so grau war wie sein Anzug, öffnete ihr die Tür.

»Dottore Santangelo ist noch nicht da. Bitte nehmen Sie solange Platz.«

Er wies auf eine Holzbank in dem winzigen Flur, der mit Plakaten zugepflastert war. Sie warben für ein Jazzlokal namens Alexanderplatz, in dem eine gewisse Gina Santangelo auftrat.

»Die Tochter des Dottore ist eine phantastische Jazzsängerin. Sie tritt diese Woche dreimal dort auf«, erläuterte das Männlein so begeistert, als wäre Gina seine eigene Tochter.

»Alexanderplatz? Der liegt in Berlin! Ein komischer Name für einen italienischen Jazzkeller.«

»Künstler ticken eben anders als wir!«

Leda setzte sich und schaute sich um. Mit der weltläufigen Großzügigkeit des Büros der Firma LaBoule & Partner, Santangelos früherem Arbeitsplatz, hatte dieses hier nichts zu tun. Von ihrem Platz aus sah Leda durch eine offen stehende Tür in ein Büro mit einem kleinen, resopalbeschichteten Schreibtisch aus den sechziger Jahren, der abgesehen von einem uralten Telefon völlig leer war. Vor Wänden, die dringend einen neuen Anstrich brauchten, standen häßliche braune Bücherregale voller Aktenordner und ein paar Bücher. Hinter der Theke am Ende des Flurs hockte das graue Männchen und bediente ein Telefon, das ununterbrochen klingelte. Leda lauschte einerseits aus professioneller Neugierde, andererseits, weil ihr gar nichts anderes übrigblieb.

»Nein, Dottore Santangelo ist nicht da. Kann ich etwas für ihn notieren? ... Signor Tanzi! Sie möchten wissen, ob die Aufträge zu Dottore Santangelos Zufriedenheit ausgeführt wurden? ... Gern, er wird Sie zurückrufen, sobald er kann. Bitte geben Sie mir Ihre Nummer. Ich notiere ... Gern, Signor Tanzi. Ich kümmere mich darum. Arrivederci.«

Da es in der Zwischenzeit an der Tür geläutet hatte, kam das Männlein hinter der Theke durch eine Schwingtür geeilt, um zu öffnen. Hinter einem großen Blumenstrauß ertönte eine weibliche Stimme:

»Ich will den Dottore gar nicht stören. Er hat jetzt so viel zu tun. Iacopo, geben Sie ihm die Blumen, sie sind ein Ausdruck meines Dankes an den Dottore. Er setzt sich so sehr für uns Kleinaktionäre ein. Sagen Sie ihm, daß ich dafür sehr dankbar bin. Ciao Iacopo.«

Die Dame drückte ihm den Strauß in die Arme, und Leda erhaschte von ihr nur den vagen Eindruck von teurem Parfum und blondgefärbten Haaren.

»Danke, Signora Longanesi. Da wird sich der Dottore sehr freuen«, rief Iacopo der Davoneilenden hinterher.

Dann tauchte eine Frau mittleren Alters auf, die an Leda mit einem gemurmelten »Buon giorno« vorbeilief, Iacopo, der schon wieder telefonierte, mit einem Kopfnicken bedachte und in einem weiteren Raum irgendwo hinter der abgewetzten Theke verschwand.

Schließlich erschien Santangelo. Es war Viertel nach acht.

»Einen kleinen Moment noch, ich bin sofort für Sie da«, warf er der Kommissarin entgegen, während er ihr im Laufen kurz die Hand drückte, eine Tür öffnete, die Leda bisher nicht bemerkt hatte, und sie hinter sich wieder schloß. Sein Lächeln glich dem eines Vertreters für Versicherungspolicen, der seine Kunden aus tiefstem Herzen haßt und sie dennoch braucht. Iacopo beendete sein Telefonat und folgte seinem Chef. Sie ließen Leda weitere fünf Minuten warten. Dann entschied sie, tätig zu werden, stand auf und betrat nach lautem Klopfen unaufgefordert sein Büro. Die beiden Männer schauten sie erstaunt an.

»Signora, noch einen Moment, ich hatte Sie noch nicht gerufen«, sagte Santangelo.

»Das ist nicht nötig. Ich warte seit zwanzig Minuten auf Sie. Leider habe ich keine Zeit mehr. Die Aufklärung von Mordfällen muß schnell geschehen. Iacopo, würden Sie bitte den Raum verlassen, ich möchte mit Signor Santangelo allein sprechen«, wandte sie sich an den kleinen Grauen, der zwar von seinem Stuhl aufsprang, dann aber verunsichert stehen blieb.

»Ist gut, Iacopo, geh«, meinte Santangelo und fügte sich der Staatsgewalt. »Entschuldigen Sie, Signora, aber die momentane Situation fordert meinen permanenten Einsatz für die Sache. Nachher habe ich einen Termin beim Ministerpräsidenten«, sagte er und hatte wieder dieses Lächeln im Gesicht.

»Das geht mir genauso. Also, Signor Santangelo: Wie gut kannten Sie Roberto Denaro?«

»Ich war bei LaBoule & Partner sein Chef, bis ich mich selbständig gemacht habe. Das heißt, wir kannten uns beruflich gut, privat überhaupt nicht.«

»Mochten Sie ihn?«

»Er war mir zunächst völlig egal. Später dann, als Ruini anfing, bei LaBoule Druck zu machen, daß Denaro die Teamleitung übernehmen solle, war ich ziemlich gekränkt und sauer. Als die Geschäftsleitung von LaBoule sich dem

Wunsch von Romapa beugte, bin ich dann ausgeschieden. Heute kennen wir den traurigen Hintergrund des Wechsels, und ich verachte Meraviglia, Callisto Ruini und Denaro zutiefst.«

»Ruini hat ausgesagt, er hätte dafür gesorgt, daß Sie den Vorsitz des APAI-Verbandes bekamen, und Sie außerdem dafür bezahlt, daß Sie dort mit Ihren Forderungen immer nur so weit gingen, wie es für Romapa verträglich war. Was sagen Sie dazu?«

»Diese Behauptung ist eine Unverschämtheit. Jede Aktion, die APAI seit meinem Amtsantritt durchgeführt hat, wurde von uns selbst entwickelt und nicht vom Großaktionär Ruini.«

»Warum behauptet er dann so etwas?«

»Weil er angibt und ein Lügner ist.«

Santangelo lief puterrot an vor Zorn und schlug mit beiden Fäusten auf die Schreibtischplatte.

»Dieser Mann erdreistet sich, erst hunderttausend Menschen zu belügen und zu betrügen, und behauptet dann auch noch, andere seien käuflich.«

»Sie hatten aber doch jahrelang ein ausgezeichnetes Verhältnis zu ihm und lobten Romapa immer wieder als besonderen Konzern, der auch die Interessen der Kleinanleger berücksichtigte.«

»Natürlich, denn wir haben die ja immer wieder dazu gebracht, unseren Forderungen möglichst weitgehend zu entsprechen. Dafür wurden sie dann öffentlich gelobt, was das Vertrauen in die Aktien stärkte. Wie ich glaubte, zu Recht! Denn ich hielt die Aktie für so sicher wie ein Sparbuch, nur mit höherer Rendite. Sie sollten Ruini kein Wort glauben. Ich bin unbestechlich.«

»Aber Sie erhielten von Ruini Aufträge für Ihr Büro?«

»Indirekt. Wir machen die Buchhaltung für einige kleinere Tochterfirmen.«

»Eine Art Kompensation?«

»Signora, Sie beleidigen mich! Nein, weil wir gut sind. Wir haben auch noch viele andere Aufträge von Firmen, die gar nichts mit Romapa zu tun haben.«

»Würden Sie Ihr Verhältnis zu Ruini als Freundschaft beschreiben?«

»In gewisser Weise, ja. Wir haben uns ziemlich oft gesehen.«

»Und er berichtete Ihnen von den Erfolgen des Konzerns?«

»Genau!«

»Sie müssen sich jetzt sehr hintergangen fühlen, persönlich verletzt, oder? Mir ginge das jedenfalls so!«

»Ich habe dem Falschen vertraut und damit sein Spiel mitgespielt.«

»Wann haben Sie erfahren, daß der Konzern große Finanzlöcher hat?«

»Dienstag aus dem Fernsehen, wie alle anderen auch«, lautete die Antwort.

Leda schaute ihn scharf an. War er ein guter Schauspieler, oder hatte Barbara Moretti gelogen? Aber warum hätte sie das tun sollen?

»Sind Sie ganz sicher?«

Santangelo, dessen Gesicht noch immer von einem leuchtenden Rot überzogen war, fixierte Leda. Plötzlich erstarrte er.

»Hat jemand etwas anderes behauptet?«

»Nein. Ich wundere mich nur, daß Sie innerhalb eines Tages so große Demonstrationen organisieren können. Normalerweise dauert die Vorbereitung länger«, erwiderte Leda.

»Erstens bin ich selbst darin gut, und zweitens habe ich gute Leute. Wir sind immer schnell auf der Straße.«

Laut Ruini hattest du auch immer genug Zeit, da vorher alles genau abgesprochen wurde, dachte die Kommissarin, schwieg aber.

»Kennen Sie sonst jemanden bei Romapa?« fragte sie statt dessen.

»Barbara Moretti, eine frühere Arbeitskollegin. Wir sind befreundet.«

»Die Sekretärin von Signor Meraviglia? Hat sie Sie auch mit Informationen über die Geschäfte versorgt?«

»Nicht wirklich. Ruini wußte schließlich viel mehr als sie.«

Leda nickte, das war glaubhaft. Santangelo hatte sich inzwischen wieder etwas beruhigt, doch er schien dennoch nervös und trommelte mit seinen Fingern auf dem Tisch herum.

»Signora, entschuldigen Sie mich bitte einen Moment? Iacopo muß mir noch etwas schreiben für das Gespräch mit dem Ministerpräsidenten heute nachmittag«, sagte er und stand auf.

»Ich bin sowieso fertig. Vielen Dank.«

Der Eindruck, den Santangelo bei Leda hinterließ, war ambivalent. Einerseits zeigte er keine Hemmungen, seiner Enttäuschung und Verachtung über Ruini und Denaro freien Lauf zu lassen, andererseits hatte er sie offensichtlich angelogen. Während Leda zum Auto ging, rief sie im Präsidium an und bat Ugo, sich Santangelos Bankverbindungen genauer anzusehen.

Ugo fand nichts, was Ledas Pulsschlag erhöhte. Santangelo besaß zwei Konten, eines fürs Geschäft und ein privates. Auf dem geschäftlichen gab es einen regen Fluß von Einzahlungen mit Rechnungsnummern und Auszahlungen von Gehältern, Büroausgaben, Steuern und vieles mehr. Für ein drittes Konto, das des APAI-Verbandes, war er zeichnungsberechtigt. Hier gingen Mitgliedsbeiträge ein und die Bezahlung von Aktionen, seinen eigenen Bezügen und anteiligen Bürokosten ab.

»Der Mann arbeitet solide. Sowohl Geschäfts- als auch

Privatkonto sind ausgeglichen. Das einzig Auffällige, wenn man davon überhaupt sprechen will, war eine Barabhebung über fünftausend Euro am Montag vor Ostern vom Privatkonto. Aber das kommt öfter vor«, erläuterte Ugo.

»Dafür kriegt man keinen Profikiller hinter dem Ofen vorgelockt. Such weiter«, forderte Leda ihn auf.

»Was soll ich in Dreiherrgottsnamen suchen?« fragte Ugo.

»Zahlungen an den Killer!«

»Sind Sie denn sicher, daß der von Santangelo beauftragt wurde?«

»Keineswegs. Deshalb schau auch auf den Konten von Ruini, Meraviglia und Morea nach.«

»Da gehe ich wohl besser in die Wirtschaftsabteilung. Die haben sowieso alle Unterlagen da«, meinte Ugo ohne jeglichen Enthusiasmus und verschwand.

Leda setzte sich hin und schrieb ihren längst überfälligen Bericht. Hin und wieder seufzte sie, denn das Ergebnis war erschütternd: Motive ließen sich viele konstruieren, aber an Beweisen mangelte es eklatant. Sie begann, an ihren Fähigkeiten als Ermittlerin zu zweifeln. Irgend etwas hatte sie übersehen. Von wem wurde sie ins Bockshorn gejagt?

Verbissen und schlechtgelaunt hämmerte sie auf die Tastatur ihres Computers ein, in der Hoffnung, eine Gesamtaufstellung der Ereignisse würde ihr einen Zusammenhang eröffnen, der ihr bisher verborgen geblieben war. Sobald sich die Aufregung um den Aktienskandal legte, würde man wieder nach den Toten und ihren Mördern fragen. Und sie hatte keine Antwort! Leda wurde beim Gedanken an die bohrenden Fragen der Journalisten schlecht. Ganz zu schweigen von Libero, der sich zwar als ein umgänglicher, aber streng ergebnisorientierter Polizeipräsident erwiesen hatte. Er würde ihr die Hölle heiß machen, wenn er nicht bald etwas Handfestes auf den Tisch bekam, und den Fall einem anderen Team der Mordkommission übertragen. Leda stöhnte unter der Last des Nichts, als Paolo anrief.

»Gestern abend habe ich dir doch von dem anonymen Anrufer erzählt. Er hat mich eben noch mal angerufen. Schreib auf: Valerio Manfredi. Ein Börsenmakler. Er behauptet steif und fest, Santangelo hätte sein Romapa-Aktienpaket am Dienstag vormittag verkauft, bevor die Gewinnwarnung rausging. Ich finde, das solltest du wissen. Das stinkt geradezu nach einem Insidertip.«

»Hatte er denn viele Aktien?«

»Muß eine Menge gewesen sein, so wie dieser Manfredi tat. Aber er wollte mir nichts Genaues verraten.«

»Wieso ruft er dich an und nicht uns?«

»Frag ihn am besten selbst. Du klingst ja nicht gerade begeistert«, meinte Paolo.

»Mir werden hier so viele Geschichten aufgetischt, und keine paßt zur anderen. Jedenfalls nichts, was die Erfassung des Mörders beschleunigt. Schreibst du was darüber?«

»Klar. Allerdings will er seinen Namen nicht in der Zeitung sehen. Das heißt, ich kann nur ungenau bleiben.«

»Woher will er das wissen?«

»Hat er verschwiegen. Du kannst das aber rausfinden, als Polizistin. Ich würde mir den mal vorknöpfen.«

»Du hast recht. Ich fahre mal hin. Wo finde ich ihn?«

Wenn es stimmte, was dieser Manfredi behauptete, hatte Santangelo sie glatt angelogen und Barbara Moretti die Wahrheit gesagt. Nur, wenn Santangelo bereits seit Freitag vor zwei Wochen über den Konkurs informiert war, warum hatte er dann so lange mit dem Verkauf von Aktien gewartet?

»Via dei Pastini elf. Direkt bei der Börse«, antwortete Paolo.

Sie brach sofort auf und ließ sich von einem Bereitschaftswagen zur Via del Corso Ecke Via di Pietra fahren. Sie lief an der Börse vorbei, die – wie könnte es in Rom anders sein – in den Überresten eines zu Ehren von Kaiser Hadrian im zweiten nachchristlichen Jahrhundert errichteten Tempels beherbergt war. Draußen antike Säulen, drinnen modernes Kapital. Gibt es so etwas sonst noch auf der Welt? fragte Leda sich und fand wieder einmal, daß der Bogen der Geschichte vom Altertum bis in die Neuzeit wohl nirgends so direkt zu erleben war wie in ihrer Heimatstadt.

Valerio Manfredi verbarg seine Überraschung nicht, als plötzlich die Polizei bei ihm im Büro stand. Leda wollte ihm eigentlich verschweigen, woher sie den Hinweis hatte, sich ausgerechnet bei ihm über Santangelos Aktien zu erkundigen. Doch der Versuch scheiterte bereits im Ansatz, und Manfredi lachte.

»Commissaria, seien Sie ehrlich. Paolo Sinibaldi hat Sie informiert. Als Polizeireporter würde ich auch so mit Ihnen zusammenarbeiten. Das ist in Ordnung! Kommen Sie herein.«

Manfredi war höchstens fünfunddreißig, trug einen schwarzen, perfekt geschnittenen Anzug und die dunklen, glänzenden Haare zu einem kurzen Pferdeschwanz zusammengebunden. Tiefe Schatten lagen unter seinen Augen.

»Ich kenne Sie irgendwoher«, sagte Leda.

»Wahrscheinlich aus dem Fernsehen. Ich werde öfter mal zur Einschätzung der Aktienentwicklung interviewt, als Kenner der Szene. Das mache ich gern, weil sich anschließend immer ein paar nette Frauen melden, die unbedingt von mir für Aktienkäufe beraten werden wollen.«

»Denen verdrehen Sie erst den Kopf und drehen ihnen anschließend Romapa-Aktien an?«

»Damit ist es jetzt wohl vorbei. Möchten Sie einen Kaffee?«

Leda nahm dankend an und schaute sich in dem großen Raum um, während Manfredi davoneilte. Sie zählte zwölf

Arbeitsplätze, jeder vom nächsten durch eine Stellwand abgetrennt. Auf den Tischen standen Bildschirme, über die Börsennachrichten und Aktienwerte aus der ganzen Welt flimmerten. Die Leute davor machten sich Notizen oder telefonierten und nahmen von ihr kaum Notiz. Dann bat Manfredi sie in einen kleinen Nebenraum, der lediglich mit einem Glastisch und drei Stühlen bestückt war.

»Ist Camillo Santangelo Ihr Kunde?« fragte sie den Börsenmakler und Frauenschwarm ohne Umwege.

»Ja, seit ein paar Jahren. Und er ist ein hervorragender Seismograph für Romapa-Aktien. Wenn Santangelo kauft, heißt das, die Aktien stehen vor einer Wertsteigerung, wenn er verkauft, fallen sie garantiert einen Tag später. Ich habe keine Ahnung, woher er seine Informationen bezieht, aber ich kann mich darauf verlassen. Besser gesagt konnte, denn er hat seine gesamten Romapa-Aktien verkauft. Das hat er vorher nie getan. Er ließ immer einen Teil stehen und wartete ab, bis sie wieder stiegen. Mit dem Geld aus dem Verkauf legte er sich dann vorübergehend erfolgversprechendere Papiere zu, bis er die wiederum abstieß, um die erneut steigenden Romapa-Aktien zu kaufen. Er ist auf diese Aktien fixiert. Als er am Montag vor Ostern kam, um sie loszuwerden, nahm ich an, das sei wegen des Pastour-Konkurses, und versuchte ihn davon zu überzeugen, daß sie keine besonderen Auswirkungen auf das Gesamtpaket haben würde. So schätzte ich das ein. Aber er blieb stur. Alles mußte weg, und zwar in einem Paket. Ich hatte große Mühe, einen Käufer zu finden, der so viel Geld auf einmal auf den Tisch legen konnte. Aber dann hat es ja Dienstag früh geklappt, leider!«

»Von welcher Größenordnung reden Sie?«

»Über eine halbe Million Euro für die Romapa-Aktien. Weitere Hunderttausend für die Brapa-Aktien. Brapa ist das brasilianische Pendant zu Romapa.«

»Und nur das Romapa-Paket wurde verkauft?«

»Nein, alle. Er brauchte kurzfristig Geld, hat er gesagt.«

»Wofür?«

»Weiß nicht. Wahrscheinlich für die Aktion, die er jetzt gegen Romapa fährt.«

»Wie wurde Santangelo ausbezahlt?«

»Per Überweisung. Falls der Käufer noch überwiesen hat. Ich glaube das eher nicht.«

»Wenn ja, auf welches Konto?«

Manfredi verließ den Raum und kam kurze Zeit später mit einem Blatt Papier in der Hand zurück.

»Hier ist die Kontonummer.«

»Wird der Kauf von Aktien auch per Überweisung getätigt?«

»Ja.«

»Können Sie mir auch sagen, von welchem Konto aus das geschah?«

»Ich denke, ja.«

Damit verschwand Manfredi erneut und kehrte mit der Information zurück, daß die Überweisungen immer aus Brasilien erfolgt seien.

»Signor Manfredi, warum haben Sie Signor Sinibaldi darüber informiert?«

»Weil Santangelo mir und anderen Anlegern das Geschäft kaputtmacht. Gleichzeitig gibt er öffentlich den großen Anlegerschützer ab. Das ärgert mich ungeheuerlich, weil es unmoralisch ist. Ich hatte schon lange den Eindruck, daß er über Romapa mehr wußte als jeder andere Anleger. Der Verkauf des Gesamtpaketes kurz vor dem Absturz der Aktien hat das endgültig bewiesen. Das war ein strafbares Insidergeschäft.«

»Und warum haben Sie dann nicht gleich die Polizei eingeschaltet und Anzeige erstattet? Das wäre Ihre Pflicht gewesen.«

Manfredi stand vor ihr wie ein betretener Schuljunge und zuckte mit den Achseln.

»Ich war mir zu unsicher. Wer zeigt schon die eigenen Kunden an? Das macht keinen guten Eindruck in der Branche. Aber wahrscheinlich habe ich mich da geirrt. Es tut mir leid, wirklich.«

»Danken Sie Signor Sinibaldi, daß er mich angerufen hat. So habe ich ja alles von Ihnen direkt erfahren, und es wird keine weiteren Konsequenzen für Sie haben.«

Erleichtert lächelte Manfredi sie an. Leda ließ sich von ihm sämtliche Originalunterlagen Santangelo betreffend geben und bat ihn, seine Aussage möglichst innerhalb der nächsten zwei Stunden im Präsidium bei Ugo zu Protokoll zu geben. Dann stellte er eine letzte Frage:

»Signor Sinibaldi will nochmals anrufen, um zu erfahren, was ich Ihnen gesagt habe. Kann ich ihm antworten?«

»Es wäre mir lieb, wenn Sie mir das überließen. Ich rufe ihn gleich an.«

»Haben Sie seine Telefonnummer?«

Nun war es an Leda zu lächeln.

»Ja, danke. Die habe ich. Den wichtigsten Polizeireporter der Stadt sollte auch die Mordkommission immer erreichen können.«

»Dann danken Sie ihm auch in meinem Namen.«

Das tat Leda, sobald sie wieder in ihrem Büro war.

»Laß mich erst noch herausfinden, wem die brasilianischen Konten gehören, und mit dem Präsidenten sprechen«, bat sie Paolo um Geduld, bevor er mit dem Schreiben loslegte. Sie wußte schließlich, mit welcher Geschwindigkeit er arbeitete.

»Ich habe es nicht eilig, solang ich die Sache exklusiv kriege. Wenn du mir bis um fünf Uhr alles gibst, werde ich bis zum Redaktionsschluß fertig.«

»Aye, aye, Sir. Sie hören von mir.«

»Das ist ja ein Ding!« seufzte Ugo, nachdem Leda ihn auf den neuesten Stand gebracht hatte. »Da dealt der Schutzgott der Kleinanleger mit dem Konzern rum und wird dabei noch steinreich. Mit der Erfindung der Aktie wurde die Ehrlichkeit begraben! Immerhin sichert das unsere Arbeitsplätze besser als die bei einer Aktiengesellschaft, wie wir gerade merken.«

Ugo und die Wirtschaftsabteilung hatten bei den Romapa-Konten keine Hinweise auf die Bezahlung eines Killers gefunden.

»Es gibt Hunderte von Barabhebungen. Welche davon für einen Profimörder bestimmt gewesen sein könnte, das weiß nur der Himmel.«

Dann schickte sie Ugo mit den beiden Zetteln von Manfredi los, um nachzuschauen, wem das brasilianische Konto gehörte, von dem Santangelos Aktienkäufe bezahlt worden waren, und ob das Geld aus dem Verkauf schon auf Santangelos Konto lag.

»Frag die Wirtschaftsleute mal, ob die bisherige Beweislage ausreicht. Aber ich glaube, das Konto sollte sofort gesperrt werden.«

Silvia trug an diesem Tag ein hinreißendes apfelgrünes Kostüm, natürlich mit farblich abgestimmten Schuhen dazu. Unter dem Blazer blitzte ein blaues Shirt hervor. Leo Amato, der Gerichtsmediziner, stand neben ihr. Wahrscheinlich versuchte er Silvia wieder einmal zu bezirzen, obwohl er seit Jahren wußte, daß es zwecklos war. Die schöne, gepflegte Sekretärin bekannte sich zur ehelichen Treue, was ihr Mann aber nicht recht glaubte, denn er rief sie mindestens zehnmal täglich an, um sich ihrer unverbrüchlichen Verbindung zu versichern.

»Sì, amore. Ich werde pünktlich da sein«, säuselte sie gerade wieder ins Telefon, als Leda ihr Büro betrat, wo sie charmant, aber pflichtbewußt den Zugang zu Libero filterte.

»Ciao Leda. Dein Mordfall hat ja die ganze Republik erschüttert. Kein Mörder in Sicht?« erkundigte Leo sich.

»Nein, es ist wie verhext. Hat der Chef Besuch?«

»Er ist essen gegangen. Sie möchten ihn bitte auf dem Telefonino anrufen, falls es etwas Wichtiges gibt«, schaltete sich Silvia dazwischen.

Eine Viertelstunde später saß sie Libero gegenüber in einem Restaurant in der Via Nazionale. Ringsherum ertönten die verschiedensten Sprachen, die meisten der Touristen hatten unter den Tischen oder auf Stühlen Einkaufstüten von den ansässigen Modegeschäften in der Umgebung stehen. Sie tranken Kaffee, aßen ein Stückchen Kuchen oder bissen in Tramezzinos, wenn zum Mittagessen vor lauter Einkaufen keine Zeit war.

Sie wählten beide einen Salat und anschließend hausgemachte Lasagne, dazu eine kleine Karaffe Weißwein und Mineralwasser.

»Hier können wir endlich mal ungestört reden. Keine Besucher, kein Telefon«, meinte Libero. »Was gibt's Neues?«

Leda berichtete von ihren Besuchen bei Santangelo und Manfredi.

»Das ist wirklich unglaublich. Also steckt dieser Santangelo tief mit drinnen. Hat er ein Mordmotiv?«

»Sein Geld retten. Er wußte von Barbara Moretti, daß Denaro und Pena aussteigen, ja, sogar Anzeige erstatten wollten. Also engagierte er einen Killer, ließ erst Denaro und dann Pena umbringen, bevor sie plaudern konnten. Unbekannt war ihm, daß beide sich umentschieden hatten. Was er auch nicht ahnen konnte, war, daß die ganze Sache durch die NBoA-Anzeige auffliegen würde. Er glaubte wahrscheinlich, daß er noch mehr Zeit für den Aktienverkauf hätte. Es war purer Zufall, daß Manfredi rechtzeitig einen Käufer gefunden hat.«

»Wie fand er einen Killer? So leicht ist das nicht. Dazu muß man Beziehungen zur Unterwelt haben, hat er das?«

»Davon ist uns nichts bekannt.«

»Ihre These klingt logisch, Leda, aber ich brauche Beweise. Santangelo steht im Fokus der Öffentlichkeit. Da muß alles zehnfach abgesichert sein.«

»Ich weiß das und werde sehr behutsam vorgehen. Bevor wir den Killer nicht mit einem Geständnis vor uns sitzen haben, werde ich Santangelo wie den derzeit wichtigsten Bürger unseres schönen Landes behandeln. Keine Festnahme, keine überflüssigen Störungen. Er steht im Rampenlicht, und wir suchen im Dunkeln«, sagte Leda.

»Ich vertraue Ihnen voll und ganz, nur damit Sie das wissen!«

Libero nahm sein Weinglas und prostete ihr aufmunternd zu. Für Paolo bekam sie freie Bahn. Allerdings würde ihr Name nicht erscheinen, und er solle sämtliche Informationen über die Pressestelle erhalten, damit es nicht so aussah, als genieße er eine Sonderstellung bei Leda. Libero überließ es ihr allerdings, was sie dem Pressesprecher Bruno Lerner an Informationen gab.

Ugo erwartete sie im Büro mit der Nachricht, daß er Manfredis Aussage bereits protokolliert habe. Außerdem war das Geld noch nicht auf Santangelos Konto eingegangen und die Aktien von einem Brapa-Konto bezahlt worden. Damit lag ein eindeutiger Beweis für seine Verstrickung mit der Aktiengesellschaft vor.

Lerner riß die Augen vor Erstaunen auf, als Leda ihm vom Aktienbesitz Santangelos berichtete.

»Nur Sinibaldi bekommt diese Information. Er hat uns auf diese Spur gesetzt, dafür bedienen wir ihn exklusiv.«

»Leda, er hat *Sie* auf die Spur gesetzt, nicht uns.«

»Nur, weil ich in diesem Fall ermittele.«

Lerner lachte, sagte aber nichts. Daß Santangelo das

gesamte Aktienpaket inzwischen verkauft und sie ihn sogar unter Mordverdacht hatte, verschwieg Leda dem Sprecher. Dann rief sie Paolo an und bat ihn, diese Information im Moment noch zu unterdrücken.

»Va bene, wenn es für dich wichtig ist. Dann schreibe ich eben einen Fortsetzungsroman, jeden Tag ein Stückchen, immer schön exklusiv«, antwortete er, und sie wußte, sie konnte sich darauf verlassen.

Zur anschließenden Teambesprechung im Konferenzraum erschienen über zwanzig Kollegen, allesamt übernächtigt, aber motiviert. Die Wirtschaftsabteilung hatte Computeranimationen erstellt, die den Geldfluß aus Italien und Brasilien rund um die Welt nachvollzogen.

»Allein hierüber den Überblick zu haben, muß schwierig gewesen sein. Dann damit noch einen Geschäftsbetrieb solange aufrechtzuerhalten grenzt an Genialität. Wir zollen Ruini, Denaro und Co. dafür unseren höchsten Respekt. Es zeigt aber auch die Menge an krimineller Energie, die darauf verwandt wurde, ein solches System zu erfinden und über fast zehn Jahre am Laufen zu halten und auszubauen«, führte Civile aus.

Leda hörte gespannt zu. Das Leben selbst schrieb eben die besten Krimis, auch wenn sie einem Leser unrealistisch vorkommen mußten. Dann war sie an der Reihe und berichtete über die Vernehmungen von Ruini, Santangelo und Manfredi.

»Das heißt, die Spur verdichtet sich langsam in Richtung Santangelo als Auftraggeber für die beiden Morde«, schloß sie ihren kurzen Vortrag.

Ostellino, der Computerspezialist, schüttete sich aus vor Lachen. Sie schauten ihn irritiert an, wie er sich vor Vergnügen auf die Schenkel klopfte.

»Leute, das ist das Affengeilste, was ich je gehört hab. Non capisco più un cazzo! Da ist der oberste Verteidiger von

Aktionärsrechten wahrscheinlich nicht nur ein böser Insider und killt andere, die ihm seine Aktien kaputtmachen. Zur Belohnung sitzt er auch noch mit dem Ministerpräsidenten unserer feinen Republik auf dem Podium und erklärt dem, wie es richtig laufen muß. Ich faß es nicht. Wenn das öffentlich wird, lacht die ganze Welt über uns.«

»Wie das?« fragte Libero erstaunt.

»Die haben das vorhin im Fernsehen angekündigt, ehrlich«, erwiderte Ostellino, schlappte zum Fernseher und schaltete ihn ein. Prompt erschienen der Regierungschef und Santangelo auf dem Bildschirm. Letzterer schien sich gerade warmzureden.

»Um konkret zu werden, Herr Ministerpräsident: Die Börsenaufsicht hat versagt, die Bankenaufsicht hat versagt, die Kontrollmechanismen der Wirtschaftsprüfung insgesamt haben versagt. Ich habe seit Jahren auf diese Gefahren hingewiesen und einen solchen Skandal, der ja nicht der erste, aber dafür der größte ist, vorhergesehen. Betrügern wird es zu leicht gemacht, sich am Vermögen des Volkes zu bereichern. Die Romapa-Aktie ist eine echte Volksaktie, die Menschen um uns herum beweisen das. Im Aufsichtsrat war kein einziger Vertreter der Kleinaktionäre. Herr Ministerpräsident, es liegt jetzt an Ihnen, geeignete Schutzmaßnahmen zu ergreifen. Ich stehe jederzeit zur Verfügung, wenn es um die Verbesserung von Aktionärsrechten geht.«

Das Publikum auf der Piazza del Popolo klatschte begeistert Applaus, der Ministerpräsident nickte Santangelo verständnisvoll lächelnd zu, der Kommentator erklärte, daß die Regierung auf eine Staatskrise zusteuerte und die Amtstage des Präsidenten der Börsenaufsicht gezählt seien, zumal er sich mit dem Ministerpräsidenten sowieso nicht verstehe.

»Carrissimi cittadini, liebe Bürger. Caro Presidente Santangelo. Nur zu gut verstehe ich Ihre Enttäuschung und Empörung. Nach den Aufdeckungen der letzten Tage ist das mehr als verständlich. Ich selbst bin übrigens auch Betroffener, weil ich genau wie hunderttausend andere Italiener Romapa-Aktien habe. Auch ich wurde getäuscht und bin empört. Die Lehre, die ich aus dieser Sache ziehe, lautet: Ja, wir müssen uns viel mehr um den Schutz der Anleger kümmern. Die ersten Maßnahmen wurden bereits eingeleitet. Eine personelle Umstrukturierung der Börsenaufsicht wird derzeit diskutiert und eine Untersuchungskommission eingesetzt, in der mein Freund Camillo Santangelo als Experte vertreten ist, und die Regierung wird in Kürze einen Vorschlag für den Schadensersatz der Aktionäre vorlegen. Noch ist nicht sicher, daß Romapa der endgültige Konkurs droht. Wir haben einen der besten Fachleute als Insolvenzverwalter eingesetzt, Danilo Pallavicini. Er hat von mir persönlich den Auftrag erhalten, Romapa zu sanieren, wenn irgend möglich. Staatliche Finanzmittel wurden ihm garantiert, um dem Unternehmen und vielen Arbeitsplätzen eine Zukunft zu geben. Vertrauen Sie mir!«

»Was geschieht mit den Verantwortlichen, die uns reingeritten haben?« rief ein Zuschauer.

»Ich stehe in ständigem Kontakt mit Polizeipräsident Alberto Libero. Er wird der Staatsanwaltschaft alle Beweise liefern, damit die Verantwortlichen ihrer gerechten Strafe zugeführt werden. Ich vertraue unserer Polizei, Sie sollten es auch tun«, erwiderte der Ministerpräsident.

»Sie telefonieren wirklich jeden Tag mit dem Präsidenten?« fragte Ostellino und schaute Libero ungläubig an. »Haben Sie ihn schon vom Mordverdacht gegen seinen neuen Liebling ins Bild gesetzt?«

Libero schwieg. Leda begriff auf der Stelle, in welchem Schlamassel er steckte. Indem der Ministerpräsident in aller Öffentlichkeit seinem neuen Freund huldigte, machte er ihn zunehmend unantastbar. Die kleinste ungeschickte Bewegung in der Ermittlungsarbeit würde in einen neuen Skandal ausarten, mit dem Ergebnis, daß zum Schluß die Polizei als Gegner des Aktionärsschutzes und damit des Volkes dastünde. Leda traten Schweißperlen auf die Stirn, als Liberos besorgte Blicke sie trafen. Der Druck war bei ihr gelandet, denn sie leitete die Ermittlung.

»Ich wußte nichts von diesem Auftritt, sonst hätte ich versucht ihn zu verhindern«, sagte er entschuldigend.

»Sie haben es ja auch erst vorhin erfahren«, meinte Leda achselzuckend. Sie hatte Mitleid mit ihm. Der Ministerpräsident würde toben, das war klar.

»Sonst noch was Wichtiges?« fragte Libero in die Runde.

»Falls der Ministerpräsident fragen sollte, das Finanzloch dürfte nach unseren Berechnungen inzwischen bei rund fünfzehn Milliarden Euro liegen«, antwortete Civile.

»Danke, Civile. Dann machen wir Schluß. Viel Erfolg, und halten Sie durch. Ich versuch's auch.«

»Merda«, rutschte es Libero heraus, als er mit Leda noch ein Stück den Flur entlangging. »Ich hätte ihn nach dem Gespräch mit Ihnen sofort anrufen sollen. Tun Sie mir den Gefallen, und beweisen Sie Santangelos Unschuld.«

»Gern, wenn ich kann. Aber in der Insidersache steckt er auf jeden Fall drin. Ich habe die Unterlagen und die schriftliche Aussage des Börsenmaklers. Wir können dem Ministerpräsidenten also bestenfalls einen Mörder als Freund ersparen. Übrigens nicht zu vergessen: Ruini und Meraviglia können das gleiche Mordmotiv haben. Sind das auch seine Freunde?«

»Wenn es so wäre, sagt er es zumindest nicht mehr. Das wäre politisch auch wirklich dumm. Was haben Sie als nächstes vor?«

»Santangelo durchleuchten, beobachten und befragen, bis ich sicher bin, das er es nicht war.«

»Und was sagt Ihr Bauch?«

»Daß er unser Mann ist und kein anderer.«

»Viel Glück und bis später. Ich muß jetzt telefonieren.«

Mit diesen Worten sprang Libero die Treppen zu seinem Zimmer hinauf, während Leda nach unten in ihr Büro ging, um mit Ugo einen Schlachtplan auszuhecken.

»Manfredi hat gerade noch einmal angerufen. Santangelo hat sich bei ihm gemeldet, wohl völlig außer Fassung, weil sein Geld noch nicht auf dem Konto ist. Er bräuchte es dringend. Heute noch«, erklärte Ugo.

»Und wofür braucht er das Geld so dringend?«

»Vielleicht um den Killer zu bezahlen, denn der sitzt ihm im Nacken«, grinste Ugo.

»Bravo. Das heißt für uns, daß wir Santangelo im Auge behalten müssen, so gut es nur irgend geht. Vielleicht führt er uns direkt zum Mörder.«

»Unter der Voraussetzung, daß Ihre Killerannahme stimmt«, gab Ugo zu bedenken.

»Sie stimmt«, erwiderte Leda mit einer Sicherheit, von der sie nicht wußte, woher sie sie nahm. »Wo ist Santangelo im Moment?«

»Schalten wir das Fernsehen ein, dann wissen wir es. Wir brauchen ihn gar nicht zu überwachen«, meinte Ugo und verschwand, da der nächste Fernseher in einem der anderen Büroräume stand.

Leda griff indes zum Telefon und rief Paolo an.

»Ciao bella, was gibt's?«

»Mein Anliegen ist geradezu unsittlich. Kannst du bitte auf den Santangelo-Artikel ganz verzichten? Nur heute? Bitte, Paolo, es ist wirklich wichtig, daß er von dem Verdacht nichts erfährt.«

»Warum? Nur weil er jetzt der Freund vom Ministerpräsidenten ist und der euch sonst Ärger macht? Tut mir leid, aber ich denke, die Öffentlichkeit darf nicht weiter hinters Licht geführt werden. Außerdem macht mich der Chefredakteur einen Kopf kürzer, wenn ich die Story wieder aus dem Blatt nehme, nur damit die Polizei weniger Druck von oben bekommt. Ihr müßt euch allein gegen den da oben wehren.«

»Wenn es nur das wäre, würde ich dich nicht darum bitten«, entgegnete Leda ruhig.

»Was ist es dann?«

»Ich glaube, daß er der Auftraggeber für die Morde ist und wenn morgen die landesweite Debatte über seine Rolle losgetreten wird, würde das unsere Ermittlungen erheblich stören.«

»Santangelo der Mörder?«

»Ich glaube, ja.«

Am anderen Ende herrschte Ruhe. Leda hörte Paolo atmen.

»Wie sicher bist du?« fragte er nach einer Weile

»Mein Gefühl ist unheimlich stark, stärker als je zuvor. Es paßt auch alles zusammen, ich muß es nur noch beweisen. Und ich will den Männern mit dem Motorrad und der Neun-Millimeter-Waffe keine Hinweise geben. Gar keine, sonst hauen die vielleicht ab! Verstehst du mich?«

»Ja. Ich rufe meinen Chef sofort an. Ich liefere den Artikel heute nicht, die sollen etwas anderes ins Blatt heben. Aber Leda, versprochen, ich kriege die Geschichte als erster?!«

»Versprochen! Du bist ein Schatz, und ich liebe dich.«

»Ich dich auch!« und damit klickte es in der Leitung.

Leda atmete auf, holte sich einen Kaffee am Automaten, verbrannte sich wie üblich die Finger am dünnen Plastikbecher und las das Protokoll von Manfredis Aussage. Alles Entscheidende stand drin und war gerichtsfest unterschrieben.

Dann kam Ugo zurück.

»Das klappt doch nicht mit der nahtlosen Fernsehüberwachung. Die zeigen entweder die Aufzeichnung von vorhin oder was ganz anderes. Wir müssen uns wohl selbst um den Herrn kümmern.«

XV

In Santangelos Büro meldete sich niemand, ebensowenig wie in seiner Privatwohnung. Selbst das Telefonino war ausgeschaltet. Leda und Ugo fuhren zur Bühne auf der Piazza del Popolo, auch dort Fehlanzeige. Der Meister hatte Wichtiges zu erledigen und war verschwunden. Schließlich bat Leda Libero, im Büro des Ministerpräsidenten nachzufragen, ob dort jemand seinen Aufenthaltsort kannte. Wieder nichts. Sie loggten sich ins Personenregister von Einwohnermelde- und Standesamt ein, durchforsteten die Eintragungen der Steuerbehörde, der Schuldnerauskunft und des Katasteramtes, fanden heraus, daß er einen neuen Alfa fuhr, verheiratet war, aber getrennt lebte, seine Frau mit der Tochter Gina im gemeinsamen Eigenheim, er in einer Wohnung im Stadtviertel San Giovanni, nicht weit von seinem Büro entfernt. Er war ein zuverlässiger Steuerzahler und weder bei der Schuldnerauskunft noch im Strafregister bekannt. Die Internetsuchmaschinen spuckten hundertfache Informationen über den Vorsitzenden des Verbandes der italienischen Kleinaktionäre aus, aber nichts von Relevanz für die geplagten Polizisten.

Nach stundenlanger Recherche sagte Ugo plötzlich: »Signora, mir reicht es! Erstens glaube ich nicht, daß Santangelo unser Mann ist, zweitens ist mir schlecht vor Hunger, und drittens wartet meine Liebste zu Hause auf mich. Wir leben noch keine vierzehn Tage zusammen. Wenn ich sie jetzt schon allein lasse, wird sie denken, das wäre immer so, und mich nie heiraten.«

»Hast du ihr denn schon einen Antrag gemacht?« erkundigte sich Leda höchst interessiert.

»Ja.«

»Dann ist es nur gut, wenn sie weiß, worauf sie sich einläßt. Sie wird die Kinder allein erziehen müssen! Das mußte mein Mann auch tun, ich war zu beschäftigt.«

»Ihre Ehe ist ja auch geplatzt, das will ich nicht. Elena soll einen treusorgenden Ehemann bekommen. Den hat sie verdient.«

»Ugo, sei mir nicht böse, aber du kannst jetzt nicht gehen. Mir ist gerade eingefallen, wo sich unser heiliger Engel später vermutlich aufhalten wird. Komm, ich lade dich zum Essen ein, damit du durchhältst. Dabei erzähle ich dir, wo wir den Medienstar finden.«

Ugo schaute sie stöhnend an. Er glaubte ihr kein Wort.

»Wo ist denn Paolo?« fragte er prompt, und Leda mußte schallend lachen.

»Das hat er mir verschwiegen, aber er ist ziemlich sauer, daß ich so wenig Zeit für ihn habe. Kennst du einen Jazzkeller namens Alexanderplatz?«

»Ja, natürlich. Den kennt doch jeder.«

»Ich wußte bis heute morgen nichts von seiner Existenz.«

»Sie gehen ja auch immer nur essen oder in klassische Konzerte«, brummte er zurück.

»Und wie sind die Künstler, die dort auftreten?«

»Meistens ziemlich gut. Der Eigentümer organisiert auch größere Jazzfestivals und hat deshalb blendende Kontakte in der Szene. Außerdem hat er ein Ohr für guten Jazz, manchmal läßt er auch Anfänger ran, wenn er sie gut findet. Warum?«

»Weil eine gewisse Gina heute abend dort singt. Was hältst du davon, wenn wir sie uns anhören?«

»Nichts, ich kenne sie nicht und möchte nach Hause, um dort mit meiner Liebsten Händchen zu halten.«

»Und wenn ich dir sage, daß Gina Santangelos geliebte Tochter ist und er mit an Sicherheit grenzender Wahrscheinlichkeit zum Konzert kommen wird?«

»Dann wird es eindeutig interessanter«, gab Ugo zurück.

»Also füllen wir erst unsere Mägen und gehen dann dorthin, um ein bißchen mit Santangelo zu plaudern.«

»Da gibt es auch Essen. Wir können gleich hinfahren.«

Sie fanden mit Mühe einen Parkplatz in einer der Querstraßen zur Via Ostia, wo sich der Jazzkeller befand, und stiegen die Treppe in einen Gewölbekeller hinab. Die Wände trugen die Patina früherer Zeiten, als das Rauchen zu Jazzlokalen gehörte wie die Musik selbst. Am unteren Treppenabsatz zog sich rechter Hand eine Bar die Wand entlang, links führten ein paar Stufen in den Gast- und Bühnenraum. Ein Klavier und ein Kontrabaß standen einsam im Hintergrund, ein paar Scheinwerfer sandten fahles Licht auf den schwarzgestrichenen Holzboden.

Leda und Ugo wählten einen freien Tisch in einer kleinen Nische, von wo aus sie einen guten Überblick über die Gäste hatten. Die Speisekarte war übersichtlich und bot vor allem Pastagerichte, Pizza und verschiedene Salate. Da Leda bereits Lasagne im Bauch hatte, nahm sie Bresaola mit Rucolasalat und Parmesankäse, dazu ein Glas roten Landwein, dessen Herkunft der Bedienung unbekannt war, und eine Flasche Mineralwasser. Ugo war begeistert, Spaghetti alla puttanesca zu entdecken, weil er die Mischung von Tomaten, Sardellen, Kapern und Oliven liebte.

»Elena mag keine Sardellen. Also nutze ich die Gelegenheit. Und wenn Santangelo tatsächlich kommt, bin ich ausgesöhnt«, verkündete er, inzwischen wieder bei bester Laune.

In diesem Moment kam ein bärtiger, langhaariger Mann mit weit ausgestreckten Armen auf ihren Tisch zu.

»Libotti, che sorpresa, was für eine Überraschung. Gibt es dich noch? Dio, wir haben uns jahrelang nicht mehr gesehen! Laß dich anschauen, du hast dich überhaupt nicht verändert, siehst immer noch aus wie ein Polizist hinter dem Schreibtisch.«

»Und du wie ein Jazzclubbesitzer. Darf ich dir Dottoressa Giallo vorstellen? Wir hatten Hunger und Lust auf gute Musik. Da dachte ich, hier wäre der richtige Platz für uns. Leda, das ist Giampiero Rubei.«

»Gut gewählt, Signora. Ugo versteht was von Jazz, und die kleine Santangelo ist echt klasse. Tolle Stimme, tolle Band. Echte Talente, aus denen wird mal was! Viel Spaß noch, und kommt mal wieder!«

»Ich hab noch eine Frage«, hinderte Leda ihn am Gehen. »Wieso heißt das Lokal Alexanderplatz?«

»Eine Hommage an Kurt Weill, den Komponisten. Er hat in meinen Augen die erste europäische Jazzmusik komponiert und in Berlin gelebt, deshalb. Ciao!« Und weg war er, um andere Gäste genauso herzlich zu begrüßen.

»Woher kennst du ihn?«

»Ich hatte mal etwas mit seiner kleinen Schwester. In dieser Zeit hat er mich in den Jazz eingeführt und dafür begeistert.«

Langsam füllte sich das Gewölbe, und dann begann die Vorstellung. Ohne Santangelo, er war nicht gekommen. Unter Applaus setzte sich erst der Pianist ans Klavier und klimperte auf den Tasten herum, anschließend kam der Bassist und zupfte ein wenig an den Saiten seines Instruments. Ihm folgte der Saxophonist, der zunächst gar nichts tat, und schließlich betrat ein junger Mann mit einem Bandoneon in der Hand die Bühne. Sie richteten sich gemächlich auf ihren Plätzen ein, während das Publikum noch redete und mit dem Besteck klapperte.

Wie ein Donnerschlag füllte der erste Akkord das Gewölbe. Auf der Stelle herrschte Ruhe. Dann gab das Klavier leise eine Melodie vor, die wie Zirkusmusik klang, das Saxophon griff sie auf, der Baß brachte sie in den Takt, und das Bandoneon übernahm kurz darauf die musikalische Führung. Bald schon jagten sie durch die Harmonien eines argentinischen Tango. Die Musik gefiel Leda.

Dann trat eine junge Frau in Jeans und enganliegendem, silbern glänzenden Pulli aus dem Hintergrund auf die Bühne, nahm das Mikrofon, wiegte sich mit geschlossenen Augen in den Takt und öffnete irgendwann ihren Mund, um einen einzigen dunklen, warmen Ton in die Freiheit zu entlassen. Leda schaute sie um so gebannter an, je länger sie diesen einen Ton hielt, ohne ein einziges Mal abzuweichen. Dann holte sie tief Atem und sang den besten Tangojazz, den Leda in ihrem Leben gehört hatte.

Mit der Zeit verlor Leda die Hoffnung, daß Santangelo käme, und gab sich ganz dem Musikgenuß hin. Es verging etwa eine Dreiviertelstunde, in der sich Gina in Hochform sang und die Band sie ebenbürtig begleitete. Das Publikum jubelte, sie auch. Bis sie plötzlich einen Hieb von Ugos Ellenbogen spürte: »Das ist er doch, oder?«

Mit dem Kopf wies er dezent zur Bar. Da stand Santangelo, trank in Ruhe ein Glas Whiskey und lauschte lächelnd seiner Tochter. Zehn Minuten später machten die Künstler eine Pause. Santangelo winkte Gina zu, und sie kam sofort zu ihm, um ihn herzlich zu umarmen.

»Ich genehmige mir auch ein Gläschen an der Theke«, sagte Ugo, drängelte sich neben Santangelo und bestellte. Leda sah aus der Entfernung, wie der Vater mit der Tochter einen liebevollen Dialog führte und irgendwann sein Telefonino aus der Tasche zog, weil es klingelte. Er nahm ab, und sein eben noch fröhliches Gesicht verdunkelte sich. Gestikulierend erklärte er Gina, daß er ein überaus wichtiges Gespräch führen müsse und stürmte die Treppe hinauf. Er bemerkte nicht, daß Ugo ihm folgte.

XVI

»Komm zurück. Die Angaben waren genau genug. Jeder Vollidiot kann das finden. Und außerdem hat er es das letzte Mal ja auch gefunden. Der Scheißkerl, hat uns verarscht. Das wird er mir büßen.«

Enno Crudele lief in seinem kahlen Zimmer auf und ab. Beim Laufen konnte er am besten nachdenken. Er war böse. Einen wie ihn mußte man ernst nehmen. Er führte seine Aufträge präzise durch und erwartete korrekte Bezahlung: vereinbarte Summe zum vereinbarten Zeitpunkt am vereinbarten Ort. Geschäft war Geschäft. Sein letzter Auftraggeber begriff die Spielregeln offensichtlich nicht. Daß ihm angeblich das Geld zur Bezahlung fehlte, hätte er sich vor der Erteilung des Auftrages überlegen müssen. Ein Killer arbeitete nicht auf Pump. Die Drohung »Weißt du eigentlich, mit wem du es zu tun hast?« hatte Enno in Rage versetzt. Was bildete sich dieser Typ denn ein? Er hatte ihn weder zu duzen, noch interessierte es ihn, um wen es sich handelte. Der Auftraggeber als solcher war ihm so gleichgültig wie die Zielperson.

Enno hatte ihm unmißverständlich ein Limit gesetzt: heute abend, zwanzig Uhr. Der Schlüssel für ein mit fünfzehntausend Euro bestücktes Schließfach im Hotel nahe des Bahnhofs Termini mußte unter dem Deckel eines genau beschriebenen Papierkorbes im Park oberhalb der Piazza del Popolo zu finden sein.

Tiziano, sein Bruder, war hingefahren, hatte sämtliche Papierkörbe in der Umgebung durchsucht, zwei Stunden lang gewartet und nichts gefunden. Ennos Versuche, den Auftraggeber telefonisch zu erreichen, waren gescheitert. Das Telefonino mit der ihm bekannten Nummer, der einzigen direkten Verbindung zum Auftraggeber, war abgeschaltet.

Enno merkte, wie sich Druck in ihm aufbaute. Unruhig, ja beinahe ängstlich registrierte er seit einiger Zeit, daß sich ein unsichtbares Netz um ihn zusammenzuziehen schien. Er traute seinem Instinkt, denn der hatte ihm so manches Mal das Leben gerettet.

Er mußte weg, weit weg zu Graziella. Mit den fünftausend Euro der ersten Rate hatte er die letzte Reise nach Brasilien bereits vorfinanziert. Ein unübliches Zugeständnis an den Auftraggeber. Er bereute diesen Fehler. Er konnte ihm das Genick brechen, weil ihm jetzt das Geld fehlte. Dazu kam die Scheiße mit den Aktien, die nichts mehr wert waren. Tiziano hatte erfolglos versucht, sie zu verkaufen. Zum ersten Mal in seinem Leben saß er ohne Geld da, konnte nicht einmal den Flug bezahlen. Er griff zum Telefon.

»Hier ist die Telefonauskunft, guten Abend, was kann ich für Sie tun?«

»Geben Sie mir den Namen zur folgenden Telefonnummer ...« und er nannte die Nummer des Auftaggebers.

»Einen Moment bitte ... Tut mit leid, das ist ein Geheimanschluß ohne Namensangabe.«

Enno stieß einen wütenden Schrei aus. Dann wählte er die nächste Nummer.

»Tanzi, der Typ zahlt nicht! Ich brauche das Geld. Besorg es mir sofort«, bellte er in den Hörer.

»Enno, bist du wahnsinnig? Ich habe dir einen Kunden vermittelt. Ich weiß nicht, was er von dir wollte und will es auch nicht wissen. Deine Geschäfte mußt du allein regeln.«

»Dann sag mir, wer er ist. Ich komme nicht an ihn ran.«

»Nein. Das wäre im Moment nicht gut. Du bist zu nervös.«

»Tanzi, ich werde noch viel nervöser, wenn ich den Namen nicht kriege. Wir haben immer gut zusammengearbeitet. Aber wenn ich wegen diesem Scheißtyp noch mehr Probleme bekomme, dann wirst du auch drunter leiden. Das verspreche ich dir. Du wußtest schließlich, wer er ist und welche Probleme das geben würde. Du hast mich ins offene Messer laufen lassen. Das ist eine Schweinerei!«

»Beruhige dich endlich. Ich hatte keine Ahnung, was er wollte. Ich habe ihm nur einen Gefallen geschuldet. Er hat mal für mich geschwiegen, als ich es dringend brauchte. Als er mich nach einem guten Mann fragte, habe ich ihm deine Nummer gegeben. Das ist alles. Was willst du mit ihm machen, wenn du weißt, wer er ist?«

»Mein Geld holen.«

»Sonst nichts?«

»Nein. Versprochen.«

»Also gut: Camillo Santangelo. Büroadresse: Piazza Vittorio Emanuele II, Nummer dreiundfünfzig.«

Enno blieb die Luft weg.

»Tanzi, das ist nicht wahr, oder? Der Typ aus dem Fernsehen?«

»Genau der. Also überleg dir gut, was du tust. Der geringste Fehler, und du bist fällig. Und jetzt ruf mich nicht mehr an.«

Es klickte in der Leitung. Enno starrte aus dem Fenster. Tanzi hatte recht, er durfte keinen Fehler machen. Nie, in diesem Fall erst recht nicht. Er würde Santangelo noch eine Chance einräumen, sich mit ihm einigen und wenigstens einen Teil des Geldes holen. Wieder wählte er Santangelos Nummer, ohne große Hoffnung. Doch der Mann meldete sich. Im Hintergrund hörte Enno Gelächter und Gerede wie in einem Lokal.

»Das ist deine letzte Chance. Ich will mein Geld bis Mitternacht«, brüllte Enno ins Telefon.

»Hör zu. Ich habe dir gesagt, daß ich so viel im Moment nicht habe. Morgen!«

»Das hast du gestern schon gesagt. Es reicht! Besorg es dir bei Mamma oder bei Freunden. Die Hälfte um Mitternacht, oder es passiert was! Es kommt jemand in dein Büro, um es zu holen. Laß das Telefonino diesmal eingeschaltet. Ich warne dich, mach keine Dummheiten. Ich bin Profi und weiß, wer du bist.«

In diesem Moment klingelte es an der Tür.

»Ich bin's. Mach auf«, hörte er Tiziano durch die Gegensprechanlage.

»Warte unten, wir müssen gleich wieder los.«

XVII Ugo kehrte nicht zurück, und Leda wurde unruhig. Was war da los? Sie legte dreißig Euro auf den Tisch, drängelte sich durchs Menschengewirr, gab der Bedienung zu verstehen, daß das Geld auf dem Tisch lag, und stieg die Treppe hinauf. Vor der Tür standen ein paar Gäste und rauchten. Weder Santangelo und noch Ugo waren zu sehen. Auf der Straße herrschte nächtliche Ruhe, aus dem Gewölbe drang kein Ton durch die dicken Mauern nach außen. Leda kramte in ihrer Tasche nach dem Telefonino, steckte es in die Jackentasche und wartete. Kurz darauf erklang Mozart.

»Ich weiß nicht, was los ist. Aber Santangelo muß sofort etwas bezahlen, das habe ich verstanden. Er ist höllisch nervös und gerade unterwegs in Richtung Viale Giulio Cesare. Ich bleibe dran und nehme im Zweifel ein Taxi.«

»Va bene. Ich bin unterwegs.«

Leda rannte zu ihrem Auto, klickte ihr Telefonino in die Freisprechanlage und fuhr ein paar Meter gegen die Fahrtrichtung, bis die Straße die Viale Giulio Cesare kreuzte. Diese war nur zum Tiber hin befahrbar, also bog sie nach links ab und bewegte sich langsam neben dem Bürgersteig weiter. Aus einem Kino strömten Menschenmengen, und hinter ihr hupten Wagen, um sie zur Erhöhung ihres Tempos zu animieren. Nach fünf endlosen Minuten klingelte das Telefonino wieder.

»Ich sitze im Taxi. Wir sind auf Höhe Lepanto. Er sitzt in einem silbergrauen Alfa. Kommen Sie?«

»Ich bin gerade bei der U-Bahn Station Ottaviano. Laß das Telefon an, damit du mich lotsen kannst.«

Leda gab Gas, doch sie konnte wegen des regen Verkehrs

nicht aufschließen und folgte Ugos Anweisungen. Erst ging es über den Tiber, dann über die Piazzale Flaminio und die gewundene Straße an der Stadtmauer entlang.

»Er will ins Büro. Piazza Vittorio Emanuele II, Nummer dreiundfünfzig«, erahnte Leda. »Ich fahre eine andere Strecke, damit er keinen Verdacht schöpft. Wir treffen uns dort. Gib mir nur Bescheid, falls es doch woanders hingeht.«

Nach über zwanzig Jahren Polizeiarbeit in Rom kannte Leda die Stadt besser als jeder Taxifahrer, jeden Schleichweg, jede Abkürzung. So erreichte sie die Piazza als erste, parkte, schaltete das Licht aus, gab Ugo die Koordinaten durch und wartete ein paar Augenblicke.

»Ugo, da ist er. Er fährt gerade in den Hof.«

»Ich gehe hinterher und beobachte die Lage«, schlug Ugo vor.

Leda sah Ugos Schatten in der Hofeinfahrt verschwinden. Im Treppenhaus war inzwischen das Licht angegangen, ein paar Sekunden später auch in Santangelos Büro. Als Ugo plötzlich die Beifahrertür aufriß und sich auf den Beifahrersitz plumpsen ließ, erschrak Leda furchtbar.

»Es gibt keine andere Ausfahrt. Aber vom Hof aus kann man durch die Hintertür ins Haus rein. Wollen wir nicht hochgehen und ihn uns vorknöpfen?«

»Er wird nichts sagen. Was du gehört hast, klang das wie eine Verabredung? Hatte er Angst?«

»Es kann der Killer gewesen sein. Aber ohne Gewähr. Vielleicht haben Sie mir Ihre Killerthese schon so eingeredet, daß ich falsch interpretiere.«

In diesem Moment fuhren zwei Motorräder in den Hof.

»Im ersten Stock ist gerade eine Riesenfete. Ich habe den Krach bis in den Hof gehört«, erklärte Ugo.

Irgendwann kam noch ein Motorrad. Kurz darauf ging das Licht in Santangelos Büro wieder aus und die Treppenhausbeleuchtung an.

»Er kommt«, sagte Ugo. Leda nickte und startete den Motor. Gebannt schauten sie auf die Hofeinfahrt. Gar nichts geschah.

»Bist du ganz sicher, daß er nicht anders rauskommt?« fragte Leda nach einer Weile.

»Ja, absolut sicher. Vielleicht ist er noch in den Keller gegangen«, meinte Ugo.

Sie warteten ein paar Minuten. Dann verließ das Motorrad, das als letztes gekommen war, den Hof wieder und fuhr dicht an ihnen vorbei. Zwei Männer in Motorradanzügen und mit schwarzen Integralhelmen saßen darauf. Leda schaute auf das Kennzeichen: BX 3447, so, wie sie sich oft Kennzeichen anschaute. Nur zum Spaß, um dumme, kleine mathematische Rätsel zu lösen. Dieses Spiel hatte sie früher schon mit ihren Eltern im Auto gespielt und es bis heute beibehalten. Auch hier klappte es rudimentär: drei plus vier ergab sieben, aber eine Vier blieb übrig. Sie mußte über sich selbst lächeln.

»Wo bleibt Santangelo nur?« fragte Ugo nach einer Weile. »Ich sehe mal im Hof nach.«

Doch er konnte ihn nicht finden.

»Sein Wagen steht da, aber keine Spur von Santangelo. Keine Sorge, es gibt keinen weiteren Ausgang. Ich habe das noch einmal überprüft.«

»Merkwürdig.«

Leda spürte wieder diese Unruhe in sich, die sie zum Handeln trieb. Sie rief ihn auf dem Telefonino an, dann die Büronummer. Auf beiden Apparaten erhielt sie keine Antwort.

»Los, wir gehen hoch.«

Sie klingelten unten an der vorderen Haustür, gingen dann durch die offene Hintertür nach oben und klingelten dort. Nichts geschah.

Leda zückte ihr Portemonnaie, nahm eine Kreditkarte heraus, ließ sie vorsichtig zwischen Rahmen und Tür über den Schnapper gleiten. Die Tür war abgeschlossen. Leda klingelte bei den Nachbarn. Ein verschlafener alter Herr im Pyjama öffnete, und sie zeigten ihm die Polizeiausweise.

»Guten Abend. Bitte entschuldigen Sie die späte Störung. Wir müssen dringend in Signor Santangelos Büro. Er ist nicht da. Haben Sie vielleicht einen Schlüssel?«

»Maria, du hast doch einen Schlüssel von Camillos Büro. Wo ist er?« rief der Mann ins Innere seiner Wohnung.

»Dio, jetzt? Was soll das?«

»Die Polizei, mach hin.«

Aufgeregt kam eine alte Dame im Morgenrock angelaufen und versuchte ihre Haare mit den Händen in Form zu bringen.

»Was ist mit Camillo?«

»Nichts. Er hat nur vermutlich etwas im Büro, was wir brauchen. Da wir ihn im Moment nicht erreichen können, müssen wir bedauerlicherweise diesen Umweg gehen.«

»Aber ich habe ihn doch vorhin erst kommen und dann wieder gehen hören.«

»Das kann sein. Aber bitte versuchen Sie selbst ihn zu erreichen«, schlug Leda vor. Die Frau nahm das Telefon und wählte. Dann schüttelte sie den Kopf.

»Das verstehe ich nicht. Moment, ich hole den Schlüssel. Ist es denn wirklich so dringend?«

»Ja, Signora. In welchem Verhältnis stehen Sie zu ihm?«

»Er ist unser Neffe, der Sohn meiner älteren Schwester Concetta, Gott hab sie selig«, antwortete der Mann.

»Gehört das Büro Ihnen?«

»Nein, Concetta. Sie hat es aber schon vor ihrem Tod auf Camillo überschrieben.«

Das Büro war menschenleer. Von Santangelos früherer Anwesenheit zeugte nur sein Telefonino, das er offensichtlich vergessen hatte. Leda steckte es ein. Innerhalb von zwei Minuten waren sie wieder draußen.

»Haben Sie gefunden, was Sie suchten?« fragte der alte Mann.

»Nein. Falls er sich melden sollte, sagen Sie ihm, daß er uns dringend anrufen soll.«

Leda gab den alten Herrschaften ihre Visitenkarte.

»Noch eine Frage: Wie viele Ausgänge hat das Haus?«

»Zwei. Den vorderen und den hinteren.«

»Und wie kommt man aus dem Hof raus?«

»Durch die Einfahrt«, antwortete der Mann.

»Ansonsten kann man das Grundstück weder betreten noch verlassen?«

Beide nickten.

»Ist er vielleicht bei Ihnen? Dürfen wir mal kurz durch die Wohnung gehen?«

Ledas höfliche Frage ließ keinen Widerspruch zu.

»Kommen Sie herein, aber er ist nicht hier«, sagte der Alte.

Er hatte recht. Sie schauten gründlich nach.

»Was ist denn nur los mit Camillo?« jammerte die Frau.

»Signora, das wüßten wir nur zu gern«, sagte Leda. »Gibt es einen Keller?«

Beide nickten.

»Könnte ich bitte den Schlüssel haben?«

Im Keller stand Gerümpel aus Jahrhunderten, belegt von dicken Staubschichten und überzogen von Spinnweben. In Santangelos Kellerraum waren lange Metallregale aufgebaut, vollgestellt mit Aktenordnern und Pappkartons. Dieser Raum diente wohl als Archiv für das Büro. Es gab außerdem einen allgemeinen Kellerraum, in dem sich Fahrräder befanden, nur nicht Santangelo.

Sie brachten den Schlüssel zurück, entschuldigten sich nochmals für die Störung und baten die aufgeregten alten Leute, sich keine Sorgen zu machen. Nachdenklich stiegen sie die Treppe hinab.

»Er kann sich doch nicht in Luft aufgelöst haben. Irgendwo muß er sein.«

Sie gingen zurück in den Hof, wo der Krach des Festes durch die offenen Fenster viel lauter zu hören war als im Haus selbst. Historische Bauten hatten den Vorteil dicker, schalldichter Mauern, dachte Leda und schaute sich um. Die Lampe über der Hintertür verstrahlte mattes Licht.

»Ugo, bitte hol die Taschenlampe aus meinem Wagen. So sehen wir gar nichts.«

Sie gab ihm den Autoschlüssel, und er trabte davon. Leda blieb ruhig stehen, starrte ins Dunkel der Nacht und lauschte dem Gelächter und der Musik der Feiernden.

Santangelo war in ihrer Nähe. Sie fühlte es und hatte plötzlich den Eindruck, er schaute sie an. Tatsächlich funkelte zwischen zwei Autos ein Augenpaar hervor. Vorsichtig griff Leda in ihre Tasche und zog die Pistole hervor. Die Augen bewegten sich, und Leda erkannte eine Katze, die auf eine Kühlerhaube sprang, federleicht und geräuschlos. Ihr Herz raste. Da kam Ugo mit der Taschenlampe in der Hand.

»Allora, dann wollen wir mal gucken, wo sich Papà Santangelo versteckt.«

Zielgerichtet ging er auf den Alfa zu, ein nagelneues Modell. Der Lichtkegel erleuchtete den Innenraum, der Wagen war verschlossen und leer, mit dem Heck zur Wand eingeparkt. Ugo ließ das Lampenlicht langsam über den Boden gleiten. Plötzlich bückte er sich und nahm einen dunklen Fleck in Augenschein.

»Leda, das ist Blut.«

Drei Minuten später hatte er den Kofferraum mit Ledas Wagenheber aufgebrochen. Der Anblick war grauenhaft: Santangelo lag blutüberströmt und zusammengefaltet wie ein Paket mit einem Schuß im Rücken in seinem eigenen Wagen. Vor Ledas Augen tauchte das Bild des 1978 ermordeten Vorsitzenden der Partei Democrazia Cristiana, Aldo

Moro, auf. Er war in einer ähnlichen Position tot in einem Auto aufgefunden worden.

Im ersten Stockwerk wurde gerade grölend ein Geburtstagslied angestimmt. Es war Mitternacht, und Leda hätte heulen können. Sie lehnte sich an die Hauswand und schloß die kurz die Augen. Verdammt, das hätten wir verhindern müssen, dachte sie, während Ugo Santangelos Puls fühlte.

»Noch warm, aber tot«, sagte er leise. Dann klappte er behutsam den Deckel des Kofferraums zu, doch er glitt wieder hoch, weil das Schloß zerstört war. Ugo legte kurzerhand den Wagenheber darauf, der ihn mit seinem Gewicht unten hielt. Sie gingen gemeinsam durch die Hofeinfahrt auf die Straße, und Leda rief die Kollegen von der Spurensicherung und der Gerichtsmedizin an.

»Er ist tot, laßt gleich einen Leichenwagen kommen, Krankenwagen brauchen wir nicht, Notarzt auch nicht, Gerichtsmediziner reicht aus. Kommt ohne Sirene und Blaulicht, der Tote ist ein Prominenter. Ich will hier keine Presse haben.«

Leda atmete tief durch.

»Ich weiß, was Sie denken, aber wir konnten es nicht ändern«, sagte Ugo und wollte sie trösten. Doch Leda brauchte jetzt keinen Trost, sie wollte nur noch eines: den Mörder. Sie war unglaublich wütend auf ihn, weil es ihm gelungen war, vor ihrer Nase einen Menschen umzubringen, ohne daß sie etwas davon gemerkt hatte.

»Ugo, der Mörder ist entweder noch hier im Haus oder wir haben ihn davonfahren sehen. Laß uns nachdenken. Wer ist herausgekommen, seit wir das Haus beobachten? Ich habe nur ein Motorrad gesehen, das kurz zuvor hineingefahren war.«

»Ich auch, es war grün, und zwei Personen saßen darauf. Es ist an uns vorbeigefahren.«

»Sonst niemand?«

Ugo überlegte und schloß dabei die Augen. Dann öffnete er sie wieder und schaute Leda an:

»Nein, ich glaube nicht. Ganz sicher niemand sonst.«

»Ich habe sonst auch niemanden gesehen. Also müssen wir den Motorradfahrer suchen.«

»Was für eine Maschine war das?« fragte Ugo sie grinsend.

»Eine Kawasaki fünfhundert Kubik, es stand drauf, Ugo«, antwortete Leda.

»Gut, sehr gute Beobachtung! Ich bin zum gleichen Ergebnis gekommen.«

»Und jetzt die finale Testfrage: Wie lautet das Kennzeichen?«

»Signora, da verlangen Sie zuviel von mir. Ich habe nur die Maschine bewundert, ein edles Stück.«

»Wie gut, daß mir solche Stücke völlig egal sind. Das Kennzeichen war BX 3447«, sagte Leda, und Ugo staunte.

»Hut ab. Geben Sie die Fahndung raus? Aber das Haus verläßt sicherheitshalber auch niemand. Sie stellen sich an den Vordereingang, ich an die Hintertür, va bene?«

Sie bezogen ihre Posten, und Leda rief wieder im Präsidium an: »Gebt eine Fahndung wegen Mordverdachtes raus, und zwar sofort. Motorrad, Marke Kawasaki, fünfhundert Kubik, grün, Kennzeichen BX 3447. Achtung, Fahrer bewaffnet. Es können auch zwei Personen sein. Und sagt mir, wer der Halter ist.«

Sie sandte einen Dankesgruß an ihre Eltern gen Himmel, dafür, daß sie damals mit ihr dumme, kleine Rechenspielchen im Auto gemacht hatten.

XVIII

Tiziano raste durch die Stadt. Enno schrie ihm von Sozius aus zu: »Fahr langsam! Sonst erwischen die uns wegen einer solchen Lappalie.«

Der Bruder verringerte das Tempo. Gleich waren sie da. Tiziano bog in die Via Carpineto ein.

»Halt an«, sagte Enno noch hundert Meter von seinem Haus entfernt. »Du fährst sofort nach Hause. Achte auf die Geschwindigkeitsbeschränkungen, damit sie dich unter keinen Umständen anhalten. Hast du das verstanden?«

Tiziano nickte.

»Meinst du denn, sie haben den schon gefunden?«

»Nein, die finden ihn wenn überhaupt erst morgen, bis dahin vermißt ihn niemand. Keiner hat irgend etwas gehört oder gesehen. Ich habe genau darauf geachtet. Der Krach im oberen Stockwerk hat alles übertönt. Wir waren richtig gut. Also mach dir keinen Kopf, sei aber trotzdem wachsam. Ruf mich an, wenn du da bist und gib Mamma einen Kuß von mir. Braucht ihr noch Geld?«

Enno zog ein Bündel von Hundert-Euro-Scheinen aus der Jackentasche, das er von Santangelo bekommen hatte. Tiziano schüttelte den Kopf: »Das brauchst du doch selbst.«

»Stimmt, ich brauche es. Ich tauche morgen dann für eine Weile ab, ruf euch aber regelmäßig an. Va bene?«

»Tutto a posto, alles in Ordnung,« antwortete Tiziano, und sie umarmten sich.

Er fuhr davon, und Enno schaute ihm noch eine Weile nach. Er liebte seinen kleinen Bruder. Und seine Mutter. Sie waren überhaupt die einzigen Menschen, die er liebte, denen er vertraute. Vielleicht würde er Graziella eines Tages auch so lieben, wenn sie ihm das erste Kind geboren hätte. Es war das erste Mal, daß er an die Gründung einer eigenen Familie dachte, und nahm es als gutes Omen. Langsam schlenderte er zu seinem Haus, schloß die Tür auf und ging hoch. Kein Mensch begegnete ihm. Um diese Uhrzeit schliefen die alle.

Als er die Beretta aus dem Hosenbund zog und auf den Tisch legte und das Bündel Geldscheine daneben, stieg wieder die Wut in ihm hoch. Dieser Scheißtyp von Santangelo hatte ihn gezwungen, gegen sein Prinzip zu verstoßen: Mord nur im Auftrag und gegen Geld. Er war jetzt fast vierzig Jahre alt und hatte noch nie in eigenem Auftrag ohne Bezahlung auf einen Menschen geschossen. Bis vorhin. Er wußte genau, daß dies das Ende seiner Laufbahn bedeutete, weil seine Gefühle sein Handeln bestimmt hatten. Das war unprofessionell. Aber der Typ hätte ihn weder betrügen noch beleidigen dürfen. Fünftausend Euro waren nun einmal nicht die Hälfte von fünfzehntausend Euro. Das Geld hatte er in ein Bündel zusammengepackt und wohl gehofft, er würde es nicht nachzählen. Aber Profis zählen immer sofort nach.

»Zweitausendfünfhundert fehlen,« hatte Enno gesagt.

»Du hast eben nicht richtig gezählt. Wahrscheinlich können Leute wie du gar nicht so weit zählen. Also hau ab«, hatte Santangelo gesagt.

Da war bei ihm die Sicherung durchgeknallt. Niemand durfte ihn beleidigen, niemand, auch wenn er der beste Freund des Ministerpräsidenten war.

Blitzschnell hatte er Santangelo gepackt, umgedreht und ihm von hinten den Mund zugehalten.

»Autoschlüssel in der Jacken- oder Hosentasche.«

Tiziano hatte auf der Stelle kapiert und den Schlüssel sofort gefunden.

»Kofferraum auf.«

Santangelo hatte sich gewehrt, aber Enno war stark. Er hielt Santangelos Kopf mit einer Hand fest, während er mit der anderen seine Beretta mit dem Schalldämpfer aus dem Bund zog.

»Hör zu, du Scheißtyp. Ich bin Profi, und Profis verarscht man nicht.«

Dann hatte er die Pistole an Santangelos Rücken in der Höhe des Herzens gehalten und abgedrückt. Er mußte ihn ordentlich festhalten, sonst wäre er ihm von der Wucht des Schusses aus der Hand geflogen. Glücklicherweise hatte er seine lederne Motorradmontur an, von der sich das Blut leicht abwischen ließ.

Tiziano hatte perfekt reagiert: Er hatte den zusammensackenden Körper blitzschnell von unten aufgefangen und sie hatten ihn gemeinsam in den Kofferraum gehoben. Tiziano hatte auf die Fernbedienung des Schlüssels gedrückt und die Verriegelung war mit einem leisen Surren eingerastet. Dann hatte er den Schlüssel gründlich mit einem Papiertaschentuch abgewischt, um ihn von Fingerabdrücken zu befreien, in den Kofferraum geworfen und den Deckel runtergedrückt. Tiziano hatte sogar daran gedacht, mit dem Taschentuch über den Lack des Kofferraums zu fahren. Kein Wort wurde gewechselt, über ihnen tobte das Fest. Das Anlassen der Maschine war in den Rhythmen des letzten Hits von Gianni Morandi untergegangen. Tiziano hatte er mitsummen gehört. Er war der beste Kompagnon, den Enno sich vorstellen konnte, der einzige, den er in seine Nähe ließ.

Ich werde ihn vermissen in Brasilien, dachte Enno, schälte sich aus dem Lederanzug und untersuchte ihn genau. Er hatte nur ein paar Blutspritzer abgekriegt. Mit Wasser und einem Schwämmchen wischte er sie sorgfältig ab. Er haßte schmutzige Kleidung.

Im Internet fand er schnell einen Direktflug nach Rio. Um sieben Uhr ab Fiumicino. Er schaute auf seine Armbanduhr: ein Uhr. Er hatte genügend Zeit zu packen, und im Flugzeug hatte er Zeit zu schlafen. Um vier Uhr spätestens mußte er am Flughafen sein und das Ticket kaufen. Im Zweifel erster Klasse. Dafür reichte das Geld in jedem Fall. Er versuchte Graziella zu erreichen, doch sie meldete sich nicht, und er hinterließ eine Nachricht auf ihrer Mailbox:

»Hello Graziella. I will arrive in Rio at three o'clock in the afternoon and stay with you. I love you and I miss you. Will you pick me up at the airport?«

Sorgfältig überlegte er, was er für sein neues Leben brauchte, und füllte zwei Koffer. Sie wurden nur knapp voll, denn Enno besaß nicht viel. Zu oft schon hatte er seinen Wohnort plötzlich gewechselt und gelernt, mit wenig auszukommen. Traurig stimmte ihn nur, daß er auf seine Beretta verzichten mußte. Zärtlich nahm er sie in die Hand, polierte sie ein bißchen und legte sie dann zurück auf den Tisch. Um kurz vor zwei rief Tiziano wie vereinbart an.

»Alles in Ordnung. Ich trinke gerade an der Raststätte Roccamonfina einen Kaffee. Bin echt müde und hab eine Pause gebraucht. Bin schön langsam gefahren, wie du es gesagt hast. Macht Spaß, die Luft ist schon ziemlich warm. Es ist Frühling, Bruderherz, spürst du ihn auch?«

»Ja, fratellino, es ist wirklich schön. Fahr den Rest noch vorsichtig und schlaf dann gut. Bis morgen. Und noch was: Ich glaub, du hast das Zeug zu einem Profi!«

Er hörte, wie Tiziano am anderen Ende lachte:

»Kann schon sein. Ciao, a domani.«

XIX

Während Leda vor dem Hauseingang Wache schob und auf die Kollegen wartete, fiel ihr ein, daß sie Santangelos Telefonino in der Tasche hatte. Umgehend rief sie wieder im Präsidium an und forderte die Analyse der letzten zehn von Santangelo geführten und empfangenen Nummern.

Als erstes tauchten zwei Einsatzwagen mit uniformierten Kollegen auf, ohne Sirene und ohne Blaulicht. Sie übernahmen die Absperrung der Hofeinfahrt und die Überwachung des Haupteingangs. Leda ging in den Hof zurück und suchte gemeinsam mit Ugo nach weiteren Spuren, leider erfolglos.

»Das Opfer hat sich gewehrt, aber ein richtiger Kampf war es nicht, soweit ich das auf den ersten Blick beurteilen kann. Und ihr habt keinen Schuß gehört, gar nichts?« fragte der Spurensicherer Piero Bassani. »Na ja, ist bei dem Krach da oben kein Wunder. Die haben bis jetzt noch nicht gemerkt, daß hier unten etwas passiert ist.«

»Glatter Herzschuß. Der Mörder hat ihm von hinten den Mund zugehalten und dabei in den Rücken geschossen. Er hat sehr fest zugepackt, denn in Santangelos Gesicht sind Griffspuren von Fingern zu sehen. Ein Profi war am Werk, der die Anatomie des Menschen genau kennt. Er hat einmal abgedrückt und genau getroffen. Der verschwendet keine Kugeln«, meinte Leo Amato. »Scheußliches Bild. Erinnert mich an die Ermordung von Moro. Der lag auch so im Kofferraum. Da waren es die Terroristen. Auf den hier könnte doch höchstens die kleine Sippe der Großaktionäre sauer gewesen sein. Oder?«

Leda stand der Sinn überhaupt nicht nach Leos Scherzen. Sie war verwirrt und suchte nach dem Zusammenhang zwischen den Morden an Denaro, Pena und diesem hier. Alle drei hatten Menschen betrogen und um eine Menge Geld gebracht. Wenn Santangelo der Verantwortliche für die Morde an den beiden anderen war, wieso lag er selbst dann jetzt tot im Kofferraum? Das paßte nicht zusammen. Entweder war ihre Ausgangsthese hinsichtlich Santangelos Rolle verkehrt, oder die Morde hatten nichts miteinander zu tun. Manfredi, schoß es ihr durch den Kopf. Als einziger außerhalb des Präsidiums wußte er von Santangelos Aktiengeschäften. Nein, nicht als einziger, Ruini und Meraviglia auch.

Leo unterbrach ihre Gedanken.

»Leda, hörst du mir zu?«

»Entschuldigung, ich war gerade woanders. Was ist?«

»Wie habt ihr den Toten überhaupt so schnell gefunden?«

Leda berichtete von den Geschehnissen des Abends.

»Was? Ihr habt da draußen im Auto gesessen, während er abgemurkst wurde? Dann waren es die Motorradfahrer.«

»Oder jemand aus dem Haus, und er ist noch drin«, meinte Leda.

»Eher unwahrscheinlich. Der Mörder hätte den Autoschlüssel nicht in den Kofferraum geworfen, sondern die Leiche mit dem Auto selbst weggefahren«, widersprach Leo. »Hast du schon die Fahndung nach dem Motorrad durchgegeben?«

Leda nickte. In diesem Moment jaulte der Türkische Marsch auf.

»Der Halter des Motorrades ist ein gewisser Tiziano Crudele aus Caserta. Eine der Telefonnummern läuft auf den Namen Antonina Aiello, ebenfalls gemeldet in Caserta, aber mit einer anderen Anschrift als dieser Crudele. Ein Prepaid-Anschluß«, sagte die Kollegin.

»Bitte verbinden Sie mich mit den Kollegen in Caserta. Ich brauche Informationen über die beiden«, bat Leda.

Dort meldete sich die erschöpfte Stimme eines jungen Kollegen, der wahrscheinlich in dieser Nacht noch kein Auge zugetan hatte.

»Tiziano Crudele? Das ist der Bruder von Enno Crudele. Wir nennen ihn den ›Phantomkiller‹, weil er sich nicht schnappen läßt. Einzelheiten müssen Sie beim Kollegen Alfredo Lirico erfragen, der weiß alles über die Camorra. Er ist zwar schon im Ruhestand, kennt aber die ganzen Familien seit hundert Jahren. Wir fragen ihn auch immer.«

Auch das noch, dachte Leda. Die Mafia! Ihr Adrenalinspiegel stieg ins Unermeßliche, und ihr Herz pochte bis zum Hals.

Lirico erwies sich sofort als Mafia-Profi, denn er mißtraute Leda.

»Commissaria, ich würde Sie lieber über die Leitung des Polizeipräsidiums anrufen. Ist Ihnen das recht?«

Auf den Trick, sich telefonisch als Polizeibeamtin einer anderen Stadt auszugeben, um Ermittlungsergebnisse zu erfahren, war er wahrscheinlich nur einmal im ersten Jahr seiner Tätigkeit reingefallen. Kurz darauf meldete er sich wieder.

»Entschuldigen Sie bitte diesen Umweg, aber Caserta ist eine der Camorra-Hochburgen. Da lernt man, sich zu schützen. Zu Enno Crudele: Die hiesige Polizei versucht ihn seit Jahren zu schnappen. Er soll für mindestens neun Morde verantwortlich sein und gilt als Hauptkiller der Condellos. Spricht gut Englisch und Spanisch, sehr clever und eiskalt, tötet wie eine Maschine, präzise, auftragsgemäß und unauffällig, wechselt ständig den Aufenthaltsort, macht nie Fehler. Er arbeitet längst nicht mehr nur für die Condellos, sondern ist weltweit als eine Art ›freier Killer‹ im Geschäft. Teuer, aber gut. Sein Markenzeichen: eine Beretta. Es heißt, er arbeite mit seinem Bruder Tiziano zusammen, der wiederum bei Elviro Tanzi, einem Mitglied des Condello-Clans, offiziell beschäftigt ist.«

Tanzi? Der Name sagte Leda etwas, doch sie konnte den Zusammenhang nicht herstellen.

»Wer ist Tanzi?«

»Eine schillernde Gestalt. Hat sich sozusagen aus dem Nichts zum größten Baustoffhändler der Region entwickelt. Wie? Das können Sie sich wohl denken: Wer für seinen Bau woanders einkaufte, hatte keine Freude auf seiner Baustelle. Es gab Unfälle, Brände, Einstürze, Wassereinbrüche, Schäden aller Art. Auch ihm konnte nie etwas nachgewiesen werden, weil die Zeugen schwiegen. Hier herrscht das strenge Gesetz der Omertà. Seit Jahren gilt er allerdings als sauber, das heißt, er arbeitet ganz oder weitgehend legal. Kommende Woche soll er zum Präsidenten der hiesigen Mittelstandsvereinigung gewählt werden.«

»Und wer ist Antonina Aiello?«

»Die Tante der beiden. Sie ist vor drei Monaten gestorben.«

»Wissen Sie, ob Crudele zur Zeit in Italien ist?«

»Man weiß nie, wo er sich aufhält. Er lebt seit vielen Jahren im Untergrund. Manchmal soll er seine Mutter besuchen, aber bis die Polizei diese Information hat, ist er längst über alle Berge.«

Leda bedankte sich und betrachtete den klaren Sternenhimmel. Verdammt, wo hatte sie den Namen Tanzi schon einmal gehört? Plötzlich sah sie sich selbst wieder auf dem Bänkchen in Santangelos Büro warten und vernahm Iacopos Stimme. »Signor Tanzi! Sie möchten wissen, ob die Aufträge zu Dottore Santangelos Zufriedenheit ausgeführt wurden? ... Gern, er wird Sie zurückrufen, sobald er kann. Bitte geben Sie mir Ihre Nummer. Ich notiere ...«

Schlagartig war die Verbindung in ihrem Kopf da.

»Leda, kannst du kommen? Kann die Leiche weg, oder willst du sie noch einmal sehen? Ich bin soweit fertig«, fragte Leo Amato mitten in ihren Gedankengang hinein.

»Gibt es da was Besonderes?«

»Nicht mehr als vorhin. Ich stelle sonst jetzt den Totenschein aus und laß ihn abtransportieren.«

»Mach das«, sagte sie halb geistesabwesend und hatte ihr Telefonino schon wieder in der Hand.

»Ortet mir folgende Nummer: ...«, und sie diktierte die Nummer des Prepaid-Anschusses.

Dann ging sie langsam zu den anderen, die im grellen Scheinwerferlicht direkt am Tatort arbeiteten. Erst jetzt bemerkte sie, daß der tosende Krach über ihnen ein Ende gefunden hatte. Menschen schauten aus den Fenstern und unterhielten sich mit gedämpfter Stimme. Gerade wurde der Blechsarg mit Santangelos Leiche zugeklappt.

»Wo ist Ugo?« fragte sie.

»Am Hofeingang. Da will einer unbedingt sein Motorrad aus dem Hof holen. Er versucht ihn zu beruhigen.«

Leda fröstelte. Ein kalter Windhauch blies durch die Hofeinfahrt, und ihr Telefon läutete.

»Wir haben ihn auf dem Bildschirm. Ein Haus in Centocelle, Via Carpineto. Auf dem Anschluß wurde eben telefoniert. Zielobjekt bewegt sich minimal, offensichtlich läuft der Anrufer in einer Wohnung herum«, erklärte ein Kollege im Präsidium.

»Das heißt, er ist in einem Haus?«

»Ja, scheint so!«

»Das Sondereinsatzkommando soll sofort los. Wir müssen den Mann kriegen. Es können auch zwei sein. Sie dürfen absolut nichts merken. Achtung: Es sind hochgefährliche Profikiller, bewaffnet. Nachname: Crudele. Werden möglicherweise eine Flucht versuchen. Schickt deshalb sofort Kollegen vom Einsatz vor Ort hin. Die sollen darauf achten, daß sie nicht gesehen werden. Für den Fall, daß sie abhauen wollen, kein Zugriff ohne Unterstützung des Sondereinsatzkommandos. Dann nur verfolgen. Kollege Ugo Libotti und ich fahren sofort hin. Der Einsatzleiter Sonderkommando soll mich anrufen.«

Ugo stand tatsächlich an der Hofeinfahrt und debattierte mit einem jungen Mann. Leda trat hinzu:

»Welches Problem gibt es?«

»Daß ich mein Motorrad für die Heimfahrt brauche«, antwortete der Mann.

»Nehmen Sie ein Taxi«, antwortete Leda kurzangebunden.

»Das ist eine Unverschämtheit«, krakeelte der Mann.

»Junger Mann, das ist keinesfalls eine Unverschämtheit. Und wenn Sie sich nicht sofort verziehen, laß ich Sie wegen Störung polizeilicher Ermittlungen schlicht und ergreifend verhaften. Capito?« sagte Leda in einem Ton, daß es dem Mann die Sprache verschlug. Als Leda dann noch einen uniformierten Kollegen herbeiwinkte, trollte er sich widerspruchslos.

»Hier kommt keiner rein oder raus. Bassani wird den Tatort freigeben, wenn er es für richtig hält. Komm, Ugo.«

Als sie im Auto saßen, Ugo am Steuer, programmierte Leda das Navigationsgerät, setzte das Blaulicht aufs Dach, schaltete die Sirene ein und erklärte ihrem Mitarbeiter mit lauter Stimme die Situation.

»Santa Maria, da müssen wir vorsichtig sein«, lautete sein Kommentar, und er trat aufs Gaspedal. Sie jagten an der Porta Maggiore vorbei Richtung Via Casilina, eine der nach Südosten führenden Hauptverkehrsadern zum Autobahnring um Rom und weiter nach Neapel. Als die Via Carpineto auf dem Navigationsbildschirm erschien, holte Leda das Blaulicht wieder herein und schaltete die Sirene aus. Ugo bog langsam in die Straße ein. Weit und breit kein Einsatzwagen zu sehen. Das Telefon klingelte.

»Commissaria, der Fahrer des Motorrades BX 3447 wurde an der Raststätte Roccamonfina gefaßt, Tiziano

Crudele. Zwei Kollegen von der Autobahnstreife hatten das Fahndungsgesuch gehört und entdeckten die geparkte Maschine. Sie warteten auf den Fahrer, der gerade vom Kaffeetrinken kam, und konnten ihn problemlos festnehmen. Er war unbewaffnet und bestreitet, in Rom gewesen zu sein. Sagt, er wäre nur in der Weltgeschichte herumgefahren, weil so schönes Wetter ist. Soll er nach Rom gebracht werden?«

»Ja, ins Präsidium. Was ist mit dem georteten Anschluß?«

»Wir haben ihn immer noch auf dem Bildschirm. Er bewegt sich nicht mehr, hat auch aufgehört zu telefonieren. Zwei Kollegen stehen im Hausflur gegenüber dem Eingang und beobachten die Zielperson. Sie können sie durch die Fenster sehen. Es brennt Licht. Das Sondereinsatzkommando ist in spätestens zehn Minuten da. Einsatzleiter Pasquale Neri wird Sie gleich anrufen. Sie sollen jedenfalls am Anfang der Straße von der Casilina aus kommend auf ihn warten. Er hat Ihr Kennzeichen.«

»Danke, sehr gute Neuigkeit. Gratulation an die Autobahnkollegen. Wir warten auf Neri.«

Ugo fuhr rechts heran, schaltete Motor und Licht aus. Schweigend warteten sie im Dunkel der Nacht. Es war zehn nach zwei, als Pasquale Neri an ihre Autoscheibe klopfte, von Kopf bis Fuß in Schwarz gekleidet. Um Punkt halb drei stürmten zehn Männer und Frauen des Sondereinsatzkommandos Crudeles Wohnung. Er schaffte es aus dem Schlafzimmer, wo er gerade den zweiten Koffer schloß, nicht mehr zu seiner Beretta auf dem Wohnzimmertisch, als die Tür krachend aufsprang und vier Maschinenpistolen aus dem Rahmen der Schlafzimmertür auf ihn gerichtet wurden. Widerstandslos ließ er sich festnehmen. Er erkannte, daß er sowieso keine Chance hatte.

Während der anschließenden Vernehmung schwieg er so lange, bis sie ihm den festgenommenen Tiziano durch die

Fensterscheibe zeigten. Da schrie er los: »Laßt ihn laufen, er hat nichts damit zu tun!«

Er wollte seinen Bruder schützen, lud alle Schuld auf sich allein. Doch Tiziano selbst gestand schließlich, als Elviro Tanzi ihm für den Tag des Mordes an Denaro kein Alibi gab.

Tanzi behauptete, es sei in den Telefonaten mit Santangelo im Vorfeld der Morde um Buchhaltungsaufträge gegangen. Tatsächlich führte Santangelos Büro seit zwei Jahren solche Aufträge für den Baustoffhändler durch. Tanzi habe bei Santangelo nur nachgefragt, ob die Aufträge zu seiner Zufriedenheit durchgeführt worden seien.

Es wäre ihm peinlich, darüber zu sprechen, aber die aktuelle Situation erfordere die Benennung der Wahrheit, sagte Tanzi den Polizisten in Caserta. Santangelo, der allein lebte, habe ihn um eine Möglichkeit der Kontaktaufnahme zu Frauen gebeten, die er für ihre verschwiegenen Dienste reichlich zu entlohnen bereit gewesen sei. Er, Tanzi, habe dafür gesorgt, daß sich entsprechende Damen bei Santangelo meldeten. Für anderweitige Verbindungen zwischen Tanzi und Santangelo gab es keinerlei Beweise.

Enno Crudele, so Tanzi, habe ihn mehrfach angerufen, weil er verschiedene, seinen Bruder betreffenden Anliegen hatte; um die Vermittlung eines Tötungsauftrages sei es dabei nie gegangen. Tanzi gab vor, nicht die geringste Ahnung davon zu haben, daß Crudele als Killer arbeitete.

Die Vernehmungen zogen sich bis in die frühen Morgenstunden hin. Um sechs Uhr früh riß Leda den Polizeipräsidenten Alberto Libero telefonisch aus dem Schlaf und teilte ihm die Geschehnisse der Nacht mit. Er kam sofort ins Präsidium. Eine Stunde später fand eine erste Frühbesprechung in seinem Büro statt.

Piero Bassani bestätigte, daß alle gefundenen Geschosse und Hülsen sowohl im Fall Denaro als auch im Fall Santangelo aus der bei Crudele gefundenen Beretta abgefeuert worden waren, was Ennos Täterschaft untermauerte.

Tizianos Motorrad wurde von der Spurensicherung in Caserta untersucht. Die schwarzen Farbreste waren für Leda der Beweis, daß die Kawasaki für den Mord an Denaro von Grün auf Schwarz umgespritzt worden war.

Nach der Besprechung wurden Enno und Tiziano noch einmal von Libero persönlich vernommen. Vernehmungsprotokolle wurden erstellt und von beiden unterschrieben. Die Beweislage war glänzend und würde der Staatsanwaltschaft als sichere Grundlage für eine Anklage auf zweifachen Mord ausreichen.

Anhand der ebenfalls bei Enno gefundenen gefälschten Pässe wollte Leda die Passagierlisten der Fluggesellschaften, die nach Rio de Janeiro flogen, überprüfen lassen. Wegen der frühen Morgenstunde mußte sie dies allerdings auf einen späteren Zeitpunkt verlegen, zumal es in Brasilien noch vier Stunden früher war. Allerdings war sie aufgrund einer in Ennos Telefonino gefundenen Verbindung zu einem brasilianischen Anschluß sicher, daß Enno auch mit dem Mord an Pena zu tun hatte.

Libero setzte für zehn Uhr morgens eine Pressekonferenz an. Bis neun Uhr wollte er von allen Abteilungen, insbesondere von Leda, vorläufige Berichte auf dem Tisch haben. Auch den Ministerpräsidenten mußte er vorher informieren.

Fine

Leda schrieb den Bericht. Er ging ihr diesmal leicht von der Hand, da die beiden Crudele-Brüder sich umfassend geäußert hatten. Sie machte sich auf der einen Seite Vorwürfe, daß sie die Ermordung Santangelos nicht hatte verhindern können. Auf der anderen Seite empfand sie ein durchaus angenehmes Gefühl des Triumphes. Libero würde der Öffentlichkeit nur den Sieg verkaufen, dessen war sie sich sicher.

Bevor sämtliche Sendestationen von dem neuen Mord und den Festnahmen berichteten, hatte Leda allerdings noch ein paar Versprechen einzulösen. Sie griff zum Hörer und wählte als erstes die Nummer von Camilla Denaro. Diese weinte, als sie erfuhr, daß die letzten Worte Robertos seinen Kindern gegolten hatten.

»Danke! Ich wußte immer, daß er sie über alles liebte. Aber ich werde ihm nie verzeihen, was er getan hat. Vielleicht sehen die Kinder das anders. Ich hoffe es für sie«, sagte sie zur Kommissarin.

Der nächste Anruf galt Innenminister Leoncavallo. Er befand sich gerade auf dem Weg zu seinem Büro im Ministerium.

»Vielen Dank für die Vorabinformation. Ich werde gleich eine Pressemitteilung schreiben lassen und die römische Polizei loben. Ich meine es ernst, Commissaria. Herzlichen Glückwunsch! Und falls Ihnen das Jagen von Banditen und Mördern irgendwann zuviel wird, rufen Sie mich an. Auch im Ministerium kann ich praxiserfahrene Leute wie Sie brauchen.«

Leda mußte lachen. Das kam nun wirklich für sie nicht in Frage. Sie haßte Mörder und liebte ihre Arbeit. Niemals würde sie sich auf muffigen Ministeriumsstühlen niederlassen.

Als drittes rief sie Johannes Horstmann an. Dieser schlief noch, und sein Onkel, Professor Wolfrum, sagte, daß sein Neffe deprimiert sei und nur noch nach Wien zurückfahren wollte. Sie erklärte ihm, daß er das tun könne, allerdings für den Prozeß gegen die Crudele-Brüder mit Sicherheit noch als Zeuge gebraucht werde und deshalb auch im Ausland erreichbar sein müsse.

Gerade als sie mit ihren Telefonaten durch war, klingelte es bei ihr. Es war ein Kollege aus Caserta.

»Buon giorno, Commissaria. Ich wollte Ihnen nur schnell sagen, daß wir unter den von Ihrer Zeugin Adriana Manzoni notierten Kennzeichen eines gefunden haben, das auch im Rahmen eines Mordfalls vor zwei Jahren hier in Caserta eine Rolle spielte. Weil es gefälscht war, konnten wir den Halter des Motorrads damals nicht ermitteln. Jetzt haben wir die Verbindung zu Tiziano Crudele und damit zu Enno Crudele. So wäre wohl auch dieser Mord bewiesen.«

Flugs schrieb Leda das noch in ihren Bericht und schickte ihn per E-Mail an Libero.

Als Leda um kurz vor neun zu Hause ankam, fühlte sie sich schmutzig und erschöpft von der langen Nacht. Paolo stand gerade unter der Dusche.

»Wo kommst du her? Ich habe mir Sorgen gemacht. Meine Güte, du siehst völlig erschlagen aus«, sagte er, während er den Wasserhahn abdrehte und sich ein Badetuch schnappte.

»Deine Santangelo-Geschichte ist geplatzt. Du kriegst sie nicht mehr exklusiv. Um zehn Uhr gibt Libero eine Pressekonferenz.«

Dann erklärte sie ihm, während sie nun selbst ihre durchgeschwitzten Kleider von sich warf, was alles passiert war.

»Dio, Leda. Herzlichen Glückwunsch. Gute Arbeit. Das

mit der Exklusivgeschichte ist zwar traurig, aber so schlimm nun auch wieder nicht. Ich mache uns jetzt erst mal einen Kaffee und hole Cornetti, während du duschst.«

Wie gut, daß er hier ist, dachte Leda, während das heiße Wasser angenehm auf sie niederprasselte.

Die Wahrheit hinter dem »Letzten Tanz am Tiber«

Der Cirio-Konkurs steckt den Italienern noch tief in den Knochen, da erschüttert ein neuer Wirtschaftsskandal das Land, Brasilien und die Börsen der Welt – die Parmalat-Pleite. Über ein Jahrzehnt lang haben die Spitzenleute des Milchkonzerns betrügerisch gewirtschaftet und ihn unter Mithilfe einiger Banken in den Ruin getrieben. Die Aktienwerte sinken ins Uferlose. Zehntausende Menschen haben ihr Geld verloren, es droht ein riesiger Arbeitsplatzverlust. Schätzungsweise zwanzig Milliarden Euro Unternehmens- und Aktienkapital sind vernichtet worden. Die Aktionäre gehen wütend auf die Straße und demonstrieren. Die italienische Regierung versucht gemeinsam mit einem Insolvenzverwalter zu retten, was möglich ist.

Über ein Jahr lang beherrschten der Skandal und seine Auswirkungen die Titelseiten der Zeitungen. Die Notwendigkeit moralischen Handelns im Bereich der Wirtschaft wird angesichts der sich häufenden Großpleiten weltweit intensiv diskutiert, nicht nur in Italien. Ein Stoff wie geschaffen für einen Kriminalroman.

Natürlich mußte für den Krimi fast alles geändert werden. Schon allein wegen der Komplikationen im wirklichen Leben, die im Detail niemand im vollen Umfang verstehen würde, außer vielleicht ein paar Wirtschaftsexperten. Es sollte schließlich ein Roman werden und keine Dokumentation. Der Fall Parmalat gab also nichts weiter als das Grundgerüst für einen Handlungsstrang ab. Um einen Krimi daraus zu machen, wurden Morde, Handlungen und Personen erfunden, die es realiter nicht gab oder gibt, zumindest nicht im beschriebenen Kontext. Außerdem wurde der Schauplatz von Parma nach Rom verlegt, damit Leda Giallo ermitteln konnte, die kleine Kommissarin, die sich nicht um weibliche Gardemaße schert. Sonst hätte ein Kollege in Parma die Leitung der Ermittlungen übernehmen müssen, und dem geneigten Leser wäre die Geschichte entgangen.

Häufig bin ich gefragt worden, wie ich auf die Figur der Leda Giallo gekommen bin. Auch dahinter steckt wie so oft bei Autoren eine Kombination von Realität und Phantasie. In meinem privaten Freundeskreis tummelte sich, als ich gerade den ersten Leda-Giallo-Krimi plante, ein Italiener mit zwei Zentnern Lebendgewicht und schier unendlichem Appetit. Rein äußerlich ist er der Gegenentwurf zum smarten, charmanten, elegant gekleideten Römer. Er haßt seine Arbeit und die Kirche, liebt schnelle Autos, Verschwörungstheorien, Zigaretten, gutes Essen und vor allem guten Wein. Er kennt so gut wie jedes römische Restaurant. Vor allem in eine Sache kann er sich hineinsteigern: in die Betrachtung von kriminellen Umtrieben in der Ewigen Stadt. Kein noch so harmloser Taschendiebstahl ist vor einer Verschwörungstheorie allergrößten Ausmaßes sicher. Und immer wieder sagt er, dass er eigentlich hätte zur Polizei gehen sollen, um allen Kriminellen den Garaus zu machen.

Ich baute diesen Freund in meinem Roman zum Polizisten um und dann zur Polizistin. Sie heißt Giallo, also Krimi. Leda ist ein schöner Frauenname. Liest man ihn von hinten nach vorn, so kommt Adel dabei heraus – eine Reverenz vor dem Kriminalroman als besonderem literarischem Genre. Leda Giallo kann endlich das tun, was der wirkliche Freund schon immer wollte: Banditen jagen und fangen. Und zwar genau diejenigen, die er von jeher in den Spitzenrängen des Klerus und der Wirtschaft vermutet hat.

Inzwischen hat sich Leda von meinem Freund weitgehend emanzipiert. Sie nimmt Leichen und Fälle, wie sie kommen, ohne sofort Verschwörungstheorien zu vermuten. Mit dem

Rauchen hat sie schon aufgehört, und die Kinder sind in ihren Haushalt zurückgekehrt. Und falls sie sich eines Tages zu einer Diät durchringen und zwanzig Kilo abnehmen sollte, hat sie es geschafft, ganz und gar von ihm loszukommen!

Andrea Isari

SERIE PIPER

Andrea Isari

Römische Affären

Roman. 288 Seiten. Serie Piper

Am Tiberufer wird die Leiche des anscheinend unbescholtenen Bankinspektors Gianpiero Puccio gefunden. Vor seinem Tod hat er noch versucht, Kontakt mit der Polizei aufzunehmen. Warum mußte er sterben? Ein Fall für Leda Giallo, die liebenswerte und eigenwillige Kommissarin, die eine große Schwäche für kulinarische Genüsse hat und sich nicht um weibliche Gardemaße schert. Bei ihren Ermittlungen stößt sie in ein echtes Wespennest von kriminellen Machenschaften. Denn die Spuren laufen auf mehr als eine seltsame Verbindung zwischen der Banca di Credito und dem Vatikan zu … Ein atmosphärisch dichtes und spannendes Krimidebüt, das die Leser in die historischen Kulissen der Ewigen Stadt entführt.

05/1447/01/L

Volker Küpfel, Michael Kobr

Milchgeld

Kluftingers großer Fall. 320 Seiten. Serie Piper

Ein Mord in Kommissar Kluftingers beschaulichem Allgäuer Heimatort Altusried – jäh verdirbt diese Nachricht sein gemütliches Kässpatzen-Essen. Ein Lebensmittel-Chemiker des örtlichen Milchwerks ist stranguliert worden. Mit eigenwilligen Ermittlungsmethoden riskiert der liebenswert-kantige Kommissar einen Blick hinter die Fassade der Allgäuer Postkartenidylle – und entdeckt einen scheinbar vergessenen Verrat, dunkle Machenschaften und einen handfesten Skandal.

»›Milchgeld‹ ist ein Volltreffer, weil er Mentalität in Reinform verkörpert.«
Süddeutsche Zeitung

05/1899/01/R

SERIE PIPER

Susanne Mischke

Wölfe und Lämmer

Kriminalroman. 304 Seiten. Serie Piper

Ein abgeschiedener Gutshof im Norddeutschen und seine vier Bewohner. Ein abgelegenes Paradies, in dem jeder versucht, seine Träume zu leben: Barbara, die nur allzugern den Frauenheld Hannes heiraten würde. Und Robin, der verhinderte Schriftsteller, den angeblich nur seine Freundin Klara von seinem großen Roman abhält. Bis eines Tages die undurchschaubare Nasrin auftaucht. Nasrin, die vorgibt, in Todesangst vor ihrer Familie zu fliehen. Die vier nehmen sie auf – aber schon bald gibt es das erste Todesopfer, einen Fremden, den Nasrin noch nie gesehen haben will …

»Bei Susanne Mischke kommen Krimi-Fans ganz schön ins Schwitzen.«
Münchner Merkur

05/1903/01/L

Heinrich Steinfest

Nervöse Fische

Kriminalroman. 316 Seiten. Serie Piper

Für den Wiener Chefinspektor Lukastik, Logiker und gläubiger Wittgensteinianer, steht fest: »Rätsel gibt es nicht.« Das meint er selbst noch, als er auf dem Dach eines Wiener Hochhauses im Pool einen toten Mann entdeckt, der offensichtlich kürzlich durch einen Haiangriff ums Leben kam. Mitten in Wien, achtundzwanzigstes Stockwerk. Und von einem Hai keine Spur. Nun steht der Wiener Chefinspektor nicht nur vor einem Rätsel, es sind unzählige: Ein Hörgerät taucht auf, zwei Assistenten verschwinden. Und die Haie lauern irgendwo … Der neue Krimi Heinrich Steinfests, 2004 Preisträger des Deutschen Krimipreises.

»Ich wiederhole mich: Herrlich! Göttlich! Steinfest!«
Tobias Gohlis, Die Zeit

05/1765/01/R

SERIE PIPER

Morten H. Olsen

Das Kind aus dem Moor

Roman. Aus dem Norwegischen von Dagmar Lendt. 327 Seiten. Serie Piper

Über Oscarshavn, eine verschlafene norwegische Kleinstadt, brechen unerklärliche Ereignisse herein. Die Vergangenheit wirft gespenstische Schatten – in Gestalt von Toten, deren Leichen nie gefunden wurden. Ein kleines Mädchen taucht aus dem Nebel auf und treibt das Leben des Antiquars Francis Falckenberg in die Katastrophe. Was verbirgt sich hinter diesen Phänomenen? Ein geschickt inszeniertes Verbrechen oder das Werk magischer Kräfte?

»Eine verwunschene Geschichte, die Morten H. Olsen raffiniert erzahlt. Ein Mystery-Thriller, den man sich am besten gemütlich am Kamin zu Gemüte führen sollte.«
Brigitte

05/1759/01/L

Ulla Schneider

Tropfen auf kalten Stein

Roman. 301 Seiten. Serie Piper

Mord hinter den Kulissen! Bei einer Laienaufführung in der Höhle von Balve wird Andrea, der attraktive Hauptdarsteller, mit einem Dolch erstochen. Doch wer soll den achtzehnjährigen Schüler umgebracht haben? Die engagierte Ärztin Leonie Piepenstock, genannt Leo, wird als Kennerin des Mordumfeldes im Verlauf der Ermittlungen vom sympathischen Hauptkommissar Plate aus Lüdenscheid zu Rate gezogen. Wenige Wochen später entdeckt man eine weitere Leiche: In einer nahegelegenen Tropfsteinhöhle wird der Konrektor des örtlichen Gymnasiums aufgefunden. In seiner Brust steckt die abgebrochene Spitze eines Stalagmiten und in seiner Jackettasche ein Zettel mit dem geheimnisvollen Satz: »Wieder einer weniger.« Die Angst legt sich lähmend über die Kleinstadt im Sauerland, und Leo muß feststellen, daß sie selbst immer mehr in den Strudel der schrecklichen Ereignisse hineingezogen wird …

05/1763/01/R